Zwart zout

Van dezelfde auteur

De jacht

Will Dean

Zwart zout

Tuva 2

A.W. Bruna Uitgevers

Oorspronkelijke titel
Red Snow
© Will Dean, 2019
Vertaling
Catalien en Willem van Paassen
Omslagbeeld
© Sandra Cunningham/Trevillion Images
Omslagontwerp
Studio Jan de Boer

ISBN 978 94 005 1211 5
NUR 305

Voor Alfred. Altijd.

1

Er ligt een Volvo in de greppel en volgens mij ligt hij daar al een tijdje. Ik rem behoedzaam. De spijkerbanden van mijn pick-uptruck bijten in het ijs en brengen mij tot stilstand. Wit en werkelijk doodstil.

Het schermpje op mijn dashboard geeft -19 °C aan. Ik zet mijn muts op en duw de oorflappen opzij zodat die mijn gehoorapparaatjes niet in de weg zitten, en dan zet ik de verwarming hoog, laat de motor stationair draaien, open mijn portier en stap uit.

De Volvo ziet eruit als een ijsklontje, allemaal rechte lijnen en fonkelende ijskristallen, geen enkel teken van leven, geen kleur of kenmerk om naar te kijken. Hij helt zwaar over naar rechts waardoor ik ongeveer op ooghoogte sta met het zijraampje van de bestuurder. Mijn gehandschoende knokkel klinkt dof op het berijpte glas dus wrijf ik met mijn hand over het raam maar het is met keihard ijs bedekt.

Ik doe een stap achteruit, vrieslucht brandt in mijn droge wangen. Ik heb meer crèmes nodig, betere crèmes, wintercrèmes op recept. Mijn telefoon heeft hier geen ontvangst dus kijk ik om me heen en loop dan terug naar mijn pick-uptruck en pak mijn ruitenkrabber, een van een verzameling van drie – je kunt niet voorzichtig genoeg zijn – uit het zijvak van het portier van mijn Hilux.

Terwijl ik het Volvo-raampje krab, teistert het lawaai mijn gehoorapparaatjes als het geluid van een hakselaar die steigerstangen vermaalt. Ik kom er langzaam doorheen, rafelige ijsscherfjes schieten alle kanten op. En dan zie ik zijn gezicht.

Ik krab harder. Sneller.

'Kun je me horen?' roep ik. 'Ben je oké?'

Maar hij is niet oké.

Ik zie de rijp op zijn snor en de bevroren stroompjes die uit zijn neusgaten lopen. Hij zit doodstil.

Ik blijf krabben en trek aan de deurhendel, maar die is of op slot of stijfbevroren. Mijn adem ziet er voor mijn gezicht nerveus uit; wolkjes damp tussen hem en mij, tussen mijn goedkope mascara en zijn gekristalliseerde wimpers. Ik heb de afgelopen zes maanden genoeg dood gezien, meer dan genoeg. Ik klop weer op het glas en ruk aan de deurhendel. En dan slaat hij ineens zijn ogen op.

Ik deins terug, mijn dikke rubberzolen verliezen hun grip op het glanzende wit eronder.

Hij beweegt niet. Hij kijkt alleen maar.

'Gaat het?' vraag ik.

Hij staart me aan. Zijn lichaam is roerloos, zijn hoofd beweegt niet, maar zijn grijsblauwe ogen zijn op mij gericht, zoeken, stellen vragen. En dan snuift hij en schudt zijn hoofd en knikt een soort passief-agressieve 'dank je maar niet nodig'-afwijzing, wat eerlijk gezegd absurd is.

'Ik heet Tuva Moodyson. Laat me je naar Gavrik brengen. Laat me iemand voor je bellen.'

Het bevroren snot in zijn snor barst en versplintert en zijn mond vormt 'Ik ben oké', en ik kan zijn lippen redelijk goed lezen, ruim twintig jaar ervaring.

Ik trek aan zijn deurhendel, mijn nek wordt warm, en dan begint die mee te geven dus trek ik harder en het ijs barst en het portier zwaait een stukje open. Het is zwaar in deze hoek.

'Probeer je mijn kabels te breken?' zegt hij.

'Pardon?'

'Het is hier ongeveer min twintig, lijkt me, en jij rukt zojuist mijn deur open alsof het een schatkist is. De beste manier om een hendelkabel te breken.'

'Wil je opwarmen in mijn auto?' vraag ik. 'Zal ik de pechhulp bellen?'

Hij kijkt naar mijn auto alsof hij afweegt of die geschikt is als voertuig om zijn leven te redden en ik kijk naar hem en de lagen kleding waarin hij zichzelf heeft begraven: een jack waaronder nog vijf of zes andere jasjes moeten zitten, te oordelen naar de omvang, en dekens over zijn knieën en dikke skihandschoenen en ik zie drie mutsen, allemaal een andere kleur.

Hij hoest en spuugt en zegt dan: 'Ik kom even mee om op te warmen, heel even maar.'

Nou, heel aardig dat je me die gunst bewijst, meneer charmekampioen van Värmland.

Ik help hem uit de auto en hij is kleiner dan ik, een halve kop kleiner, en hij zal een jaar of vijfenvijftig zijn. Er ligt een nagelschaartje op de passagiersstoel naast een draagtasje vol spuitbussen, en er ligt een zak droog hondenvoer in de voetenbak. Hij doet zijn Volvo op slot, alsof hier bendes Zweden op de loer liggen om die kapotte klote-auto van hem te stelen, en dan sjokt hij naar mijn pick-uptruck.

'Japans?' zegt hij terwijl hij de passagierskant opent.

Ik knik en klim naar binnen.

'Tien minuutjes, en dan laat ik je weer met rust,' zegt hij.

'Hoe heet je?'

Hij hoest. 'Andersson.'

'Nou, meneer Andersson, ik heet Tuva Moodyson. Aangenaam.'

We kijken een tijdje door de voorruit, naast elkaar, zonder iets te zeggen, we staren maar wat naar het wit van de gemeente Gavrik. Het ziet eruit als zo'n fijn blanco letterblokje bij een potje scrabble.

'Ben jij die vrouw die verhalen in de krant schrijft?'

‘Klopt.’

‘Ik kan maar beter teruggaan naar mijn auto.’

‘Als je daar weer in gaat zitten, wordt het je dood. Laat me je naar de stad brengen, er zal niets met je auto gebeuren.’

Hij kijkt me aan alsof ik negen jaar ben.

‘Ik heb meer strenge winters meegemaakt dan jij warme lunches hebt gegeten.’

Wat moet dat in vredesnaam betekenen?

‘En ik kan je zeggen,’ zegt hij terwijl hij zijn neus aan zijn mouw afveegt, ‘dit stelt nog niets voor. Min twintig, misschien min tweeëntwintig, dat is niets. Maar goed, ik heb mijn middelste jongen drie uur geleden ge-sms’t, ik heb hem mijn locatie doorgegeven en wanneer hij klaar is in de pulpfabriek komt hij me ophalen. Dacht je dat ik niet eerder ’s winters in greppels had gelegen?’

‘Prima. Ga maar,’ zeg ik en ik wacht even zodat hij kan nadenken. ‘Maar ik bel de politie en dan stuurt agent Thord iemand om je op te halen. Als we hem die moeite nu eens bespaarden.’

Meneer Andersson zucht en kauwt op zijn onderlip. Het ijs op zijn gezicht is aan het smelten en nu ziet hij er gewoon opgewonden en mager en een beetje moe uit.

‘Ben jij degene die rijdt?’ zegt hij.

Ik zucht-lach.

Hij haalt zijn neus op en veegt het gesmolten snot uit zijn snorharen. ‘Ik heb weinig keus, lijkt me.’

Ik start de motor en zet van beide stoelen de verwarming aan. Wanneer we langs zijn bevroren Volvo rijden, kijkt hij droevig uit het raampje, alsof hij zijn grote liefde achterlaat op een treinperron in een speelfilm.

‘Waarom koop je niet Zweeds?’ vraagt hij.

‘Bevalt mijn Hilux je niet?’

‘Die is niet Zweeds.’

‘Maar hij rijdt.’

We rijden verder en dan begint hij te kronkelen op zijn stoel alsof hij iets heeft laten vallen.

'Is mijn stoel heet?' vraagt hij.

'Wil je dat ik de temperatuur wat lager zet?'

'Ik wil dat je dat kloteding uitzet, want ik krijg het gevoel alsof ik in m'n broek heb gepist.' Uit zijn blik spreekt walging. 'Die verdomde Japanners denken overal aan.'

Oké, dus ik heb een racistische zeikerd als passagier, maar het is slechts twintig minuten rijden naar Gavrik. Waarom zijn het nooit eens de knappe, grappige, slimme mensen die opgehaald moeten worden?

'Waar wil je worden afgezet, meneer Andersson? Waar woon je?'

'Zet me maar af bij de fabriek.'

'Werk je daar?'

'Dat kun je wel zeggen. Hoofdconciërge. Drieëndertig jaar, aanstaande juni.'

Ik trek aan een hendeltje en besproei mijn voorruit en de geur van chemische antivries waait door de ventilatieroosters.

'Hoeveel conciërges hebben ze daar?' vraag ik.

'Alleen mij.'

'Krijg je gratis drop?'

'Heb ik niet, dus ga er niet om vragen. Ik ben de conciërge en dat is alles.'

Ik rijd naar een kruising waar de weg een loipe snijdt die is gemarkeerd met gele plastic paaltjes; ze zien eruit als tandenstokers die in een perfecte bruidstaart zijn geprikt. De lucht is stil en de hemel is een hangende wereld van sneeuw en hij is zwaar, staat op het punt te vallen.

'Jij hebt dat Medusa-verhaal geschreven, hè?'

Ik knik.

Hij schudt zijn hoofd.

'Je hebt dit stadje bijna verwoest, wist je dat? Er zijn aardig wat mensen die je graag zouden zien ophoepelen, ik zeg ook maar wat ik heb opgevangen.'

Deze onzin krijg ik zo nu en dan te horen. Als enige fulltime-verslaggever hier in Gavrik krijg ik de schuld van slecht nieuws, ook al schrijf ik het alleen maar op.

'Ik vond het een knap staaltje werk,' zeg ik.

'Dat zal best, je hebt het zelf geschreven.'

'Had je liever gehad dat er nog steeds elandjagers werden doodgeschoten in het bos?'

Hij blijft een tijdje stil en ik verstel de warmte van benen/gezicht naar voorruit.

'Ik weet alleen dat onze zwaarbevochten reputatie is geschaad,' zegt hij. 'En we hebben godzijdank nog steeds de twee fabrieken om wat stabiliteit te bewaren. Dat is het enige wat ik zeg en nu ben ik daar klaar mee.'

Wanneer ik het stadje nader, zijn de straten wat schoner, er wordt hier meer sneeuwgeruimd, worden meer stoepjes schoongeveegd, en de straatverlichting gaat aan; drie uur 's middags en de straatlantaarns gaan aan. Welkom in februari.

'Je deed zeker gewoon je werk, zoals iedereen hier, maar we zijn een klein stadje en we zijn verder van alles afgesneden dus hebben we geleerd om elkaar te steunen. Ik heb acht kleinkinderen om me zorgen om te maken. Dat zou je weten als je hiervandaan kwam.'

Ik rijd verder.

De tweelingschoorstenen van de fabriek, de grootste werkgever van de stad, doemen voor me op. Het is het grootste gebouw hier, op de ICA Maxi-supermarkt na. Twee verticalen van baksteen met een wit laken op de achtergrond.

'Zeg, je hoort best goed voor een dove, als je het niet erg vindt dat ik het zeg.'

'Ik hoor je uitstekend.'

'Gebruik je van die hoorapparaatjes?'

Ik voel zijn ogen op mijn hoofd rusten, zijn blik boort zich in me.

'Ja.'

'Ik zal ze binnenkort ook zelf nodig hebben, eenenzestig, komende lente.'

Ik rijd langs de ijshockeybaan en tussen de supermarkt en McDonald's door, de twee hekpalen van Gavrik, en dan Storgatan in, de hoofdstraat van het stadje. Ik passeer de fourniturenwinkel en de wapenhandel en mijn kantoor, waar de armzalige kerstversiering nog steeds voor het raam hangt, en dan stop ik naast de Grimberg Drop-fabriek 'Sinds 1839' – of zoiets staat er op de poort.

'Zo goed?' vraag ik.

Hij stapt uit zonder iets te zeggen en ik kijk om me heen en zie vijf of zes mensen die los van elkaar allemaal omhoog staan te kijken. Dit gebeurt nooit, en zeker niet in februari. Een ineengedoken figuur in een bruine jas glijdt uit op het ijs terwijl hij wegloopt. Ik probeer door de voorruit omhoog te kijken maar die is bovenaan berijpt, dus open ik mijn portier en stap uit op het met zand en zout bestrooide trottoir. Ik hoor gemompel en voel dat er meer mensen bij komen vanuit Eriksgatan.

Ze kijken omhoog naar de rechterschoorsteen, waar ik nog nooit rook uit heb zien komen. Er is een man, of ik denk dat het een man is, een figuurtje in een pak dat de ladder die aan de schoorsteen is bevestigd beklimt, hij klimt steeds hoger langs de gsm-masten en -antennes die aan de bakstenen vastzitten. Hij heeft haast. Geen muts of handschoenen. Ik kijk omhoog en de hemel is oogverblindend, duizelingwekkend wit en de bleke wolken jagen snel over ons heen, de wind steekt op. Terwijl ik omhoogtuur is het net een optische illusie, alsof de schoorstenen boven op me vallen. En dan springt de man.

2

Hij smakt op de keien van het terrein voor de fabriek, voor de boog, en zijn hoofd barst als een watermeloen.

Een persoon gilt.

Eén.

Een enkele kreet van een vrouw die achter mij staat.

'Ga Thord halen,' zeg ik tegen conciërge Andersson. 'Haal de politie.'

Maar hij staat daar maar omlaag te kijken naar de man op de keien en daarna omhoog naar de schoorsteen en dan weer omlaag naar de man. Er komen nu steeds meer mensen naar buiten, ze maken hun jassen dicht, trekken mutsen recht en zijn ontsteld als ze ontdekken wat er zojuist is gebeurd.

Ik zie iemand naar het politiebureau lopen, dat maar een minuut verderop is, dus ren ik het fabrieksterrein op en de sneeuw wordt nu rood.

'Blijf bij me,' zeg ik, harder en krachtiger dan ik had verwacht, maar het heeft geen zin, ik heb nog nooit iemand gezien die zo dood is. Zijn benen zijn verdraaid en zijn armen zijn strak tegen zijn gebarsten hoofd getrokken, als een kind in diepe slaap. Ik voel me machteloos. Ik kan deze kapotte man niet helpen, ik kan niets voor hem doen.

Thord verschijnt naast me en voelt de pols van de man en beweegt zijn koude, onbedekte hand naar diens hoofd maar stopt dan want wat heeft het voor nut?

Hij leidt me weg van het lichaam en draait zich om en na een tijdje komt er een ambulance.

'Uit de weg,' zegt een van de twee ambulanceverpleegkundigen.

Ze gaan aan het werk en ik wankel een paar passen achteruit naar de gietijzeren poort en half Gavrik is nu uitgelopen; het zal sommigen enige tijd hebben gekost om zich in te pakken met hun laarzen en hun wanten en hun jacks en hun ijsmutsen. Maar nu zijn ze er.

Ik voel me slap en leun met mijn rug tegen het hek. Ik zak omlaag en zie een vlekje roze sneeuw op mijn schoenen en denk dat ik flauwval, maar doe dat niet. En dan hoor ik schreeuw nummer twee.

Een goedgeklede vrouw rent onder de boog van de fabriek door en werpt zich ter aarde naast de dode man. De verpleegkundigen trekken zich even terug alsof ze weten wie ze is en ze kunnen toch al weinig doen.

'Achteruit, allemaal,' zegt Thord met uitgespreide armen en hij loopt naar de straat, naar de menigte in ski-jack gehulde mensen. 'Jullie kunnen het beste allemaal weggaan, terug naar kantoor of naar huis. Achteruit, alsjeblieft.'

En dat doen ze. Omdat het Zweden zijn en omdat ze nog maar weinig kunnen zien nu de ambulance hun zicht blokkeert, en ook omdat het min negentien is, misschien nog kouder.

Een oud stel wandelt de straat in en troost elkaar.

Agent Thord kijkt maar me.

'Gaat het, Tuvs?'

Ik knik.

De vrouw die zich op de grond wierp naast de dode man – ik weet vrijwel zeker dat het de directeur van de fabriek is en zij zijn vrouw, Anna-Britta heet ze, dacht ik – jammert nu en zit zachtjes te snikken achter de ambulance. Commissaris Björn verschijnt en zegt iets tegen Thord en loopt dan naar het lijk en trekt zijn muts af. Het wordt nu donker, het wit verandert in grijs.

Een Volvo-taxi rijdt langzaam langs en er komt nog iemand van de politie. De nieuwe. Ze is vorige week begonnen en dat verhaal werd mijn voorpagina. Ik kan op dit moment alleen haar rug zien, haar zwarte haar onder een politiepet en een haarklem van schildpadplastic die het bij elkaar houdt. Ze draait zich om en in dit schemerige licht zie ik haar gezicht en haar ogen schieten naar mij toe.

'We gaan de poorten sluiten,' zegt Thord, rijp in zijn wenkbrauwen, een roodharige vrouw loopt achter hem langs. 'Ik moet foto's nemen en zo en met getuigen praten dus misschien kun je me helpen een lijst op te stellen, aangezien je erbij was?'

Ik knik naar hem. 'Natuurlijk. Nu meteen?'

'Kom naar het bureau over, even denken, circa anderhalf uur?'

'Oké.'

'Je kunt nu maar beter teruggaan naar je kantoor. Rot voor je dat je dit moest zien.'

Ik fotografeer de schoorsteen en de ambulance met mijn telefoon. Nadat ik het tafereel de rug heb toegekeerd, voel ik achter me nog steeds de kracht ervan. Het voelt onprettig om het de rug toe te keren, het te mijden, de bakstenen fabriek en die twee schoorstenen en de dode man, gebroken in de sneeuw. De schaduw, de schaduw van dat alles, strekt zich uit door Storgatan en ik volg hem een paar minuten, een zwarte Mercedes 4×4 glibbert weg alsof hij aan het duister van de schoorsteen wil ontsnappen, en dan ga ik linksaf en open de deur van *Gavrik Posten*.

De bel rinkelt en ik stap de warmte binnen.

Lars is er niet, hij werkt parttime en komt morgen weer. Nils is terug in zijn kantoor-schuine-streep-keuken aan de rechterkant en verkoopt advertentieruimte aan dezelfde mensen aan wie hij de afgelopen twaalf jaar advertentieruimte heeft verkocht. Lena is in haar kantoor aan de linkerkant de krant persklaar aan het maken.

Ik schop mijn schoenen uit, misselijk gevoel in mijn maag, onvaste benen, en trek dan mijn jas en handschoenen uit en doe mijn muts af. Ik hang de jas aan zijn versterkte haak en stop de andere wollige dingen in mijn mand.

Lena doet haar deur open. Jeans en een ski-onderhemd. Ze heeft meer grijs in haar afro dan toen ik hier in Poppenstad aankwam en ik vind het haar goed staan.

'Is er iets gebeurd?' vraagt ze.

'Ja.'

Ik trek mijn fleecevest uit en leg het op mijn bureau.

'Grimberg is gesprongen,' zeg ik.

'Wat?'

'Klom op de schoorsteen van de fabriek en sprong eraf. Hij is dood.'

Ze bedekt haar mond met haar hand. Ik ben altijd verrast en onder de indruk hoezeer ze geraakt wordt door slecht nieuws nadat ze er zoveel van heeft gezien in haar leven, in Nigeria, in New York, in Gavrik. Lena Adeola weet niet wat blasé is.

Ze schudt haar hoofd. 'Heb je hem het zien doen?'

Ik knik en ze stapt naar me toe en slaat een arm om me heen. Misschien komt het door wat ik het afgelopen halfjaar heb meegemaakt of misschien door mama of misschien doordat ik over tien dagen wegga of misschien door dat alles bij elkaar. Ze is normaal gesproken geen knuffelaar.

Ik huiver bij de gedachte aan Grimberg die op de keien smakt. Dat geluid.

'Zal ik koffie voor je halen?' vraagt ze. 'Heb je een pauze nodig?'

'Ik moet een verklaring afleggen, Thord vertellen wat ik heb gezien en wie de omstanders waren.'

Ze loopt naar Nils' kantoor-schuine-streep-keuken en ik vang een glimp op van zijn sportsokken op zijn bureau, en dan schenkt ze koffie uit het apparaat in twee gratis mokken van de kettingzaagwinkel en geeft mij er een.

Ze neemt een slokje en kijkt om naar haar kantoor.

'We moeten de boel nu omgooien,' zegt ze.

'Ik werk vanavond door,' zeg ik. 'We hebben dan genoeg voor de voorpagina.'

'Als je het niet erg vindt,' zegt ze.

Ik knik en pak mijn wintercrème en werk hem in mijn schilferige handen en smeer hem dan in de valleien tussen mijn vingers, en op mijn knokkels, en dan op mijn wangen en oogleden. Mijn oogleden zijn het ergst, na weken van droogte en kou. De februarilucht kan geen vocht vasthouden. Ik kijk naar de klok, tien over vier, en ik denk aan dat geluid. Dat gekraak. Waarom sprong hij? Wat was er zo vreselijk dat je in februari in een schoorsteen klimt en er een einde aan maakt? Ik haal mijn apparaatjes tevoorschijn en zet mijn pc van magnetronomvang aan en open mijn verhalen.

Zes krantenkoppen die nu worden afgetroefd door de zelfmoord op de fabriek. Valentijnsdiner in Hotel Gavrik, volgende week, met een geheime speciale gast. Dat wordt bagger de luxe, vergis je niet. Ik denk aan het hoofd van de man op die keien, de sneeuw, de plotse kleur, het geluid, het leven dat hem daar ter plekke verliet, het exact aan te wijzen moment van de dood. Ik krimp ineen en wrijf in mijn ogen en open het volgende verhaal. De gemeenteraad roept op om met het hele stadje dit weekend de daken schoon te gaan vegen. Ze zijn bang voor instortingen. Ook waarschuwen ze indringers om niet in de buurt te komen van het verlaten zwarte magazijn achter de Toyota-dealer omdat dat met het zware weer van de laatste tijd elk moment kan bezwijken. De pulpfabriek, pakweg een uur ten noorden vanaf hier, sponsort de jaarlijkse ijshockeywedstrijd tussen Gavrik en Munkfors op 13 maart. De fabriek sponsort die wedstrijd elk jaar en in de meeste stadjes zou dit geen nieuws zijn, maar dit is geen stadje als alle andere.

Björnmossen, Gavriks grootste wapenwinkel, start op 3 maart met de uitverkoop. Alle munitie halve prijs. Volgende verhaal: grote schrik vorige week toen een klein meisje op het reservoir in een ijsvisgat schaatste, en nu hebben de eigenaars een stuk speciaal voor schaatsen afgebakend. Vissen wint het van schaatsen, tenminste hier in Gavrik. En ten slotte, misschien wel het belangrijkste verhaal vóór de gebeurtenissen van vandaag: de enige fulltimeverslaggever van *Gavrik Posten*, ondergetekende, stapt na de editie van volgende week op om bij een tweewekelijks blad in de buurt van Malmö te gaan werken. Ik heb mijn gouden ticket.

Ik probeer binnen de waterplasjes te ontwijken die in deze tijd van het jaar elke entree kenmerken, en trek al mijn goretex en met fleece gevoerde kleding aan. Zo gaat dat nu eenmaal hier in februari in centraal Zweden. Je bent de helft van de tijd bezig met het aan- of uittrekken van kleding, en de andere helft gaat op aan het uitgraven van je auto of hem schoonkrabben.

Mijn gehoorapparaten liggen nog op mijn bureau dus pak ik ze en doe ze in, ze zitten allebei onprettig vanwege mijn droge krokodillenhuid, en ga dan weer de straat op.

Het is koud en er is niemand te zien. De ambulance is weg, de politie is weg, het lijk is weg. Maar de fabriek is er nog. O ja, daar staat ze nog steeds op haar granieten heuvel, ze kijkt uit over heel Poppenstad en werpt haar schaduwen helemaal tot aan McDonald's.

De kit is leeg en het nieuwe meisje is nergens te bekennen. Ik tik op de bel op de balie en Thord verschijnt.

'Zullen we dit achter doen, waar het warm is?' vraagt hij.

'Dat is je geraden.'

Hij opent de zware deur met het codeslot en ik stap naar binnen. Ik ben hier een keer eerder geweest, toen ik afgelopen oktober bronnen over de Medusa-moorden interviewde. Er is hier niet veel veranderd. Archiefkasten en zes bureaus, drie bezet. Een keukentje en een rek voor politiejassen, en aan de muur foto's van commissaris Pettersson, Thords overleden vader.

'Koffie?' vraagt hij.

'Ik hoef niks, dank je.'

Dit is februari en dat betekent maximaal koffie en maximaal drank en maximaal tv en maximaal online poker en dat is zo'n beetje alles wat er is, tot de sneeuw eind april wegsmelt.

'Verschrikkelijk wat er is gebeurd,' zegt Thord terwijl hij aan zijn bureau gaat zitten en mij de stoel aan de andere kant wijst.

Ik ga zitten. 'Verschrikkelijk.'

'Wat gebeurde er voor wij kwamen? Kun je me dat in je eigen woorden vertellen?'

Zijn wangen zijn rood en ruw en zijn lippen schilferen als oude bast van een houtblok.

'Ik kwam daar om ongeveer halfvier aan en er stonden misschien zes of zeven mensen omhoog te kijken naar de oude schoorsteen, die rechtse waar nooit rook uit komt. Ik stapte uit mijn auto en keek omhoog. Meneer Grimberg beklom de roestige metalen ladder die bij elke schoorsteen langs één kant omhoogloopt, hij was vlak bij de top, net voorbij die vage "G" van de letters van "Grimberg Drop" die omlaaglopen naar het dak van de fabriek.'

'Was hij de enige op de ladder?'

'Ik denk het wel. Ik zag verder niemand, maar het gebeurde allemaal heel snel. Hij kwam bij de top en toen sprong hij, heel vlug. Het was stil en toen hoorde ik het geluid als van een barst en smakte hij op de keien voor de boogtunnel die door het midden van het gebouw loopt. Toen kwam jij.'

'Stond er beneden iemand tegen hem te praten? Een ruzie? Boze stemmen? Leek hij bang?'

'Ik dacht het niet, maar het ging allemaal zo snel.'

'We hoorden dat er iemand tegen hem sprak. Dat hij doodsbang leek toen hij de ladder beklom, bijna alsof hij werd achtervolgd. Was er verder niemand te zien?'

Ik schud mijn hoofd.

'Toegesproken?' zeg ik. 'Achtervolgd?'

Thord heeft niets opgeschreven van wat ik zei, ook al liggen er een afgekloven balpen en een schrijfblok voor hem.

'Dat er zoiets verschrikkelijks gebeurt in je laatste week,' zegt hij.

'Zeg dat wel.'

'Herkende je iemand van de andere getuigen? Ik heb de meeste zelf gezien, maar die twee oudjes liepen net weg toen ik aankwam.'

'Linda van de kiosk was er en een vrouw met lichtpaars rood haar. En ik zag Bertil met de slechte knie, die vroeger bij de waterzuiveringsinstallatie werkte.'

'Bertil Henderson? De bijenman?'

Ik knik.

'Oké, dat helpt,' zegt hij en hij staat op. 'Bedankt dat je langs bent gekomen.'

'Een quote voor de krant, Thord?'

'Wat kan ik nu zeggen?'

'Ik heb straks een quote van de politie nodig, alsjeblieft.'

Hij slikt luidruchtig en kijkt naar het bureau van commissaris Björn. Er ligt een opengeslagen speedbootbrochure naast de telefoon.

'Tja, dit is anders dan anders, dat weet je.'

'En toch heb ik een quote nodig.'

'Ik bedoel niet de...' hij dempt zijn stem en gaat weer zitten, '... zelfmoord, ik bedoel de familie, de Grimbergs. Het zijn discrete mensen en ze zouden niet willen dat ik van alles zei, als je snapt wat ik bedoel.'

'Ik zal respectvol zijn. Maar ik heb een quote nodig.'

'Ik zal met de Chef praten en dan bel ik je morgenochtend meteen op.'

'Ik heb hem nodig voor de krant naar de drukker gaat, Lena zit er nu op te wachten. Geef me gewoon een quote.'

'De politie zegt...'

Ik wacht maar hij blijft maar in de richting van de fabriek kijken en dan naar Chef Björns bureau. Er ligt een stapeltje cruisebrochures naast die van de speedboot.

'De politie zegt...' zeg ik.

'Dit was een tragisch incident. Onze gedachten gaan uit naar de familie Grimberg.'

'Is dat het?'

Hij fronst-knikt.

'Goed dan, dan moet ik het daarmee doen.'

'Ga je niet met de Grimbergs bemoeien, Tuvs. Die mensen leven een teruggetrokken bestaan en de hele stad is van hen afhankelijk.'

'We moeten het nieuws brengen, Thord.'

'Het zijn teruggetrokken mensen en ze zijn niet zoals jij en ik. Ze hebben die fabriek al zo lang mijn familie in Gavrik woont, sinds 1840 of zo, en ze hebben zo'n beetje het hele stadje gebouwd. Zonder Grimberg Drop zou er geen Gavrik zijn, dus we zijn ze die beleefdheid wel verschuldigd. Ze hebben in de loop der jaren genoeg tragische overlijdensgevallen meegemaakt. Geteisterd, dat zijn ze. Laat ze met rust.'

3

Wanneer ik het politiebureau uit loop, blaast er een ijskoude wind in mijn gezicht.

Waarom heeft Gustav het gedaan? Waarom maakte hij er een einde aan? En waarom pleeg je zelfmoord ten overstaan van de hele stad?

Ik steek schuifelend Storgatan over en ga terug naar het kantoor. Het sneeuwt nu in sporadische vlokjes, ze zweven langzaam en vredig omlaag. Ik kijk naar links, naar de fabriek, en zie bij een van de bovenramen een flits van een warme kleur. Dan verdwijnt die. Ik houd mijn handen over mijn oren om mijn gehoorapparaatjes te beschermen, die zijn hier per stuk een maandsalaris waard, of drie weken loon in mijn nieuwe baan, en dan ren ik zoals iedereen rent op een spekgladde weg. Ronnies Bar, inmiddels gerenoveerd, is afgelopen week voor het eerst sinds jaren weer opengegaan. Een nieuwe stek in een plaats waar je nergens anders heen kunt. De kantoorbel rinkelt en Nils komt uit zijn kantoor-schuinestreep-keuken met een tros witte heliumballonnen in zijn hand.

'De kleine is jarig. Happy Meal en al die dingen en een driewieler. Een mooie dag ervoor.'

Ik weet niet zeker of dit sarcasme over de schoorsteendood is, of welgemeend.

'Veel plezier.'

Hij zet de ballonnen neer. Ze hebben een loodje zodat ze niet kunnen ontsnappen uit Gavrik om dit alles achter zich te laten, en dan trekt hij zijn reusachtige jack en wanten aan.

'Zie je morgenochtend.'

Lena's deur staat op een kier, dus steek ik mijn hoofd naar binnen.

'Thai?'

Ze seint haar goedkeuring.

Ik ga aan mijn bureau zitten, een vurenhouten ding uit een catalogus van begin jaren negentig, pak mijn telefoon en draai het nummer.

'Vanavond naar de drukker?' vraagt Tammy.

'Goed geheugen,' zeg ik. 'Je zou speelkaarten moeten gaan tellen in Las Vegas. Twee pad thais, graag, zo pittig als jij bent, ophalen over een kwartier.'

'Komt voor elkaar.'

Ik googel 'Gavrik' en er zijn koppen over de schoorsteensprong op regionale nieuwssites en zelfs sommige nationale brengen het. *Wermlands Tidningen* vertelt over de familie en hoe belangrijk die is voor de gemeenschap, maar ze schrijven 'Ana-Britta', de weduwe, ze spellen haar naam verkeerd, en daar word ik heel boos om. *Göteborg Posten* richt zich op Grimberg Drop, Zwedens op twee na grootste producent van zoute drop en de op zes na grootste van zoete drop. Veel gepraat over overdracht en geheime recepten en ander onpersoonlijk vulmiddel. Niet veel over de man die daadwerkelijk doodging of de treurende mensen die hij achterliet.

Mijn rechtergehoorapparaatje piept dus doe ik het uit, haal de batterij eruit, pak een nieuwe uit mijn sleutelhanger en haal dan de sticker eraf en wacht een paar minuten: een mooi trucje dat me extra batterijleven geeft. Ik leg de nieuwe erin en sluit het af. Het apparaatje speelt een riedeltje als ik het aanzet.

Ik bekijk Gavrik op Google Maps omdat ik wil weten waar de fabriek ten opzichte van al het andere ligt. Het gebouw heeft vanavond extra aantrekkingskracht. Het heeft altijd al zijn eigen, speciale sfeer, een heel oude superioriteit, maar nu is dat nog sterker. Ik zoom in op Zweden en daarna Värmland en dan op Gavrik, en daar is het. Een industrieterrein van pakweg een hectare bovenaan Storgatan, ten noorden van de kit en Hotel Gavrik, zijn meest nabije buren, en ten zuiden van de ruïne van de St. Olovskerk.

Het portier van mijn Hilux zit vastgevroren dus geef ik er voorzichtig een rukje aan, denkend aan wat conciërge Andersson zei over knappende kabeltjes. Als ik deze auto kwijtraak, zit ik honderd procent in de shit, vooral in februari. Als je verslaggever in een klein stadje op de noordpool bent, heb je zonder meer een goede, betrouwbare auto nodig om bij je verhaal te komen – en belangrijker nog, om daarbij weg te komen.

Ik trek aan het portier en er valt sneeuw van het dak, die op mijn stoel belandt. Thord vroeg of Grimberg op de schoorsteen door iemand achterna werd gezeten. Was dat zelfs maar mogelijk? Ik draai de sleutel om in het contact en zet de blower aan, hoogste stand, maximale warmte, en pak dan mijn krabber. Het is een routine, zoals de checks van een straaljagerpiloot voor hij gaat opstijgen. Ik krab de voorruit schoon en sproei blauwe antivries op de achterruiten. Dan stap ik in, zet de ruitenwissers aan, haal de auto van de handrem en rijd weg. Er is geen geluid en het dashboard zegt -22 °C.

Het is drie minuten rijden naar Tammy's foodtruck aan de rand van het supermarktterrein van de ICA Maxi en ik zie onderweg geen levende ziel. Niet één. Haar foodtruck staat te dampen en is verlicht en waarschijnlijk mijn favoriete plek hier in de stad en de enige die ik echt zal missen.

Alles is wit. Het ziet eruit alsof God een fles correctievloeistof over de stad heeft uitgegoten en geef Hem maar eens ongelijk.

Tammy hangt naar buiten uit haar luik met haar houthakkersmuts dichtgeknoopt onder haar kin, met in elke hand een tasje met heerlijk eten. Ik ga op mijn tenen staan en kus haar wang, leg tweehonderd kroon op de toonbank, grijp de tasjes en ren terug naar mijn auto.

Ik passeer op de terugweg naar het kantoor zeven met sneeuw bedekte TE HUUR-bordjes op lege winkels. Zeven.

Lena en ik eten in stilte aan haar bureau. Mijn noedels glimmen en zijn hels met chilivlokken en heerlijk. Echt heerlijk. We drinken allebei een blikje rode Coca-Cola van de kiosk aan de overkant en ik zou willen dat er wat rum in het mijne zat. Half-om-half zou precies goed zijn. We eten uit de plastic bakjes. Ik heb kroepoek, Lena niet.

'Wat een dag,' zegt ze.

Ik heb mijn mond vol garnalen en pinda's en knik alleen maar.

'Ben je daar ooit binnen geweest?' vraagt ze.

'De fabriek?'

Lena knikt, steekt met haar stokjes noedels in haar mond.

'Alleen in het moderne gedeelte aan de achterkant, toen ze een paar jaar geleden een nieuwe smaak lanceerden. Het zag er daar heel normaal uit, alleen nog met dat oude gebouw aan de voorkant.'

Lena trekt een draad lente-ui tussen haar tanden vandaan en pakt haar blikje cola op.

'Ze hebben last van ongedierte,' zegt ze. 'Monsterlijke ratten bij de schuren met zoethout. God moge hen bijstaan als die ooit binnenkomen.'

Ik veeg mijn mond af.

'Heb je Gustav Grimberg weleens ontmoet, de man die vandaag is gestorven?' vraagt ze.

'Ik heb nooit echt met hem gepraat. Ik heb hem weleens bij de bank gezien, dacht ik, maar nee.'

'Zijn vader is op dezelfde manier gestorven,' zegt ze.

'Van de schoorsteen gesprongen?'

'Nee,' zegt ze en ze schudt haar hoofd. 'Ze zeggen dat Ludvig

Grimberg gif innam, maar dat was misschien twintig jaar geleden en je weet hoe dat soort verhalen uit de hand lopen.'

Ik neem een slok cola.

'Hij kon het meisje dat zijn zoon als echtgenote had uitverkoren niet uitstaan. Dat gerucht deed de ronde. De oude Ludvig gaf haar de schuld toen het bedrijf in zwaar weer terechtkwam. Ze hebben daar door de jaren heen heel wat dood voorbij zien komen.' Ze zuigt een noedel haar mond in. 'Ben je gepakt?'

'M'n appartement is zo goed als klaar. Ik kus de Hilux volgende week vaarwel. Daarna moet ik een bezoek brengen...' ik wacht even en slik hard, 'aan mama's graf, ik ben daar niet meer geweest sinds de dag zelf, en daarna pak ik m'n biezen, naar het zuiden, waar de meisjes knap zijn en de jongens nog knapper.'

'Klinkt goed.'

Ik gooi mijn plastic bakje in het tasje waarin het zat en leg een knoop in het uiteinde.

'Dit gaat over een halfuur naar de drukker,' zegt ze. 'Heb je dan die zelfmoord voor de voorpagina klaar?'

'Gaat lukken.'

Ik loop naar mijn bureau en mijn oren voelen nu heel pijnlijk; kurkdroge, korstige huid bovenop waar niet genoeg vet zit. Ik schrijf twintig minuten. Het blijkt best lastig te zijn om wat ik zag en hoorde tot een krantenkop en tekst te distilleren. De barstende watermeloen, de twee schreeuwen, een van een voorbijganger, des te scherper omdat die zo alleen was, zo helemaal slechts van één persoon, en een van Gustav Grimbergs vrouw. Het is niet wat ik gewend ben. Ik heb vorig jaar veel over moord geschreven. Medusa. De doden in het Utgardbos, even buiten de stad. Dit is totaal anders. Er is een man gesprongen. Er zullen onbeantwoorde vragen zijn en schuldgevoel en onnozel gefluister zoals 'er is altijd een andere optie' en 'koos voor de weg van de minste weerstand' en er zal hoogstwaarschijnlijk wat smakeloos gebabbel in de fourniturenwinkel verderop in de straat zijn.

Ik schrijf met één oog op de nabestaanden. Zijn familie. Volgens de officiële online berichten, lang leve Zweden dat ze dit alles openbaar maken, had Gustav een dochter, Karin, twintig jaar, en een echtgenote, Anna-Britta, de vrouw die ik zag, de tweede schreeuw, drieënvijftig jaar, en een moeder, Cecilia, tweeëntachtig jaar. Ik moet rekening met hen houden. Toen papa stierf, maakten de kranten fouten en daar leed mama de rest van haar leven onder. Ze zeiden dat hij op 26 juni stierf, terwijl het in werkelijkheid 25 juni was. Die achteloze fouten maakten de dingen nog erger voor mama. En bijgevolg voor mij. Toen Medusa destijds in oktober werd gepakt, werd er allerlei nonsens gedrukt. Online- en papieren kranten. Kwaliteitskranten, zelfs. Fouten en leugens en slordige journalistiek en zinspelingen op onzin, maar nooit duidelijk genoeg om iemand aan te klagen.

Ik sluit af en controleer de feiten en lees alles nog eens hardop door en dan stuur ik het naar Lena. Ze bedankt me en ik wens haar een fijne avond.

Wanneer ik bij mijn gebouw kom, staat daar een Volvo met draaiende motor. Is het Viggo Svensson, de gevaarlijke griezel uit het Utgardbos? Ik versnel mijn pas en sluit mezelf op in mijn appartement, leg een keukenmes naast de deur en dan check ik voor een tweede keer de sloten. Mijn spullen zijn grotendeels ingepakt in drie grote koffers, waarmee ik de nachttrein naar Malmö neem. De trein doet er elf uur over waar een vliegtuig er slechts één uur over doet, maar luchthavens en vliegtuigen zijn de hel op aarde als je doof bent. De omgeroepen mededelingen, de belabberde akoestiek, iedereen gehaast, ik die mijn best doe beangstigende beveiligingsmensen en politie te verstaan. Doe mij maar treinen.

Ik leg mijn apparaatjes in droogmiddel zodat ze 's nachts kunnen opdrogen en maak me dan klaar om naar bed te gaan. Ik moet de lakens verschonen. Ik zeg papa en mama welterusten; de foto naast mijn bed, die ik recht in de ogen kan zien nu ze allebei dood zijn. Ik kan gewoon kijken, ook al hield ze na zijn dood op met voor me te zorgen. Ook al moest ik voor ons beiden zorgen en boodschappen doen en koken. Ik kan nu naar haar foto kijken. Het is een begin.

Ik denk terug aan een jongen met wie ik studeerde in Londen, met rood haar – denk niet aan de barstende watermeloen, niet nu, je kunt er niets meer aan doen, denk aan de student – leuke jongen, kende hem niet echt goed, het is veilig om aan hem te denken, mooie hals, mooie handen, mooie stem. En dan hoor ik het geluid van een schedel die opensplijt op de keien.

4

Mijn trilwekker maakt me om zeven uur wakker en ik sleep mezelf naar het raam om op de thermometer te kijken. Het is min zes, een minihittegolf. Halle-fokking-luja.

Ik kom op kantoor en zit ongeveer een uur te schrijven, ik verzin koppen en ideeën voor verhalen voor de editie van volgende week. De stapel *Postens* bij de receptie wordt in de loop van de ochtend allengs lager terwijl de Svens en Ingrids langskomen om te zeggen hoe erg het was met die, je weet wel, bij de fabriek, echt vreselijk, hij had een drankprobleem, nee, het waren drugs, en zakelijke problemen, maar ze hebben vooral medelijden met het jonge meisje. Ze nemen een krant mee en leggen twintig kroon in het tinnen potje, zetten hun muts op en vertrekken weer.

Ik moet bij mama langs. Ik zal bloemen en zo'n duurzame, weerbestendige kaars van de ICA Maxi kopen en naar Karlstad rijden en bij het graf gaan zitten voor ik de stad verlaat. Misschien ga ik twee keer. Eén keer lijkt oneerbiedig; een voor de hand liggend, lui wegwerpgebaar.

Lars komt om elf uur binnengesloft en mijn god, hij doet er een eeuwigheid over om zich van zijn winterse kledij te ontdoen. De muts met klittenband wordt losgetrokken en in zijn mand gedaan. De jas gaat uit als bij een reumatische ijsbeer die zich uit een dwangbuis bevrijdt. Hij hangt hem op. De laarzen worden uitgetrokken en op zijn rek gezet. Daarna de fleecevesten met een statisch geknetter en de grote kersttrui met het slechte borduurwerk en dan zegt hij

'Morgen' en wandelt met zijn varifocusbril boven op zijn kale plekje door Nils' kantoor-schuine-streep-keuken om aan zijn koffie-en-broodjeritueel te beginnen. Maar heus, ik zal hem missen.

Ik stel een lijst op van mensen met wie ik wil praten naar aanleiding van Gustav Grimbergs dood. Ik heb nog nooit verslag gedaan van zo'n bekende zelfmoord als deze en het luistert nauw waar ik zal beginnen. Bij een ongeluk, een autocrash of een verminkte houthakker en zelfs een moord of een medische ingreep die helemaal fout ging, wacht ik zo lang als gepast is in een klein stadje als Gavrik, zoals Lena me heeft geleerd, en daarna benader ik de familie, respectvol met condoleances, om te kijken of ze een paar woordjes willen zeggen. Dat kan niet bij de Grimbergs, nog niet in elk geval. Omdat ze terughoudend zijn en vrijwel onbekend bij de hele stad, maar ook omdat hun rouwproces waarschijnlijk veel rafeliger en ingewikkelder is dan andere. Ik kan me er niet eens een voorstelling van maken wat de drie achtergebleven vrouwen nu doormaken.

Ik trek mijn jas en schoenen aan en steek de straat over om bij de kiosk chocola te kopen. Storgatan is grijs van de natte sneeuw en zand en oud zout. De fabriek lijkt vandaag groter, die in onbruik geraakte schoorsteen rechts staat de hele stad aan te staren, medeplichtig aan een sterfgeval, verantwoordelijk door zijn obscene en nutteloze hoogte.

De winkel heeft iets van nieuwe, pure chocola met pistachenoten in de aanbieding, maar ik negeer het omdat pure chocola ervoor zorgt dat ik mijn tong wel zou willen afbijten. Ik koop een pondje genot in de vorm van Marabou-melkchocola, steek de reep diep in mijn jaszak en loop naar het politiebureau. De nummertjesmachine zegt '2' en het schermpje boven de balie zegt '2', dus pak ik het nummertje en druk op de bel.

'Ik dacht al dat ik je vanochtend zou zien,' zegt Thord met in zijn hand een sneetje roggetoast waar een slap stukje rode Spaanse peper op ligt.

'Dat heb je goed gedacht.'

Hij neemt een hap van de toast en een nevel aan kleine, bruine kruimeltjes daalt neer op de voorkant van zijn uniform.

'Wat gaat er nu gebeuren?' vraag ik. 'Denk je nog steeds dat hij achterna werd gezeten? Wordt de patholoog-anatoom uit Karlstad erbij gehaald?'

'Die is er al bij betrokken, dit geval heeft voorrang.'

'Voorrang?'

'De autopsie is aan de gang terwijl ik deze boterham eet. En als alles in orde is, geven ze het lichaam vrij en tekenen ze af. De begrafenis is morgenmiddag, want dat is de wens van de familie.'

'Zo snel al?'

'Voorrang, zei ik toch. De Chef kent de patholoog-anatoom heel goed, het zijn oude vrienden, en de patholoog kan voor die dingen zorgen. Niets ongebruikelijks op het lichaam, is mij verteld. De Chef vindt het tragisch, maar het is een duidelijke zelfmoord. We hebben op het St. Olov geen andere begrafenissen gepland omdat het februari is en er daar eigenlijk niemand meer wordt begraven. Dus dit geval komt direct vooraan in de rij te staan.'

'Arme man.'

'Ze zullen wel littekens van brandende sigaretten op Gustavs lichaam vinden, want hij werd op de middelbare school behoorlijk gepest, voor zover ik me kan herinneren.'

'Gepest?' vraag ik.

'Heel erg,' zegt hij.

'Je vroeg me of er mensen tegen Gustav praatten voor hij sprong.'

Hij houdt op met eten. 'Is je iets te binnen geschoten?'

'Nee.'

Hij eet weer verder. 'Het was niet niks. Het gaat om aanzet tot zelfmoord. De politie van Karlstad legde het ons uit, want wij hebben er nooit eerder mee te maken gehad. Maar er was geen bewijs. Geen briefje. Geen ooggetuigenverslagen.'

'Aanzet?'

'Het gebeurde een paar keer op internetfora, is mij verteld. Facebook en zo. Manipulatie. Hoofdzakelijk tieners die elkaar aansporen pillen en weet ik veel wat te nemen, en soms filmen ze het, in een livestream.'

'Maar...'

Hij kapt me af. 'Dat is hier totaal niet aan de orde, Tuvs. Grimberg had twee muntdropjes in zijn borstzak en verder niets. Er was sprake van een of andere oude man, een kromme oude man met een wandelstok en een hond, die met Grimberg zou hebben gepraat voor die sprong. Een soort ruzie, maar dat kan iedereen zijn geweest. Dit was gewoon een tragisch ongeval.'

'Ongeval?' vraag ik.

'Incident,' zegt hij.

Ik kijk hoe hij zijn toast wegspoelt met koffie.

'Welke kerk?' vraag ik.

'Bel het secretariaat van de fabriek,' zegt hij en hij neemt nog een hap. Hij slikt en zegt: 'Moet ervandoor, het politiewerk wacht.'

Hij pakt een exemplaar van de *Posten* van vandaag op, de voorpagina gevuld met mijn teksten, de zelfmoord, en ook de achterpagina, het ijshockeygrandslamtoernooi, en loopt terug naar het kantoor, waarschijnlijk 'druk met het politiewerk'. Ik vang daar achterin een glimp op van de nieuwe agente terwijl de sleutelcodedeur dichtgaat. Ik zie haar oren en de achterkant van haar hoofd. Ze heeft prachtig haar.

Wanneer ik naar buiten loop, komt er een grote zwarte raaf op me af gezeild, maar dan slaat hij met zijn ongelijke vleugels en krast, en vliegt weg tussen de tweelingschoorstenen van de fabriek door. Ik zie een man door de boogtunnel die dwars door het gebouw snijdt lopen en ik zou dat zachte lichaam overal herkennen.

Waarom loopt David Ghostwriter Holmqvist de fabriek in op een dag als vandaag?

Ik ga aan mijn bureau zitten en mijn linkergehoorapparaatje doet pijn aan mijn oor. Wat ik nodig heb, is een paar dagen, nee, een week, een hele, ononderbroken week zonder gehoorapparaatjes. Ik zou stil blijven. Het is net zo'n opluchting als rondlopen zonder beha, vooral in deze tijd van het jaar. Het is jammer dat mijn nieuwe baan in het zuiden al begint op de dag nadat deze eindigt. Ik kan me geen gat permitteren. Ik moet rekeningen betalen, begrafeniskosten en achterstallige betalingen die teruggaan tot Kerstmis. Enveloppen die ik niet open durf te maken. Ik heb het allemaal verdrongen. Ik liet het op z'n beloop en nu kan ik me geen vrije week tussen twee banen meer veroorloven. Het is klote om mij te zijn.

Ik bel het secretariaat van de fabriek.

'Grimberg Drop, met Agnetha Hellbom.'

'Hallo, met Tuva Moodyson van de *Posten*. Ik wil jullie graag mijn deelneming betuigen en zou ik als het mag ook even snel een paar vragen over de dienst van morgen mogen stellen?'

'Hm-hm.'

'Waar wordt die gehouden?'

'De dienst is in de lutherse kerk aan Eriksgatan. Alleen familie, maar dat begrijp je natuurlijk wel na dat vreselijke ongeluk.'

Ongeluk?

'Komt er een openbare herdenkingsbijeenkomst?' vraag ik.

'Dat weet ik nog niet, het is nog maar net gebeurd, dacht je niet? Laten we meneer Grimberg wat respect betonen voor we de massa erbij gaan halen.' Het blijft even stil. 'De begrafenis zal openbaar zijn. Je kunt hem dan de laatste eer bewijzen, als je die hebt. Was dat alles?'

'Mag ik vragen waar meneer Grimberg begraven zal worden?'

Ze haalt diep adem. 'Als je van hier was, zou je dat niet hoeven vragen. Familiegraf op het St. Olov, pal hier naast de fabriek. En dit is het enige wat ik van de familie bekend moest maken aan het publiek: donaties aan de Zweedse Kinderkankerstichting. Geen bloemen. Helemaal geen. Verder nog iets?'

'Nee, dat is alles.'

Ze hangt op.

Ik houd een oog op de straat gericht, langs de door muizen aangevreten kerstdecoraties die een van ons nu toch echt zou moeten gaan opruimen, de Jozef van de kerststal is vreselijk verminkt, zijn neus en oren zijn vrijwel verdwenen, en ik blijf uitkijken naar David Holmqvist. Ik zie slechts een witte Volvotaxi, vermoedelijk van Viggo Svensson, die een in zwart gehuld meisje afzet. Ze is zo dun als een spinnenpoot en draagt een grote rugzak onder haar jas, waardoor ze eruitziet als Quasimodo.

Holmqvist komt niet langsgelopen dus ga ik in al mijn winterdracht naar buiten en ik schat dat ik 's winters ongeveer een uur per dag kwijt ben met het aan- en uittrekken van de lelijke, door mensenhanden gemaakte lagen die me in leven houden. Ik koop een broodje ham bij de kiosk – met een misdadige verhouding margarine en ham – en daarna loop ik door naar de poort van de fabriek. De enige werkzame schoorsteen, de linker, pompt nog steeds naar anijs ruikende stoom naar buiten. Ze hebben de productie niet stilgelegd. Tussen de spijlen van het ijzeren hek door zie ik Andersson, de conciërge met het gedragsprobleem.

'Hallo, meneer Andersson.'

Geen reactie. Hij duwt natte sneeuw weg met een sneeuwschuiver zo breed als mijn bureau.

'Meneer Andersson,' probeer ik het nu wat harder.

Hij keert zich naar me toe en komt tut-tuttend naar me toe gelopen bij de poort.

'Wat moet je?'

'Ik vind het heel erg van Grimberg.'

'Ja, ik ook.'

'Ga je morgen naar de kerkdienst?'

'Niet uitgenodigd,' zegt hij. 'Alleen familie. Maar ik ga wel naar de begrafenis, ik denk dat de hele stad zal komen opdraven en ik moet ervoor zorgen dat het graf helemaal keurig netjes is. Vreselijke toestand.'

'Heel verdrietig.'

'Hij heeft een dochter, ze is net teruggekomen van haar hippe kunstacademie.' Hij hoest en veegt zijn mond af met de mouw van zijn jas. 'Ik zou alles voor dat meisje doen na wat zij allemaal heeft moeten doorstaan. Arme Karin.'

En dan zie ik de sneeuw-*skalle*.

Ik ga er bijna op staan.

Sneeuwdoodskoppen zo groot als een vuist waren in de negentiende eeuw populair in de stad en ze zijn recent weer in de mode gekomen. Het is iets eigenaardigs van Gavrik. Ik heb erover geschreven in de *Posten* van vorige week. Kinderen maken ze. Ze zijn een soort Scandi-folkloristische practical joke vermengd met onschuldig kerstplezier. De doodskop is zo groot als een sneeuwbal. Het ís een sneeuwbal. Maar de wangen zijn weggewreven en er zijn vingertjes in geprikt om oogkassen en neusgaten en een gapende mond te maken. In elke oogkas zit een kiezeltje. En deze, deze groteske sneeuwskalle, heeft rodebessenjam uit zijn schedel druipen en tandenstokers als tanden. Andersson ziet me ernaar kijken. Hij heft zijn sneeuwschuiver op en laat die hard op de schedel neerkomen; roze sneeuwvlokjes spatten alle kanten op en dan zegt hij: 'Die verdraaide kinderen, geen greintje respect.'

We nemen afscheid en terwijl ik toekijk hoe hij weer aan

het schuiven slaat, valt me op dat hij bezig is op het gebied waar Gustav Grimberg stierf. Onder de sneeuw en de rijp en de nattigheid stel ik me paars zand voor, bloed dat bevroren zit in het zand dat de stenen verbindt. Misschien komt het tevoorschijn tegen het einde van april, wanneer het stadje ontdooit.

Ik werk de hele middag op het kantoor en zie Holmqvist niet uit de fabriek komen. Is er nog een andere uitgang? Wat doet hij daar de dag na de zelfmoord?

Om vier uur zijn Lars en Nils vertrokken. Vanavond begint er een nieuwe realityshow op de tv en vrijdagavond is taco-avond in Zweden; taco's die in de verste verte niet op iets Mexicaans lijken, weggespoeld met Deens bier en opgegeten bij een Amerikaanse Netflix-serie en alles weggewerkt met Zweedse zoute drop uit die treurige, oude fabriek aan de overkant van de weg.

'Blijf je nog lang?' vraagt Lena.

'Vijf minuten,' antwoord ik. 'Een verhaal dat ik verder wil uitwerken.'

Ze gaat terug naar haar kantoor en ik pak mijn spullen, mijn Leica-verrekijker en mijn zaklamp en vertrek. En dan besef ik dat dit mijn allerlaatste normale vrijdag bij *Gavrik Posten* is, dus ga ik weer naar binnen en houd mijn grote schoenen aan – kan mij het bommen – en loop naar Lena's kantoor achter in het gebouw.

'Bedankt dat je me...' ik slik een hard, droog niets weg, 'dat je me de afgelopen jaren op niveau hebt gehouden.'

'Wat bedoel je?' zegt ze. 'Je bent nu slechter dan toen je begon.'

'Ik heb veel geleerd.'

Ze glimlacht en draait zich weer naar het scherm en ik verlaat het kantoor met een goed gevoel in mijn buik. Ik moet dit soort dingen vaker hardop uitspreken. Ik zei ze nooit tegen mama, niet de dingen die ze van me moest horen, zelfs niet toen ik wist dat ze nog maar een paar weken had. Ik had haar willen zeggen dat ik haar vergaf, of op z'n minst dat ik het begreep, dat ze haar best had gedaan ook al was dat bijna niets. Maar ik kreeg de woorden nooit uit m'n strot. Ik was te laat.

Ik vertrek, ga rechtsaf en loop langs de fabriek omhoog naar de gitzwarte ruïne van de St. Olov.

5

Ik loop langs de fabriek en ze ziet eruit als een statig bakstenen huis. De benedenverdieping heeft vier ramen links van de boog en vier ramen rechts ervan. De bovenramen hebben allemaal vitrages behalve het raam pal boven de boog. Er hangt een soort metalen haak boven de ingang van de boogtunnel en die ziet er in dit schemerige, grijze licht uit als de staart van een schorpioen in aanvalsstand.

Ik glibber en glijd de flauwe helling naar de kerk op; nou ja, het is geen kerk, niet zoals je gewend bent, het is een stapel oude stenen. Er passeert een sneeuwploeg. Hij is verlicht als een maanvoertuig en schraapt sneeuw van Storgatan en strooit zout vanuit zijn achterkant. Het lawaai is godsgruwelijk.

Het kerkhof is verlicht door twee straatlantaarns, maar vanbinnen donker. Ik heb inmiddels ruim drie jaar binnen vijf minuten van deze plaats gewerkt en ben er nog nooit geweest. Waarom zou ik ook? Ik open het hek en zie daar een vrouw.

'Sorry, kom je naar buiten?' vraag ik terwijl ik het metalen hek openhoud en een stap opzij doe.

Ze staat in de schaduw van een overhangende taxus en ik kan haar woorden niet horen; ze draagt een sjaal en ik kan haar in deze duisternis niet lezen.

'Ik ben doof,' zeg ik, 'ik kan je niet horen.'

Ze gaat het hek door en staat onder de straatlantaarn. Ze ziet er antiek uit, een bruine bontjas sleept over de sneeuw, zijn capuchon verbergt haar haren. Ze trekt de sjaal wat omlaag en onthult een verschrompeld mondje, geverfd met feloranje lippenstift.

'Sorry,' zegt ze. 'Kom je naar binnen?'

'Ja,' zeg ik. 'Voor tien minuutjes. Hoezo?'

'Pak aan.'

Ze steekt haar gehandschoende hand in de zak van haar bontjas en haalt er iets uit en legt dat in de palm van mijn skihandschoen.

'Wat is dit?'

'Gewoon een stukje brood. Dat zal je beschermen als je over het kerkhof loopt. Stop het in je zak. En...'

'Ja?' zeg ik.

'Probeer je adem in te houden als je er ver in bent gelopen. En probeer anders niet te diep te ademen.'

Zo gek als een deur.

'Oké,' zeg ik. 'Fijne avond verder.'

Ik loop door het hek en zij schuifelt weg door de straat. Er staat een wassende maan en hij is voor driekwart vol, maar er drijven ijswolken langs dus het licht komt en gaat.

Er staat een groot bord voor de ruïne zelf dat me vertelt dat de kerk uit 1100 stamt en een dak had en regelmatig werd gebruikt tot de zwarte griep in 1917 in Gavrik uitbrak.

De muren zijn op sommige plaatsen een meter dik en bedekt met lood en mos en blaadjes en een dik tapijt van onaangeroerde sneeuw. Het is een klein gebouw met een grote, platte steen aan het eind waar ooit een altaar zal hebben gestaan, denk ik. Het voelt hier bijna als in de natuur: een bos of een veenpoel of een onverlicht moeras. Plaatsen waar ik doodsbang van ben. Iemand heeft graffiti op de steen gespoten. Ik kom dichterbij en de maan licht op en ik zie dat het een emoji is. Een droevige smiley in het zwart met reusachtige boze ogen.

Ik stap door de verwilderde rododendronstruiken, hun dichte knoppen verwelken en verschrompelen in de eindeloze kou, en ik kijk naar de graven. Ik probeer het familiegraf van de Grimbergs te vinden, want ik wil uitvinden waarom Gustav op die manier aan zijn einde is gekomen. Ik moet dat verhaal opgraven.

Naast veel graven staan kleine stapels sneeuwballen met vanbinnen flakkerende kaarsen. Eentje is een stapel sneeuwdoodskoppen, deze zijn heel mooi, de volwassen versie, bijna tot ijs gladgewreven, zonder steentjes in de oogkassen. Ze zien eruit als glazen decoraties of dure kristallen presse-papiers. En ze fonkelen door het kaarslicht in hun buik.

Arme mama. Ze verdient beter. Naast sommige stenen, meestal stenen die er wat nieuwer uitzien, staan zonnelampen op paaltjes en ze flikkeren door het minieme stroompje elektriciteit dat ze uit de winterse hemel van Poppenstad hebben weten te peuren.

Het moeilijkst om naar te kijken zijn de oudste en de nieuwste stenen.

De inscripties op de oudste stenen zijn onleesbaar, met mos bedekt en verweerd. Ze worden niet herinnerd, de mensen eronder, te veel graden scheiding tussen hen en de levende wereld. De meeste staan niet meer helemaal overeind. Ze zijn vergeten en vallen zo langzaam als iets op deze wereld ook maar kan vallen.

En de nieuwe. Op de pas gedolven graven ligt nog steeds een bergje aarde of grind, brokken verse bodem die nog geen tijd hebben gehad om in te klinken. Ik loop er met een wijde boog omheen. Geen logische reden, maar ik kan er gewoon niet te dicht langs lopen.

Een uil roept vlakbij vanuit een boom en ik grijp instinctief naar het stukje brood van de oude vrouw in mijn zak.

Vlak bij de verste hoek van het kerkhof, het ongereptste gedeelte, het gebiedje dat het dichtst bij de fabriek zelf ligt, vind ik het graf van de familie Grimberg. Het is het grootste hier en het statigste. Een lage stenen muur omringt de twaalf, misschien veertien graven en rond de muur staat een lage, groenblijvende heg. De heg lijkt zwart. Ik krijg zo'n harde feedback van de wind in mijn gehoorapparaatjes dat ik geneigd ben ze uit te zetten, maar ik wil ze op een plaats als deze niet missen.

Deze Grimberg-graven hebben fatsoenlijke kaarsen, echte, geen elektrische, en ze zien eruit alsof ze kortgeleden zijn aangestoken, hun pitten zijn nog lang in hun winddichte huisjes. Ik zie terugkerende namen: Gustavs en Cecilia's en Ludvigs. Minstens twee van elk. En dan zie ik het.

Mijn hart stopt een paar slagen.

Een stukje grond is bedekt met iets wat eruitziet als de bovenkant van een barbecue of een half olievat. Het rookt door een schoorsteentje aan één kant. Ik heb hierover gelezen. Ik dacht dat we er een voor mama nodig zouden hebben, hoewel de grond op de begraafplaats van Karlstad uiteindelijk genoeg was ontdooid om erin te graven. Maar hier is het kouder. Hier in Poppenstad, ingeklemd tussen het Utgardbos en heuvels en bevroren rivieren, hier in dit vorstgebied, hier waar de permafrost diep en standvastig is en de aarde pas begin mei echt begint te ontdooien.

Het verwarmingsapparaat is verbonden met twee tankjes propaangas. De sneeuw eromheen is gesmolten en ik voel zelfs de warmte die het ding afgeeft en die is geruststellend, al baal ik ervan dat te moeten toegeven. Hier zal het gebroken lichaam van meneer Gustav Grimberg, CEO van Grimberg Drop, morgenmiddag ter aarde worden besteld.

De omringende graven zijn ook enigszins ontdooid. Ik zie bosjes verwelkte bloemen met zwarte blaadjes en stapeltjes mosselschelpen, en op een klein graf, geen oud, zie ik een uitgehouwen afbeelding van een speelgoedvrachtwagen.

Het is alsof ik een dreun op mijn keel krijg.

LILLA LUDO, staat er en ik moet me bijna omdraaien, ineens beseffend waar ik op sta. 1998-2005, staat er. ZOON VAN GUSTAV EN ANNA-BRITTA EN BROERTJE VAN KARIN, staat er.

Ik doe een stap naar achteren en loop weg om weer op adem te komen. Het is koeler hier, bij de omringende muur, weg van de grafverwarming op propaan.

Misschien zou ik me niet zo voelen als ik mama sinds de begrafenis wel had bezocht. Ik geloof er niet echt in en zij deed dat trouwens ook niet. Als iemand weg is, is hij weg. Maar het graf van dat jongetje en dat warme stukje grond zijn al met al beklemmender.

Ik haal de chocola uit mijn zak en breek een rijtje af en het is hard en stijfbevroren, maar daarna ontdooit het op mijn tong en wordt mijn verhemelte bedekt met zijn goedkope, fluweelzachte cacaoboter en voel ik me al wat beter. Suiker stoot mijn bloed binnen. Ik trek de Leica-verrekijker uit mijn andere zak en houd hem vast. Zal ik dit wel doen? Ik ben een verslaggever en ik moet vat krijgen op de dood in de fabriek. Mijn laatste grote verhaal. En in zekere zin getuigt het van meer respect wanneer ik dit alles op afstand doe dan wanneer ik met henzelf praat. Ik sta hier aan het uiteinde van het gebouw, aan de rechterkant vanuit Storgatan gezien. Via de boogtunnel is een moderne eenheid verbonden met de achterkant van het fabrieksgebouw. Er staan een stuk of negen ouderwetse vrachtwagentjes, die het volgens mij in deze tijd van het jaar zwaar zullen hebben, en daarachter de zoethoutschuren waarover Lena me vertelde. Want honderd jaar geleden was dit een belangrijke plaats. De Grimbergs kochten tonnen zoethout in verre landen en lieten die bundels helemaal naar het kleine Gavrik verschepen om ze daar tot zoute drop te verwerken. Onze zucht naar zout is vermoedelijk terug te voeren tot de tijd van de Vikingen, toen alles gezouten en gepekeld en ondergronds werd geconserveerd, dat denkt Lena tenminste en wie ben ik om daartegenin te gaan. Ze vertelde me ooit: te veel zout en je gaat dood, te weinig zout en je gaat dood. Ik zie iemand in een enorme jas achter de vrachtwagens vandaan komen. Ik denk dat het een vrouw is en de schuren zien er vanavond uit als galgen, kleine kranen op houten platforms, verlicht door mistig wit licht.

Ik zie nog iemand achter het zolderraam, misschien twee of drie figuren, allemaal zwak verlicht door peertjes met een laag wattage. Het gerucht gaat dat daarboven een oude vrouw woont, Cecilia Grimberg, druipend van diamanten en parels, maar ik weet het niet, mensen roddelen nu eenmaal graag. En zou ik ooit hebben gevraagd waarom een rijke familie als de Grimbergs zich bediende van goedkope peertjes met een laag wattage, dan zou mama op een van haar betere dagen hebben gezegd: 'Nou, Tuva, misschien is dat wel de reden dat ze zo verdomde rijk zijn.'

Ik snap dat zolderraam niet. Het helt 45 graden over en dat komt niet doordat het is verzakt, dat komt doordat het zo is ontworpen. Geeft me een onprettig gevoel. Ik loop weg en trek de sjaal rond mijn hals strakker aan en mijn wangen zijn gevoelloos van de kou. In de verte zie ik torenflats die in de jaren zeventig zijn gebouwd, gezinnen in hun vierkante leefruimten, het licht van tv's flitst door de ramen, ze zitten daar allemaal lekker warm met hun rundergehakttaco's en hun zoute drop en hun heilzame gezinslevens.

Ik bagger door de sneeuw, me meer bewust van de graven onder het wit, met meer aandacht voor de zielen daarbeneden dan ik eerder op de avond had, en loop terug naar de ruïne. Ik voel een aandrang om nog een keer te kijken, een verlangen om die verfspraysmiley te zien, dus stap ik de ruïne weer in en zie David Holmqvist daar boven op de altaarsteen staan.

6

Hij is in het zwart gekleed.

'David?'

Mijn stem laat me in de steek als ik zijn naam probeer te zeggen.

'David?' probeer ik opnieuw.

Hij blijft achter in de ruïne staan, zijn bleke gezicht gloeit tegen de dikke stenen muren, sneeuw valt tussen mijn lichaam en het zijne.

'Ik zag je hierheen lopen door de straat,' zegt hij, alsof dat reden genoeg is om me in dit twaalfde-eeuwse kerkskelet aan het schrikken te maken.

Ik stap dichter naar hem toe en de stilte keert weder; de zware, met lood afgedekte muren houden de wind tegen zoals ze dat al duizend koude winters deden.

'Ik ga naar huis,' zeg ik en ik kijk naar de uitgang. 'Alles goed met je?'

Hij haalt zijn schouders op – 'Ach, je weet wel' – en ik zie het litteken boven zijn lip als het oplicht in de glinstering van de sneeuw.

'Nieuw project,' zegt hij.

Ik wil weer terug naar de open ruimte.

'Ik ga nu naar mijn auto,' zeg ik.

Hij knikt, trekt de band van zijn muts strakker aan en loopt met me mee, en samen waden we door onze oude voetafdrukken naar de ingang van de kerkruïne, de boog zo laag dat we allebei moeten bukken om erdoor te kunnen.

Holmqvist kijkt omhoog naar de schoorstenen van de fabriek.

'Ik betwijfel of het zelfmoord was,' zegt hij. 'Zo'n vreemd gekozen dood.'

'Wat bedoel je?'

'Ik heb over verschillende zelfmoorden geschreven en onderzoek gedaan naar alle beschikbare methoden. Ik heb er behoorlijk veel over gelezen, en een intelligent persoon zou zichzelf verdoven met pillen of alcohol, en dan een schoon en definitief einde kiezen. En, als hij of zij dat van plan was, een methode die de nabestaanden zo min mogelijk leed zou berokkenen.'

De uil in de boom roept een keer en dan nog eens twee keer.

'Ik vraag me af of mensen zo helder denken wanneer ze besluiten zich van kant te maken,' zeg ik.

'Ik ben er vier keer heel dichtbij geweest.' Hij kijkt me aan, recht in mijn ogen om mijn reactie te peilen, om mij te lezen. 'Ik dacht bij elk van die vier keren helderder dan ik gewoonlijk doe en, zoals je nu ongetwijfeld weet, meestal denk ik behoorlijk helder.'

Hij loopt naar het ijzeren hek en zwaait het open.

'Dat wist ik niet,' zeg ik.

'Maar je weet wel wat ik heb doorgemaakt. Je weet dat ik mijn leven lang volstrekt onterecht een paria ben geweest, dus je had je misschien kunnen voorstellen dat ik onderzoek zou hebben gedaan naar een mogelijke uitweg, dat had je misschien kunnen uitknobbelen?'

We lopen nu op de stoep, een en al grijze drab en ijspegels en talloze voetafdrukken met zo te zien hetzelfde patroon op de zool. Zo ziet oude sneeuw eruit als iedereen zijn laarzen bij de ICA Maxi koopt.

'Het spijt me,' zeg ik en dat meen ik oprecht. Van zoveel dingen. Holmqvist was de boeman die door heel het stadje werd verdacht van de Medusa-moorden. Ik bedoel, jezus, hij werd twee keer opgepakt ondanks gebrek aan feitelijk bewijs tegen hem. Als ik dacht dat hij kwaadaardig was, stond ik nu niet met hem te praten voor de ruïne van de St. Olov terwijl er nergens een mens te bekennen valt. 'Ik zag je eerder de fabriek in gaan,' zeg ik. 'Ik wil ze ook condoleren.'

'Nee, dat was...' en verder kan ik hem niet horen omdat er in Storgatan een ijzige wind is opgestoken die nu langs de voorkant van de fabriek jaagt.

'Wat? Zeg dat nog eens?'

'Laat maar,' zegt hij.

'Wat zei je net? Vertel het me.'

'Ik zei dat het voor zaken was, de reden dat ik daar was. Boekenzaken.'

Hij glibbert een beetje wanneer we bij het politiebureau de straat oversteken, dus pak ik hem bij zijn arm en hij duwt me zo'n beetje weg. Lena heeft de kerstverlichting voor het raam van het kantoor aangedaan. Die ziet er gruwelijk lelijk uit. Als ze die niet voor mijn afscheidsborrel aanstaande donderdag heeft weggehaald, zal ik dat zelf moeten doen.

'Schrijf je over de fabriek?' vraag ik.

'Het is allemaal nog geheim,' zegt hij. 'Maar ik kan je in alle eerlijkheid zeggen dat het een heel spannend project is. Je zult er te zijner tijd wel meer over horen, als het officieel bekend wordt gemaakt.'

Hij ziet er nu heel zelfvoldaan uit, de moedervlek op zijn adamsappel rijst en daalt terwijl hij zijn kin opheft om te glimlachen.

We komen bij mijn Hilux.

'Wil je een lift?' vraag ik. Ik wil hem helemaal geen lift geven, maar ik heb meer informatie nodig. Ik heb materiaal voor mijn laatste verhaal nodig.

'Ik sta geparkeerd bij de ICA,' zegt hij. 'Zaken, dan eten. De verkeerde volgorde, maar het is niet anders.'

Ik maak mijn auto open, klim naar binnen, laat het portier open en zet de motor en de verwarming aan. 'Ga je morgen naar de begrafenis?' vraag ik.

Hij schudt zijn hoofd. 'Ik ben niet welkom, en dat is prima, ik heb er vrede mee. Een massa volk uit Gavrik plus ikzelf is een recept voor een ramp. Nee, ik heb Gustav de laatste eer bewezen en blijf morgen thuiswerken.'

Ik stap uit en krab mijn voorruit schoon en hij staat daar maar en kijkt toe.

'Oké,' zeg ik. 'Ik smeer 'm.'

Hij zegt geen gedag noch zwaait hij of doet hij iets anders, dus begin ik langzaam achteruit te rijden, de sneeuw knerpt onder mijn spijkerbanden, en ik rijd Storgatan in. Daar staat hij in mijn spiegels, de man die vorig jaar zijn jasje om mij heen sloeg om me warm te houden tot de politie in het Utgardbos arriveerde, de man die zijn Duitse herder op wacht zette om de elanden en wolven en God weet wat bij ons vandaan te houden.

De sneeuwploegen zijn weg en mijn dashboard geeft -14 °C aan. Storgatan is verlaten op twee mannen na die voor Ronnies Bar een sigaret staan te roken en hun schoenen tegen elkaar slaan en heen en weer lopen. Februari is zwaar voor rokers. Roken vergt drie keer zoveel aan- en uittrekken van kleren als ik hoef te doorstaan, en dat wil wat zeggen. Bij de bushalte voor de fourniturenwinkel zit een joch in een felrood jack; hij lijkt me een jaar of dertien. Zijn ijshockeytas is groter dan hijzelf en zijn stick leunt tegen de plexiglazen wand van het hokje. De winter is zwaar voor kinderen en oude mensen, zwaarder zelfs dan voor rokers. Als je een volwassene bent, als je tussen de achttien en de tachtig bent, heb je waarschijnlijk een lekkere warme Saab en bevind je je geen moment buiten in de elementen. Maar als je heel jong of heel oud bent, als je het kwetsbaarst bent voor kou, als je het minst goed bent uitgerust tegen ijzige paadjes en pooltemperaturen, dan wacht je op een lift en wandel je op je zware schoenen over ongeveegde wegen naar bushokjes en zie je veel meer van de winter dan je wil of moet zien.

Vochtige, naar hamburgers geurende lucht stijgt op naar de hemel boven McDonald's en blijft daar hangen als een fastfoodwolk. Ik maak een bocht naar links en passeer de ICA Maxi met zijn bevroren piramiden, zijn groeiende Matterhorns van opgeveegde en geruimde sneeuw, zijn vuilwitte bergen die er nog lang nadat de sneeuw op de grond is gesmolten zullen staan, beschermd door gevangen kou.

Er staat een Volvo met een aanhangwagentje pal voor Tammy's foodtruck, alsof de chauffeur goddomme denkt dat het een drive-through is. Hij staat er zo dicht tegenaan geparkeerd dat hij zijn arm vermoedelijk door het raampje naar het luik kan uitstrekken vanuit zijn warme auto met de Dire Straits-cd en de pluizige hoes om zijn stuur. Hij rijdt weg en ik parkeer en draaf naar haar toe.

'Hij stond wel erg dichtbij,' zeg ik.

'En geef hem eens ongelijk,' zegt Tammy terwijl ze haar tandenstokers en servetjes aanvult, met haar pompommuts boven op haar hoofd.

Ze mompelt nog iets, maar ze heeft haar rug naar me toe gekeerd en ik kan het niet horen.

'Wanneer ga je dicht?' vraag ik.

Ze draait zich om met een glimlach op haar gezicht.

'Vijf minuten geleden. Ik ruim nog even op en daarna kunnen we in jouw auto eten, deal?'

Ik knik en kijk hoe ze haar laatste lente-uitjes hakt. Ze snijdt ze in honderd microscopisch dunne groen-witte ringetjes met haar Japanse Global-groentemes. Ze heeft me ooit verteld wat haar messen kosten, zelfs die met de korte lemmeten, en ik dacht dat ze een grapje maakte. Ze bergt garnalen en eiernoedels op en doet de lente-uiringetjes in een tupperwaredoosje.

'Goede avond gehad?'

'Zesendertighonderd kroon – of ongeveer vierhonderd pop meer dan een halve maand huur of ongeveer een tiende van jouw nieuwe flitsende maandsalaris in Malmö.'

Ik fluit misprijzend naar haar.

'Dat zal ik ook nodig hebben,' zeg ik. 'Heb je enig idee hoe duur appartementen daar zijn? Straks woon ik nog in een pak melk.'

'Het is daar niet duur,' zegt ze terwijl ze het bedieningsluik sluit. 'Het is hier gewoon spotgoedkoop en daar ben je aan gewend geraakt. Dat is het probleem, glashelder; de mensen hier gaan nooit weg omdat ze hier wonen en denken dat al het andere griezelig anders en duur is. Ik ben hier geboren, ik kan het weten. En zo nu en dan komt er een buitenstaander zoals jij en dan kom je vast te zitten omdat je verslaafd raakt aan hoe goedkoop het is.'

Ze springt achter uit haar foodtruck met twee witte plastic tasjes in haar hand en dan sluit ze af, komt naar me toe en geeft me een knuffel en een kus op mijn wang.

We zitten in mijn Hilux, zij op de passagiersstoel, stoelverwarming halfhoog, ik op de chauffeursstoel, stoelverwarming laag, blower op de middelste stand, de verwarming op onze voeten gericht. Het is aangenaam. Met mijn draaiende motor en mijn koplampen die een eindeloos sneeuwveld in schieten, is het prima te doen.

'Vind je het lekker?' vraagt ze.

Panang curry met biefstuk, heet genoeg om mijn hart van 0 kelvin te verwarmen na al deze maanden van niet-aflatende duisternis en ijs; dampend en gemengd met perfecte witte rijst uit de rijstkoker en een paar pikante stukjes kroepoek. Ik glimlach alleen maar en maak een onnozel geluidje van genot.

We eten tien minuten zonder veel te zeggen. Een vrouw langlauft ons voorbij met op haar rug een rugzak waar een baguette uit steekt. Ja, de mensen langlaufen naar de supermarkt in Gavrik, dat is heel normaal, niks bijzonders te zien hier. Wanneer de wind draait, worden mijn uitlaatdampen naar de voorkant van de auto geblazen dus zie ik het veld, het lege veld dat zo wit is als een meringue, ik zie het door een witte, giftige mist. In elk ander jaargetijde zou het ondenkbaar zijn dat een Zweed zijn motor laat draaien, on-fok-king-denkbaar, we zetten die zelfs af voor een rood stoplicht, maar in februari, vooral een februari die zo koud is als deze, zegt niemand er iets van. De regels veranderen als het kwik onder de min tien daalt.

'Raad eens wie ik vanavond heb gezien,' zeg ik.

'Zeg me nu niet dat het die eikel van een taxichauffeur uit het Utgardbos was.'

'Sorry, deelnemer nummer één, dat is fout.'

'Holmqvist?' zegt ze.

'Gefeliciteerd, u hebt een gloednieuwe sneeuwblazer gewonnen.'

'Wat doet hij tegenwoordig?' vraagt ze. 'Ik heb nooit meer iets over hem gehoord, weet je.'

'Hij is blijkbaar bezig met een nieuw boekproject, iets waar de dropfabriek een rol in speelt. Hij is een griezel maar niet griezelig, snap je wat ik bedoel? Soms is de man die er zo raar uitziet in feite de lieverd die vroeger nooit werd gekozen voor een sportteam.'

Tammy pakt haar lege plastic bakje in en neemt een slok appelsap direct uit een kartonnetje.

'De laatste keer dat we het over hem hadden, waren we op weg naar je moeder. Het was de dag erna,' zegt ze.

'Yep.'

'Als je wilt dat ik met je meega naar het graf, dan doe ik dat, hoor,' zegt ze. 'Ik blijf in de auto zitten als je dat wilt, maar ik rij er met alle plezier samen met jou naartoe.'

'Kom bij me wonen in Malmö,' zeg ik. 'Naar de hel met dit oord.'

‘Nog anderhalf jaar opleiding te gaan en daarna, wie weet. Als daar een brug moet worden ontworpen, wie weet. Wees voorzichtig met wat je wenst, Tuva Moody, het kan zomaar gebeuren.’

Ik steek twee duimen naar haar op.

‘Misschien moet ik daarvoor nog naar Stockholm.’

‘Waarom?’ vraag ik.

‘Mijn kleine neefje wordt daar gepest. Rottige rijke kinderen pakken zijn tas af als hij van school naar huis loopt. Hij heeft het zwaar. Ik weet nog dat een jongen met een rattengezicht me altijd opwachtte na school en dan mijn telefoonnummer vroeg, zei dat hij mijn vriend wilde zijn. Ik was doodsbang voor hem. Mijn grote neef gaf die jongen toen in ongezouten termen te kennen dat hij moest oprotten. En nu moet grote nicht Tammy misschien een soort hinderlaag opzetten om een Stockholmse racistische donder een flinke schop te verkopen. Of anders gewoon met zijn leraren praten.’

‘De beste nicht die er is,’ zeg ik.

Ze knikt instemmend.

‘Is er veel journaille van buiten de stad om die zelfmoord te verslaan?’ vraagt ze.

‘Een paar,’ zeg ik. ‘Ik herkende er twee uit Jönköping, maar die bleven niet lang. Te koud voor ze. Te Gavrik.’

Ik blijf wachten om te zien of haar auto start. Sinds Kerstmis heb ik haar Peugeot van middelbare leeftijd drie keer moeten aanduwen. En daarna rijd ik door naar huis.

In mijn brievenbus liggen een paar laatste rode rekeningen en een bevestiging dat mijn post zal worden doorgestuurd, en een kaart van tante Ida, mama’s zus, al spraken ze elkaar nooit. Ik maak hem open. Het is een Succes-wenskaart met een zwart katje erop dat met een hoefijzer speelt op een veldje klavers. Klavertjesvier. Het katje heeft een hangertje rond zijn nek in de vorm van een wensbotje. Zijn pootjes zijn als vingers gekruist. Geen boodschap, alleen die kaart.

De matten bij de ingang zijn doornat van het vuile ijswater. Ik loop naar mijn appartement en pak een halflege fles cafeïnevrije cola uit de koelkast en vul hem af met rum, helemaal vol, tot aan de rand, de perfecte balans, de perfecte dosis, en neem hem mee naar bed. Kun je iemand dwingen zichzelf te doden? Waarom sprong Gustav? Om zijn gezin te redden? De fabriek? Zijn reputatie? Wanneer wordt een zelfmoord moord?

7

Ik word wakker en slik twee paracetamols, dan een derde, en wrijf koud water in mijn ogen. Ik probeer mijn gehoorapparaatjes in te doen, maar mijn oren willen daar niets van weten, mooi niet. Ik haal mijn crème tevoorschijn, de serieuze, de vette op recept, en wrijf hem voorzichtig in de dunne, harde reptielenhuid in de holte van mijn oor.

Wat trek je aan naar een begrafenis in februari? Ik plof neer op mijn bank met een kop koffie en een kaneelbroodje uit de magnetron dat vanbinnen nog stijfbevroren is, en neem mijn opties in ogenschouw. Zwarte ski-/inbrekerschic zal het moeten worden, met royale hoeveelheden ondergoed.

Ik rijd naar kantoor, Lena en Lars zijn er al, maar Nils is niet gekomen, wat te verwachten was. Ik sluit af en draai me om om de korte helling op te lopen en zie de lijkwagen al staan, lang en donker en heel erg niet gebouwd voor de februari's in Gavrik.

Hij lijkt op de lijkwagen van mama.

Ik sta stil en laat hem zijn moeizame gang over de met zand bestrooide heuvel vervolgen. Er ligt voor de gelegenheid drie centimeter verse sneeuw, die de stad lichter maakt en de vuile drab bedekt. Heel toepasselijk. Het lijkt alsof de fabriek in bedrijf is, alsof daar vandaag mensen werken. Ze gaan maar tweemaal per jaar dicht: op kerstavond en gedurende midzomernacht. De rook die uit de ene werkende schoorsteen komt, de linker, is zwart en de lucht ruikt naar verbrande karamel. Bitter. De lijkwagen passeert me en ik zie Anna-Britta,

Gustavs weduwe, er helemaal alleen achteraan lopen. Ze is elegant in het zwart gekleed, met een kleine rode broche, en het ziet eruit alsof ze meer kleren nodig heeft. De besloten plechtigheid is voorbij. Dit is het openbare gedeelte. Anna-Britta kijkt strak naar de kist door de achterruit van de lijkwagen, naar de man met wie ze sinds haar achttiende was getrouwd, en ze loopt met vastberaden pas langs de schoorsteen waar hij vanaf sprong, en verder naar de St. Olov.

Het stadje is zo geruisloos als tijdens een minuut stilte.

Het is altijd stil maar vandaag is die stilte eerbiedig; gedempt voor een man die vijfenvijftig jaar oud was en het pitje van zijn sputterende kaars toekneep, jaren voordat die stilletjes zou zijn uitgedoofd.

De achterwielen van de lijkwagen slippen een beetje als hij het terrein van de St. Olov op draait en ik zet de pas er weer in om me aan te sluiten bij de menigte die al op het kerkhof staat. Ik loop naar binnen en om de oude ruïne heen die eruitziet als het rottende, verzonken lijk van een kerk: de botten, het skelet, met niets daarop, alleen de verticalen, geen ingewanden.

Ik versmelt met de drom mensen in hun zwarte ski-jacks en met hun met fleece gevoerde mutsen. Misschien weet iemand hier waarom Gustav zelfmoord pleegde? De oudere mensen dragen hun mooiste bont en de jongeren hebben hun enige jas aan: door mensen gemaakte zwarte, winddichte dingen die ze bij de ICA Maxi hebben gekocht. Ik zie vier exemplaren van hetzelfde jack uit de collectie van vorige winter en doe daar niet eens mijn best voor.

Daar heb je Benny Björnmossen van de wapenwinkel en Bengt de Hamsteraar uit het Utgardbos, en dan zie ik de knappe caissière uit de supermarkt. Ik zie Agnetha Hellbom, die op het secretariaat van de fabriek werkt. Ze draagt een zwarte minkjas met een met vossenbont afgezette capuchon. En dan Henrik, haar echtgenoot, de flitsende advocaat van het stadje. Hij glimt als een hond op een hondenshow, maar zijn houding is belabberd. Mensen komen hem begroeten en hij ziet eruit alsof hij klem zit in een windtunnel, hij heeft zo hard z'n best gedaan. Een dun snorretje rust op zijn opgespoten lippen. Zijn jukbeenderen zijn kunstmatig gewelfd en zijn kin is te vierkant en zijn huid is strakgetrokken achter zijn oren en daar vastgezet. Ik speur naar de nieuwe agente maar zie haar nergens.

'Veel mensen,' zegt Lena, die naast me komt staan. Ze ziet er prachtig uit in een donkergrijze wollen jas.

'Goede opkomst,' zeg ik en ik heb meteen spijt van die stomme woorden, woorden die ik haat, woorden die ik nooit hoorde op mama's begrafenis omdat je die niet kunt zeggen als er maar zeven mensen komen opdagen.

De zerken zijn alle bedekt met een streep sneeuw en de naar het oosten gerichte randen van de stenen en de knoestige taxussen zijn door de wind geteisterd met rijp.

Er staat een gebogen man in de verte, een heel eind achter de andere rouwenden, en zijn hond is bijna even groot als hij.

De kist komt binnen. Ze hebben een avenue in de sneeuw uitgeschraapt en die sneeuw aan weerskanten opgehoopt zodat de stoet kan passeren. Het doet me denken aan Mozes die de Rode Zee splijt, alleen is deze wit. Geen kleur. Vandaag is een zwart-witfilm.

En dan zie ik de dochter, Gustavs kleine meid, de vrouw die uit de taxi stapte, over wie conciërge Andersson sprak. Karin Grimberg. Ze is een drager, linksvoor, en draagt haar vader met haar eigen lichaam, samen met vijf mannen. Haar gezicht is resoluut en matwit en haar schouders zien er sterk uit, alsof ze vandaag twee keer dat gewicht kan dragen, hoewel ze een spinnetje is.

Wij, de massa, de onuitgenodigde massa, schuifelen dichter naar het familiegraf van de Grimbergs toe. Mensen dringen naar voren om een goed plekje te bemachtigen. De fabriek ziet er in het daglicht anders uit, ze doemt hoger op en ze lijkt nat te zijn, alsof ze iets uitscheidt; strepen vocht lopen over de muren en door de oude ijzeren goten.

'Mooie kist,' zegt Lars naast me, met op zijn hoofd een zwarte Russische muts met een voering van nepbont. En hij heeft gelijk, hij is inderdaad heel mooi, maar het blijft een stomme, afgezaagde, dertien-in-een-dozijn, onoriginele begrafenisopmerking. Niet dat ik iets beters weet. Ik werp een blik op Lars en ik zie dat hij een das om heeft. Ik kan die niet zien onder zijn jas, maar zijn hals is samengeknepen en rood als een worstje dat zo meteen uit zijn vel barst.

De kist heeft afgeronde en afgeschuinde hoeken. Hij glimt als pas uitgehakte steenkool en hij lijkt in niets op die van mama.

Lena pakt mijn mouw, niet mijn hand, en trekt me zachtjes mee naar een beter observatiepunt, dichter bij de ruïne zelf. Ik zet mijn zonnebril op. Veel andere mensen hebben er ook een op, ofwel vanwege de reflectie van de sneeuw of rode ogen, of omdat die een handig schild vormt wanneer je nieuwsgierig bent en om je heen wilt kijken. Ik moet wel kijken, want ik moet volgende week over dit alles schrijven in mijn allerlaatste editie van de *Posten*. En omdat Thords opmerking over 'aanzet' me dwarszit. Had Gustav een vijand? Is die vandaag onder ons? Was die openbare sprong van de schoorsteen het minst van twee kwaden? Mijn zonnebril tikt tegen de bovenkant van mijn gehoorapparaatjes, waardoor ze ratelen; het geluid is te hard en ik zet de bril af.

Een kat zonder staart komt aangerend vanaf de fabriek. Hij springt over de brede, met sneeuw bedekte muur en schiet naar het familiegraf, trekt zich niets aan van de drom ernstig kijkende mensen. Hij gaat bedaard op het graf van *lilla* Ludo zitten, dat met de stenen speelgoedauto, en hij blaast. Het kost me moeite om in deze tijd van het jaar dingen in de buitenlucht te horen, met die slecht passende gehoorapparaatjes en zoveel mensen die zachtjes mompelen, maar ik hoor hem duidelijk blazen. Deze kat heeft één oor en ziet er ondervoed uit en straalt uit 'laat ons met rust'.

De predikant, een man zo groot als een eland, staat bij het graf, met gebogen hoofd, en draagt slechts een kozakkenmuts. Geen sjaal, geen fatsoenlijke schoenen. Ik neem mijn muts voor hem af, echt waar. Hij praat vriendelijk tegen Anna-Britta, die nu zichtbaar overeind wordt gehouden door haar dochter, de kist dragende goth Karin, en wenkt hen beiden om naar het graf te lopen. Anna-Britta raakt de hoek van de kist even aan. Overal om me heen mompelen mensen dingen en de lucht is zo volkomen stil en koud als de ruimte.

De kist wordt neergelaten en daar voel ik me plotseling misselijk door. De aanblik van de gedolven aarde en de geur van mijn medicinale gezichtscrème. Het was hetzelfde toen mama werd neergelaten; dezelfde geuren en het wegnemen uit deze wereld aan de oppervlakte, weg van ons allen, van boven, en het laten zakken van die persoon, omlaag, diep omlaag, dieper dan ik ooit groef of stond of lag, langzaam en gladjes, en dan die persoon achterlaten in dat andere rijk. Ze horen te verrijzen, maar wij laten ze neer.

Een jongen met bevroren snotsporen onder zijn neus gilt van pret aan de andere kant van het kerkhof, en gezichten en bontjassen draaien zich afkeurend naar hem toe. Hun bont glinstert in de wind alsof het nog dier is. De jongen speelt verder. Hij gooit sneeuwballen, alleen zijn het geen sneeuwballen, maar kaarsenhouders, kleine, met de hand en met liefde en goedheid gemaakte ijsballen om de lichtjes te beschermen die hier door nabestaanden naartoe worden gebracht. Hij raapt er nog een op en gooit die naar een grafsteen.

'Hij is nu op een betere plaats,' zegt een man van middelbare leeftijd in een grijs ski-jack naast me. 'Geen pijn meer.' En ik vraag me af waar deze parels van tegeltjeswijsheden vandaan komen. Hoe kunnen we nu weten of hij op een betere plaats is?

De twee Grimberg-vrouwen stappen gracieus naar het graf en ik kan nu alleen hun rug zien: de een breed en elegant, de ander smal en recht. Anna-Britta wankelt. Ze slaakt een gilletje en de menigte, de stad, wij allemaal, we houden onze adem in, enigszins ongemakkelijk bij die uitbarsting van emotie en plein public, in Gavrik, in Zweden, in februari.

Ik heb hoofdpijn en proef tandpasta vermengd met rum.

'Mama moet wachten tot de lente en anders wordt het cremeren,' hoor ik een vrouw voor me zeggen. Ze heeft elastieken met spijkers om haar schoenen zodat ze niet uitglijdt. 'Wij kunnen ons dit niet veroorloven,' zegt ze. 'Normale mensen kunnen niet begraven worden bij zulke kou.' Ik kijk om me heen of ik de kacheltjes met propaangas zie, maar die zijn weggehaald.

Anna-Britta en Karin gooien allebei wat aarde op de kist.

Ik zie mama's eiken versie voor me, onder in zijn eigen kuil, mijn schilferige bleke handen werpen aarde op de deksel, de laatste actie, onomkeerbaar, de terugkeer naar de natuur.

Anna-Britta en Karin gooien allebei een witte lelie in de diepe, donkere kuil.

Ik hoor een zucht op laag niveau, een collectief maar miniem geluid, de scherpe inname van honderd ademteugen, en het is haar, de oude vrouw, Gustavs moeder, Karins grootmoeder, de dame die me het stukje oud brood gaf dat ik op dit moment vasthoud in mijn jaszak.

Aan de andere kant van de muur. Een verschijning. Cecilia Grimberg is kleur, honderd kleuren en texturen, een paradijsvogel, een psychedelische droom waarin tulpen tot flamingo's vervloeien tegen een turkooizen hemel. Ze loopt naar de muur die haar wereld van de onze scheidt, haar lippen even oranje als gisteravond, geen handschoenen aan, haar nagels limoengroen, en ze gooit een boeket rozen met lange stelen, oranje en bleekroze en wit en diep bloedrood, in de kuil. Op haar zoon. En dan loopt ze terug.

8

We kijken allemaal hoe Cecilia weer naar de boog in het midden van de fabriek loopt en verdwijnt. De wereld wordt weer monochroom.

De predikant troost Anna-Britta en ik voel dat mensen zich met eerbiedige ministapjes beginnen terug te trekken, ze schuifelen zachtjes weg van dit verse graf, nu wat gebeuren moest erop zit. Het is bitterkoud en mensen kunnen niet te lang stilstaan.

Het geritsel van ski-jacks en -mutsen, een botsing van oudewereldbont en nieuwewereldthermokleding, loopt de poort van de St. Olov uit, naar de bocht van Storgatan. We bewegen als één man, fluisterend, en voorzichtig om niet uit te glijden. Zware rook gulpt uit de ene operationele schoorsteen en zonder dat iemand iets aankondigt, zonder enige zichtbare organisatie, volgen we elkaar naar het fabrieksterrein, als een troep zwarte kevers.

Ik speur om me heen naar Lena of Lars, maar ik zie hen nergens. We lopen langs de plaats waar Gustav de dood vond en gaan onder de bakstenen boog door dwars door de fabriek heen. We gaan links door een deur in de muur van de boogtunnel. Er is een trap maar niemand beklimt hem. Twee bordjes wijzen omhoog: eentje naar het secretariaat, en eentje naar de 'Ontvangstkamer', wat dat ook mag zijn. We lopen in stilte voort, intussen schrapend en tikkend met onze laarzen, we vegen ze op de extra matten die zijn neergelegd, en stromen de kantine op de begane grond in.

De ruimte is vierkant met aan één kant, de kant die het dichtst bij de voet van de schoorsteen is, een keuken en een toonbank. We zijn in de voorste linkerhelft van het gebouw, die ik vanuit mijn kantoor kan zien, en het plafond is hoog en het decor is dat van een negentiende-eeuws klooster. Ronde tafels, sjofele oude metalen stoelen, emaillen kannen water op elke tafel. Iedereen gaat zitten, onzeker waarom we hier zijn of wie ons heeft uitgenodigd, maar ons bewust dat dit de bedoeling van de Grimbergs moet zijn, ook al is er niemand van hen om ons welkom te heten.

'Pas op,' zegt een vrouw van een jaar of tien ouder dan ik tegen me als ik naar de toonbank loop.

Ik kijk omlaag, naar waar ze wijst.

'Waarop?' vraag ik.

Ze wijst weer en zegt dan zonder op te kijken: 'Stap op een scheur, bezorg je moeder malheur.'

'Pardon?' zeg ik.

Er zit een scheur in de stenen vloer, misschien van toen de schoorsteen werd gebruikt als rookkanaal van de oven, in plaats van als laatste fase van het ontluchtingssysteem dat droplucht Gavrik in blaast.

'Ze is dood,' zeg ik.

De vrouw kijkt me aan.

'Mijn moeder,' zeg ik. 'Ze is al dood.'

Ze kijkt weer omlaag naar de scheur en draait zich dan om en loopt weg. Net goed. Maar ik stap over de scheur heen, niet erop, het heeft geen zin om problemen uit te lokken.

De dis is beter dan de opkomst. Thermoskannen koffie en thee, dozen zoute Grimberg-drop, punten *kladdkaka*-chocoladetaart. Het is hier allemaal zelfgemaakt, nou ja, in de fabriek, denk ik, door het met haarnetjes en schorten uitgeruste keukenpersoneel. Ik neem een plakje appel-kaneelcake en een kop koffie en zoek een plaatsje.

Er is een stoel vrij aan Lena's tafel, maar niet pal naast haar.

Ik glimlach naar de mannen aan weerskanten van me en ga zitten.

Het gesprek in de kantine is gedempt. Het hoge plafond en de ingetogen stemmen zijn de pest voor mijn gehoorapparaten, dus draai ik het volume omlaag. Als je me zag, zou je denken dat ik gewoon mijn haar achter mijn oor strijk. Ik zal vanaf nu liplezen. Ik vang niet de volle honderd procent van de woorden, bij lange na niet, maar de lol schuilt juist in het ontcijferen en het invullen van de hiaten. Het interpreteren van de lichaamstaal helpt. Ik breng een vork naar mijn cake, en de man naast mij, ik herken hem, volgens mij is hij een chauffeur van hier, ik heb hem weleens in zo'n Grimberg-bestelbus zien klimmen, zuigt lucht tussen zijn tanden door. Hij ziet eruit als een jongere versie van conciërge Andersson. Ik kijk naar de haartjes die uit zijn neusgaten piepen en richt me dan weer op mijn cake en hij zuigt opnieuw lucht tussen zijn tanden door.

'Kan ik je helpen?' vraag ik.

'Lekkere cake,' zegt hij.

Ik glimlach-frons.

'Je kunt hem maar beter niet laten omvallen.'

'Wat?'

'De cake.'

Ik frons naar hem. Geen glimlach, deze keer.

'Als hij omvalt, wil het gezegde dat je nooit zult trouwen.'

Ik gooi de cake om met mijn vork en zet hem dan weer rechtop, gooi hem nog eens om en eet hem dan in twee anacondahappen op.

Deze kantine is de reden dat Gavrik niet meer cafés en restaurants heeft. Lars legde het me allemaal uit tijdens mijn eerste maand hier. De fabriek heeft vierhonderd mensen van hier in dienst, als je de bezorgchauffeurs meerekent, en ze worden allemaal gratis ter plekke gevoed. Als deze fabriek vorige eeuw was omgevallen, zouden mijn drie jaar hier heel wat draaglijker zijn geweest.

Ik drink koffie, de rum van gisteravond een vage herinnering, een herinnering die me vraagt of ik nog een glas wil, een paar glaasjes maar vanavond, misschien drie.

Mensen beginnen nu overal om mij heen op stoom te komen. Ze praten luider, het gedempte van ernstige begrafenisetiquette is allang vergeten, en ze praten honderduit. Tegenover me zit een roze garnaal van een vent, midden veertig, parkeerwachtsnor, en hij zegt: 'Het is oud geld, dit alles, ze zijn kapitalen waard met al die kunst, drie Edvard Munchs en een Gauguin in de Grote Salon boven, dat heb ik tenminste gehoord. Grootste producent van zoute drop in het land.'

'Op twee na grootste,' wil ik tegen hem zeggen.

En dan een vrouw met kastanjebruin haar en een paars skijack, de botsing is zo extreem dat het min of meer werkt, ze mengt zich in het gesprek zonder daartoe uitgenodigd te zijn en zegt: 'Het is laf, als je het mij vraagt. De weg van de minste weerstand, van die schoorsteen.'

Dubbele deuren met gebarsten veiligheidsglas gaan open om iemand binnen te laten en nu kan ik in het nieuwe gedeelte van de fabriek kijken. Er zijn daar vrouwen en mannen met haarnetjes op die zelfs op een dag als deze gitzwarte drop staan te maken.

'Ze werken,' zeg ik tegen mezelf.

De man naast me, de cakeman die eruitziet als de conciërge, mompelt iets maar ik kan hem niet goed verstaan, hij heeft een slechte dictie en zijn tong lijkt te groot voor zijn mond.

'Sorry?'

Hij praat weer maar nu heeft hij een mond vol kladdkaka, de glanzende chocola plakt aan zijn tandvlees terwijl hij kauwt, een halve snijtand is bedekt met cacaoboter en bloem en suiker.

'Ik ben doof.' Ik wijs naar mijn gehoorapparaat. 'Ik kan je niet horen.'

Hij kauwt en kijkt een tijdje naar mijn oor en likt dan zijn tanden af.

'Je ziet er niet doof uit.'

Als dit geen rare koffietafel na een begrafenis was, zou ik deze man even flink op zijn nummer zetten.

'Wat zei je?' vraag ik.

'Ze gaan maar tweemaal per jaar dicht, met Kerstmis en midzomernacht. Vandaag werken ze uit respect op halve kracht.'

'Ze hadden ook kunnen sluiten uit respect,' zeg ik.

'Grimbergs vrouw zou dat nooit doen,' zegt hij. 'De meest ambitieuze van allemaal. Ze zit vermoedelijk op dit moment boven te feesten en haar kronen te tellen. Ze wilde de boel hier altijd al bestieren en nu is het dan eindelijk zover.'

Hij staat op, tikt tegen zijn neus en vertrekt.

Benny Björnmossen is er ook en hij ziet er patent uit, alsof hij net terug is van Tenerife of zo. Maar de nieuwe agente zie ik nergens.

'Ze wonen boven, wist je dat niet?' zegt een vrouw achter me. Ik kan haar vrij duidelijk horen, ze spreekt keurig, als een regionale radiopresentator die gehoord wil worden. 'Gigantische kast, de grootste woning van de stad, als een paleis, een en al luxe, pal boven ons hoofd.' Ze snuift. 'Gouden kranen. Zes badkamers.'

'Je zit er helemaal naast,' zegt een man links van haar. Ik draai me om en kijk naar de hermelijnkop van die man, nauwelijks behaard en schilferige wangen en kleine oortjes die te ver naar achteren op zijn hoofd staan. Deze man is minstens half hermelijn, misschien zelfs voor 60 procent. 'De familie, of wat daar nog van over is, woont in een groot landhuis aan het Vänernmeer. Prachtig huis, met allemaal bedienden en ver weg van mensen zoals jij en ik. Boven is slechts hun woning in de stad.'

Ik sta op en gebaar naar Lena dat ik wegga. Ik trek mijn sjaal strak en loop over de doorweekte matten naar buiten en kijk omhoog langs de trap die naar de Ontvangstkamer leidt. Wat ontvangt die? De muren zijn bedekt met schilderijen en foto's, en de stenen treden zijn in het midden bedekt met een rode loper die met koperen roeden aan de trap vastzit. Ik moet naar boven om uit te vinden hoe het zit met dit gezin. Waarom Gustav nu écht is gesprongen. Ik loop naar buiten en die geur van verbrande karamel slaat op mijn keel. Een bestelwagen rijdt door de poort. Hij ziet er vintage uit, misschien eind jaren zeventig. Op de zijkant van de bestelbus heeft iemand WELDRA in een galgele kleur gesprayd.

Ik rits mijn jack hoger dicht dan ik prettig vind. Mijn telefoon piept dus haal ik hem uit mijn zak. David Holmqvist. Ik open het bericht.

Afscheidsdiner om zeven uur. Bij mij. Niets meebrengen.

9

Mijn dashboard geeft 18.10 uur en -15 °C aan en ik ben blijkbaar te laat voor een beurt. Niet mijn probleem. Ik rijd achter een sneeuwploeg in mijn met fleece gevoerde jeans, daar heb ik geen lange onderbroek in nodig, en een kriebelige wollen trui. Wanneer ik Storgatan in rijd, zie ik een witte gloed uit de zolderramen komen; mensen gebruiken hun daglichtlampen om nog wat extra serotonine te tanken voor ze aan hun zaterdagavond in Ronnies Bar of McDonald's beginnen.

De stad is een omgewoelde sneeuwbrij die glinstert in mijn koplampen. Ik rijd langs de ICA Maxi en verder onder het viaduct van de E16 door. Er is hier altijd graffiti, maar nu heeft zich nieuwe kunst bij de oude gevoegd en die is fluorescerend geel en springt dus behoorlijk in het oog als ik nader. BEL NAAR HUIS staat er. Ik zie het in mijn achteruitkijkspiegel terwijl ik omhoog en in de richting van het Utgardbos rijd. BEL NAAR HUIS.

De wereld wordt donkerder maar de sneeuw wordt hier witter, ongerept en ongezouten, puur wit niets, waar ik ook kijk. Ik zie het bordje naar het dorp Mossen en draai rechts het bospad op. Mijn auto schudt.

Ik rijd snel langs het huis van Hamsteraar en langs Viggo's rode huisje. Er staat een half voltooid bouwproject in zijn tuin, misschien een nieuwe schuur of garage, en zijn taxi staat op de oprit met het bordje PAS OP, KINDEREN AAN BOORD uitgeklapt op het dak. Ik versnel heuvelopwaarts en mijn banden slippen een beetje, maar dan komen ze in de groeven terecht. Boven dit punt wonen slechts de houtsnijdende zussen en daarna de man zelf. Er rijden hier zo weinig auto's over het bospad dat er twee diepe sporen in de harde sneeuw zijn uitgehold en ik had goddomme net zo goed op spoorrails kunnen rijden, want ik kan met geen mogelijkheid een andere kant op draaien. Ik rem boven op de heuvel en rijd door het moerasachtige gedeelte. Het is hier mooi in de winter. Het is een en al twinkelend ijs, perfect vlak op het water, en er steken kluitjes riet doorheen, hun koppen als Swarovski-kristallen met stekels.

De rook uit de werkplaats van de zussen ruikt lekker. Wanneer ik 's winters rondrijd om bronnen te interviewen of naar ijshockeyfinales te kijken, ruik ik elke dag houtrook. Mensen houden hun vuurtjes brandend. Zelfs degenen met moderne, volledig geïsoleerde huizen moeten in februari hun houtbranders aansteken en daardoor gaat het stadje lekkerder ruiken. De zussen zijn niet aan het werk wanneer ik langs hun open werkplaats rijd; ze zullen hun houtsnijwerk voor die dag erop hebben zitten.

Ik parkeer en zet mezelf schrap voor een confrontatie met Davids Duitse herder of dalmatiër of wat het ook mag zijn, maar hij is er niet, evenmin als het gaashek dat tussen de verandapalen was gespannen en het beest gevangenhield. Er is alleen het huis met zijn spiegelende ruiten en Davids auto die via een stopcontact is ingeplugd bij de laadpaal, zodat de batterij altijd vol is. Een oranje hondenriem hangt aan een haak. Ik sla mijn sjaal rond mijn nek en voor mijn mond en pak de fles pinot grigio met schroefdop die ik heb meegebracht en loop naar de voordeur.

Operamuziek. Ik klop en wacht, heen en weer schuifelend en blazend in de sjaal voor mijn mond om te voorkomen dat mijn gezicht beschadigd raakt door de vorst.

'Daar ben je,' zegt hij terwijl hij de deur openzwaait; een stoot warme lucht blaast me tegemoet alsof ik in december de

H&M binnenga. Deze verschillen in temperatuur zijn toch echt belachelijk. Het kan buiten min vijfentwintig zijn en binnen plus vijfentwintig. Je doorloopt vijftig graden binnen een meter. Het is niet normaal.

'Dank je voor de uitnodiging.' Ik geef hem de fles met schroefdop en hij neemt hem aan alsof het een vieze snotlap is, maar produceert dan een scheef lachje en leidt me naar binnen. Achter de voordeur ligt een nieuw kleed, een rond grijs ding. 'Leuk,' zeg ik en ik wijs ernaar.

'Ik vind het een vreselijk ding, maar ik haal het elke winter tevoorschijn om de nattigheid van schoenen op te vangen en zo mijn eiken vloer te sparen.'

Ik trek mijn jassen uit en hang ze zo netjes mogelijk op. Ik doe mijn schoenen uit en zet ze op zijn rek.

Hij leidt me naar de roestvrijstalen keuken.

'Ik zag daarnet je hond niet?'

Hij kijkt me aan met oprechte droefenis. 'Het werkte helaas niet. Maar het goede nieuws is dat hij nu op een boerderij bij Munkfors woont en als ik de boer mag geloven vindt hij het daar heerlijk. Misschien wordt hij zelfs vader van een paar pups. Het is maar beter zo. Wijn?'

Hij toont me een fles witte bourgogne die eruitziet alsof hij meer kost dan mijn ski-jack. Die moet hij bij Systembolaget hebben besteld. Die moesten hem waarschijnlijk uit Stockholm of Karlstad laten komen en ik vermoed dat mijn pinot zijn korte leven zal eindigen in een saus, als hij geluk heeft.

'Eén glaasje, dank je.'

Hij schenkt me een half glas in en zegt dat hij me een half glas rode wijn gaat geven bij het hoofdgerecht omdat ik die absoluut niet mag missen, het is een respectabele bordeaux, zeer respectabel, dus stem ik toe en dan zie ik de penis op de snijplank liggen.

Ik wijs ernaar.

Hij glimlacht.

'Het spijt me,' zeg ik. 'Ik wist dat je iets exotisch zou gaan maken, maar ik betwijfel of ik dat weg krijg.'

'Je hebt het vast al eens eerder gehad.'

Wat bedoelt hij daar nou mee?

'Gesmoorde ossentong is een winterse favoriet, iets wat je in dit jaargetijde móét eten. Wil je tenminste een stukje proeven?'

'Tong?' vraag ik.

'Tong,' zegt hij en dan likt hij zijn lippen zoals ik hem dat eerder heb zien doen, zijn eigen tong, die naar links likt als een hagedis en dan terugkeert naar het littekentje midden op zijn lip, en dan naar rechts glipt.

'Mijn grootmoeder maakte die voor ons,' zeg ik. 'Sorry, ik dacht dat het...' Ik dwaal af. 'Mijn fout.'

Hij reikt me een halfvol glas witte wijn aan en gebaart naar de dure designmeubels in de woonkamer. We gaan tegenover elkaar zitten en zijn broekspijp trekt een stukje op en onthult een streepje been dat zo behaard is dat het me moeite kost niet te staren. Misschien wordt hij 's winters hariger? Ik wel, in elk geval.

'Ik heb je helemaal hierheen laten komen vanwege wat je op het kerkhof zei.'

Hij houdt op met praten en ik probeer me uit alle macht te herinneren wat ik heb gezegd.

Hij kijkt slechts naar me.

'Sorry,' zeg ik.

'Precies,' zegt hij.

'Sorry?' zeg ik weer.

Hij knikt.

Ik sper mijn ogen verder open en neem een wasabi-erwt uit het kommetje dat op de tafel tussen ons in staat.

'Niemand heeft ooit sorry gezegd of dat ze het erg vonden wat ik allemaal heb moeten verduren,' zegt hij. 'De politie heeft nooit excuses gemaakt voor het feit dat ze me twee keer voor de Medusa-moorden hebben opgepakt. Niets. Maar jij had met me te doen. Omdat ik overwoog er een eind aan te maken. Je nam zelfs de moeite om me dat te vertellen op het kerkhof. Je gaf me het gevoel dat ik niet alleen ben.'

Ik had dit niveau van openheid niet verwacht en nu voel ik me nog ongemakkelijker. Hier in dit huis in dit bos voel ik me kwetsbaar.

'Ik meende het,' zeg ik.

Hij knikt en kijkt naar het plafond en ik staar naar de moedervlek op zijn adamsappel. Ik heb er nog nooit zo'n goed zicht op gehad.

'Ik heb een fantastische deal voor een boek,' zegt hij, van onderwerp veranderend.

'Wat fijn, gefeliciteerd.'

Ik ben blij dat we niet meer over gevoelens praten. Dat doe ik niet als ik nuchter ben. En zelfs dronken lukt het me nauwelijks.

Dat scheve glimlachje verschijnt even en verdwijnt dan weer.

'Het eerste boek dat onder mijn eigen naam zal verschijnen, daar heb ik jaren op gewacht. De werktitel luidt *De dropfabriek* en het is in feite een soort familiesaga, gekruist met wat postindustriële geschiedenis, vermengd met een ietwat ellendige jeugd.'

'Oké.'

Hij klinkt vrolijk maar hij kijkt droevig.

'Ik heb maanden geleden groen licht gekregen van de uitgever, en Gustav en ik hebben sindsdien hard gewerkt; ik interviewde hem en las archiefmateriaal enzovoort. Gustav wilde zijn hart luchten, en daar zat heel veel in. Hij zei me ooit dat als je "giftige mannelijkheid" in het woordenboek opzoekt, er een plaatje van zijn vader verschijnt.' Holmqvist snuift. 'Gustav voelde zich gekleineerd en daar kon ik me met een jeugd als de mijne goed in inleven. En toen gebeurde het ondenkbare.'

Ik denk terug aan de openbarstende watermeloen.

'Het was verschrikkelijk.'

'Ja, maar enfin, het schrijven van mijn boek blijkt nu een stuk lastiger geworden.'

Ik weet nog dat ik vorig jaar in dit huis op de bovenverdieping was en in de logeerkamer keek, die met de honderden witte archiefdozen, allemaal op alfabetische volgorde gerangschikt, allemaal vol dikke stapels ruitjespapier en ingewikkelde, met de hand geschreven aantekeningen.

'Een boek zal wel het laatste zijn waar ze nu aan denken,' zeg ik.

'Misschien wel,' zegt hij. 'Maar er zijn deadlines. Contracten.'

'Ze lijken een nogal gesloten onderneming te zijn.'

'O, je hebt geen idee,' zegt hij. 'Je hebt werkelijk geen idee. Er is een zwijgcode, snap je. De werknemers in de fabriek, op de werkvloer, in de kantine, in de bestelwagens, op het secretariaat, ze zijn allemaal iets verschuldigd aan de Grimbergs en de Grimbergs zijn iets verschuldigd aan hen.'

Ik kijk hem vragend aan en hij haalt zijn benen van elkaar en slaat ze weer over elkaar, en zijn oven piept en hij kijkt ernaar en dan weer naar mij.

'De gemiddelde stempelaar of kwaliteitscontroleur in die fabriek werkt daar al sinds zijn of haar schooltijd en waarschijnlijk waren hun moeders ook stempelaar of werkten ze in de kantine, en misschien waren hun vaders en grootvaders bestelbuschauffeur als ze niet in de pulpfabriek werkten. Het is een bedrijf waar generaties werken, net zoals in een grote kolenmijn of staalfabriek. Het is wederzijdse afhankelijkheid, als je snapt wat ik bedoel, ze hebben elkaar nodig. Excuseer me een momentje.'

Holmqvist staat op en loopt naar de tong, die eruitziet als de pik van een T. Rex. Hij gebaart naar de eettafel, een ding met een glazen blad, en hangt dan een theedoek over zijn arm en brengt twee borden die eruitzien alsof er geen stierentong op ligt. Ik neem een handvol wasabi-erwten en prop ze in mijn mond want wie weet hoeveel ik vanavond kan weg krijgen van wat deze man kookt. De hitte in mijn mond voelt aangenaam.

Ik ga aan de tafel zitten en hij schenkt me San Pellegrino-bruiswater in en zet een kom voor me neer. Slablaadjes met glanzende kippenlevertjes en dat kan ik aan, het is orgaanvlees en het is heel erg David Ghostwriter Holmqvist, maar ik dank hem stilzwijgend dat niet alles wat hij maakt zo ver buiten mijn comfortzone ligt dat ik met honger naar huis moet.

'Eendentongetjes,' zegt hij.

Ik kijk omlaag en yep, het zijn inderdaad tongetjes, mijn vergissing, excuses. Hoeveel essentiële beslissingen heb ik verknald dat ik nu in het Utgardbos naar een kom vol eendentongetjes zit te staren.

'Heel lekker, maak je geen zorgen. Een wildachtige, verfijnde inleiding op het hoofdgerecht.'

Ik snijd er eentje door die klein genoeg is om niet intimiderend te zijn, hoewel de textuur onaangenaam gespierd is en ik flashbacks krijg van de trol die in mijn kelder opgesloten zat, het kniehoge figuurtje van dennenhout met zijn dierlijke tong, nu wellicht tot niets verschrompeld, en met een verrassing in zijn broek. Ik voel me nog steeds niet op mijn gemak bij de houtsnijdende zussen en hun creaties. Dure, uit hout gesneden trollen met mensennagels en mensenhaar en mensenwimpers.

'Verrukkelijk,' zeg ik. Ik lieg niet eens, ze zijn heel lekker in hun bearnaisesaus, maar die textuur. 'Misschien wil de dochter van Grimberg met je praten?'

'Ze wil niet eens mijn kant op kijken,' zegt hij, waarna hij een hele tong doorslikt.

Het doorslikken van een hele tong heeft iets verontrustends. Tong die over tong glijdt. Het is tegennatuurlijk.

'De familie is de generositeit zelve, dat is hun makke. Elke volgende generatie krijgt met de paplepel ingegoten dat ze alles aan de gemeenschap te danken hebben. Het bedrijf is gebouwd op het harde werk van de overgrootouders van de huidige werknemers en de familie zou niets zijn zonder de inwoners van Gavrik, dat vertellen ze hun kinderen echt.'

'Ik denk dat het waar is,' zeg ik terwijl ik een tongetje doormidden snijd.

'Inderdaad, maar het is een vreselijke last om te dragen, snap je. Gustav en zijn vader weigerden de fabriek verder te moderniseren dan met die ene aanbouw aan de achterkant, omdat machines en productiehallen het personeelsaantal met maar liefst 60 procent hadden doen krimpen. Maar het bedrijf is op het huidige niveau niet levensvatbaar, of nauwelijks. De Grimbergs zijn gewend aan een luxeleven, je hoeft alleen maar naar hun Ontvangstkamer te kijken om dat te zien. Dus die boekendeal is hun redding, een van de verscheidene meevallers die hen door de jaren heen hebben geholpen.'

'O?'

'Je zult het boek moeten lezen voor alle details,' zegt hij met een schittering in zijn ogen. 'Van nu af aan moet ik proberen de hiaten op te vullen zonder de hulp van de dames Grimberg. De deadline kan niet worden opgeschoven, snap je.'

Ik bespeur een mogelijkheid.

Een kans.

10

Dit wordt mijn laatste grote Gavrik-verhaal en misschien heb ik zojuist een ingang gevonden.

'Ik kan je helpen,' zeg ik gretig en terwijl die woorden over mijn lippen komen, kristalliseert mijn aanbod zich uit in mijn hoofd.

'Ik zou niet weten hoe.'

Ik neem een slokje wijn en de oven piept weer dus excuseert hij zich en ruimt onze kommen af, de mijne met drie complete tongetjes, behendig begraven onder wat blaadjes romainesla. Hij trekt latexhandschoentjes aan, ik zie het haar op zijn knokkels erdoorheen, en gaat aan de slag met zijn mes.

Holmqvist brengt twee hete borden met ossentong, zijn hand beschermd door een theedoek, en zet ze neer. De mijne is dungesneden en overgoten met jus en besprenkeld met platte peterselie en zeezoutkristallen. De zijne is heel.

'Waar waren we,' zegt hij, genietend van zijn eten, de plakkerige smaakpapillen op zijn ongesneden tong duidelijk zichtbaar als de nopjes van een afzichtelijk legosteentje.

'Ik kan je helpen,' zeg ik opnieuw.

'Nee, sorry, ik werk alleen. Ik denk dat niemand mij kan helpen, behalve de dames Grimberg. Ik moet blijven aandringen.'

'Hoe meer je aandringt, des te harder ze terugduwen,' zeg ik.

'We hebben een contract,' zegt hij.

'Dan geven ze je het absolute minimum. Dan wordt het boek saai.'

Hij ziet er nu geagiteerd uit, zit te draaien op zijn stoel en krabt aan de rug van zijn hand.

'Laat mij dan met hen praten,' zeg ik en hij schudt zijn hoofd al voor ik mijn zin heb afgemaakt.

'Waarom denk je...'

'Het is mijn vak,' zeg ik. 'Laat mij met hen praten. Naar hen luisteren.'

Hij draait en krabt aan zijn handpalmen. 'Maar ik heb een routine, een ritueel. Ik kan niet samen met een ander schrijven. Ik schrijf alleen. Altijd al gedaan.'

'Dat kan zo blijven,' zeg ik terwijl ik in gedachten de details uitwerk. 'Ik doe onderzoek voor je. Freelance. Ik geef je al mijn aantekeningen. Jij betaalt me. Jij schrijft het boek.'

'Een kortlopend onderzoekscontract?'

'Precies.'

Hij krabt aan zijn nek en daarna aan zijn oren.

'Dus in ruil voor dat jij de drie resterende Grimbergs interviewt – Cecilia, Anna-Britta en dochter Karin – zal ik, of liever gezegd mijn uitgever, jou betalen?'

Ik knik.

'Ik moet eerst met mijn redacteur praten.'

'Twintigduizend kroon,' zeg ik. 'Vooraf betaald.' Ik voel me als een gangster uit een film, maar ik moet echt achterhalen of Gustav vijanden had, iemand met genoeg macht om hem die fatale sprong te laten maken.

'Ik moet vragen of dat kan,' zegt hij.

'Ik ga hier binnenkort weg,' zeg ik. 'En ik ben goed, David. Heel goed. Ik kan hier meteen mee beginnen. Ik doe het naast mijn verslaggeving voor de *Posten*. En ik werk 's avonds door.'

Hij kauwt op zijn lip en kijkt me aan en kijkt dan omhoog naar het plafond en dan weer naar mij.

'Twintigduizend kroon,' zegt hij. 'De helft na het voltooien van de interviews. De andere helft bij de publicatie.'

'Alles vooraf,' zeg ik.

'Graag of niet,' zegt hij terwijl hij mijn glas half vult met rode wijn.

Mijn voeten branden in mijn sokken. Dit is mijn ingang.

'Akkoord,' zeg ik.

Hij kijkt naar mijn bord. 'Uitstekend. En nu eten, anders wordt het koud. Bon appétit.'

Ik heb nog een week te gaan in Poppenstad en ik moet nog verhuizen en mijn auto terugbrengen en aanwezig zijn op een 'verrassingsafscheidsfeestje' in Ronnies bar, en ik moet een laatste editie voor de *Posten* maken, een waarop ik trots kan zijn. Deze keer wordt hij vrijdag gedrukt en zaterdag gedistribueerd. Het is pas de tweede keer ooit dat dit gebeurt. Industriële actie van de drukkers in Göteborg; ze staken vanwege de werktijden. Goed van ze. Nu moet ik jongleren met dat alles plus het onderzoek voor Holmqvists boek, maar ik kan de Grimbergs nu tenminste vragen naar Gustavs sprong. Ik kan gaan graven.

'Ik zal goed werk leveren,' zeg ik, maar hij is verdiept in de kunst van het snijden in zijn lap tong. Het is zwart aan het puntje en dik en roze bij het strottenhoofd en ziet er zo taai uit als een zadel. Ik neem een slokje van de rode wijn en houd het in mijn mond en dan prik ik een dun plakje ossentong aan mijn vork. Smaakt een beetje als rode lendenbiefstuk, wanneer het gemaskeerd is door wijn, tenminste. Ik kauw en aarzel dan, mijn keel vraagt me of dit iets is wat ik echt wil doorslikken en dan doe ik dat maar met moeite.

'Na wat we allemaal met Medusa hebben meegemaakt, vertrouw ik op je instinct,' zegt hij. 'Ze mogen me niet in dit stadje, iedereen denkt dat ik raar ben en het kan me eerlijk gezegd niet meer schelen, zolang ik hier maar rustig kan zitten schrijven, maar ik neem dit project wel heel serieus. Ik stel mijn vertrouwen in jou.'

Ik voel me gevleid.

'E-mail mij je bankgegevens zodat ik de overschrijving kan voorbereiden.'

Hij haalt een visitekaartje uit zijn zak en schuift het over de tafel naar me toe.

'Krijg ik een deadline?' vraag ik.

Zijn bovenlip stulpt uit als hij met zijn tong over zijn boventanden gaat.

'Volgende week zondag.'

Dat komt mij mooi uit omdat ik dan in een hotel aan zee verblijf, met uitzicht op een heldere horizon, vlak bij een stad met een kunstgalerie en uitstekend Indiaas en Libanees eten en een fatsoenlijke luchthaven. Ik zit dan te wachten tot ik een mooi appartementje kan betrekken en heb de eerste maand huur al betaald.

Hij heeft een dikke punt tong aan zijn vork, de smaakpapillen glimmen van de saus en hij legt hem terug op zijn bord.

'De dames Grimberg mogen mij niet,' zegt hij met een schamper lachje.

'Ze zijn in de rouw,' zeg ik. 'Hun wereld is aan diggelen.'

'Ze hebben deze deal nodig, Tuva. En ik ook. Je moet ook met de conciërge en een paar oude, getrouwe werknemers gaan praten, ook die houden bij mij hun kaarten tegen de borst, en daarna geef je mij je uitgetypte aantekeningen en zijn we allemaal tevreden.'

'Ik zal mijn best doen.'

Hij glimlacht en rolt zijn mouwen op en mijn god, deze man is half aap. Hij ruimt de borden tong af en ik ben opgelucht, mijn maag ontspant bij het vooruitzicht van een toetje. Je kunt geen orgaanvlees als toetje serveren, zelfs hij zou dat niet doen.

'Frambozen, basilicum, gekneusde zwarte peper en vanillemascarpone.'

Hij spreekt 'mascarpone' uit alsof het rijmt met Al Capone

en ik gris het bordje gretig uit zijn hand, blij met iets wat om genieten en niet om verduren gaat.

'Hoe was je kerst, Tuva?'

'Niet gevierd,' zeg ik, en ik zie beelden van mama's graf voor mijn ogen, zonder kaarsen, onkruid dat zich van onder de sneeuw en de aarde omhoogwerkt. Ik denk terug aan de vissticks die ik voor de tv als kerstlunch at. Daarna in bed. Fles wodka. Geen glas. De vissticks die weer omhoogkomen. De vrees dat ik niet genoeg voor haar heb gedaan, dat ik de enige was die haar had kunnen laten gaan met een laatste vriendelijk woord in haar oor en dat deed ik niet. Ik had kunnen fluisteren 'Maak je geen zorgen, mama' of alleen 'Ik ben bij je, het is goed' maar dat deed ik niet.

'Ik was niet in de stemming,' zeg ik.

'Het was een vreselijk einde van het jaar,' zegt hij, mij verkeerd begrijpend, denkend dat ik het over Medusa had. 'Ik had zoiets niet kunnen schrijven.' Hij drinkt zijn laatste slok wijn op. 'Ik vier het ook niet, nooit.'

'Hoe zijn ze?' vraag ik.

'De Grimbergs?'

Ik knik.

'Ze zijn intrigerend, moet ik zeggen. Enigszins quasi-aristocratisch en ongelooflijk bijgelovig, belezen, en uit mijn mond wil dat wat zeggen. Ze zijn allemaal intelligent, werken hard en zijn stoïcijns op het absurde af. Het zal je misschien heel wat uren kosten om hun vertrouwen te winnen.'

'Maar het belangrijkste verhaal voor de *Posten* is Gustavs zelfmoord,' zeg ik, 'dus daar zal ik ze voor moeten interviewen. Twee vliegen in één klap.'

'Ah,' zegt hij, met een gekwelde uitdrukking in zijn ogen.

'Wat?'

'Noem het geen zelfmoord als je met hen praat, heb het over "het ongeval" of "de tragedie" of zoiets. Ze denken anders dan jij en ik.'

Ik denk niet zoals jij, makker. Ik ken niemand die dat doet.

'Prima,' zeg ik.

Hij glimlacht een arrogant glimlachje en ruimt onze dessertbordjes af, het mijne schoongeveegd, het zijne nauwelijks aangeraakt.

'Overwegen ze de fabriek te verkopen nu Gustav dood is?'

'De aasgieren cirkelen erboven rond,' zegt hij. 'Die advocaat met de kromme rug en het gebeeldhouwde gezicht, die met al dat onroerend goed, die is zeer geïnteresseerd, maar dat is ook logisch, hè? Nu mijn advocaat met pensioen is, heeft Hellbom de hele stad voor zich alleen. Een monopolie. En aangezien zijn vrouw er al werkt, kunnen ze moderniseren en kapitalen verdienen. Maar de Grimbergs willen niet verkopen. Over hun lijk. En die boekendeal moet hen helpen de zaak in bedrijf te houden.'

Hij strekt een arm naar me uit over de tafel.

'Fijn om met je samen te werken,' zegt hij.

Ik steek hem aarzelend mijn hand toe, zijn knokkels glijden naast de mijne. 'Vind ik ook,' zeg ik.

Ik trek mijn buitenkleding aan, blij met de onverwachte en zeer hard nodige twintigduizend kroon en stel me mijn nieuwe appartement voor, misschien eentje met een gedeeltelijk uitzicht op zee en een wasmachine. Dan piept mijn gehoorapparaat een batterijwaarschuwing en ik rammel met mijn sleutelhanger, er zitten twee reservebatterijen in, ik ga nergens heen zonder die dingen. Ik neem afscheid en rijd weg. Ik heb me aan mijn limiet van één glas gehouden en dat voelt behoorlijk goed. Elke avond is een test en voor deze ben ik met vlag en wimpel geslaagd. Ik rijd langs de houtrook van de zussen en ga langzaam heuvelafwaarts en wanneer ik langs Viggo's huisje rijd zie ik licht en uitlaatgassen in mijn achteruitkijkspiegel en zijn Volvo rijdt het bospad op en volgt me.

11

Viggo heeft een klus, dat is alles, misschien brengt hij iemand naar het Centrale Ziekenhuis van Karlstad of naar Ronnies Bar. Lekker belangrijk. Maar ik ga harder rijden, zet mijn groot licht aan en kijk op mijn telefoon omdat het bij deze griezel misschien wél belangrijk is, dat kan zomaar zo zijn. Hij heeft me al eens achter in zijn taxi opgesloten en me de stuipen op het lijf gejaagd.

Ik zweet.

Koud zweet, rillingen onder mijn mouwen en op mijn kuiten. Niemand in de buurt. Lege paden. Mijn spiegels zijn licht door zijn koplampen en hij zit te dicht op mijn achterbumper. Niemand rijdt hier zo op deze sneeuw, zelfs niet op een bestrooide asfaltweg. Als ik rem, knalt hij boven op me. Ik versnel dus, trek een klein gat tussen ons, maar dan zie ik de bocht naar het huis van Bengt en trap ik langzaam op mijn rem, ik pomp zachtjes, deels om die eikel achter me te laten zien dat ik vaart minder, en deels om grip te houden op dit ijs. Ik slip een beetje, maar ik stuur eruit en de diep uitgesneden sporen helpen me op de weg te blijven. Ik neem de bocht en rijd verder met zo'n vijftig kilometer per uur, zet dan mijn richtingaanwijzer aan en ga linksaf, hobbel dan de hoofdweg op en geef plankgas.

Hij volgt me nog steeds.

Het gat sluit zich weer.

Waarom zou hij niet deze kant op rijden, er is niets in de andere richting, alleen een verlaten weg die naar een schroothoop leidt en daarna de Spindelberg-gevangenis. Maar de afstand tussen ons is te klein. Onveilig. Ik sproei antivries op mijn achterruit en zet mijn stoelverwarming laag, zweet parelt in mijn nek en op mijn bovenlip. Ik kan zijn gezicht en zijn vaalgrijze ogen ontwaren. Hij zet zijn koplampen op de volle lichtbundel en ze flitsen in mijn achteruitkijkspiegel en nu kan ik hem daarachter niet meer zien. Ik veeg de achterruit schoon en hij nadert nu sneller, niemand anders op de weg. Ik voel hem achter me, zijn bumpers, mijn zenuwen strakgespannen, zijn Volvo pal achter me, met het bordje PAS OP, KINDEREN AAN BOORD uitgeklapt op het dak. Hij dimt zijn koplampen en zet zijn knipperlichten aan. Wat nu weer, is het een boodschap of zo? Een soort noords flirten op afstand? Mijn hart gaat tekeer en ik trap mijn voet omlaag en tik de honderdtien aan, wat veel te hard is voor op deze weg.

Hij dimt zijn lichten en doet de binnenverlichting aan en ik zie nu duidelijk zijn grijze, bleke gezicht en de dingen die aan zijn achteruitkijkspiegel hangen. Ik kan de details niet onderscheiden, maar die herinner ik me nog van toen. Een *hustomte*-trol zo groot als een duim. Een crucifix. En een Zwitsers zakmes.

Ik rijd onder het viaduct door, mijn handen om het stuur geklemd, mijn lichaam verstrakt en mijn geest tot het uiterste geconcentreerd; met nog steeds de smaak van hete dode tong op mijn warme levende tong. En dan slaat hij af zonder richting aan te geven en voegt in op de E16 naar het noorden, richting de pulpfabriek. Hij is weg. Natuurlijk gaf hij geen richting aan. De ergste mannen geven geen richting aan. Nooit. Het is alsof ze vinden dat ze mogen afslaan wanneer ze willen.

Ik haal diep adem en minder vaart naar zestig kilometer per uur.

Zeven dagen, Tuva. Zeven dagen en dan ben je hier voorgoed weg. Ik zak onderuit op mijn stoel en wrijf in mijn ogen. Ik pak het zakje winegums van de passagiersstoel en knijp erin tot het openbarst en dan pak ik er drie en stop die in mijn mond om van de ossensmaak af te komen.

De kleuren buiten veranderen. Het was volkomen wit in het bos, een en al ongerepte sneeuw en heldere ijsstroompjes, bewegingloos op graniet. Hier, nu ik de stad nader, is het wit dat mijn koplampen vangen grijs door uitlaatgassen en zand en zout en voetafdrukken, en de kleur, als er al kleur is, komt van mensen en is ongecoördineerd; felle, stekende flitsen van winddichte sportkleding en kindersleetjes.

Ik rijd tussen de ICA Maxi en McDonald's door en begin me af te vragen of ik hier in mijn laatste week paranoia begin te worden. Ik ben wat van slag door de schoorsteenzelfmoord. En Viggo Svensson had een klus, moest dringend iemand ophalen, en reed van zijn huis naar de snelweg. Dat is alles.

Ik kan wel een puriteinse louter-chocolademelkmaand gebruiken en misschien doe ik dat ook in maart. Of april.

Nadat ik heb geparkeerd neem ik het flesje water mee uit mijn auto omdat het uit elkaar barst als k het laat liggen, en ik loop de trap op naar mijn appartement. Er staan drie lege zwarte koffers in mijn woonkamer naast mijn PlayStation. Eentje is oud en de andere twee heb ik in Karlstad gekocht voor de verhuizing. Rechttoe rechtaan. Dat is mijn leven. Geen huisdieren, geen relaties, geen meubels, geen erfstukken, geen planten. Geen enkel levend ding.

Ik pel zo'n bladmasker uit zijn verpakking. Deze versie is met pepermunt en ik denk dat ik wel zes opeenvolgende behandelingen kan gebruiken. Ik ben verdomme behang. Ik zie eruit als iemand uit een griezelfilm, maar mijn huid doet pijn en dat betekent dat hij drinkt. Ik doe mijn gehoorapparaatjes uit en schenk drie vingers witte rum in en bekijk de krantenkoppen op mijn iPad. De politie vraagt automobilisten goed voorbereid op pad te gaan en een telefoon en dekens mee te nemen. Klotefebruari. Het leven hier is alsof je in Siberië bent, alleen is onze breedband tien keer sneller.

Ik slaap een onrustige slaap, word wakker en zet mijn trilwekker uit. Holmqvist vroeg me hem om negen uur onder de boog van de fabriek te treffen en daar staat hij ook wanneer ik om vijf voor negen langsrijd. Ik parkeer bij mijn kantoor en loop naar de plaats waar hij staat, precies daar waar Gustav stierf. Precies daar.

'Morgen,' zegt hij.

'Morgen,' zeg ik, met gepaste afstand.

Hij loopt weg bij de boog met een zelfvertrouwen dat ik niet eerder bij hem zag, alsof hij me rondleidt in een kijkwoning die hij me graag wil verkopen, alsof hij zijn tactiek heeft voorbereid en dik tevreden is met zijn product.

'Kijk eens vanaf hier,' zegt hij en hij gebaart naar de reling, met rauwe scheerschrammen onder zijn kin. 'Beter zicht.'

We staan met onze pooljacks tegen de ijzeren reling geleund en kijken omhoog naar het gebouw.

'We beginnen bij de basis. In 1839 gebouwd van plaatselijke baksteen, zevenennegentig jaar lang het hoogste niet-kerkelijke bouwwerk in Värmland, buiten Karlstad natuurlijk. Zeven mannen kwamen om tijdens de bouw. De steiger begaf het.' Hij kijkt omhoog naar de schoorstenen en dan omlaag naar de boogtunnel. 'Het terrein is grotendeels ontwijde grond.'

'Pardon?' zeg ik.

'Het was eerder grond van de kerk, in bezit van de St. Olov.' Hij wijst naar de kerkruïne en dan weer naar de fabriek. 'Er liggen graven onder onze voeten, honderden oude tombes. Wat je hier ziet, was vroeger de fabriek in z'n geheel. Op de begane grond links van de boog waren de koel- en stempelruimten, en de oven onder de schoorsteen was om dat deel van het gebouw te verwarmen. Rechts van de boog was vroeger op de begane grond de ruimte voor het versnipperen, mengen en verwarmen, grote vaten suikerstroop en een oven onder die schoorsteen.'

Ik kijk naar de dode schoorsteen.

'Tegenwoordig vindt de gehele productie plaats in het gebouw van golfplaat links aan de achterkant, achter de oude stempelruimten, wat nu de kantine is, kun je het nog volgen?'

'Ik geloof van wel.'

'Boven is er nauwelijks iets veranderd. Links van de boog: de kantoren en het archief. Boven de boog: de Ontvangstkamer, waar je de meeste tijd zult werken. Rechts van de boog is het meest luxueuze gedeelte van het hele gebouw: het woongedeelte. Waar ook de Grote Salon is. Ik hoop dat je daarin mag, iemand moet dat doen.'

'Ben jij niet binnen geweest?'

'Volg mij.'

Hij loopt naar de boog en ik doe wat hij zegt. Het is vandaag niet bitterkoud, slechts zo'n min zeven. Het is vervelend wintertenenkoud maar niet dodelijk koud.

'Hierheen,' zegt hij en hij wijst naar de trap die ik zag na de begrafenis.

Ik volg hem de stenen treden op met hun rode loper en koperen roeden. De foto's aan de muren zijn vooral zwartwit, een groot huis aan een meer, groothoeklensfoto's van het hele personeel uit de jaren dertig en veertig, een schilderij van een jongetje met een kitten. Twee foto's hangen ondersteboven en over de derde is een laken gehangen. We komen boven aan en ik voel een kou rond mijn nek.

'De kantoren zijn die kant op,' zegt Holmqvist. 'Elegante trap, vind je niet?'

Inderdaad. Een hoog plafond en mosterdgeel behang. Verschoten. Nog meer schilderijen bedekt met linnen lakens.

'Waarom zijn sommige...'

'De Ontvangstkamer,' zegt Holmqvist. 'Deze kant op.'

Hij opent een zware deur waarvan de panelen zijn behangen met wandkleden, en ik volg hem. Hij gedraagt zich alsof dit zijn huis is. De kamer wordt verlicht door een uitbundige kroonluchter en de peertjes knipperen alsof ze elk moment de geest kunnen geven, alsof het de originele uit 1839 zijn.

'Vertel eens, wat vind je ervan?'

Ik begin een antwoord te formuleren maar dan zegt hij: 'Chic, hè? Ongetwijfeld de mooiste kamer in Gavrik.'

Iemand kucht in de deuropening waar we zojuist doorheen kwamen en ik voel me net een nieuwsgierige babysitter die door kamers dwaalt waarin ze niet is uitgenodigd.

'U bent mevrouw Moodyson?'

Ik kom dichterbij, steek mijn hand uit en maak zo'n belachelijk reverence-achtig dingetje, wat ik niet meer heb gedaan sinds ik zeven was, en ik had er toen al een bloedhekel aan.

'Mijn naam is Anna-Britta Grimberg, aangenaam.'

Ze heeft een vriendelijk gezicht, een en al kraaienpootjes en haastig aangebrachte make-up en gesprongen haarvaatjes. Haar wimpers zijn buitengewoon, bijna pijnlijk kort. Ze bestaan vrijwel niet en ze doet haar uiterste best met mascara maar krijgt meer op haar oogleden dan op haar wimpers.

'Gecondoleerd met het verlies van uw echtgenoot,' zeg ik.

Ze knikt alsof ze daar niet over wil praten met mij. Nu niet, nooit.

'U bent hier om te helpen met het boek? U kunt met mij en mijn schoonmoeder en mijn dochter praten in deze kamer. U kunt met het personeel spreken op hun werkplek, ongeacht waar dat is, maar ik zou u willen vragen hen te ontzien. Mijn werknemers moeten zich concentreren en ze zijn allemaal in de rouw, dus houdt u daar alstublieft rekening mee.'

Ik dacht dat ze me zou vragen vriendelijk te zijn voor haar lijdende schoonmoeder en treurende kind, maar nee, blijkbaar moet ik oppassen met de fabrieksmedewerkers.

Ze groet Holmqvist niet en zegt niets tegen hem, kijkt zelfs niet zijn kant uit.

'Andersson zal u een rondleiding geven,' zegt Anna-Britta. 'Ik vertrouw erop dat u dat goedvindt?'

Ik knik en probeer haar naar haar man te vragen maar ze

excuseert zich, haar fraai gemodelleerde antracietgrijze jurk verlaat de kamer en wordt vervangen door conciërge Andersson in zijn overall en fluorescerend gele fleecejack.

'Ik heb leidingen te isoleren. Laten we maar meteen beginnen.'

De elegantie in de kamer stroomt opeens weg en Holmqvist ziet er onhandig uit naast Andersson, die hem net zoals Anna-Britta volkomen negeert.

'Tuva, ik ga maar eens op huis aan,' zegt Holmqvist. 'Bel me maar als je vragen hebt.'

'Wacht,' zeg ik terwijl Andersson popelt om weg te gaan uit deze gelambriseerde kamer met zijn gustaviaanse meubilair en de dode tegelkachel in een hoek. 'Je wilt dat ik met het personeel en de familie praat, maar wat heb je precies nodig?'

'Alles,' zegt hij. 'Ze praten niet, ik bedoel, ze hebben nog niet met mij gepraat. Je hebt de persoonlijke invalshoek nodig, de citaten en het inzicht in de generaties die hier hebben gewerkt.' Hij kijkt me samenzweerderig aan, de moedervlek op zijn adamsappel rijst en daalt als hij slikt. 'En alles wat je over de familie te weten kunt komen. Gustav gaf me anekdotes, maar die waren gortdroog en bevatten algemeen bekende informatie. Jij bent bij de *Posten* heel goed met je humaninterestverhalen.'

Ik ben geraakt door het compliment, een van de weinige die ik in dit stadje ooit heb gekregen over mijn schrijven.

'De uitgever heeft interessante verhalen nodig. Details die het boek verkopen,' zegt hij.

'Die leidingen gaan zich niet zelf isoleren,' moppert Andersson. 'En het wordt vannacht min twintig, zegt de *Posten*.'

Dat weerbericht is door mij uit een Göteborgse krant geplukt en het is al twee dagen oud dus hij kan net zo goed aan een vinger likken en die in de lucht steken.

'Na u, meneer Andersson,' zeg ik.

We lopen naar beneden en ik leg mijn hand op Anderssons

schouders en hij maakt een sprongetje van schrik.
'Wat?' zegt hij.
'Waarom hangen sommige foto's ondersteboven?'
'Wat een vraag op een dag als deze.'
Is er iemand in de familie die de aanblik van die foto's niet verdraagt? Iemand die ze de schuld geven van Gustavs sprong? Een medewerker of een ver familielid? Een voorouder?
'Waarom zijn er afbeeldingen bedekt of ondersteboven gehangen?' vraag ik weer. 'Wiens gezicht willen ze niet zien? Ik heb je toen geholpen in die greppel. Nu help jij mij.'
Hij draait zich half om en zegt: 'Ik ben jou noch iemand anders iets verschuldigd. Nooit geweest ook.'
We lopen door de boogtunnel naar het achterterrein. Alles links van mij is modern: een lage stalen constructie met laadstations en een metalen dak. Rechts van mij zijn oude houten schuren, blootgesteld aan de elementen, op kromgetrokken daken na waar ik niet onderdoor zou willen lopen. Daarachter zie ik de muur van de St. Olov, donkere taxussen omzomen zijn omtrek.
'Hier komen de medewerkers binnen,' zegt Andersson. 'Er is hier geen parkeerterrein.'
'Waarom niet?'
'Wat denk je? Anders zouden de bestelwagens er niet door kunnen om te laden, met al die Koreaanse hatchbacks die zich erdoorheen proberen te wurmen. Morgenavond ga je met een bestelwagen mee. Dat heeft mevrouw Grimberg geregeld. Je zult met onze oudste chauffeur meerijden, maffe bok, hij bestuurt bestelwagen nummer één en hij kan je alles vertellen over dat onderdeel van het bedrijf.' Hij hoest en wijst. 'We hebben een parkeerplaats aan de weg voorbij de St. Olov en werknemers lopen heen en weer. Dat is niet prettig in de winter maar het werkt prima. En sommigen kunnen die lichaamsbeweging best gebruiken. Doorlopen,'

zegt hij terwijl hij door de sneeuwbrij naar een deur banjert met een bordje erboven waar PERSONEELSINGANG op staat. Erachter is een kamer met een bureau en een prikklok die een hele muur beslaat, zoals iets uit een museum. Kaartjes die gestempeld worden en een grote analoge klok in het midden.

'Werkt die machine nog?'

'Het feit dat dingen oud zijn betekent nog niet dat ze slecht zijn, je moet gewoon goed voor ze zorgen.' Hij opent tut-tuttend een deur aan de rechterkant zonder naar binnen te kijken.

'Toiletten,' zegt hij.

O, dank je. Geweldige plek om mee te beginnen, meneer de mislukte toergids. De ruimte heeft gebarsten, bevlekte tegels en oude witte wasbakken met vlekken waar het water op het porselein valt, maar het is er schoon, of zo schoon als je een oud, gemeenschappelijk toilettenblok kunt maken. Er zijn een tiental deurtjes aan de andere kant en het zijn geen goede hokjesdeuren, niet zoals jij en ik ze zouden willen hebben, dit zijn halve dingen zodat mensen je haar zien als ze zich uitrekken en je schoenen als ze zich bukken.

Hij opent nog een deur zonder naar binnen te kijken.

'Kastjes.'

Het is net iets uit een afgedankte school. Honderden gebutste kastdeurtjes, een lang schoenenrek, jashaken, droogkasten die aan één kant zoemen, warme kasten voor natte kleren die altijd naar tieners ruiken.

Er staat een rij plastic mandjes bij de deur, in elke mand zitten haarnetjes of schoenovertrekken of mondkapjes of latexhandschoenen, de dunne chirurgische soort.

'Je moet er niet alleen naar kijken,' zegt hij. 'Trek ze aan.'

'En jij dan?'

'Ik moet leidingen isoleren.'

Ik trek blauwe plastic hoesjes over mijn schoenen en een

haarnetje over mijn paardenstaart en wil dan handschoenen aantrekken.

'Je snijdt of stempelt niet, je hebt geen handschoenen nodig, kom mee.'

Hij leidt me naar de automatische dubbele deuren en ze gaan open en hij loopt weg in de andere richting.

Ik ga naar binnen.

De grote ruimte is schoon en droog en steriel. Ze ademt de sfeer van een fabriek. De vloer is op een of andere manier bekleed met rubber dat aan alle kanten een halve meter doorloopt op de muren. Ik zie roestvrijstalen vaten waarin naar ik aanneem drop wordt gemaakt, die wordt geroerd door stalen bladen. Boven ons zijn ventilatoren en aluminium luchtkanalen die lucht naar de grote schoorsteen zuigen. Overal zijn medewerkers en ze zien eruit als drones. Of mieren. Of werkbijen. Mensen in witte jassen met identieke haarnetjes en identieke schoenenhoesjes scharrelen zonder op te kijken rond en groeten me niet.

Ik loop verder.

Zwarte dropslangen worden door gaten op een lopende band geperst en daarna gekoeld in een machine. De machine leeft, ze zoemt als een gigantisch kubusvormig insect. Ik lees bordjes met GEVAAR: KOELZONE en HOOG VOLTAGE.

Overal is personeel. In dit gedeelte van de ruimte dragen ze klemborden, lezen ze metertjes af en maken ze aantekeningen. In het middengedeelte zie ik lange tafels met mensen, verheven boven alle anderen. De meesten van hen lijken vrouw te zijn maar dat is met deze uniformen moeilijk te zeggen.

Eerst de snijders. Ze snijden smalle zwarte slangen in plakjes met een vaardigheid en snelheid die ik alleen bij een chirurg of een sterrenkok zou verwachten. Met een mes als een scalpel snijden ze de slang in kleine schijfjes en dan vliegen de schijfjes op de band naar de stempelaars. Ieder van hen, en het zullen er acht zijn, drukt iets wat eruitziet als een stempel waarvan je verwacht dat een negentiende-eeuwse graaf hem in de hete was drukt om zijn documenten te verzegelen, in de drop om op elk schijfje de beroemde, omcirkelde G aan te brengen. En nu besef ik wat Holmqvist bedoelde toen hij zei dat mechanisatie hier alles zou veranderen. Als ik een managementconsultant was of een bankier, wat ik God zij geloofd en geprezen niet ben, dan zou ik naar deze opstelling kijken en visueel 70 procent van het personeel wegwissen om vervolgens visueel drie grote machines te installeren en mezelf daarna een betaalcheque met zeven cijfers uitschrijven.

Een stempelaar pakt met een gehandschoende hand iets wat achter haar ligt, terwijl ze stempelt als een mitrailleur, en geeft me een muntdropje. Zwart en zacht. Warm. Ik pak het aan en bedank haar en ze zet haar hand bruusk weer aan het werk. Ze heeft knalrood haar onder haar haarnetje; niet rossig of oranjerood, maar knalrood als een sportwagen, geverfd rood, diep bloedrood als een glimmende gifappel.

Door naar de kwaliteitscontrole. Rijen mensen raken snoepjes aan met hun gehandschoende vingertoppen en gooien misbaksels in een afvalemmer. Aan een uiteinde zitten drie vrouwen willekeurig dropjes te proeven.

Daarachter is er een verpakkingsafdeling. Kokers en dozen en plastic pakjes, de grote die je in bioscoop van Gavrik kunt krijgen op de drie dagen dat hij de moeite neemt om open te zijn. De verpakte goederen worden in kratten geladen en de vorkliften zetten ze op pallets en brengen ze door de dubbele deuren naar een overdekt laadstation, waar de oude bestelwagens – heus, ik zou in februari nooit de weg op gaan in zo'n dinkytoyvrachtwagentje, maar ze zien er leuk uit – ze naar winkels in heel het land vervoeren.

Ik open de deur met de barst in de ruit en ga de kantine binnen. Honderd gezichten kijken naar me op en dan meteen weer omlaag naar hun koffie en hun kardemombroodje en dan tikt conciërge Andersson mij hard op mijn schouder.

'Kom mee,' zegt hij en hij pakt me losjes bij mijn arm, hoestend en proestend.

Ik schud me los. 'Je hebt me daar achtergelaten.'

'En nu breng ik je naar de oude fabriek. Ik heb geen zeeën van tijd.'

Hij beent het achterterrein op terwijl ik mijn haarnetje af trek, dat blijft haken aan de speld die mijn ondermaatse paardenstaart op zijn plaats houdt. Ik trek mijn schoenenhoesjes uit en doe alles in een bak bij de deur.

Conciërge Andersson loopt onder de boog door en haalt een lange sleutel van de cipiersring aan zijn riem. Hij opent de deur pal tegenover de ingang van de kantine – de sleutel is zo lang als een vleesspies – en wenkt me naar binnen.

'Al het goede materiaal aan deze kant, een beetje vol nu, geen hocus pocus met computers, allemaal goed Zweeds staal hier. De familie vroeg me je dit te laten zien, dus dat doe ik nu.'

De ruimte is even groot als de kantine aan de andere kant. Enorme roestende vaten zitten geworteld als sequoiastronken met daarnaast houten bureaus en stapels stoffige transportbanden.

'Het oude kantoor en kastjes,' zegt hij en hij wijst in het duister.

We lopen erdoorheen, een enkel peertje zoemt en doet zijn best de ruimte te verlichten. Het is steenkoud. Niet verwarmd. Bedompt en muf. Ik zie bureaus met ouderwetse telefoons met draaischijf en typemachines en archiefkasten en vloeirollers.

'Dat kan allemaal ooit weer van waarde zijn, je weet maar nooit,' zegt Andersson. 'De oude Grimberg – moge hij rusten in vrede, hoewel ik betwijfel of hij daar ooit de kans toe krijgt – Gustavs vader, bedoel ik, was niet populair maar hij luisterde naar me, vroeg naar mijn mening, zag dat ik zowaar hersens in mijn kop had, hij zag dit altijd als een mogelijk museum, een attractie voor toeristen op doorreis, je kent dat wel.'

Toeristen? Toeristen op doorreis? Serieus?

Ik loop naar de kastjes. Ze staan dicht op elkaar, drie rijen hoog, honderden in een kleine ruimte met gebarsten spiegels op sommige deurtjes en gebarsten spiegels op sommige muren.

'En dat daar is de zuidelijke oven, maar die heeft al sinds voor de Tweede Wereldoorlog niet meer gebrand. De schoorsteenwanden zijn aan de voet ruim een meter dik.'

Er zijn twee deurtjes zo groot als mijn autoportieren, met een grendel ervoor.

'Mag ik binnen kijken?'

Hij loopt ernaartoe, tilt de grendel op en trekt aan een deur.

'Ga niet zomaar naar binnen, het is er niet veilig, allerlei ongedierte met al die suiker hier, kijk alleen even.'

Ik steek mijn hoofd naar binnen en het is net een kleine kamer, oorspronkelijk een oven die brandde op kolen of hout, met de ronde voet van de schoorsteen nog dieper naar binnen.

We doen een stap terug en iets vangt mijn blik. Iets wat wegschiet. Een muisje of een groot uitgevallen kever. Het schiet achter een oude stempeltafel en langs een glimmend zwart lijntje.

Een nat lijntje.

Er drupt een donker stroompje bloed in het afvoerputje in de vloer.

12

'Kijk,' zeg ik en ik wijs naar het bloed.

Andersson wil zeggen 'Kom mee, ik heb leidingen...' maar dan zwijgt hij. Zijn ogen sperren zich wijd open. We lopen dichter naar het donkere, glanzende lijntje toe en stappen om de stempeltafel heen.

Spinnenwebben zweven in de lucht.

Er is in deze ruimte iets heel ergs gebeurd. Iets onomkeerbaars.

De ruimte is steenkoud en stil.

We komen bij het eind van de tafel en daar ligt een paar schoenen. Mijn adem stokt en ik dwing mezelf om door te lopen.

Een man op de vloer.

'Maria, Moeder van God,' zegt Andersson zachtjes.

Ik hurk neer naast de man maar kan hem niet goed zien, het peertje in de verte geeft niet voldoende licht.

Ik voel zijn pols. Zijn huid is koud.

Niets.

'Ga hulp halen,' zeg ik. 'Bel een ambulance.'

De dode man heeft een kleine steekwond in de zijkant van zijn hals. Geen jaap, maar een sneetje. Zijn hals is rood van zijn eigen bloed, maar het gutst niet naar buiten.

'Schiet op!' zeg ik; ik heb mijn stem weer hervonden. En Andersson schiet op.

De ogen van de man zijn zwart. Nee, wacht, ze zijn bedekt. Twee Grimberg-muntdropjes. Maar de oogleden zijn niet gesloten. Zijn ogen zijn wijd open en de muntjes liggen op zijn eigen zwarte pupillen.

Mijn eigen ogen beginnen te wennen aan het donker. Hij ziet er doodsbang uit. Als een schreeuwende dode uit een ander tijdperk met een muntje op elk oog. Zoals in de mythe. Muntjes om zijn oversteek van de rivier de Styx naar de onderwereld te betalen.

Achter me klinkt een geluid.

'Opzij,' zegt Thord.

Ik stap naar achteren en zorg dat ik niet in het bloed stap.

'Wanneer heb je hem gevonden?' vraagt Thord, met zijn vingers tegen de hals van de man.

'Een paar minuten geleden,' zeg ik. 'Hij is dood.'

Thord schijnt met zijn zaklamp op het gezicht van de man, maar de batterijen moeten bijna op zijn want de lichtbundel flakkert.

'Heb je iets aangeraakt?' vraagt hij.

'Alleen zijn pols.'

De dropogen glanzen in het sporadische licht en ik zie de hoofdletter 'G' op elke munt en ik zie de hermelijnachtige trekken van deze arme, bange man. Zijn mond is wijd open, alsof hij in doodsstrijd is. Hij heeft kleine oren die ver naar achteren staan en een borstelige snor. Het is de man uit de kantine. Aangevallen. Leeggebloed. Vermoord.

Zijn overhemd is doorweekt maar niet bloederig. De zaklamp geeft er de brui aan en stort ons in het halfduister. Ik hoor dat Thord hem schudt, maar er gebeurt niets. Dan haalt conciërge Andersson zijn telefoon tevoorschijn en zet de zaklamp aan. Hij beweegt zich dichter naar het lichaam en Thord bromt zijn dank.

De wond is zo klein als een incisie voor een herniaoperatie of het verwijderen van een moedervlek. Maar hij is diep. De moordenaar vond de slagader of de ader – ik weet niet zeker welke wat is – met de vaardigheid van een hartchirurg. Er loopt een glimmend lijntje weg van deze arme man en er zit iets in de wond zelf gestoken. Een tand. Het lijkt alsof er een aangescherpte tand in het vlees geramd zit.

Was er een hond betrokken bij deze aanval? Een moordenaar en zijn hond? Een wolf?

'Krijg nou...?' zegt Thord terwijl hij latexhandschoenen aantrekt.

Ik denk dat hij de tand eruit gaat trekken, maar hij beweegt zijn vingertoppen naar de gapende mond van de man en ik zie waar hij eigenlijk naar kijkt. Er zit een glanzende zwarte massa tussen zijn tanden, alsof hij in een zwarte stoofappel bijt die veel te groot is voor zijn mond. De conciërge houdt zijn telefoonzaklamp er dichterbij. Het moeten ruim een tiental muntdropjes zijn, samengebald tot een zwarte massa, deels gesmolten door het zuur in 's mans speeksel; er loopt nu een grijs stroompje over zijn koude, stille gezicht. Zijn kaak zit zo ver als maar kan opengedrukt. Hij zit gevangen in een eeuwige schreeuw met zwart op zijn ogen en zwart in zijn mond en een dierlijke tand diep in zijn hals.

Van Thords lippen komen wolkjes damp. Zijn ademhaling versnelt. Zijn gezichtsuitdrukking zegt: 'Dit gaat mijn loonschaal te boven.' Hij ziet er paniekerig uit.

'Naar achteren, geef me wat ruimte,' zegt hij.

Commissaris Björn arriveert met de nieuwe agent. Ze hebben allebei een zaklamp en die zaklampen doen het. Björn kijkt naar het tafereel en dan wendt hij zich tot zijn jonge collega. 'Hou iedereen op het terrein, er mag niemand in of uit. Breng iedereen naar het hoofdgebouw en controleer de uitgangen. Ik kom zo snel mogelijk bij je.' Ze knikt, maar haar gezicht lijkt te zeggen: 'Waarom schreeuwt die man?' en 'Waarom is zijn kaak opengesperd?'. Ze vertrekt en gebaart de conciërge en mij om haar te volgen en opeens wil ik deze fabriek en dit stadje ontvluchten zonder ooit nog achterom te kijken.

13

Na twee uur opgesloten te hebben gezeten in de moderne fabriek, wachtend op een ongepast kleine politiemacht om het gebouw te doorzoeken en de plaats delict af te zetten, krijgen conciërge Andersson en ik te horen dat we een verklaring moeten afleggen bij Chef Björn op het politiebureau. Thord heeft al driekwart van het terrein afgezet en hij lijkt met smart op de troepen van buiten de stad te wachten. De Chef doet zakelijk maar ik merk dat ook hij ontredderd is. De precisie van de dodelijke wond, de hondentand, de muntdropjes boven op de nog geopende ogen van de man. De doodsangst op zijn gezicht. En het feit dat er een meedogenloze moordenaar onder ons was. Onder ons ís.

De naam van het slachtoffer is Gunnarsson. Per Gunnarsson.

Björn neemt mijn verklaring op. Hij vraagt me hoe laat ik Gunnarsson vond en of ik iemand in de buurt zag. Hij vraagt me waar ik was in de uren voorafgaand aan de ontdekking. Hij vraagt me of ik de plaats delict op een of andere manier heb verstoord. Hij vraagt me of ik weet door wie het slachtoffer is vermoord.

Als ik het politiebureau uit loop, stel ik de Chef een tiental van mijn eigen krantenvragen, maar hij kijkt me slechts dreigend aan en doet de deur voor mijn neus dicht.

'Moet nog steeds die leidingen isoleren,' zegt conciërge Andersson, die hoestend naast me loopt. 'Zelfs bij al dit kwaad.'

'Wie zou die man willen vermoorden?' vraag ik.

'Gunnarsson? Genoeg lui. Iedereen kan doden, zeg ik je

gratis voor niks, iedereen heeft het in zich. En hij was niet bepaald geliefd.'

Ik kijk hem aan, zo van 'Wat?', en besef dat ik Andersson moet ondervragen, ook al voelt mijn hart hard en strak aan in mijn borst, ook al wil ik wegrennen bij het dode lichaam dat nog altijd ligt waar we het aantroffen, nog niet verplaatst door de politie. Ik moet mijn werk doen.

'Ik voel me slap,' lieg ik als we de fabriekspoort naderen; drie geparkeerde politieauto's blokkeren de ingang voor voertuigen. 'Ik heb koffie nodig.'

'Het hotel is open,' zegt hij.

'Jij woont onder de fabriek. Mag ik even binnenkomen voor een bakkie? Vijf minuutjes maar?'

Ik draai mijn rug naar de fabriek en de dode Gunnarsson met zijn dropogen en het voelt alsof ik voor een presidentieel paleis in het Oostblok sta en uitkijk over mijn onderdanen, van wie er één een onbekende moordenaar is. Poppenstad ligt voor me uitgespreid als de gruwelversie van een kleed met een wegenkaart voor een kind.

We komen bij de nieuwe politievrouw en zij laat ons door. Het terrein is bijna geheel afgesloten, maar het nieuwe gedeelte van de fabriek is weer open.

'Hoe lang ben je?' vraagt conciërge Andersson terwijl hij naar me opkijkt.

'Langer dan gemiddeld,' zeg ik.

'Pas dan maar op.'

De fabriek is op een heuvel van graniet gebouwd. Die heuvel is niet vlak dus moesten de bouwers aan één kant een schuin aflopende kelder aanleggen om de begane grond vlak te maken. Die kelder heeft helemaal links een normale hoogte, maar loopt dan af als een kaaspunt onder het midden van het gebouw.

'Het stelt weinig voor, maar je mag binnenkomen,' zegt hij. 'De politie heeft de boel al doorzocht.'

Er is een keukentje met een fluitketel en een tweepitskookplaat en een voordeelpak borrelprikkers en een oude vurenhouten tafel met twee stoelen. Tegen het plafond zitten in aluminiumfolie verpakte leidingen. Een stel stroomkabels kronkelt van de ene kant van de kamer naar de andere en er staan een koelkast en een oude tv en wat tuinmeubilair.

'Voel je je wel veilig hier?' vraag ik.

'Ik heb alle sleutels,' zegt hij en hij rammelt met zijn cipiersring. Hij draagt werkhandschoenen, de doornbestendige rubberen variant die ICA in pakken van tien verkoopt. 'Niemand zal me lastigvallen. Zeg, waarom had Gunnarsson dropmuntjes op zijn ogen? Is dat voodoo?'

'Geen idee,' zeg ik.

'Daarachter heb ik een slaapkamer.' Hij wijst naar het gedeelte met het lage plafond. 'Ik slaap vannacht voor alle zekerheid met een scherp Norrland-mes onder mijn kussen. En daarachter is mijn werkplaats.'

Hij leidt me naar binnen en vertelt dat de kinderen Grimberg hier jaren geleden speelden. Hij zegt dat hij zich als een soort beschermende oom voor de jonge Karin voelt.

Er staan flessen motorolie en rechthoekige blikken terpentine opeengepakt in een hoek. Ik kijk om me heen en controleer de uitgangen, controleer de hoeken. Ducttape. Een stuk blauw nylonkoord en een betonschaar en een mooie priem en een multipak zoute drop en een afgezaagd stuk stalen pijp. Boven op een gereedschapskist ligt een soldeerbout die eruitziet als een wapen. Ik tel zes posters aan de muren. Het zijn advertenties van weleer voor exotische plaatsen zoals de Grand Canyon en Mexico-Stad en de Grote Piramiden.

'Ben ik nooit geweest,' zegt hij als hij mij ziet kijken. 'Nog niet, tenminste. Ik heb acht kleinkinderen en nog een op komst. Ik verzin wel iets om ze ooit allemaal mee te nemen, zo God het wil.'

De randen van de posters krullen om en het papier is bespikkeld met schimmelsporen. Dit zijn koude, vochtige posters van warme, droge plaatsen. Aan een spijker hangt een ingelijste foto. Conciërge Andersson omringd door zijn kleinkinderen, met een hondje net buiten beeld. Ik zie het puntje van zijn staart. De kamer is aan de ene kant hoog en loopt dan af tot pakweg een meter hoog aan de andere kant, maar dat is nog niet eens het ergste. De muren zijn van onderen nat van het grondwater. De lucht is ervan verzadigd.

'Vochtproblemen?' vraag ik.

'Wat niet stoort, wat niet deert,' zegt hij.

'Wat?'

'Je weet wel, je kent het oude gezegde.' Hij hoest in de holte van zijn elleboog. 'Wat niet stoort, wat niet deert. Zo luidt dat.'

Wat?

Ik krijg last van claustrofobie in deze natte, hellende kamer zonder raam, dus draai ik me naar Andersson. 'Ik kom morgen terug. Als je nog iets belangrijks over Gunnarsson bedenkt, laat het me dan weten.'

Hij kijkt naar me, ts-ts doet hij, alsof dit hele gebeuren, een zelfmoord en een moord in één week, maar beter uit de krant kan worden gehouden. Maar beter begraven kan blijven, zoals weldra het geval zal zijn met Per Gunnarsson.

Ik fotografeer een team forensisch onderzoekers die hun witte pakken aantrekken en de oude fabriek binnengaan. Anna-Britta roept me vanuit de deuropening van de kantine.

'Tuva.'

Ze leidt me naar binnen en loopt naar boven, dus ik volg haar. Ze opent de deur naar de Ontvangstkamer, het contrast met Anderssons ondergrondse hel had niet groter kunnen zijn, en dan gebaart ze me te gaan zitten.

'Ik hoorde dat jij hem hebt gevonden.'

Ik knik.

'Wat erg voor je. Heb je vlak daarvoor iets vreemds gezien? Iemand die je niet kende?'

‘Niet dat ik weet.’

‘Dit is allemaal nogal pijnlijk, zoals je je ongetwijfeld kunt voorstellen.’

‘Pijnlijk?’ vraag ik. ‘Een man heeft zijn leven verloren.’

Anna-Britta bijt op haar lip. ‘Twee mannen.’

‘Het spijt me,’ zeg ik. En dat meen ik oprecht.

‘Voor we verdergaan, Tuva, en afgezien van het feit of Gunnarsson een ongeluk was of iets gruwelijkers, kun je me beloven dat je de vreselijke details weglaat uit je krant? Andersson vertelde me alles over de...’ Ze knippert met haar ogen en kijkt naar mijn hals. ‘We moeten de schade aan onze goede naam beperkt houden, dat is alles. Er staan banen op het spel.’

‘Ten eerste, dit was geen ongeluk. En ten tweede, ik moet verslag doen van wat er is gebeurd. Ik kan geen details weglaten.’

‘Kan of wil?’

‘Ik heb een plicht tegenover mijn lezers en tegenover het slachtoffer, en je weet dat dit nieuws toch wel bekend zal worden.’

‘Mijn personeel houdt zijn mond.’

Ik trek mijn wenkbrauwen op.

‘Ze zullen niet praten,’ zegt ze weer.

‘Kende je Per Gunnarsson?’ vraag ik.

‘Dat kan ik niet zeggen.’

‘Kan,’ zeg ik, ‘of wil?’

Haar kaak verstrakt.

‘Oké.’ Ik probeer verzoenend te kijken. ‘Als ik beloof dit zo tactvol mogelijk aan te pakken en bij het schrijven rekening hou met de fabriek en de stad, om de inwoners ervan te verzekeren dat jullie gewoon openblijven, dan geef jij antwoord op mijn vragen en geef je me volledig toegang tot de fabriek, inclusief jouw woongedeelte achter die deur.’

Ze kijkt naar de deur van de woning met zijn wapenschild

boven de deurlijst, alsof het daarachter een heel andere wereld is. Ze schudt haar hoofd.

'Dat is ons huis, Tuva. Het is al doorzocht door de politie, het is al overhoopgehaald.'

'Ik weet het. En ik heb honderden mensen geïnterviewd voor verhalen en ik kan die alleen maar schrijven, en die mensen recht doen, als ik hun leefomgeving zie. Ik vond een dode man onder je huis en het was geen ongeluk. Hij was vermoord.'

'Mijn man zou dit niet leuk vinden.'

'Maar jij bent nu de baas,' zeg ik en ik forceer een glimlachje om mijn woorden te verzachten.

'Het spijt me, Tuva, ik...'

Een figuur in het zwart komt vanuit de woning de kamer binnenvallen, een haarband met sluier om haar hoofd, en ze heeft een schoonheidsvlekje op haar bovenlip getekend.

'Moeder,' zegt Karin Grimberg, haar stem kalm en vast. 'Ik denk dat het van een hondachtige is.' Ze blijft in de deuropening staan en ik probeer langs haar naar binnen te kijken, een glimp op te vangen van de Grote Salon, maar dat lukt niet in deze hoek. Er hangt een donkerrood gordijn in de weg. Karin negeert mij volkomen. 'Het is een hond.'

Anna-Britta wrijft met haar handen over haar gezicht en ik zie dat haar chique Zwitserse rechthoekige horloge niet loopt, het geeft de verkeerde tijd aan, het staat stil. Ze ziet er daar op de gecapitonneerde grijze ottomane ontredderd uit.

'Karin.' Anna-Britta's stem klinkt breekbaar en te hoog. 'Kom binnen, alsjeblieft. Doe die deur dicht.'

De figuur in het zwart, knap op een soort eerstejaarsstudent-die-iets-te-veel-haar-best-doet-manier, komt naar ons toe.

'Ik zag je op de begrafenis,' zegt ze tegen me, een houten kistje stevig in haar hand geklemd.

Anna-Britta doet de deur van de familievertrekken op slot.

‘Werk je nu voor ons?’ vraagt Karin. ‘Heb je het kadaver gezien?’

Anna-Britta kijkt geschokt. ‘Tuva helpt met het boek,’ zegt ze. ‘Ze gaat ons interviewen, voor de familiegeschiedenis.’

Karin zet het doosje op een bureau en ik zie dat haar schoonheidsvlekje geen vlekje is. Het is een spin. Nou ja, het is een vlekje, een moedervlek denk ik, maar ze heeft hem zwart gemaakt en er zijn acht minipootjes, mascarastreepjes of zoiets, vier aan elke kant.

‘Dit helpt misschien om uit te vinden wie Per Gunnarsson heeft afgeslacht,’ zegt Karin. ‘De politie laat me niet in de oude fabriek om dingen te bekijken, maar Andersson liet me een foto zien van wat er in Gunnarssons hals geduwd zat.’

Heeft hij een foto genomen? Waarom heeft hij me dat niet verteld?

Anna-Britta ziet eruit alsof ze gaat flauwvallen. ‘Weet de politie dat Andersson een foto heeft genomen?’

Karin schudt haar hoofd. ‘Hij zei dat het per ongeluk ging, hij probeerde de zaklampfunctie aan te zetten. Hij nam tientallen foto’s. En ik weet wel zeker dat het van een hondachtige is,’ zegt ze terwijl ze de doos opent. ‘Deze komen uit mijn kast.’

Ze laat ons een klein doosje zien, zo een dat een juwelier zou gebruiken om een reeks ringen of edelstenen te etaleren; kleine sleuven, uitgesneden in zwart fluweel. In elke sleuf steekt een tand met een Latijns bijschrift.

‘Deze komen het dichtst bij wat Andersson heeft gefotografeerd: een vos en een das en,’ ze wijst op een grotere tand, ‘dat is een wolf. De tand die werd gevonden in de hals van het lijk was van een hond, een grote hond. Ik zou zeggen dat hij van een Duitse herder afkomstig was.’

14

‘Een Duitse herder?’ vraag ik.

‘Te oordelen naar de grootte,’ zegt Karin. ‘Kijk, vergelijk hem maar met deze hoektanden van een wolf, ze verschillen niet eens zo heel veel. Het zou ook een dobermann kunnen zijn, maar ik hou het op een Duitse herder.’

Ik kan alleen maar David Holmqvists hond bedenken, die ‘geadopteerd’ werd door een familie in Ultrarechtsstad.

‘Weet je het zeker?’ vraag ik. ‘Studeer je soms diergeneeskunde?’

‘Beeldhouwen en beeldende kunst,’ antwoordt Anna-Britta voor haar. ‘Maar vorig jaar heeft Karin een onlinecursus taxonomie gedaan. En ook een cursus pathologie. Karin, waarom wacht je niet in mijn kantoor terwijl Tuva en –’

‘Ik ben gestopt met mijn beeldhouwcursus, moeder,’ zegt Karin met haar blik op Anna-Britta gericht en dan draait ze haar gezicht langzaam naar mij. ‘Ik ben hier nodig.’

Haar moeder ziet er ongemakkelijk uit, alsof ze acuut wel honderd dingen wil schreeuwen en het verdomd slecht uitkomt dat ik er ben.

Een klop op de deur van de trap en dan een gezicht dat eromheen gluurt. Roze wangen. Dun jarentachtighaar. Het is Agnetha Hellbom, de kantoormanager en vrouw van Gavriks enige, dure advocaat.

‘Mevrouw Grimberg,’ zegt de vrouw, haar stem even dun als haar haren.

‘Wat is er?’

'De politiecommissaris wil u spreken.'

'Ik kom eraan,' zegt Anna-Britta en dan vervolgt ze: 'We moeten Gunnarssons familie op alle mogelijke manieren helpen, en we moeten de werknemers geestelijke hulp aanbieden.' Ze spreekt met de geveinsde plechtstatigheid die iedere nieuwe CEO moet aanleren en kijkt vanuit haar ooghoek naar mij, alsof ze wil dat ik dit ook hoor. 'Kan ik dat aan jou overlaten, Agnetha?'

Agnetha knikt chagrijnig, bevochtigt haar lippen en loopt terug door de kantoren.

'Bloedzuigende parasiet,' zegt Karin en opeens mag ik die jonge Grimberg wel. Ze is een jongere versie van mezelf. Ze is raar en heeft haar vader verloren en ze heeft een broertje dood aan vervelende mensen. Ik mag haar heel graag.

Anna-Britta kijkt haar dochter boos aan en ik zie hoe rauw roze haar nagelriemen zijn. Kleine, open wondjes rond elke nagel als minuscule stukjes rauw kippenvlees.

'Tuva, ik moet een verklaring afleggen bij de politie, misschien wil je wat gaan eten in de kantine? Het halve terrein is afgesloten en dat blijft nog een tijdje zo, maar we mogen de achterste fabriek en de kantine openhouden. Commissaris Björn toonde zich heel begripvol, we zijn dan ook zo belangrijk voor de stad.'

Ik loop naar beneden. Is de moordenaar nog in het gebouw? In de woning? En wanneer is Gunnarsson vermoord? Ik wil hier niet zijn, maar ik moet uitvinden wat er aan de hand is. Wie heeft die man op die manier vermoord? En waarom?

Het vloerkleed is versleten en dun, de foto's aan de wanden verontrustend omdat ze allemaal zwart-wit zijn en de gezichten te bleek en de ogen te groot lijken. Ik zwenk rechtsaf de kantine in.

Ik denk dat er zo'n honderd mensen zitten. Fluisterend. Bevindt de moordenaar zich in deze ruimte? Verscholen in het volle zicht? Ik pak een nat plastic dienblaadje met beschadigde randen en schuif het over de stalen rails naar het voedsel. Achter de opscheppers hangt aan een magnetische balk een rij roestvrijstalen messen. Ik kijk naar de messen en dan omlaag naar het eten. Lasagne of zalm. Ik wijs naar de lasagne en er wordt een kleffe lap op een bord gedaan en aan mij gegeven, de opschepper kijkt me niet aan.

'Dank je,' zeg ik.

Niets.

Ik loop verder en pak wat brood, het luchtige poolbrood dat bol staat van de suiker en eruitziet als een rond speldenkussentje, en daarna pak ik een waterglas.

Ik zit weer op school. Mijn Stockholmse middelbare school was eigenlijk best goed; rustige buitenwijk, goede mix van mensen, interessante kinderen – maar voor een dove van twaalf jaar was het onderdeel schoollunch altijd lastig. Als vanzelf ga ik bij de mensen zitten die er het ongemakkelijkst uitzien, een vreemde overlevingstactiek die ik blijkbaar niet heb afgeschud. Ik sta nu mijlenver af van mijn twaalfjarige zelf, sta zonder problemen mijn mannetje in een rechtszaal of een scrum op een persconferentie, maar hier ben ik weer dat extreem alerte dove kind, dat haar best doet om te horen wat er wordt gezegd in een grote ruimte waar de monden vol zijn en het geluid te hard is.

Ik ga zitten en niemand kijkt op van zijn eten. Ze zullen wel in shock zijn. Of niet weten wat ze moeten zeggen op een dag als vandaag. Of ze zijn bang hun baan te verliezen. Hun inkomen. Hun leven.

Ik giet water uit de reusachtige emaillen kan op tafel en zeg hallo tegen de vrouw naast me en ze gromt alleen wat en blijft schuiven.

De lasagne loochent de handelsbenaming maar ik eet hem. Laten we maar zeggen dat dr. Atkins schande zou spreken van de verhouding tussen de pasta, zoveel te lang gekookt dat hij naadloos aansluit bij de bechamelsaus, en het vlees. Ik laat mijn gehoorapparaatjes aanstaan, maar ik vang niet veel op. Mensen praten niet, ze kauwen alleen maar, en het is moeilijk om iets door dat achtergrondgeluid heen te horen.

Een hand op mijn schouder.

'Kom bij ons zitten,' zegt de roodharige stempelaar die me eerder het muntje gaf. Ik kokhals bijna bij de herinnering aan Gunnarssons keel, aan de massa dropmuntjes die in zijn gapende mond was gepropt.

Ik sta op en de vrouwen aan mijn tafel kijken verbaasd, alsof ik zojuist als cheerleader ben gekozen of zoiets. Ik ga bij de stempelaars zitten.

'Ben je hier vanwege Gunnarsson?' vraagt Rood.

'Nee, nee, ik doe research voor een boek, een geschiedenis van de dropmakerij.' Dat is min of meer waar.

Rood fronst naar me en eet haar zalm. Ze heeft sprekende gelaatstrekken en een gave huid. Ze is mooi op haar eigen manier. Rood wijst naar een vrouw die haar appeltaart ophaalt bij de toonbank.

'Grote Witte,' zegt ze.

'Sorry?' zeg ik.

Ik wacht tot Rood weer een mondvol van haar zalm heeft weggewerkt.

'Psst,' doet Rood naar de vrouw die ze Grote Witte noemt, zo hard dat de halve zaal het hoort en zich naar ons toe draait. Rood wenkt Grote Witte en Grote Witte glimlacht droevig, aarzelend terug, en haar tanden zijn scherp en groter dan die van agent Thord en dat wil wat zeggen.

'Grote Witte,' zegt Rood. 'Ze zat samen met Gunnarsson op school. Dat geldt voor de meeste mensen hier en het merendeel van hen werd op een gegeven moment door hem gepest.'

Rood eet meer zalm en ik schuif mijn lauwe lasagne rond op mijn bord.

'Stifttanden,' zegt Rood en ze duwt haar bord naar het midden van de tafel. 'Betaald door Gustav Grimberg omdat zij een proever is. Na twaalf jaar proeven had ze geen eigen tanden meer over, ze werden allemaal zwart als drop en even zacht.'

Rood en ik pakken een kommetje appeltaart met een dot slagroom uit een spuitbus. De zaal kijkt toe hoe we weer gaan zitten.

'Gunnarssons keel was van oor tot oor doorgesneden,' zegt Rood terwijl ze met haar vingertop over haar eigen hals schraapt. 'Z'n hoofd viel er bijna af.'

Ik verbeter haar niet.

'Ben je altijd stempelaar geweest?'

'Ik ben hier de snelste, negentig per minuut, misschien vijfennegentig. De oude Grimberg zei altijd dat ik hun snelste stempelaar was sinds mijn ma destijds.' Ze snuift.

'De oude Grimberg die nu net is gestorven? Gustav?'

'Zijn vader,' zegt ze. 'Die heette Ludvig. Hij was een geilaard.' Ze schudt haar hoofd en haar ogen worden donker. 'Als een schimmel in die stamboom, dat is wat ma zei.'

'Wat?'

'Je weet wel wat ik bedoel.' Ze wijst omhoog en brengt haar hand boven haar hoofd en dan kromt ze haar vinger en wijst omlaag en laat haar hand zakken zodat haar vinger met een plof de tafel raakt. Ze vormt met haar mond de woorden: 'Het zijn geilaards en ze maken zich er gemakkelijk van af, als je snapt wat ik bedoel.' Ze kijkt naar me op. 'Heb je Pisbroekie al ontmoet?'

Schei uit, zeg.

'Werkt op het kantoor en verdient ongeveer drie keer zoveel als ik met het heen en weer schuiven van papier. Haar als een suikerspin in een hoosbui.'

'Agnetha Hellbom?'

'Precies. Pisbroekie wil haar klauwen in deze fabriek zetten, in het geld, de hebzuchtigste persoon van heel Gavrik, dus pas maar op voor haar.'

'Waarom noem je haar zo?'

'Omdat ze eruitziet alsof ze net in haar broek heeft gepist, daarom. Hebzuchtige koe, je zou denken dat zij en die barbiepop Ken van haar zo langzamerhand wel genoeg geld zouden hebben. Je weet toch wie hij is?'

Ik voel de rest van de tafel met elk woord meeluisteren, maar ik denk dat ze het antwoord toch al kennen. Net zoals ik.

'Henrik Hellbom,' zegt ze. 'Die advocaat met dat gladgestreken gezicht en die grote Mercedes-jeep. Hij heeft Grimbergs buitenhuis gekocht, wist je dat? Zet dat in je verhaal, daar hoort het.'

'Ik zal uitgebreid verslag doen,' zeg ik.

'*Advokat* Hellbom en Gustav Grimberg zaten samen op school. Hellbom had geen vader toen hij opgroeide. En hij had ongeveer evenveel geld als mijn familie, niets dus.' Ze schept met haar vinger de laatste spuitroom van haar bord en zuigt hem op. 'Arm,' zegt ze. 'Straatarm, en Hellbom haatte Gustav hartgrondig. Hij wilde alles hebben wat hij had.'

Ik bedank Rood voor de informatie en geef haar mijn visitekaartje, breng mijn dienblad naar het rek en loop naar buiten.

Wanneer ik omhoogloop naar de eerste verdieping, blijf ik bij elke foto even dralen. Er is er een waar een grijs laken overheen hangt dus til ik een punt van het laken op en er zit geen foto onder maar een spiegel. Ik blijf lopen. Ik kom boven en ga de Ontvangstkamer binnen. De *kakelugn*, de cilindrische tegelkachel in de hoek van de kamer, voelt koud aan. Op de smalle schouw erboven staan een eikel en een kommetje zeezout.

Ik maak notities van mijn dag: getuigennamen en politiedetails – meer voor de krant dan voor het boek. Ik kijk op mijn telefoon en de hashtags GavrikKiller en Veerman en Dropmoord beginnen trending te worden. Eerder vandaag is er een man in dit gebouw gestorven en het is obsceen dat ze nog steeds gewoon zakendoen. Dat is niet goed.

Het raam toont een ijzig Gavrik met de typische hoeveelheid zondagsverkeer in februari, die vrijwel nul is. Ik zie Storgatan en de achterkant van Hotel Gavrik en de beveiligde parkeerplaats van het politiebureau en verderop in de straat zie ik mijn kantoor en de langlaufwinkel en Björnmossens wapenwinkel. En dan verder naar de grotere terreinen buiten de stad: de ICA Maxi en McDonald's, en de ijsbaan op de heuvel. Ik zie appartementengebouwen uit de jaren zeventig: torens die als paddenstoelen door de bodem stoten en rechtop staan. Ze zijn misschien afzichtelijk maar tenminste wel warm en droog, het mijne wel, in elk geval, anders dan hier.

Anna-Britta komt binnen.

'De katrolhaak?' zegt ze.

Ik kijk naar de haak.

Ze komt naast me staan bij het raam en wijst naar de grote, stalen balk die uit de gevel steekt, met een haak aan het einde.

'Het ruwe product. We gebruiken nu geraffineerd zoethout, maar vroeger kochten we rauwe wortels; het idee was dat ze hier konden worden opgeslagen. Ze gebruikten een verdieping hoger een identieke balk en haak, en dat was om de balen op te hijsen zodat die dit raam in konden worden getrokken. De haak waar je naar kijkt woog de balen wanneer ze binnenkwamen.'

'Lagen de wortels niet hier opgeslagen?'

'De atmosferische omstandigheden waren niet geschikt. We staan op graniet maar er loopt een waterhoudende grondlaag door, heeft iets te maken met de waterdruk. De balen met zoethoutwortel werden opgeslagen in de zoethoutschuren.'

Karin komt binnen met haar sluier voor haar ogen en draagt een dienblad met een theedoek erover.

'Kun jij dat regelen terwijl ik met Tuva praat?' vraagt Anna-Britta haar.

Karin knikt en ik doe mijn best om te zien wat er op het dienblad ligt. Het ziet eruit als twee schoteltjes met melk en een kommetje zout en een dennenappel en een in iets roods gedoopte veer.

'Ik wilde je iets vragen,' zegt Anna-Britta, haar stem iets harder en duidelijker nu. 'Kun je me goed horen?' Ze maakt vreemde handgebaren, als iemand die probeert te mimen tijdens *Hints*. 'Het spijt me, ik ken geen gebarentaal.'

Ja, dat zie ik.

'Ik ook niet,' zeg ik. 'Tenminste, niet goed.'

Ze schraapt haar keel.

'Kunnen we daar praten?' vraag ik, wijzend op de deur van de woning.

'Nee,' zegt Anna-Britta.

'Oké.'

'De politie gaf me het advies niet te spreken over wat er vandaag is gebeurd. Maar ik zal je oude krantenknipsels brengen die Gustav...' Haar stem breekt en ze schraapt haar keel en verontschuldigt zich. 'Die wijlen mijn man bewaarde, en ook een paar voorbeelden van vroege bestelformulieren en facturen. Voor het boek. We hebben een paar interessante douaneformulieren uit de negentiende eeuw, en allerlei postzegels uit landen die niet meer bestaan.'

'Fascinerend,' zeg ik. 'Maar David heeft me op het hart gedrukt om me op de menselijke kant van de zaken te richten, op je familie zelf, de geschiedenis van de belangrijkste personen enzovoort, hun rol in de gemeenschap.'

'Ik vind het moeilijk om samen te werken met...' Ze maakt haar zin niet af.

Karin, die de dennenappel dicht bij de tegelkachel neerzet, snuift wanneer ze dit hoort.

'Je kunt nu met mij samenwerken,' zeg ik, nog steeds denkend aan de hondentand in Gunnarssons hals. Maar hij kan niet met Holmqvist in verband worden gebracht, de halve gemeenschap heeft Duitse herders en we weten niet eens zeker of hij van een Duitse herder afkomstig is. 'David is niet het monster waar veel mensen hem voor aanzien.'

'Ik wil niet over hem praten.'

Daar gaan we.

'David is gewoon anders,' zeg ik.

'Karin en ik zijn opgelucht dat we nu met jou te maken hebben, nietwaar lieverd?'

Karin knikt en zet een schoteltje met zout onder de chaise longue en ik zie dat daar al een soort puntige beeldhouwersbeitel ligt.

'Vooral na wat er vandaag is gebeurd,' zegt Anna-Britta. 'Ik zou me niet veilig voelen als die man hier elke dag was.'

'Mag ik vragen hoe het zit met het zout en de dennenappel?'

'Voorzorgsmaatregelen,' zegt Anna-Britta en dan begint het buiten te waaien, want het venster rammelt in zijn sponning en de peertjes van de kroonluchter beginnen te flakkeren. We kijken allemaal naar buiten en de hemel is loodgrijs geworden, en dan klinkt er een diep gerommel van donder zonder waarneembare bliksem. Het begint te sneeuwen. 'Dit is een fabriek, maar het is ook ons huis,' vervolgt Anna-Britta. 'Vandaag heeft het kwaad ons bezocht in ons eigen huis. Oud kwaad. Onwelkom kwaad. We hebben alle voorzorgsmaatregelen nodig die beschikbaar zijn.'

15

Het wordt donker buiten. De temperatuur is gedaald en de eenogige kat die ik op het grafje van lilla Ludo zag, blaast naar me als ik wegloop door de fabriekspoort.

Er parkeert een ambulance. Geen zwaailichten. Drie mensen in forensische pakken stappen uit onder de fabrieksboog en agenten in uniform halen de politietape weg. Er wordt een lijkzak naar buiten gedragen en midden in de ambulance gelegd. Er valt nu natte sneeuw in grote, drabbige vlokken en het hele tafereel klinkt gedempt. Ergens in de buurt klinken kerkklokken, maar het is halfslachtig en ze houden op voor ze goed en wel zijn begonnen. Te koud om klokken te luiden in februari. Ik passeer een tv-verslaggever, een vrouw uit Stockholm, ze probeert een opname te maken in slecht licht terwijl ze een golfparasol boven haar hoofd houdt. Ik hoor 'verdachte omstandigheden' en 'politie geeft verder nog geen commentaar'.

Ik doe mijn spullen in de auto en omdat ik ongeveer twee magnetronmaaltijden en in het geheel geen drank in huis heb, ga ik naar Ronnies. Nog een diep gerommel van de donder. Ik heb drank nodig, dat zou iedereen nu hebben. In Londen, vier jaar geleden, zou ik een fles drank bij een kruideniertje of de supermarkt hebben gekocht. Hier is de drankwinkel van de Staat, Systembolaget, de hele zondag gesloten. De hele verdomde dag. De Staat denkt dat we ons dooddrinken op zondag en ik denk dat ze daar min of meer gelijk in hebben.

Ronnie heeft twee buitenkaarsen aan weerskanten van de ingang staan en de sneeuw is weggeschoven en de stoep met zand bestrooid. Het ziet er uitnodigend uit. Het grote neonbord boven de ingang zoemt. Ik open de deur en word getroffen door een vlaag warme, vochtige lucht en een rockballad uit de jaren zeventig waarvan ik de naam niet weet. Iets uit het Middenwesten van Amerika.

De vloer is drijfnat van het smeltwater en de jassenrekken puilen uit van zware donsjacks en fleecejacks in allerlei kleuren. Haken die het begeven zijn niet ongewoon in dit deel van de wereld. De jassen worden te zwaar als ze nat zijn. Er zullen hier dertig of veertig mensen zijn en de bar heeft de kalme zondagnamiddagsfeer die je begin februari mag verwachten, behalve dat mensen over halswonden en avondklokken praten.

Ik ga aan de bar zitten.

'Tuvs,' zegt Ronnie. 'Wat kan ik voor je inschenken?'

Ik houd van hem omdat hij een normale vraag stelt. Hij kent inmiddels alle details van de plaats delict; als iemand die kent, is hij het. Maar als ervaren barman weet hij ook dat ik drank nodig heb.

'Malibu-cola, graag. Sterk.'

Hij schenkt de drank in en kijkt staande naar de tv aan de muur, een ijshockeywedstrijd waar ik vermoedelijk voor de editie van volgende week over zal moeten schrijven.

'Heb je nog iets gehoord...' zegt Ronnie, en ik probeer hem te horen in deze bar en hem door zijn grijsblonde baard heen te lezen maar dat lukt me niet.

Ik slik mijn teug door. Mijn aderen verwijden en mijn voorhoofd wordt glad en mijn strakke mond verslapt van verlichting.

'Wat?' vraag ik.

Hij kijkt naar me, maar iemand aan de andere kant van de bar steekt zijn hand op dus bedient Ronnie die andere man.

Ik vind dit een fijn café. Het ruikt naar bier en zweterige lange onderbroeken, maar de verlichting is dusdanig dat je je hier kunt verstoppen en vergeten dat je in Poppenstad bent. Ik sms Tammy om haar hier uit te nodigen en ze antwoordt dat ze nog een uur moet werken en daarna haar busje dichtgooit en naar me toe komt. Ik stuur haar drie kusjes.

Ik ben in mijn element: drankje in de hand, rustig de medemens observerend. Mijn proefpersonen zijn van hun machtige noordse remmingen bevrijd door wodka en koud Deens bier. Ze praten, spelen biljart en roddelen als de pest. Een man wijst naar zijn eigen ogen en daarna naar zijn keel. Ik kijk, maar belangrijker nog, ik lees.

De gesprekken zijn fascinerend. Ik pik het natuurlijk niet allemaal op, soms maar heel weinig, maar ik kan de gaten invullen door naar hun ogen te kijken of naar hoe ze staan.

De caissière van de ICA Maxi is er, de knappe. Ze is samen met drie mannen die eruitzien alsof ze een veel betere huidverzorgingsroutine hebben dan ik. Er is een soort ingewikkelde viermansflirt aan de gang en ik kan de dynamiek ervan niet helemaal doorgronden, maar één man gaat duidelijk aan kop. Hij is de leerling-monteur die twee keer per jaar mijn banden verwisselt.

Nils zit in een verre hoek achter een bier en een cognac, maar ik wil niet met hem praten en ik weet wel zeker dat hij ook niet met mij wil praten. Hij is met een van zijn ultrasaaie ijshockeymaatjes en ze dragen dezelfde XXL-truien en Nils' gelhaar glimt in het lamplicht van het poolbiljart.

Vlak bij me, aan de tafel naast de bar, zitten een man die een paar jaar geleden failliet is gegaan en een vrouw die bij McDonald's werkte, maar nu helpt hij de leiding van het zomerse watersportcentrum bij het reservoir buiten de stad, waar de caravans staan. Ik drink mijn drankje en hoor ze praten over het lijk en het feit dat Gunnarsson blijkbaar aan flarden was gereten door een dolle hond, maar ze stappen snel over op het onderwerp sneeuw en hoe die is vergeleken met vorig jaar en wat de voorspelling voor volgende week is. Ze zijn het erover eens dat ze hun voorraden haardhout voor de volgende winter moeten verdubbelen. Je kunt niet voor het blok komen te staan in februari. Letterlijk een doodstraf. Hij zegt dat hij zijn kinderen morgen thuishoudt van school vanwege de bloeddorstige dolle hond. Dolle hond? Vervolgens vertelt hij haar over zijn borstinfectie en ze toont medeleven, maar niet lang, en dan begint ze over haar winterdepressie en over de druppels vitamine D die ze slikt en hoe die nauwelijks helpen. Hij zegt dat hij iets in zijn muren heeft en ik kan het eerst niet verstaan, maar dan besef ik dat hij muizen in zijn muren heeft leven en zij zegt: 'Wie niet?' Ik drink mijn glas leeg en bestel er nog een.

'Sorry, we werden onderbroken,' zegt Ronnie, krabbend aan zijn bakkebaard. 'Heb je nog meer gehoord over...' en dan wijst hij in de richting van de dropfabriek.

'Niet veel,' lieg ik. 'Jij?'

Hij haalt zijn schouders op en werpt een blik op de ijshockeywedstrijd op de televisie.

'Het gerucht gaat dat het iets met drugs te maken heeft,' zegt hij. 'Gunnarsson had te maken met wat mensen uit Munkfors.' Hij kijkt me aan. 'Dat met de ogen was een boodschap.'

'Wat voor boodschap?'

'Ik hoorde ook dat Gunnarsson rond Gustav hing,' zegt hij, de vraag negerend. 'Misschien heeft hij hem op een of andere manier tot die sprong gedwongen, hem getreiterd tot hij er een einde aan maakte; dat zeggen ze hier.'

'Ik vraag me af of je iemand kunt overhalen zelfmoord te plegen, Ronnie.'

Hij kijkt me aan en denkt na. 'Misschien heb je gelijk en misschien ook niet. Maar nu zitten we met een moord. Misschien twee. En ik denk dan: stel dat de moordenaar aan mijn bar zit of pool speelt op mijn biljart.' Iemand aan de andere kant van de bar wil eten bestellen, dus veegt hij wat er gemorst is uit mijn glas weg en gaat de bestelling opnemen. Ik kijk naar het geplastificeerde menu dat op de vurenhouten bar is vastgeniet. Tosti's. Hotdogs. Nacho's. Hamburgers. Ronnies zorgvuldig beheerde keuze aan heerlijkheden uit de magnetron. Allemaal honderd kroon, wat in mijn Londense universiteitstijd zo'n tien pond zou zijn geweest en goed voor alle vier.

Ik leun naar achteren en liplees twee mannen die de relatieve voordelen van verscheidene pornosites bespreken. Mijn telefoon trilt. Het is Tammy die zegt dat ze tien minuten later komt. En dan komt de nieuwe agente binnen.

'Wat mag het wezen?' vraagt Ronnie haar.

'Twee gin-tonics, graag, dubbele, eentje met ijs.'

'Komt in orde,' zegt hij.

Ik zit pal naast haar en dit is het moment waarop ik mezelf aan haar voorstel en haar iets slims vraag over de moordzaak. Maar ik kan het niet. Ik verstar. Ze zegt geen hallo en ik ook niet. Het wordt ongemakkelijk. Ik kan nu geen hoi meer zeggen, niet na al die tijd. Ze ruikt naar honing, maar ook op een of andere manier warm, een specerijengeur zoals nootmuskaat, of sandelhout, licht en troostend. En dan stapt ze weg met een man die ik herken uit de fabriek, een junior opzichter met biceps die uit zijn T-shirt bollen. Ze loopt bij me vandaan en kijkt glimlachend om en ik glimlach terug maar doe dat te laat en ik denk dat ze het gemist heeft en nu is ze weg.

Tammy, waar blijf je?

Ik probeer me nonchalant te gedragen, in mijn eentje aan de bar in mijn jeans en fleece en met ongewassen haar, maar intussen schuif ik heimelijk mijn barkruk stukje bij beetje naar waar zij stond. Ik adem de lucht in om haar geur nog eens op te pikken en dat lukt me ook, maar die is nu o zo verwaterd, slechts een geest van heerlijke geur.

Ik drink mijn rum-cola op en bestel een shotje wodka.

Een van de twee mannen van het pornowebsitegesprek blokkeert mijn zicht op de nieuwe agente, dus moet ik hem wel lees-luisteren en inmiddels praat hij over zijn grootmoeder die is uitgegleden op het ijs voor haar gebouw en haar heup heeft gebroken. Hij is van plan haar dagelijks te bezoeken tot ze naar huis mag, vooral nu er een gestoorde moordenaar rondloopt, om haar gerust te stellen. Ik voel me leeg vanbinnen en tekortschietend dat ik mam niet vaker bezocht toen ze nog leefde – hoe vreselijk die bezoeken ook waren, hoe koud ook – en nu omdat ik niet naar haar graf ga. Die man van de pornowebsites lukt het wel en mij niet? Je hebt van die duurzame kerkhofkaarsen, die je bij de ICA Maxi koopt, twee voor negenennegentig kroon. Tientallen, zo niet honderden van die kaarsen flakkeren nu op elk kerkhof in het land, maar mama heeft er niet één.

Ik zit ineengezakt op mijn kruk als Tammy me van achteren omhelst en me een kus op mijn wang geeft en een zak garnalenkroepoek op de bar zet.

'Ronnie,' zegt ze, 'ik weet het. Ik neem deze zelf mee en ja, dat is officieel tegen je regels, maar het was een waardeloze dag en deze zijn zoooo lekker.'

Ronnie haalt zijn schouders op. 'Alleen als ik er ook van krijg.'

Tammy scheurt de zak open en Ronnie geeft haar een alcoholvrij biertje en we eten de kroepoek in pakweg drie minuten schoon op, Ronnie en ik eten het meest.

'Hoe gaat het met je?' vraag ik.

'Aan de ene kant: 80 procent van mijn doelomzet bereikt en daar doe ik het voor, vooral als je bedenkt dat mijn meeste klanten bang zijn en dan onweerde het ook nog. Een eikel van een klant bracht zijn rode curry terug omdat die te heet was voor zijn laffe, bleke smaakpapillen. Nou, daar had hij gelijk in. Ik hoorde hem vorig jaar een keer een meisje een hoer noemen. Dus had ik zijn rode curry zo heet gemaakt dat ik dacht dat zijn micropikkie er van schrik vanaf zou vallen.' Ze neemt een lange teug van haar bier. 'Misschien deed-ie dat ook wel. Maar goed, 80 procent van mijn doelomzet bereikt. Aan de andere kant: er loopt een psychopaat vrij rond en ik werk 's avonds alleen in een foodtruck aan de rand van de wereld.' Ze gebaart naar de nieuwe agente. 'Wie is die nieuwe meid?'

'Nieuwe agente.'

'Die kunnen we wel gebruiken. Hoe lang heeft de vorige het volgehouden?'

'Zes weken,' zeg ik. 'Ik geloof dat de gemeenschap haar niet beviel.'

Tammy lacht.

'Pool?' vraagt ze.

'Tuurlijk. Jij zet het klaar terwijl ik naar de plee ga.'

Ik loop naar de toiletten achterin en er staat zelfs op deze rustige zondagavond een rij. Dat komt deels doordat er maar twee hokjes zijn en deels door de extra tijd die mensen nodig hebben om hun lange onderbroek en thermo-ondergoed-onesie van merinowol uit te trekken, maar het komt ook doordat ze hun mutsenhaar en februarihagedissenhuid willen fatsoeneren. Al die minuten zijn er samen heel wat. Ik kom vooraan in de rij te staan en ga naar binnen. Is de persoon in het hokje naast mij normaal of snijdt hij kelen door?

Als ik terugkom, staat Tammy te wachten bij het poolbiljart. De lamp erboven, zo'n laaghangend poolbiljartding, is voor een deel gesponsord door de SPT-pulpfabriek en voor een ander deel door een brouwerij uit Norrland. Ze speelt de break.

'Heb je ze het lijk naar buiten zien dragen?' vraagt ze.

'Tam, de conciërge en ik hebben hem gevonden.'

Ze laat haar keu op de tafel vallen en komt dichter bij me staan.

'Het lijk?' bewegen haar lippen.

Ik knik.
'Waarom was je daar?' vraagt ze.
'Ik doe research voor een boek van David Holmqvist. Ik bekeek de oude fabriek.'
'Ghostwriter Holmqvist?'
Ik knik en mis een bal, een gemakkelijke hoekstoot die ik zonder adrenaline of alcohol in mijn bloed zou hebben gemaakt.
'Wat voor boek?'
'Over de Grimbergs.'
'Wat er van hen over is,' zegt Tammy en ze buigt voorover om haar stoot te maken. 'Nu zijn alleen de drie heksen nog over, toch? Ik heb die natuurlijk nooit ontmoet omdat miljonairs geen zin hebben om naar mijn foodtruck te lopen voor het beste eten in Klotestad.' Ze kijkt me aan en dempt haar stem. 'Heb je het lijk zelf gezien? Mensen zeggen dat het iets met drugs was.'
'Het lijk,' fluister ik, 'had muntdropjes op zijn ogen en in zijn mond, en een hondentand in de wond op zijn hals.'
Ze mist de witte bal en scheurt bijna het groene laken van het biljart. Ze komt nog dichterbij.
'Wát zei je daar?'
'Ik ben blij dat ik niet alleen was toen ik hem vond. Ik weet dat Gustav Grimburg zelfmoord pleegde, maar toch, twee lijken op één plaats voelt niet goed.'
'Is niet goed,' zegt ze. 'Zou het iets te maken kunnen hebben met het Grimberg-geld, denk je? Mensen zeggen dat het daar vol Picasso's hangt en vol staat met marmeren meubels en vleugels en weet ik veel, als een paleis of zo. En de sieraden, ze schijnen alles voor ruim honderd miljoen te hebben verzekerd.'
'Ik zou zeggen tweehonderd.'
Ze kijkt me aan. 'Je neemt me in de maling, hè?'
Ik knik en richt mijn keu en pot een bal.

‘Ik kan hun drop niet eten, die is te zout voor me,’ zegt ze.

Ik mis een lastige stoot doordat ik aan die gestolde dropmassa in Gunnarssons mond denk.

Een hand valt hard neer op de achterkant van mijn keu en die is rauw paars van de kou en de nagels zijn witgelakt en rafelig.

‘Mondelinge waarschuwing,’ zegt de roodharige stempelaar. ‘Van Anna-Britta Grimberg zelf. Voor het doorbreken van het protocol.’

‘Sorry?’ zeg ik en ik zie dat Tammy dichterbij komt en achter me gaat staan.

‘Blijf de volgende keer uit mijn buurt als ik aan het werk ben.’ Rood heeft een wijntapdoos onder haar arm, maar ze heeft het karton opengescheurd zodat de plastic zak die erin zit eruit gulpt als de ingewanden van een betreurenswaardig dier. ‘En hou voortaan je mond dicht als iemand je iets gratis geeft. Wil je soms dat ze met mij doen wat ze met Ma hebben gedaan? Wil je dat op je geweten hebben?’ Haar ogen zijn bloeddoorlopen en ze spuugt haar woorden uit. ‘Ik heb jou niks meer te zeggen.’ Ze steekt haar kin omhoog en krabt in haar nek. ‘Als jij je smoel nog eens op de werkvloer vertoont...’ Ze pakt de zwarte 8-bal op van het biljart, laat hem in een hoekzak vallen en loopt naar buiten.

16

Ik word wakker met een mond als een okselholte. Mijn hoofd is een chaos en dat is een slechte manier om een gloednieuwe week te beginnen. Ik pak mijn telefoon en probeer erop te kijken, maar mijn wimpers zitten samengeplakt. Ik wrijf en wrijf en uiteindelijk komt het vergrendelde scherm in beeld en het is tien over acht en ik heb me verslapen.

Dat doe ik nooit. Nooit. Ik kruip uit bed, mijn maag tegelijkertijd leeg en opgeblazen. Flarden van gisteravond komen bij me terug als korte filmpjes. Ik gooi koud water in mijn gezicht en dan ga ik douchen en gebruik alle scrubs die ik nog heb om mezelf rauw te schrobben.

Het ontbijt bestaat uit een halve fles citroen-Fanta met een Berocca-vitaminetablet die op de bodem ligt te bruisen als een neon oerlevenskracht, en twee reepjes Marabou-melkchocola direct uit de koelkast.

Het hele voorgedeelte van mijn schedel bonkt.

Ik parkeer en ben slechts tien minuten te laat, maar voel me schuldig als een spijbelende scholier. Bij de fabriek zijn twee fotografen aan het werk. Ik doe de deur van *Gavrik Posten* open en de bel erboven rinkelt. Gelukkig kan ik dat niet horen, want mijn gehoorapparaatjes zitten nog in mijn zak. Een van de voordelen van doof zijn is dat je geen last hebt van irritante geluiden als je een kater van hier tot Tokio hebt.

Lena zit in haar kantoor en Nils in zijn kantoor-schuine-streep-keuken en Lars komt pas later. Ik trek al mijn buitenkleding uit en ga aan mijn bureau zitten en doe mijn apparaatjes in, maar houd het volume laag. Mijn hart klopt snel op een behoorlijk ongezond niveau en ik beloof mezelf om, eenmaal in Malmö, lid te worden van een Ironman-openlucht-strand-sportschool en slechts spinaziesap en biologische, verantwoorde grassmoothies tot me te nemen.

Ik scrol door Twitter en de nieuwsfeeds. De dropmoordenaar is overal, alleen zijn alle hashtags 's nachts op een of andere manier samengesmolten tot één. Of liever, de ene heeft de andere overgenomen: hashtag Veerman. De oude mythe. De dropmuntjes op de ogen. Citaten en gestolen fragmenten en mensen uit Gavrik die worden geïnterviewd. Niemand weet veel. Gunnarsson was een einzelgänger zonder familie of goede vrienden. Ik concentreer me op het onderzoek, de zaak, maar moet ook tijd vrijmaken voor zijn necrologie. Ik heb de archieven nodig om te laten zien dat hij een echt mens was voor zijn halsader werd opengereten.

Er is een krantenkop die niet de Veerman betreft. Een bejaard stel is doodgevroren in hun auto aangetroffen, op een uur noordwaarts rijden van hier. Het stuk krijgt niet veel ruimte vanwege de moord, maar anders zou dit wekenlang het belangrijkste verhaal zijn geweest.

Er verschijnt een e-mail in mijn inbox van een gepensioneerde lerares die me willekeurige dingen stuurt. Gisteren vond ze een doodgevroren hert midden in een meertje voorbij het Utgardbos. Ze heeft drie foto's meegestuurd en het ziet eruit als een sinistere ijssculptuur: een half wit hert zweeft stil boven het ijs terwijl de andere helft begraven is in bevroren water en zo zal het waarschijnlijk blijven tot de grote dooi inzet. Ik zie een vogel op zijn gewei zitten alsof het net zo goed gewoon een boom kan zijn. Misschien cirkelde er een wolf om hem heen? Misschien kan een roofdier een onschuldige tot een dodelijke beslissing drijven? Is het bij Gustav zo gegaan? Was er een wolf in de buurt? Ik heb een bericht van Anna-Britta en zeven e-mails van David Holmqvist. Anna-

Britta stelt voor dat ik een begeleide tour met haar oudste bestelbuschauffeur maak. Hij weet blijkbaar alles wat er te weten valt over de fabriek. Dat ga ik doen. Hij kan weleens nuttig zijn. Holmqvist verduidelijkt de inzetregels voor zijn boekresearch: waar ik in moet gaan graven en wat ik kan mijden. Hij is heel specifiek en wil dat ik meer informatie over de Veerman-moordenaar opneem.

Ik laat Gustav Grimbergs lange necrologie voor wat die is omdat ik daar nu geen tijd voor heb en concentreer me op Per Gunnarsson. Hij woonde achter Eriksgatan in een appartement, dat kan ik online vinden. Hij was zevenendertig jaar oud. Hij was alleenstaand. Hij had vreselijke schulden. Na het doorploegen van social media en ons eigen artikelenarchief weet ik dat hij een fanatiek amateurgenealoog was en door de jaren heen een paar keer is gearresteerd, steeds voor aan drank gerelateerde vergrijpen.

Ik drink hete koffie en verifieer het bij Thord. Hij zegt me dat hij het druk heeft.

Lars komt op tijd binnen. Hij gaat door de deur en die rinkelt en hij doet er ongeveer twintig minuten over om zijn grote grijze jas met de capuchon van nepbont en zijn moonboots met rits van de ICA Maxi uit te trekken. Ik word al rusteloos en nerveus door er alleen maar naar te kijken. Hij mompelt 'Morgen' naar me, maar afgezien daarvan is het een stomme film die zich op dit moment voor mijn neus afspeelt, een filmvertoning op halve snelheid. Hij sjokt naar het raam van het kantoor, naast de stapel *Postens* die te koop zijn voor mensen die langskomen, dat zullen er tientallen zijn, en dan kijkt hij wat de thermometer aangeeft, zoals hij elke dag doet.

'Koud?' vraag ik.

'Gemiddeld,' zegt hij en dan sjokt hij terug naar zijn bureau voor Lena's deur en noteert hij de temperatuur in zijn zwarte notitieboekje. Ik zal deze plek gaan missen.

Ik trek mijn jas weer aan en doe de voordeur open en aan de

overkant van de straat staan ze allemaal in een rij. Het is als een beeld van tienduizend jaar geleden, heidense mensen uit de oudheid worden door de zonnegod uit hun holen getrokken; opticiens en kappers staan met de thermosfles in de hand en achterovergebogen hoofd hun gezicht te warmen in de ochtendstralen. Ze praten niet met elkaar. Ze ontdooien, hun gedachten komen los, hun huid geneest, hun hoop keert terug. Ik loop tussen hen door en koop twee koffiebroodjes en een flesje cola bij de kiosk. Ik leg het allemaal op mijn bureau en begin naar het politiebureau te lopen maar dan sta ik stil, mijn laarzen blijven op hun plaats in de grijze sneeuwdrab op de stoep, en ik realiseer me dat de nieuwe agente er kan zijn. Ik pak mijn telefoon uit mijn zak en tik de camera aan, bekijk mezelf op het scherm en grijns om mijn tanden te controleren, en dan schik ik mijn haar en knijp in mijn wangen met hun grote poriën.

Het politiebureau is leeg. Niemand achter de balie, niemand aan het wachten. De nummertjesmachine zegt '16' en op het schermpje boven de balie staat '16', dus trek ik een nummertje en tik op de bel.

Chef Björn komt tevoorschijn en ziet me en zegt niets en draait zich weer om.

'Thord,' zegt hij. 'Bezoek voor je.'

De deur gaat dicht en weer open en ik ontwaar nog net het in een duur maatpak gestoken silhouet van Henrik Hellbom. Te oordelen naar het volume van het geroezemoes moeten er zeven of acht mensen bij hem zijn.

'Wat doet Hellbom daar?' fluister ik.

Thord heeft in zijn hand een verbrand sneetje toast, bedekt met wat eruitziet als plakjes hardgekookt ei en Kalles-kaviaarpasta.

'Morgen, Tuvs,' zegt hij en hij neemt een hap.

Ik gebaar dat hij mijn vraag moet beantwoorden, maar hij schudt slechts zijn hoofd en zegt: 'Hij doet zijn werk. Zorgt voor zijn cliënt.'

Een verdachte? 'Is er iemand opgepakt?' vraag ik. En dan vorm ik met mijn lippen het woord 'Wie'.

Ik trek mijn wenkbrauwen op.

Hij vormt met zijn lippen het woord 'Nee'.

Ik trek mijn wenkbrauwen op.

'Je hebt informatie voor me,' zegt hij.

'Is er iemand opgepakt?' fluister ik.

'Dat zei ik toch. Nee.'

'Is de nieuwe agente hier?'

'Noora? Die is buiten, bij de jongens op de plaats delict. Het valt niet mee om een gebied af te zetten en de fabriek draaiende te houden, maar het is ons gelukt. Hoezo?'

'Ik wilde een paar dingen over Gunnarsson vragen en dacht dat jij het te druk zou hebben omdat jij hier nu leidinggevende bent.'

Hij recht zijn rug en denkt daarover na. Daarna neemt hij een hap en kauwt en houdt een hand op alsof hij 'Geef me een momentje, sorry hiervoor' zegt.

'Je afscheidsborrel is donderdag, nietwaar?' zegt hij wanneer hij is uitgekauwd. 'Zal ik haar meenemen?'

'Alleen als je dat wilt.'

Hij knikt en slikt en likt zijn lippen af.

'We hebben tegen die tijd allemaal behoefte aan drank, zoals het deze week gaat.'

'Dat echtpaar,' zeg ik. 'Het bejaarde echtpaar dat dood in de buurt van de fabriek werd gevonden. Commentaar van de politie voor de krant?'

Hij likt nog eens over zijn lippen.

'Ik was bezet, met die moord hier op mijn stoep, maar onze boodschap is elk jaar hetzelfde, Tuvs. Bekijk voor je naar buiten gaat eerst het weerbericht, blijf bij twijfel thuis, vertel iemand welke route je gaat volgen, zorg voor voldoende uitrusting als je wel op pad gaat, zorg dat je auto betrouwbaar is en verlaat nooit je voertuig.'

'Die twee hadden hun auto niet verlaten,' zeg ik. 'Dat heeft ze niet geholpen.'

Hij trekt zijn wenkbrauwen op en schudt zijn hoofd.

'Ze waren te oud om in februari de weg op te gaan. De dochter ligt in het ziekenhuis met een soort bronchitis, die heeft het niet breed. Maar goed, ze wilden naar het noorden rijden en ze hadden de afgelopen tien jaar niet veel gereden. Niet de slimsten van de klas. Ze slaan veel te vroeg af van de E16, ik weet niet of ze dement waren of zo, maar ze hadden alleen maar wat snoepjes en dunne dekentjes bij zich. Hun Volvo uit 1987 gleed meteen van de weg, die geveegd en bestrooid was, maar dat hielp hen blijkbaar niet, en ze belandden in een greppel. Dood binnen twee uur, zou ik zeggen. Noora vond ze als twee ijslolly's, ze keken nog steeds recht voor zich uit door de voorruit.'

'Daar heb ik mijn quote.'

'Als je het maar laat,' zegt hij, met een hand op zijn handboeien.

'Ik rij er als ik tijd heb naartoe om de plaats van het ongeluk te fotograferen. Het is vlak bij de oude boerderij, die met de graansilo, toch?'

Hij knikt.

'Neem je telefoon en je...'

Ik onderbreek hem. 'Doe ik.'

'Heb je nog steeds die Hilux?'

'Morgen verleng ik het huurcontract.'

Hij knikt. 'Pas goed op jezelf daarbuiten, Tuvs.'

Ik loop naar buiten en de zonaanbidders zijn inmiddels weer naar binnen gegaan. Drie tv-journalisten staan korte stukken op te nemen en er is een fotograaf die ik ken van *Göteborg Posten* en die foto's van de fabrieksboog maakt. Ik pak mijn cola en mijn broodjes en rijd langs Gunnarssons appartementengebouw. Hij woonde op de eerste verdieping en ik probeer binnen te komen, maar er zit een codeslot op de deur. Ik kan vanaf de straat niets zien en dus maak ik een kort praatje met een buurman en vertrek dan weer.

De E16 is druk als altijd. Gavrik is een stadje waar de wereld aan voorbijgaat, maar deze snelweg verbindt belangrijkere steden zoals Karlstad in het zuiden en Östersund in het noorden. We zijn gewoon dat muntdropje langs de weg, waarlangs vrachtwagens volgeladen met dennenstammen voor de pulpfabriek passeren.

Ik passeer de stripclub van golfplaat en druk twee paracetamolletjes uit hun aluminium verpakking en slik ze door.

Het Q8-tankstation doet vlotte zaken. Ik gooi de tank voor een derde vol met benzine, het is onzinnig om het verhuurbedrijf geld te schenken wanneer ik hem terugbreng, en koop twee doosjes tampons en een zakje winegums en wat felblauwe antivriesvoorruitspray.

'Iedereen wauwelt maar over die voortvluchtige veerbootbestuurder,' zegt de vrouw in de poedeltrui die me bedient. 'Maar heb je gehoord over dat arme bejaarde echtpaar?'

'Even verderop,' zeg ik. 'Droevige zaak.'

'Het geeft je te denken,' zegt ze en ze stopt mijn aankopen in een tasje.

'Inderdaad,' zeg ik.

Ik rijd naar de uitgang en eet intussen wat winegums, soms geniet ik ervan en laat ik ze smelten, vooral als het peer is, die witte, en soms kauw ik op twee of drie stuks tegelijk voor een non-alcoholische cocktail. Ik kan me niet echt herinneren hoe ik gisteravond thuis ben gekomen, al weet ik nog wel dat Tam bij me was. Ze zorgde voor me. Ik zal haar zo erg missen dat ik niet weet hoe ik dat ga verdragen.

Radio Värmland heeft het over Per Gunnarsson. Van alles over zijn leeftijd, zijn hobby – onderzoek naar belangrijke familiegeschiedenissen – en zijn baan als opzichter bij de kwaliteitscontrole. Er valt verder niet veel te zeggen over de man.

En dan brengen ze een soort langetermijnweerswaarschuwing voor volgende week: mogelijke sneeuw- en ijsstormen die binnen komen waaien vanuit Rusland, misschien treffen ze woensdag of donderdag het land. Het advies is om haardhout en kaarsen in te slaan.

Ik passeer de boerderij met de silo. De auto is weg, maar heeft sporen nagelaten. Het wemelt van de bandensporen, brede met een zichtbaar profiel van takelwagens en tractoren, en normale van patrouillewagens en ambulances. En dan smalle, bijna onzichtbaar tussen de andere, van een Volvo uit 1987. Ze zien eruit als de bandensporen van een fiets. Kan hun Volvo door iemand van de weg zijn gedwongen? Is dat mogelijk?

Het gras dat bij de crash bloot is komen te liggen, is dood. Het is geel en plat en de grond is diep bevroren alsof hij nooit meer groen zal worden. Maar het is niet echt de plaats van een ongeluk, ze zijn gewoon langzaam of met middelmatige snelheid een greppel in gereden. En toen gestopt. En toen gestorven. Mijn Hilux zou er in vijf seconden uit zijn geweest, maar zij bleven en misschien spraken ze over weggaan en hulp zoeken, of bespraken ze of ze zouden blijven, of ruzieden ze of waren ze het eens; en misschien lieten ze de motor draaien of juist niet. Ik hoop dat ze elkaars hand vasthielden. Ik hoop dat ze niet bang waren. En toen stierven ze zachtjes. Vierentachtig en negenentachtig.

Ik stap uit mijn auto, maar laat de motor draaien. Iemand heeft een houten kruis in de sneeuw gezet, maar het hangt scheef omdat het eigenlijk in de grond gedrukt moet worden, maar die is hard als beton dus degene die het zo heeft achtergelaten zal 'het hoogst haalbare' hebben gedacht.

Mijn wangen branden van de kou en mijn uitlaatgassen hangen laag in de lucht als droogijs in een nachtclub. Ik zie twee bosjes bloemen, nog verpakt in hun Q8-cellofaantje, beide afgeprijsde bosjes. Kleine rozen in de ene verpakking, een gemengd boeketje in de andere. Ik zie een rolletje van iets onder het gemengde boeket en ik stap naar voren om het beter te kunnen zien, zet mijn rechtervoet op de steile witte wand van de greppel. Het is een pakje zoute Grimberg-drop. De oude mensen hier zijn daar dol op, zij zijn de belangrijkste afnemers van het bedrijf, vertelde Anna-Britta me.

Ik fotografeer alles. Alleen. Slechts het geluid van mijn motor en mijn ademhaling.

Alles hier is melkachtig wit en het enige ding dat ik zie, het enige wat opvalt, is een passagiersvliegtuig. Ik herken het aan de condensstrepen: vier motoren, een jumbo, die geluidloos en gladjes hoog in de lucht passeert, waar het nog kouder is dan hier. Het maakt geen geluid. Er is geen lawaai van vliegverkeer in Gavrik omdat de vliegtuigen te hoog vliegen. In echte steden zoals Chicago of Manilla of Johannesburg hoor je de hele dag door vliegtuigen omdat belangrijke plaatsen luchthavens hebben. Wij niet. De vliegtuigen bevinden zich altijd hoog boven ons en zijn altijd stil wanneer ze over dit onbekende dropstadje heen vliegen.

Er is een moment waarop ik bijna uitglijd. Dat lijkt iets onbeduidends, maar uitglijden op een plaats als deze kan een doodvonnis zijn. Vorig jaar stierf er een man op een boerderij hier niet ver vandaan toen hij zijn enkel brak op zwart ijs, vlak bij zijn kippenhok. Hij had geen telefoon bij zich. De man was toen alleen; zijn vriendin was op bezoek bij vrienden in Munkfors. Het vroor zo'n twintig graden. Hij ging even naar buiten om te zien of alles goed was met z'n hennetjes. Alleen maar een gebroken enkel, niets ergers dan dat, er vloeide geen spatje bloed, maar hij was stijfbevroren toen de vriendin de volgende dag thuiskwam. Een mengeling van schok en blootstelling aan de kou. Hij liet het leven. Ze zei dat hij eruitzag als een bange vogelverschrikker die 's winters op het veld was blijven staan; zijn gelaatsuitdrukking, zijn houding, ineengedoken en alleen, slechts gekleed in een kamerjas. Een bange, gevallen vogelverschrikker.

Ik kijk omlaag en er ligt een enkele paarse handschoen op de bodem van de greppel; de vingers zijn bedekt met ijskristallen en buigen alle kanten op en ik moet wegkijken.

Op weg naar huis zet ik Radio Värmland uit en mijn hoofdpijn is nu bijna weg. Het is het geluid dat me raakt. En het ontbreken ervan. De stilte van hun dood, die twee bejaarde geliefden, de man in de oude fabriek met de wond in zijn hals, zijn met zwart bedekte ogen, zijn verstopte keel; en de lawaaiigheid van Gustav Grimbergs suïcidale sprong, die barstende watermeloen. Mensen praten veel over een waardige dood en hoe sommige mensen vechten en strijden tegen kanker en ik weet niet of mama er nu echt tegen vocht, het is genuanceerder dan een strijd, en ik zie niet in hoe ze verloren heeft. Het is geen kwestie van winnen of verliezen. Het is geen sport. Ze had een ellendig leven, maar kanker is een gemene rotstreek en die trof haar en liet haar toen weer alleen en greep haar toen op het laatst zo snel dat ik niet eens meer tijd had om haar te vertellen dat ik voor haar verder zou leven, of dat ik een fijne vroege jeugd had of dat ik haar vergaf. Dat ik van haar hield. Misschien is 'houden van' de verkeerde formulering. Ik had haar moeten vertellen dat ik haar begreep. Dat ik op eigen kracht zou overleven.

Ik rijd naar de fabriek omdat de familie en de werknemers mijn beste kans op informatie over Gunnarsson en mogelijke verdachten zijn. Ik besluit mezelf tijdens de lunch na mijn interviews met de dames Grimberg op een drive-through dubbele cheeseburger te trakteren en dat tovert een glimlach op mijn schilferige gezichtje.

In de fabriek is het vrijwel business as usual, al mogen de bestelbussen niet door de afgezette boogtunnel rijden, dus moeten ze voor de fabriek laden, voor de camera's. Ik ga de trap naar de Ontvangstruimte op. Sommige gezichten op de foto's komen me bekend voor, dus blijf ik even staan. Ik ken die mensen niet. Ik heb ze nooit ontmoet. Maar ik herken ze uit de kantine en van de werkvloer, omdat ze de moeders en grootmoeders en overgrootmoeders van Rood en Grote Witte en Per Gunnarsson zijn, denk ik zo. Ze zijn allemaal hier in Gavrik gebleven.

Ik ga het kantoorgedeelte binnen.

'Nee, het ongeval vond niet eens in de buurt van onze productieruimten plaats,' zegt Agnetha Hellbom. Haar lippen vormen 'Wegwezen' en ik kan dat glashelder lezen maar ik haal mijn schouders op, zo van 'Wat? Sorry?', en blijf luisteren. 'Het was in een heel ander gebouw.' Ze zwijgt even. 'Ja, we werken dag en nacht om de onderbreking goed te maken. Grimberg Drop biedt u graag 15 procent korting aan op uw bestelling van maart, bij wijze van tegemoetkoming...' Ze is even stil, trekt haar neus op en zegt dan: 'Nounou, zulke taal lijkt mij volstrekt ongepast.' Ze legt de telefoon neer.

'Hallo, ik...'

'Je mag hier helemaal niet zijn,' zegt ze.

'Ik ben Tuva Moodyson. Ik heb een afspraak...'

'Ik weet wie je bent. Je bent dat meisje van de krant.'

'Problemen met een klant?' vraag ik.

'Je kunt wachten in de Ontvangstkamer, daar is hij voor, ontvangsten, en ik zal kijken of mevrouw Grimberg beschikbaar is.'

Oké, ze is dus toch een beetje Pisbroekie gebleven.

Ik loop terug naar de elegante kamer met zijn flakkerende kroonluchter en tegelkachel. De deur naar de privévertrekken gaat krakend open. Ik zie een gestreepte mouw en een pols vol armbanden van verschillende breedte en een horloge zo groot als een theekopje en nachtblauw gelakte nagels.

Dan komt ze binnen.

17

Haar haar is hoog opgetast als een ananas, maar zilvergrijs. Ze komt op me af met lachende ogen en zegt: 'Kom maar mee.' Ik laat me door haar naar de deur van de woning leiden en ze opent die, gaat achter me staan en legt dan haar handen stevig op mijn ogen en duwt me door het gordijn.

'Wat doe je?' vraag ik.

'Wil je niet?' zegt ze.

Ik wil niet eens in dit gebouw zijn, vooral niet met handen op mijn ogen. Maar ik heb informatie van haar nodig. Ik heb inzichten nodig. Mijn zintuigen staan op scherp en ik kan niet veel zien tussen de onregelmatige rimpels van haar vingers door. Haar handen ruiken sterk naar citroen. De kamer is groot. Ik denk dat het een woonkamer of een salon is, ongeveer zo groot als mijn hele appartement. Nee wacht, groter, denk ik, twee keer zo groot. De Grote Salon doet zijn naam eer aan.

'Cici,' zegt ze fluisterend. 'Je mag me Cici noemen.'

'Ik ben Tuva.'

'Natuurlijk ben je Tuva, ik volg je al jaren. Je bent een van mijn favorieten.'

'Is dit allemaal nodig?' vraag ik en ik voel mijn hoofdpijn weer opkomen. Ik weet dat ik haar bejaarde handjes wanneer ik maar wil van mijn gezicht kan trekken.

'Ze willen niet dat je hier komt,' zegt ze. 'Maar mijn zolder is mijn zolder en ik mag uitnodigen wie ik wil.'

We zijn nu aan het einde van de ruimte en ik heb een eettafel weten te ontwaren, en een reusachtige apothekerskast zo groot als de muur van een squashbaan, en een kooi in de hoek. Maar ik heb geen details en ben gedesoriënteerd. Ik hoor een hoog gebrom en het klinkt als een pasgeborene die huilt in de verte.

'Wat is dat voor geluid, Cici?'

'Dat gejammer?'

'Ja.'

'Ventilatiesysteem,' zegt ze. 'Ik kan er niet tegen, maar ik kan ook niet zonder.'

Ik probeer schilderijen en ornamenten te ontwaren, maar haar handen zitten te dicht op mijn gezicht. Er glanst iets naast de tafel, misschien een zilveren punchkom? Ze draait me naar links door mijn schouder te sturen.

'Je mag nu kijken,' zegt ze en ze laat haar handen vallen. 'Niet achterom gluren.'

Trap. Ze gaat me voor.

'Kom,' zegt ze en ze pakt mijn hand, en we beklimmen de trap.

Ze draagt een gestreept T-shirt met lange mouwen en tien of elf halskettingen en een berenklauwbroche die midden op haar rug zit gespeld, en een rok of tutuding met heel veel lagen organza, en een spinnenwebpanty en zwarte laarsjes met een hakje. Haar haar is ongelooflijk, een soort suikerspin uit de jaren zestig, maar dan net anders, met spelden en vlinderklemmen en zo'n krankzinnig spiraalrietje bovenin gestoken.

We komen bovenaan de trap.

'Welkom bij Cici,' zegt ze en ze zwaait met haar arm in het rond.

Ik sta me daar met open mond te vergapen. De zolder loopt over de volle lengte van de fabriek en is zo groot als een voetbalveld. Er staan tientallen verschoten paspoppen in groepjes bij elkaar, alsof ze op een herdenkingsdienst aan het babbelen zijn. Ze dragen stuk voor stuk handschoenen. Sommige zijn van kant, sommige van fluweel, sommige van zijde. Afgezien van een kamertje aan het uiteinde wordt de ruimte alleen opgedeeld door de twee schoorstenen op een derde en twee derde van de lengte. De schoorstenen zijn rond als vuurtorens.

'Kijk maar rond,' zegt Cici. 'Maak een tour terwijl ik me verkleed.'

Verkleed? Ze loopt naar de ruimte tussen de schoorstenen, de ruimte boven de boog, en ik probeer alles in me op te nemen. Ik ben honderden keren langs dit gebouw gelopen en heb vaak omhooggekeken, en al die tijd verwachtte ik verfblikken en opklapstoelen en oude skispullen want dat bewaren mensen nu eenmaal op hun zolder, nietwaar?

Er zijn acht ramen die op de voorkant uitkijken, op Storgatan, en acht ramen die op de achterkant uitkijken, op het achterterrein en de zoethoutschuren. Ik sta vlak bij het achterste raam, het grote hellende raam dat ik vanaf het kerkhof zag, en wanneer ik nu naar buiten kijk, kan ik het familiegraf zien. Er is daar iemand, iemand in het zwart, vermoedelijk een werkezel die aan zijn Veerman-artikel werkt en het verse graf van Gustav Grimberg fotografeert.

'Je hoeft je voor mij niet te verkleden,' roep ik.

'Het is niet voor jou,' roept ze terug.

Het lijkt hier wel de binnenkant van een schuur, allemaal blootliggend vurenhout en dakspanten en balken die elk een ton moeten wegen. Er is hierboven geen isolatie maar onder de ramen zijn tientallen oude elektrische radiatoren aangesloten. Het is koud, maar niet steenkoud.

Ik tel veertien citroenen en houd dan op met tellen. Ze hangen aan touwtjes aan de dakspanten en ze hebben gezelschap van papierachtige knoflookbolletjes, doorstoken met koperen punaises, en hoefijzers die omhooggericht hangen. Natuurlijk. Bij het hellende raam staat een grafkaars, van het weerbestendige soort, en die verlicht een ouderwetse poppenkast in Jan Klaassen en Katrijn-stijl, compleet met een geschilderd Gavrik op de achtergrond. Ik ontdek de twee schoorstenen. Ernaast ligt een paar oude schaatsen, rood haar om de ijzers gebonden, zo strak dat ze eruitzien als koperen spoelen.

'Wat vind je ervan?' vraagt Cici terwijl ze naar me toe loopt.

Ze paradeert als een meisje van zestien. Ik wil haar naar Gunnarsson vragen, en naar de zelfmoord van haar eigen zoon, maar ik dwing mezelf te wachten. Cici loopt elegant over wat een zelfgemaakte catwalk moet zijn, een stuk geblokt linoleum dat aan de houten vloer is vastgemaakt, en ze ontbloot haar tanden, glimlacht en draait zich om.

'Ik kon het niet laten,' zegt ze. 'KK is mijn enige publiek sinds mijn man is overleden en zelfs zij komt hier niet vaak meer.'

'KK?' vraag ik.

'Karin, mijn kleindochter.'

'Je ziet er fantastisch uit,' zeg ik en dat is ook zo. Een oranje jas tot op haar enkels met een rafelige franjerand en een jeans die op de knie is gescheurd, en een halsketting die eruitziet als drie zwarte kerstballen, en hetzelfde ananashaar als daarnet.

'Business casual,' zegt ze en ze glimlacht weer en geeft me een pets op mijn arm. 'Kom mee.' Ze leidt me de zolder rond, haar arm door de mijne gestoken. 'Dit is de helft van de collectie die ik tijdens mijn leven heb opgebouwd. De rest heb ik weggegeven. Dit hierboven is mijn capsule, met ongeveer vijfduizend stukken.'

'Je capsule?' zeg ik en ze geeft me weer een tik en knipoogt.

'Niets duurs,' zegt ze. 'Als die spullen duur waren geweest, had ik een vurenhouten kledingkast met drie deuren, zoals iedereen. Nee, dit is allemaal prachtige troep, tweedehandswaarde: bij benadering nul.'

'Nou, ik vind het prachtig,' zeg ik.

Ze ontbloot haar handen en blaast me een kusje toe. 'Dat wist ik wel. Kan ik je iets te drinken inschenken?'

Ze loopt naar een radiator, een van de vele, en pakt de thermosfles die ernaast staat.

'Allemaal verzameld op mijn reizen, door de jaren heen. Het mooie van zoethout is, al raak ik het zelf niet aan,' en ze trekt een vies gezicht, 'dat het op de meest fantastische plaatsen groeit.'

'Reis je veel?'

'Dat deed ik, schat. Mijn man Ludvig en ik gingen drie tot vier keer per jaar op reis. Egypte, Perzië, Turkije, China, Indochina, Syrië, de allermooiste plaatsen op aarde. Om kwekers te zoeken en deals te sluiten, snap je. Er was toen nog geen e-mail, Tuva. Geen faxapparaten.'

Ik kijk naar haar naaitafels. Naar de verzameling borduurnaalden en haaknaalden en het scherpe rolmes. Ik zie haar garen en haar viltschaar.

'Ik pas het aan en naai en brei en voeg hier iets toe en snijd daar iets weg tot ik tevreden ben.'

'Hoe komt het dat ik je nooit eerder heb gezien?' vraag ik.

'Op m'n paasbest geen plek om heen te gaan, schat. Ik vind het fijn hierboven en sinds de dood van Ludvig, meer dan twintig jaar geleden, breng ik de meeste tijd op deze zolder door. O, je mag geen medelijden met me hebben, waag het niet. Ik vind het heerlijk. En ik schat dat ik hier op een dag ruim tien kilometer loop, dus dat houdt me jong. Ik heb je gevolgd, weet je.'

'Dat zei je al.'

'Ik kijk naar iedereen.'

Er trekt een huivering over mijn rug en ik kijk de zolder rond, probeer te zien wat er achter de kledingrekken en de afbladderende paspoppen is. Het lijkt erop dat we hier de enige mensen zijn, maar het is zo'n rommelige ruimte dat er zich zomaar wat moordenaars in de schaduw kunnen schuilhouden.

Ze voert me aan mijn hand mee naar een raam dat uitkijkt op Storgatan.

'Kijk omlaag.'

Ik kijk.

'Dat is mijn theater.' Ze pakt een toneelkijker van de muur. 'Ik geef de mensen die ik niet ken een naam en volg ze elke dag, jaren aaneen. Ik zeg ze waar ze heen moeten, wat ze moeten doen. Soms gehoorzamen ze me en soms niet. Jij was Elizabeth toen je hier net was aangekomen.'

'Elizabeth?'

Ze haalt haar schouders op.

'Als je goed kijkt, kun je heel veel dingen achterhalen. Ik hou een oogje op de oude Poes, de kat van mijn kleinzoon, ik ben altijd bang dat hij te dicht bij de straat komt.' Ze laat haar toneelkijker tegen het bubbelige glas rusten. 'Ik heb zelfs een vriend daarbeneden die ik zo nu en dan zie, wat best leuk is. Gewoon een dwaas, oud spook.'

'Spook?'

'Gewoon een oude dwaas. En ik heb jou je krantenkantoor en het politiebureau in zien gaan, en rond zien rijden in die grote auto, dus ik wist al voor die afschuwelijke zaak dat je een journalist was.'

'Medusa?'

'Het ergste wat dit stadje is overkomen sinds het echtpaar dat in hun bed verdronk.'

'Welk echtpaar?' vraag ik.

Ze schikt het buigbare rietje in haar haar en hangt haar toneelkijker weer aan de muur.

'Je zult het verhaal hebben gehoord, over die oude mensen die verdronken toen het reservoir buiten de stad werd gebouwd.'

Ah, oké.

'Ja, ik heb er iets over gehoord, maar dat was toch in de jaren zestig of zo?'

'Zesenzeventig,' zegt ze. 'Toen ze het dorp lieten overstromen, controleerden ze wel drie keer of alle huizen leeg waren.

Maar Sven en Petra Kristersson glipten terug hun huis in; ze hadden het allemaal gepland, hadden hulp, en ze verzwaarden hun bed met bakstenen, legden stenen boven op hun dekens, loden gewichten, en ze bonden zich samen stevig vast, en ze vonden daar de dood, onder al dat water.'

'Wat afschuwelijk.'

'Dat zeg je nu wel,' zegt ze. 'Maar hij had slechte ingewanden en zij had zo'n last van artritis dat haar handen er als meeuwenklauwen uitzagen, de arme stakker; ze namen in feite samen een beslissing en hoewel het verdrietig was voor hun familie, daar weet ik alles van, namen ze dat besluit tenminste wel samen en daar schuilt een droeve romantiek in, vind je niet?'

We gaan zitten en zij schenkt thee in twee porseleinen kopjes en geeft mij er een en hij is heel, heel erg zoet. Verderop zie ik marionetten, fraai bewerkte antieke marionetten met roze wangetjes, en hun touwtjes bungelen aan houten kruizen die aan de dakspanten hangen.

'Het kan een godsgeschenk zijn als je hulp krijgt bij het sterven,' zegt ze.

'Ik vind het heel erg van je zoon,' zeg ik.

'Ik ook,' zegt ze, haar ogen nu iets ouder. 'Maar het was niet zijn schuld. Ik neem hem niets kwalijk.'

Ze trekt een hanger onder haar andere kettingen vandaan. Het is een wit konijnenpootje. Ze streelt het met een gemanicuurde vinger en kijkt over haar schouder naar het hellende raam en de St. Olov.

'Ik neem hem niets kwalijk,' zegt ze weer.

De wolken gaan uiteen en er valt zonlicht door de zolderramen en door de zijde en de blouses in alle kleuren, en dat vormt op de gebleekte vloerplanken patronen die glas-in-loodramen in een kerk maken.

'Heb je misschien een theorie over Per Gunnarsson? Heb je iets ongebruikelijks gezien door je toneelkijker?'

Ze krabt aan haar kin, vormt met haar lippen het woord 'drugs', en dan zegt ze: 'Wat doe je eraan?'

'Een theorie?' probeer ik weer.

Ze lacht. 'Dit ouwe besje? Wel, nu je het zegt. Ongeveer vijf jaar geleden zag ik Gunnarsson een keer buiten ruziemaken met je vriendin, degene die vanuit de afhaaltruck werkt. Ik zag hoe ze hem wegduwde.'

'Tammy? Zag je Tammy Yamnim Per Gunnarsson een duw geven?'

'Inderdaad,' zegt ze. 'En nu is het tijd voor mijn middagslaapje, denk ik.'

Ze pakt een lange, bonte pashmina en we gaan weer naar beneden. Ze bindt hem losjes rond mijn gezicht en leidt me door de Grote Salon. Weer dat glas-in-loodeffect, maar nu pal voor mijn ogen; de stof raakt bijna mijn hoornvliezen. Het ventilatiesysteem blèrt zwakjes op de achtergrond. We komen bij de deur naar de Ontvangstkamer en ze haalt de sjaal weg en duwt me erdoorheen.

18

In de Ontvangstkamer ligt een briefje van Anna-Britta waarin ze zich verontschuldigt voor het missen van onze afspraak en zegt dat ze het morgen zal goedmaken. Ze herinnert me eraan naar bestelwagen nummer één te gaan voor een rit onder begeleiding zodat ik haar oudste en best geïnformeerde bezorger kan interviewen. Ik loop naar buiten en hoor stemmen. Uit het kantoor: twee vrouwen ruziën op gedempte toon. Ik sluip dichter naar de deur. Woorden over opgeschoven bestellingen en personeelsproblemen. Ik versta er weinig van, maar er is een potje zwartepieten van heb ik me jou daar aan de gang.

Ik bel.

'Tam,' zeg ik.

'Hé,' zegt ze.

'Heb je ooit een akkefietje, een ruzie op straat gehad met Per Gunnarsson?'

Er valt een stilte aan de andere kant van de lijn. 'Ik ken die kerel nauwelijks. Hij is een of twee keer iets komen bestellen, maar was geen vaste klant. Hoezo?'

'Laat maar.'

De zon gaat onder. We hebben nu nog twee uur van schemerig, flauw wolkenlicht en dan keert de donkere vorst terug en valt er opnieuw een lange, eenzame nacht over het stadje. Ik heb drank nodig. Ik ga naar mijn kantoor en Lars is daar, dus zet hij zijn varifocusbril op zijn kale hoofd en zegt: 'Hé.'

'Hé,' zeg ik terwijl ik mijn uitrusting uittrek.

Ik bel Thord en vraag naar het autopsierapport van Gunnarsson, maar hij zegt dat ze nog niet klaar zijn. Ik ben nu niet in de stemming voor die dubbele cheeseburger, dus trek ik de onderste la van mijn archiefkast open en haal er een bekertje gedroogde noedels uit, extra pikante smaak, hoewel dat niet eens een smaak is, en loop naar de keuken.

'Je laatste week,' zegt Nils, achteroverleunend in zijn honderd procent authentieke, door mensen gemaakte luxe lederen pvc-bureaustoel. 'Je laatste week en dan gebeurt er dit alles.'

'Yep.'

'We verkopen tenminste wel kranten,' zegt hij. 'Het spijt me dat ik donderdag niet naar je borrel kan komen. Zonder mij zal het niet hetzelfde zijn.'

'Daar heb je gelijk in.'

Ik giet kokend water uit de schilferige ketel in mijn bekertje instantnoedels en roer met een plastic lepeltje.

'Laat me je straks op een biertje trakteren voor ik naar de Canarische Eilanden vlieg, als herinnering aan vroeger.'

Ik kijk om, pikante ve-tsinstoom prikkelt mijn neusgaten en doet mijn ogen tranen.

'Oké.'

Ik eet, slurpend, scrollend door online huurwoningadvertenties, en zie vanuit mijn ooghoek Lars' ergernis. Lars heeft een hekel aan alles wat geurig of rokerig is, hij denkt dat hij de neus van een parfumeur heeft of zoiets onzinnigs.

De appartementen in het zuiden kosten minstens twee keer zoveel huur per maand als mijn stek in Gavrik, voor hetzelfde aantal vierkante meters. Ik verhuis naar een andere kleine stad, maar die ligt vlak bij een stad van fatsoenlijke omvang. Een groot verschil. Ik sluit de website, slurp de laatste paar noedels op en gooi het hele zaakje in de prullenbak.

Ik schrijf voor de papieren krant, mijn laatste krant. Ik pluk wat ik nodig heb uit de laatste politieverklaring en verwerk dat in mijn verhaal. Ik concentreer me op Gunnarssons leven. Ik gebruik de details en uitspraken die ik heb verzameld onder zijn collega's en eentje van zijn buurman. Mijn Google Meldingen flitst op. De politie heeft wat nieuwe informatie met betrekking tot Gunnarssons verwondingen vrijgegeven. Hij had een stomp trauma op zijn hoofd van een hamer of een wapenstok of iets wat daarop lijkt. Ik bel Thord.

'Politie Gavrik. Met Noora.'

'Is Thord er ook? Met Tuva, van de *Posten*.'

Ze bedekt de hoorn met haar mouw en de volgende stem die ik hoor is de zijne.

'Dacht al dat je zou bellen.'

'Stomp trauma?' vraag ik. 'Bedankt voor de hint. Nog wapens gevonden? Verdachten?'

'Niets waar ik over kan praten,' zegt hij.

'Toe nou.'

'Heb jij iets voor me?' vraagt hij. 'Het werkt twee kanten op.'

'Geruchten over drugsproblemen. Onbetaalde rekeningen. Iets over een dealer in Munkfors die een boodschap afgeeft.'

'Iets wat ik nog niet weet?' vraagt hij. 'Iets wat waar is?'

'Heb je naar zijn schoolverleden gekeken? Ik hoorde dat Per Gunnarsson destijds een pestkop was.'

'Dat weten we,' zegt hij.

'Ik bel je als ik iets op het spoor kom,' zeg ik. 'Beloofd. Goed, en wat heb jij voor mij?'

Hij zucht. 'Dat zul je snel genoeg horen, maar hou het voorlopig voor je. De wond in Gunnarssons keel kwam van een buitengewoon scherp mes: een medisch scalpel of iets dergelijks. Dat konden ze aan het beschadigde weefsel zien.'

'We zoeken een Dokter Dood?'

'Jij zoekt helemaal niemand. Björn is nog steeds pissig over je bemoeienis met Medusa.'

Hij zegt dat hij moet ophangen.

Ik wil me volledig op de moord concentreren, maar de plaatselijke bevolking zal nog steeds het verhaal over het oude-echtpaar-dood-gevonden-in-een-greppel willen horen. Niemand hier was bevriend met Gunnarsson, terwijl het bejaarde echtpaar kinderen en kleinkinderen en vrienden en buren had. Ze maakten deel uit van het complexe spinnenweb van Gavrik. Ik download de foto's die ik van hun ongeluk heb genomen, snijd ze bij en fatsoeneer ze, verwijder een afbeelding van die enkele paarse handschoen, en dan zoek ik de gegevens van de slachtoffers online op. Ze hadden één dochter: de vrouw die ze gingen bezoeken in het ziekenhuis. En een zoon: een brandweerman van de plaatselijke kazerne. Ik zoek zijn contactgegevens op, prop een plastic ICA-tas in mijn jaszak en loop naar mijn auto.

Er ligt iets op mijn motorkap.

Bij de ruitenwissers.

Het ziet eruit als een onschuldige sneeuwbal, maar dat is het niet.

Ik kijk om me heen en zie een vrouw haar wekelijkse ICA-inkopen voortzeulen in een kindersleetje. Ik ga naast mijn voorwiel staan en de sneeuw-skalle kijkt naar mijn voorruit, naar mijn bestuurdersstoel.

Op deze skalle zit geen rodebessenbloed, maar op een bepaalde manier is hij erger. Hij heeft twee dropoogjes en in zijn mondholte zit een bal gepropt van iets wat op gekauwde drop lijkt. Ik kan niet autorijden met deze vuistgrote doodskop op mijn motorkap. Ik kan niet autorijden met die twee zwarte ogen voor mijn neus. Ik wil hem stompen of kapotslaan met een schep zoals de conciërge deed op het fabrieksterrein. Maar dat doe ik niet. Mijn gehandschoende hand reikt ernaar en ik houd hem voorzichtig vast. Hij is stevig. IJzig. Ik pak hem van mijn Hilux en onderin steekt een kleine, puntige tand. Mijn ingewanden worden een loden gewicht en ik voel de aandrang om weg te rennen. Word ik nu begluurd? Door Cici? Door iemand anders? De tand is dierlijk, misschien van een grote rat of een mink. Scherp. Ik overweeg hem naar Thord te brengen. Ik haal mijn telefoon tevoorschijn om er een foto van te maken, maar dan glijdt de witte doodskop uit mijn handen en valt uit elkaar op het met zout bestrooide asfalt, waarmee het ook gedaan is met zijn macht. Ik draai me snel om en kijk omhoog door een wolkje van mijn eigen adem, naar het kantoor en de Ontvangstkamer en Cici's zolder, maar daar is niemand. Is dit een bedreiging? Ik zie conciërge Andersson uit zijn kelderhol komen en hij knikt naar me zonder te glimlachen en loopt hoestend door de boogtunnel naar de zoethoutschuren.

Ik start de motor, mijn hart bonkt tegen mijn ribben. Gewoon kinderen. Ze hebben waarschijnlijk op alle motorkappen in Storgatan sneeuwdoodskoppen gelegd.

Het is druk op straat met fietsers die met spijkerbanden rijden, en auto's met sneeuwmatrassen op hun dak, dikke plakken poeder die daar weken kunnen blijven liggen als er niet meer zon komt, en als ze niet erg hard rijden op de E16.

Ik passeer de fourniturenwinkel die altijd mijn wijkplaats was maar nu niet meer, en rijd tussen McDonald's en de ICA Maxi door; voorbij de ijshockeytribunes van vurenhout; de schijnwerpers maken reclame voor de SPT-pulpfabriek, en achterlangs omhoog. Mijn hartslag normaliseert weer. Ik moet vragen blijven stellen. Ik moet uitvinden wie Per Gunnarsson heeft vermoord.

Brandweerman Johan Linderberg woont naast de twee wagens tellende brandweerkazerne die hem in dienst heeft.

Zijn voortuin is niet schoongeveegd. Dat kan ik hem niet kwalijk nemen. Diepe voetsporen tekenen de voortuin en een kat, van zo'n pluizig bijzonder ras, misschien een Maine Coon, danst als een ballerina van de ene voetafdruk naar de andere omdat zijn pootjes net niet lang genoeg zijn. Er hangen miniatuursneeuwballetjes aan zijn buik; witte pompons, vastgeklit in zijn vacht.

Ik stap net zoals de kat in de oude voetafdrukken en bel aan. Afschuwelijk deuntje. Er staat hier een dode kerstboom tegen de muur geleund en op sommige van zijn kale takken zitten nog steeds stukjes glinsterende slinger. Ik steek mijn hand uit om er een aan te raken en dan verschijnt er een gezicht achter een raam naast de deur.

De deur zwaait open.

'Ja?'

Wrijvingsuitslag op zijn nek. Brede schouders. Rode, nauwelijks geopende ogen.

'Hallo, meneer Linderberg. Ik ben Tuva Moodyson van *Gavrik Posten*. Ik wil u condoleren met uw ouders. Ik schrijf een stuk in de krant om uw ouders te gedenken en ik vroeg me af of u misschien iets wilt zeggen in uw eigen woorden.'

Hij knippert met zijn ogen en neemt me van top tot teen op.

'Ik heb niet gedoucht of zo,' zegt hij.

'Geeft niet, ik ook niet,' lieg ik. 'Het is de tijd van het jaar, hè.'

Hij knikt, krabt aan zijn ongeschoren kin en zet zijn voordeur verder open; hij draagt een joggingbroek en dikke wollen sokken en een kersttrui met een grote oude elandenkop erop. Hij heeft een hobbymesje in zijn hand.

'Wil je dat ik dingen zeg die jij kunt opschrijven in je krant?'

Hij ziet er verward uit. Het geluid van de tv staat uit en er liggen fotoalbums slordig verspreid over de banken.

'We kunnen een beetje over ze praten en dan stel ik een paar vragen?'

'Voor mijn part.'

Hij maakt plaats vrij op een leunstoel en een bank en ik krijg sterk de indruk dat hij in de leunstoel zal willen zitten, die is ingedeukt naar zijn vorm, dus neem ik de bank.

'Wil je koffie?' vraagt hij.

'Graag, zwart, één klontje.'

Hij loopt naar de keuken en ik pak een fotoalbum op en

blader erdoorheen. Het is uit de jaren tachtig of negentig. Ik zie foute kapsels en trotse diploma-uitreikingen en een oude man tijdens een verjaardagslunch met bloemen in zijn haar. Een van de meisjes komt me bekend voor, maar ik kan haar niet plaatsen.

'Alsjeblieft,' zegt hij en hij zet de beker op dezelfde salontafel van IKEA die ik ook in mijn appartement heb.

Ik neem een slokje. Hij is te heet. Ketelheet.

'Ze hebben helemaal geen pijn gevoeld, zei die politievrouw.'

Ik knik.

'Geen pijn of niks.'

'Dat moet een opluchting voor je geweest zijn.'

'Een beetje wel.'

Ik neem weer een slokje koffie, maar die is echt te heet om te drinken dus warm ik slechts mijn vingers aan de mok.

'Wist je dat ze op de dag van het ongeluk met de auto op pad waren gegaan?'

Hij zegt niets, kijkt alleen maar naar mijn hoofd. Dit gebeurt me vaak. Hij kijkt naar mijn oren, maar probeert te doen alsof hij niet kijkt.

'Ik ben doof, maar ik kan je heel goed horen,' zeg ik, wijzend naar mijn linkerapparaatje.

'Neem me niet kwalijk,' zegt hij.

Ook dat krijg ik vaak te horen.

'Geeft niks, ik vind het niet erg. Je ouders?'

'Ze hadden de afgelopen tien jaar geen lange stukken meer gereden, alleen kleine eindjes naar de ICA Maxi, en zelfs dat niet vaak. Ik deed het voor hen, of mijn zus deed het.'

Ik gebaar hem verder te praten.

'Naar haar waren ze op weg, ze ligt met bronchitis in het ziekenhuis van Dalarna.'

'Gingen ze op bezoek bij haar?'

'Dat zei ik, maar mama zag niet goed en papa was altijd al

een belabberde chauffeur in de winter, dus ik zal nooit weten waarom ze mij niet gewoon hebben gebeld om te vragen of ik hen kon brengen.'

'Is er iets waarvan je graag wilt dat ik het opneem in mijn stuk?'

'Ze hadden me gewoon kunnen bellen. Ik zou ze hebben gebracht.'

Ik knik.

Hij kijkt me aan met glazige ogen. 'Zeg maar gewoon dat we hen zullen missen en dat we van hen hielden. En je kunt schrijven dat we de fabriek dankbaar zijn voor alles wat ze hebben gedaan.'

Ik glimlach en zie een stapel wijntapdozen, zo'n zak in een kartonnen doos, opgestapeld in de hoek staan, alsof het de blokken van een kind zijn.

'Ze zijn leeg,' zegt hij, mijn blik volgend. 'Voor mijn nicht. Ze maakt, nou ja, ze maakt drank van ethanol; ik kan daar niet tegen – ze noemt het rode wodka – maar die zou mijn amandelen wegbranden als ik die nog had...' Hij doet zijn mond open om het mij te laten zien. 'Ze distilleert het allemaal in haar badkamer en ze maakt er op bestelling zelfs een met dropsmaak, Zwart Kwaad, noemt ze die. En ze verkoopt het dan in die kartons.' Hij glimlacht. 'Ik ben niet zo'n beste drinker.'

Dit komt vaker voor dan je zou denken, vooral in de donkere maanden. Zelfgestookt aardappelbocht, gemeen spul.

'Werkten je ouders vroeger in de fabriek?' vraag ik.

'Mama eenenveertig jaar en papa ongeveer tien jaar. Mijn zus had minder geluk. Ze had een kloteopzichter, sorry voor mijn taalgebruik.'

'Je zus?' Ik neem een slokje en hij zet de tv uit en ik stop met zo nu en dan te liplezen wat de mensen op het scherm zeggen.

'Goede stempelaar, een van de beste. Ze is jaren geleden ontslagen en ik wil daar niet nader op ingaan.'

'Oké,' zeg ik, en ik houd mijn handen omhoog. 'Vreselijk van meneer Grimberg, nietwaar? En nu is meneer Gunnarsson ook dood gevonden in de oude fabriek. Het is een heel droevige februari voor de stad.'

'Het is een droevige februari voor mijn familie,' zegt hij met een blik op de fotoalbums die verspreid liggen over de leren bank met zijn nepmahonie accenten. 'Heel droevig.'

'Heb je zelf ooit in de fabriek gewerkt?'

Hij glimlacht. 'Ik ben brandweerman, in hart en nieren. Maar mijn nichtje is daar stempelaar en volgt in haar mama's voetsporen, zou je kunnen zeggen.'

En dan besef ik waar ik dat gezicht op de foto van de diploma-uitreiking van ken.

'Heeft ze felrood haar?'

'Als een verdomde brandspuit,' zegt hij. 'Excuses voor mijn taalgebruik.'

'Ik heb haar ontmoet,' zeg ik. 'Ze zei iets over haar moeder, jouw zus. Dat ze het onlangs heel moeilijk had gehad.'

'Niet alleen onlangs,' zegt hij hoofdschuddend. 'Ze heeft het al jaren zwaar.'

Ik houd mijn mond.

'Ze kon het niet achter zich laten. Raakte haar huis kwijt, haar auto, ze verpandde zelfs haar trouwring. Het treurigste is dat mijn nichtje, dat roodharige meisje met wie je sprak, de afgelopen zes, zeven jaar geen woord meer tegen mijn ouders heeft gesproken. Mijn nichtje maakt graag stampij, zo is ze nu eenmaal, en mama en papa zeiden altijd dat ze haar klachten voor zich moest houden om niet ontslagen te worden, dat was jaren geleden, het zal wel iets van die generatie zijn.'

Ik houd weer mijn mond, maar deze keer werkt het niet.

'Je moet nooit het contact met je familie verbreken. Nu is het te laat voor mijn nichtje. Ze heeft geen afscheid kunnen nemen van mijn ouders, ook al weet ik dat ze diep vanbinnen van hen hield.'

Mijn ogen beginnen te prikken en ik herinner me mijn laatste woorden voor mijn moeder en die waren niet ideaal, niet wat ze geweest hadden moeten zijn.

'De Grimbergs hebben problemen sinds het overlijden van de oude man,' zegt hij. 'Die fabriek wordt binnenkort verkocht, wat ik je brom.'

'Verkocht?'

'Dure advocaat, die met de Mercedes 4×4, koopt om het jaar een nieuwe G-klasse SUV. Hij snuffelt eromheen. Bezit de helft van de winkelpanden in Gavrik, waarschijnlijk ook het kantoor van jouw eigen krant. En zijn vrouwtje werkt op het kantoor van de fabriek, dus ik zou zeggen dat hij de stad aardig in zijn zak heeft.'

'Interessant,' zeg ik.

'Verdomd interessant,' zegt hij terwijl hij de pijp van zijn joggingbroek optrekt om aan zijn droge scheenbeen te krabben; de schilfers vliegen in het rond als kleine witte vonken. 'Als hij de fabriek inderdaad koopt, zal hij de helft van de mensen ontslaan en deze stad achterlaten als een lege schil. De stad zal dood zijn als een zombie, een verdomde schil.' Hij gebaart een excuus voor zijn grove taalgebruik. 'Mijn mama en papa belden me op. Ze wilden ergens over praten voor ze hun ongeluk kregen, en ik denk dat het met de fabriek te maken had. Mama klonk opgewonden. Bezorgd. En ik zei haar dat ik geen tijd had.' Hij kijkt me aan en bestudeert dan de foto's. 'Ik denk dat ze mijn zus niet te pakken konden krijgen, omdat zij met bronchitis in het ziekenhuis lag. Ik denk dat ze daarheen reden om haar te vertellen wat hen dwarszat. Het is mijn schuld. Ik had moeten wachten en luisteren; dan zouden ze nu misschien nog in leven zijn.'

Ik kijk hem aan, trek meer woorden uit zijn mond.

'Waarover maakten ze zich zorgen, denk je?'

'De fabriek.'

'Iets in het bijzonder?' vraag ik, iets te gretig.

'Ik weet dat ze er elke dag heen liepen, het hoorde bij hun trainingsrondje. Dokter Stina had hun gezegd dat ze in beweging moesten blijven, al was het nog zo langzaam,' zegt hij. 'Ze waren allebei heel traag. Maar goed, de dag dat Grimberg van zijn schoorsteen sprong, zagen ze dat allebei gebeuren. Ze zullen geschokt zijn geweest.' Hij kijkt naar de bank. 'Zal ik een mooie foto van mama en papa voor je krant uitzoeken?'

'Dat zou heel fijn zijn, dank je wel.'

'Ze hebben totaal geen pijn gehad, zei die politievrouw.'

Ik knik terwijl hij de albums doorneemt.

'Snel en pijnloos,' zegt hij.

Ik werp een blik op het buffet. Er liggen een pook en een plakboek en nog een roestvrijstalen hobbymesje en een plakstift op. Hij heeft foto's op maat gesneden en maakt er een soort collage van.

Hij plukt voorzichtig een foto onder het plakkerige cellofaan vandaan en kijkt er aandachtig naar en glimlacht, maar dan legt hij hem terug en blijft zoeken en kijkt dan op naar mij.

'In zekere zin is het een zegen, en schrijf dit niet in je krant, maar het is een zegen wanneer je in de tachtig bent en een goed leven hebt gehad zoals zij beiden, en dat je er dan fijn en stilletjes tussenuit knijpt in de natuur, in je eigen auto en zonder pijn, snap je wat ik bedoel? Ik ben niet goed in het uitleggen van dingen, maar zoals ik al tegen mijn nichtje zei, je kunt beter zo doodgaan dan jaren na elkaar, of nadat je weken in een ziekenhuis hebt gelegen met slangetjes en draden en piepende apparaten en mensen die je niet met rust laten en aan je frunniken en tests willen doen. Ik zou zeggen dat dit op een vreemde manier een soort zegen was.'

Mijn maag voelt hol en hard en ik kan alleen maar denken aan mam en de blauwe plekken op haar hand en de toestand van haar aderen tegen het einde.

'Ik denk dat je gelijk hebt,' zeg ik. 'Je bent een wijze man, Johan.'

Hij wuift dat weg met zijn onderarm en pakt een andere foto op.

'Dit was papa's zeventigste verjaardag, bij het reservoir. Mijn zus had een picknick voor hem georganiseerd, echt een feestmaal met cider en haring en al zijn lievelingskostjes.' Tranen vullen zijn ogen. 'Papa was gek op haring met mosterd.' Een traan biggelt over zijn wang en ik zie die op zijn trui landen. 'Hij kon niet zonder haring met mosterd.'

Ik neem de foto aan en kijk ernaar.

'Dank je. Hij is perfect.'

19

Systembolagets etalage staat vol roze cava en rosé. Alsof er iemand koude, rode liefdesdrankjes wil drinken omdat het vrijdag Valentijnsdag is.

De deur bliept en ik loop snel door steriele gangpaden met hun sterkedrank en bier en wijn, geordend naar prijs – alsof het besluit om liever een Spaanse rioja te kopen dan een Australische pinot noir een soort spreadsheetresultaat is. Daar heb je Linus, die ontslagen is bij de rijschool, en daar is Grote Witte, de Grimberg-proever met de ingeschroefde tanden, en ik herken de opvallende bontmuts van onze plaatselijke potloodventer, maar ik denk dat hij nu met pensioen is, of het is gewoon te koud.

Ik kies twee flessen rum en breng ze naar de knappe Soedanese jongen met de perfecte haarlijn bij wie ik meestal afreken. Het is februaridruk dus moet ik in de rij staan.

'ID-bewijs,' zegt hij.

Ik geef hem mijn nationale ID-kaart – ik beschouw het als een compliment – en hij werpt er een blik op, geeft hem terug en bliept de flessen Jamaicaanse rum en een tasje langs zijn kassa.

'Vierhonderdzestig,' zegt hij.

Ik schuif mijn kaart in het pinapparaat en zet de rum in de smalle Systembolaget-zak en zet die zak vervolgens in het ICA Maxi-tasje dat ik uit de archiefkast op het werk heb meegenomen. Hier moet ik het tot Malmö mee redden, als God het wil.

Een oude, gebochelde man loopt langs me wanneer ik de kou in stap en hij heeft de capuchon van zijn jas zo strak om zijn hoofd getrokken dat hij slechts door een gaatje zo groot als een gebalde vuist kan kijken. Hij heeft een stok als hulp bij het lopen en de kop daarvan ziet eruit als een bol gepolijst graniet.

Ik laat de flessen in mijn auto liggen. Ze zullen niet bevriezen, daarvoor is het alcoholpercentage te hoog, misschien is dat de truc, misschien kan ik iets leren.

Wanneer ik terugkom op mijn werk en mijn winteruitrusting uittrek, ligt er een exemplaar van *Wermlands Tidningen* op mijn bureau.

'Hoe kan het dat zij dit detail wel wisten en jij niet?' vraagt Lena, die met gefronst voorhoofd uit haar kantoor komt gelopen, haar fleece dichtgeritst tot aan haar kin.

'Welk detail?'

'Een klacht die zeven jaar geleden tegen Per Gunnarsson is ingediend. Iemand beweerde dat hij Gunnarsson een oneerbaar voorstel hoorde doen aan een minderjarige.'

'Hij vroeg kinderen altijd om hun foto,' zegt Lars vanuit zijn hoek. 'Er doen al jaren geruchten de ronde over hem.'

'Kunnen we praten in jouw kantoor?' vraag ik haar.

Ik doe de deur achter me dicht en ga zitten.

'Wie was die minderjarige? Wie diende de klacht in?' vraag ik. 'Heeft de politie er iets mee gedaan?'

'Dat zou jij me nu moeten vertellen, Tuva.'

'Ik ga het uitzoeken,' zeg ik. 'Ik had je nog iets anders moeten vertellen. Ik jongleer deze week met een speciale opdracht en ik weet dat je boos zult zijn, maar ik beloof je dat ik daardoor dieper toegang tot de fabriek zal krijgen. Zo krijg ik het verhaal van binnenuit.'

'Speciale opdracht?' zegt Lena en ze slaat haar armen over elkaar.

'Ik doe freelanceonderzoek voor Holmqvist, de ghostwriter

in het Utgardbos. Het zal mijn werk hier niet in de weg zitten, dat beloof ik. Tijdens mijn lunchpauzes interview ik de Grimbergs voor hem. Daardoor kan ik dieper in het verhaal doordringen. Ik neem aan dat je dat goedvindt?'

Ik zie haar gezichtsuitdrukking veranderen van verwondering in woede.

'Dit is een moordzaak, Tuva,' zegt ze. 'Er loopt een sadistische moordenaar rond in Gavrik en jij hebt een bijbaantje genomen? Bel hem en neem ontslag of ik doe dat voor je.'

Ze reikt me haar telefoon aan.

'Luister. Zonder dit project heb ik geen toegang tot de drie dames Grimberg. En ze weten dingen, dat merk ik. Laat me het absolute minimum voor Holmqvist doen, dan levert dat winst op voor de krant. Geloof me.'

Ze schudt haar hoofd, maar het geeft eerder acceptatie dan een weigering aan.

'Stel me niet teleur, begrepen?' zegt ze.

Ik knik. 'Niemand zegt veel.'

'Gebruik je technieken,' zegt ze.

'Ik moet voorzichtig te werk gaan, ze zijn allemaal in de rouw.'

'Dat nodigt uit tot praten,' zegt ze. 'Je bent gratis therapie.'

Ik bijt op mijn lip.

'Wat doe je morgenavond?' vraagt ze.

'Ik ga weg uit mijn appartement en verhuis naar Tammy's bank. De huisbaas wilde mijn huur niet met een week verlengen.'

'Nou,' zegt Lena. 'De nieuwe Tuva Moodyson komt morgenmiddag, niet om te werken maar om kennis te maken zodat hij dinsdag meteen aan jouw bureau kan beginnen. Ik weet dat je het razend druk hebt met de Veerman, maar we kunnen misschien met z'n drieën ergens koffiedrinken?'

Arme stakker.

'Oké.'

Ik ga terug naar mijn bureau en Lars biedt me koffie aan en ik zweer dat hij vijf liter per dag wegwerkt. Zweden behoren tot de grootste koffiedrinkers ter wereld, na de Finnen, en dat zegt meteen vrijwel alles wat je moet weten over ons. We hebben ook een van de snelste breedbandverbindingen en we eten de meeste snoepjes en we zijn bijna het langste volk en onze zoute drop is de zoutste die er is.

Ik sms Thord over de klacht over Per Gunnarsson met betrekking tot een minderjarige. Daarna e-mail ik mijn bankgegevens naar Holmqvist en schrijf ik het verhaal over het bevroren echtpaar in de auto.

'Wat weet je over de familie Grimberg, Lars?'

Hij kijkt me aan zoals een luiaard wellicht kijkt naar een bes waar hij niet bij kan.

'Ze doen veel voor de stad.'

'Is een van hen tot moord in staat? Heb je er weleens een in levenden lijve ontmoet?'

Hij denkt hierover na en schudt zijn hoofd en dan knalt er een sneeuwbal tegen het raam van ons kantoor; het rammelt en trilt in zijn sponning en Lars zegt: 'Kinderen.'

'Weet je iets over een stempelaar die ze jaren geleden ontsloegen? De zus van een van de brandweermannen van hier?'

Hij sluit zijn ogen en fronst en ik kijk alleen maar naar hem. De klok aan de muur tikt. Hij opent zijn ogen.

'Er gingen geruchten over een affaire,' zegt hij.

'Oké, goed,' zeg ik. 'Met wie?'

Hij trekt zijn neus op. 'Een van de Grimbergs. Ik weet niet zeker of het de oude Gustav was, God hebbe hun beider ziel. Geruchten over bemoeienis van advocaten, als ik het me goed herinner. Een soort chantage. Vermoedelijk gewoon roddel.'

Wanneer ik het kantoor verlaat, zie ik voor de poort van de fabriek een neutrale politieauto geparkeerd staan. Ik kijk omhoog naar de zolder om te zien of Cici daar omlaag staat te turen met haar toneelkijker, maar er is daar niets. Ik krab mijn voorruit schoon en besef opeens dat het morgenochtend misschien de laatste keer is dat ik dat bij mijn vertrouwde Hilux doe. Ik rijd dan naar de garage naast de rioolwaterzuiveringsinstallatie en verwacht dat ze mijn huur met een week zullen verlengen, maar ze kunnen ook proberen mij een nieuw model aan te smeren of een showroom-Landcruiser. Het idee alleen al maakt me misselijk.

De rum ligt te klotsen op de passagiersstoel wanneer ik naar huis rijd en ik begin dorst te krijgen. Ik heb een borrel nodig na dat gesprekje met Lena. Ik snak ernaar. Ik bel Anna-Britta op het kantoor van de fabriek, maar Agnetha Hellbom neemt op. De rum klotst nog steeds. Ik kan hem bijna proeven. Ik zeg Agnetha dat ik vanavond niet kan meerijden met bestelwagen nummer een.

Vandaag is het afscheid van mijn appartement en morgen dat van mijn Hilux en donderdagavond is het vaarwel collega's, en maandag is het afscheid van Tammy op het station van Karlstad. Zoveel afscheid van een plaats waar ik eigenlijk niet eens wilde wonen.

Ik ga mijn appartement binnen en doe de deur achter me op slot. Ik zet wat Johnny Cash op en trek mijn kleren uit, gooi ze letterlijk op een warme, vochtige hoop. Geknetter van statische elektriciteit. Ik gooi ze allemaal op mijn bank. Ik maak de rum open, doe mijn gehoorapparaatjes uit, trek mijn pyjama aan en ga op bed liggen. Mijn ogen kijken naar de foto van papa en mama, die van voor papa's crash, voor de vijfentwintigste juni; die zwarte dag kort na midzomernacht, die ergste dag van elk jaar van mijn leven sinds ik veertien was. Ze zien er op de foto gelukkig uit, jong en verliefd en ongecompliceerd, en daardoor voel ik me alleen maar nog eenzamer in dit nauwelijks functionerende leven; lege koelkast, lege spaarrekening, geen partner. Ik denk dat hun generatie sneller volwassen werd, maar ik voel een diepe en reële angst dat ik mijn hele leven zo zal blijven: een vergankelijke werkezel die te veel drinkt, zonder noemenswaardige familie, afgezien van de tante van wie ik niet wist dat ze bestond, degene die ik vlak voor Kerstmis op mama's begrafenis ontmoette, die op oma leek maar mooier haar had. Tante Ida. Dik litteken over haar keel van een of andere operatie uit de jaren zeventig. Tante Ida bij wie ik nu een keer op bezoek wil gaan.

Ik kijk in de koelkast en haal er zo'n kant-en-klaar partymojitoblikje uit. Ik pak mijn rum en mix het drankje. 'I Walk the Line' speelt in een loop en ik kan Johnny niet horen, maar weet dat hij er is.

Ik ben geen goede inpakker. Als ik op vakantie ga, strijk en vouw ik niet al mijn kleren en leg er ook geen vloeipapier met lavendeltakjes en rozenknoppen tussen. Ik prop het er allemaal in en duw er dan op als een scrummende rugbyspeler/zakenman voor een rijtuig van de metro in Tokio. Dan rits ik hem dicht en klaar is Kees.

Ik pak dus al mijn kleren en make-up in en de snoertjes van de overbodige digitale camera's die ik jaren geleden al heb weggegooid, maar wie weet komt zo'n snoertje ooit nog van pas. Ik gooi een halfvolle fles shampoo weg die flink aan de prijs was en mijn haar in de helm van een olympische wielrenner veranderde. En dan ben ik klaar. Drieënhalf jaar leven in drie zwarte rolkoffers verpakt.

Ik drink en controleer mijn e-mail en er is een lang bericht van David Holmqvist. Hij heeft mijn werk tot nu toe bekeken en maakt duidelijk dat als dit boek goed wil verkopen – in zijn woorden: 'en verkopen moet het' – het meer drama nodig heeft. Hij legt uit dat zelfs de historische non-fictiememoires van een Zweedse fabrikantenfamilie ruzies en pieken en dalen en uitdagingen en triomfen nodig heeft, en nog een tiental van die modewoorden.

Ik neem een slokje en antwoord dat ik behoedzaam begin

omdat de familie in de rouw is. De waarheid is dat ik het verhaal over de Gunnarsson-moord aan het schrijven ben, maar ik zeg hem dat ik voor vervolgverhalen altijd eerst vertrouwen opbouw om mezelf te onderscheiden van andere journalisten en om een beter verhaal te krijgen. Ik zeg hem dat hij het aan mij moet overlaten, ik weet wat ik doe.

Het appartement voelt koud aan dus neem ik een douche en verwarm wat kant-en-klare rijstpudding, het soort dat in Zweden wordt verkocht in plastic hulzen die eruitzien als condooms, en dan doe ik voorzichtig mijn gehoorapparaatjes weer in en luister naar Johnny en zijn gitaar, liggend op bed, met mijn hoofd op het voeteneinde en mijn voeten op het hoofdeinde, en ik haal me het leven van de nieuwe politievrouw voor de geest, mijmer over wat ze wel en niet leuk vindt, films en eten, de manier waarop ze 's ochtends haar tanden poetst, hoe ze eruit zou zien in een kamerjas, en denk aan haar haren en haar hals. Het licht in de kamer verandert. Blauw flitst over mijn witte muren. Ik loop naar het raam en zie een ambulance in de richting van het reservoir rijden en een minuut later verlaat een patrouillewagen met gillende sirene het politiebureau.

Eén mojito, extra sterk. Ik kan waarschijnlijk nog steeds autorijden. Dat moet. Een politieauto en een ambulance tegelijk. Kan belangrijk zijn. Kan nog een Veerman-aanval zijn.

Ik trek de oude kleren aan die ik op de bank had gegooid, spoel met mondwater, trek mijn laarzen aan, zet Johnny Cash af en ren de nacht in.

20

Ik zie nauwelijks iets door de voorruit. Geen tijd om te krabben. De blower en de blauwe antivries beginnen te werken, maar mijn ruitenwissers zitten aan het glas geplakt. Ik rijd tachtig en minder vaart voor bochten zoals we leren bij onze rijtests, die met de kartonnen elanden op ijsparcoursen, die we moeten ontwijken. Maar dat mocht jou niet baten, hè papa?

Ik kan de ambulance noch de patrouillewagen zien, maar er loopt maar één weg in deze richting. Het glas wordt helder en ik maak vaart en neem een handvol winegums uit de zak op de passagiersstoel en prop ze in mijn mond als een neutronenbom van fructosesmaak. Blauwe lichten voor me. Alsjeblieft, niet nog meer Veerman-slachtoffers. Geen zoute zwarte dropogen. Geen bloed meer.

Ik tik mijn rem aan in een bocht en mijn wielen slippen de verkeerde kant op dus ik stuur terug, in de tegenintuïtieve richting, de wat-doe-ik-in-godsnaam-ik-stuur-regelrecht-een-greppel-in-methode; ik kom weer recht te staan en rijd verder. Mijn koplampen vangen nu de ambulance en zijn uitlaatgassen bevriezen in dit duister van min veertien; ze bevriezen tot zware, grijze wolken en hangen laag in de lucht te wachten tot ik erdoorheen rijd.

De sirenes gaan aan. Ze doen dit voor mij, om me te vertellen dat ze er zijn, alsof ik dat nog niet wist. Dan flitsen de rode remlichten aan en uit als ze op hun rem tikken en de ambulance mindert vaart en de sirenes veranderen van tempo en ze parkeren vrijwel midden op de weg, en ik stop achter hen.

Ik zie verderop een politieauto staan en het zwaailicht op zijn dak gaat als een stroboscoop over de sneeuwkorst van deze droge noordse toendra.

Ik stap uit en trek mijn jack aan en loop om de ambulance heen. Er ligt een busje in de greppel. Alweer. De politieauto staat zo geparkeerd dat zijn koplampen het tafereel beschijnen en het ziet eruit als een openluchttheater, schijnwerpers lichten de rokende bestelbus van Grimberg uit, zo'n oud, vierkant busje met smalle wielen dat er grappig ouderwets uitziet, maar niks te zoeken heeft in een Zweedse winter.

De agente staat bij het busje en praat met de bestuurder door een verwrongen portier. Stelt hem gerust. Zachte woordjes. Een donkerrode veeg op de voorruit. De ambulanceverpleegkundigen komen erbij en dan lukt het ze samen om het portier open te sjorren. Ze tillen voorzichtig een kleine man naar buiten en leggen hem op een brancard die ze net moesten achterlaten op de zachte poedersneeuw die de rand bedekt. Hij komt me bekend voor. Langs één kant van zijn gezicht drupt bloed. De verpleegkundigen brengen een nekbrace aan. Een van zijn benen wijst de verkeerde kant op en ze kijken ernaar en vervolgens naar elkaar en dan leggen ze een dekentje van aluminiumfolie over hem heen.

Mijn fototoestel ligt in de Hilux en dit is een van die momenten in de journalistiek waarop het juiste om te doen en het slimme om te doen niet hetzelfde zijn. Ik zou nu foto's moeten maken, maar we zijn slechts met z'n vijven in dit grote niets van min veertien, dus het fototoestel kan wachten.

'Kan ik helpen?' vraag ik.

'Wacht in je auto,' roept Noora.

Ik negeer die instructie en kijk hoe de ambulanceverpleegkundigen de ingepakte man achter in de ambulance tillen met de behoedzaamheid en precisie van twee ervaren horlogemakers. Hij lijkt totaal niet te schudden of te hobbelen wanneer ze hem inladen, de deuren sluiten en wegrijden.

‘Ga in je auto zitten en zoek een alternatieve route,’ zegt Noora.

‘Ik ben Tuva,’ zeg ik.

‘Deze weg blijft nog minstens een uur afgesloten, misschíén langer. Je zult moeten omrijden.’

Ze loopt naar haar politie-Volvo en haalt er een rol politielint uit, blauw en wit, en bindt het rond een dennenboom. Gelukkig is de bestelbus niet tegen die boom geknald. Een godsgeschenk.

‘Tuva?’ vraagt ze. ‘Zei je dat je Tuva heet?’

‘Ja.’

‘Tuva, doe me een lol en ga terug naar je auto, en als ik je een advies mag geven, zou ik zeggen: keer om en ga naar huis. Het is al laat en er is niets goeds hier. Ga nu maar.’

Haar huid ziet er gehydrateerd uit, niet droog zoals de mijne. Ik doe wat ze zegt.

Ik draai in drie stappen, mijn banden knerpen op elke rand door hard geworden sneeuw, en ik krijg de politie-Volvo in mijn achteruitkijkspiegel. Maar dan besef ik dat ik niet om een quote of details heb gevraagd en niets heb gedaan wat ik geleerd heb te doen. Ik rijd langzaam achteruit over het ijs en ik haat dit, ik ben ergens bang dat ik op het gaspedaal in plaats van de rem zal trappen en Noora zal aanrijden. Haar zal verwonden. Doden.

Ik stap uit mijn auto.

‘Sorry, ik had me moeten voorstellen,’ zeg ik.

Ze kijkt me aan alsof ik high ben.

‘Ik ben Tuva Moodyson, verslaggever bij *Gavrik Posten*.’

‘Ik weet wie je bent, Tuva. Ik wist alleen niet hoe je eruitzag.’

Ik denk dat ik bloos, maar daar kom ik wel mee weg. Het kan door de kou komen, weet zij veel.

‘Thord en de Chef hebben me alles over je verteld,’ zegt ze. ‘Ik moet een plaats van een ongeval organiseren en heb papierwerk te doen.’

'Mag ik alsjeblieft een quote voor de krant, dan laat ik je verder met rust, beloofd.'

'Nee.'

Ze heeft een klein gaatje onder haar onderlip. Een oud litteken van een piercing.

'Komt het goed met de bestuurder van de bestelbus?' vraag ik.

Ik zie geen rood in de sneeuw maar er zijn gaatjes, fijne gaatjes, waar druppels van iets op lichaamstemperatuur door de permafrost zijn gelekt.

'Ik hoop het,' zegt ze en ze blaast een losse sliert zwart haar uit haar gezicht. 'Luister, off the record.' Ze wacht even en trekt het lint strak rond de bestelbus. 'De chauffeur...' zegt ze, '... dit is off the record, oké? De chauffeur zei dat het niet aan hem lag. Dacht dat er met zijn bus was geknoeid.'

Ze voltooit de afzetting en stopt de rol in haar jaszak.

'Geknoeid?' vraag ik.

Ze kijkt me aan alsof ze spijt heeft dat ze ooit haar mond heeft opengedaan.

'Off the record,' zegt ze weer.

'Wie klaagde zeven jaar geleden dat Gunnarsson een minderjarige had lastiggevallen? Heb je een naam? Is dat een aanknopingspunt?'

'Ik kan niets over haar zeggen,' zegt ze.

Nu weet ik dat het beslist een zij is.

'Verder nog iets?' vraag ik. 'Details? Iets wat ik echt kan gebruiken?'

'Een bruikbare quote,' zegt ze. 'Wat dacht je van: verminder je snelheid 's winters met 30 procent. Vermijd rijden in het donker of in ongunstige omstandigheden, tenzij het echt niet anders kan. Einde citaat.' Ze wijst naar mijn pick-uptruck. 'Wij zijn klaar.'

Wanneer ik terugloop, maak ik een omweg langs de bestelbus. De kant van de passagiersstoel is verwoest, ingedeukt, en op het bordje boven de voorruit staat 'Nummer 1'.

Ik voel me misselijk.

Ik had vanavond in die bestelbus moeten zitten. Als ik niet papa's dorst had geërfd, was ik misschien wel dood geweest.

Ik kom thuis en neem mijn fles rum mee naar bed.

De ochtend is donker. Mijn recyclingvoorraad vergt drie loopjes naar de afvalcontainers en er plakt oud bier op mijn handen door een microlek. Ik kokhals, maar hoef niet te braken. De tassen zijn zo zwaar dat ik ze de trap af en over de zanderige sneeuwbrij naar de containers moet slepen. Ik duw het glas door het gat en het valt binnen stuk en daarom staat het volume van mijn gehoorapparaatjes laag. Het karton is een uitdaging omdat die hele verdomde container vol zit met wijntapdozen, doosjes goedkope wijn, niet eens schroefdopwijn, waar mijn landgenoten het jaar rond op leven, maar waar ze een voorliefde voor koesteren gedurende de witte maanden.

Ik ga naar mijn werk en Lena is er al. Ik wens haar goedemorgen, schenk mezelf koffie in en gris een plastic doos vol profiteroles uit de koelkast onder het afdruiprek. Mijn mond is droog en mijn hoofd bonkt. Ik ben een wrak. Ik pak een plastic vorkje en prik ze er een voor een aan en eet ze staande op naast Nils' bureau.

Ik ga achter mijn computer zitten, pak de telefoon en toets een nummer in.

'Politie Gavrik.'

'Hallo, Thord, met mij.'

'Tuvs.'

'Heb je iets over dat ongeluk met die bestelbus van gisteravond? Toestand van de chauffeur?'

De lijn valt stil alsof hij zijn hand over de hoorn heeft gelegd en met iemand anders praat.

'Wat zeg je?'

Ik verplaats mijn oor op het achthoekige antifeedbackkussentje dat ik de eerste week dat ik hier werkte op mijn telefoon heb geplakt.

'Dat ongeluk met die bestelbus van gisteravond,' zeg ik.

'O, hij leeft. Het was Andersson, hij is de oom van mijn buurman, die jongen met dat frisbeeding in zijn oorlel. Geschrokken en bont en blauw, en wat inwendige bloedingen, vrees ik. Hij moet worden opgelapt. Jij was toch op de plaats van het ongeval?'

'Conciërge Andersson?' Nee toch, dat kan niet. Achter het stuur? 'Was het de conciërge?'

'Die fabriek zit in een ongeluksfase.'

'Het was de conciërge?' vraag ik weer, terwijl mijn hart tekeergaat.

'Ze deden tests in het ziekenhuis,' zegt hij. 'Omdat Noora gisteravond geen blaastest kon doen. Nuchter als een blauwe knoop.'

'Maar was het de conciërge van de fabriek?'

'Een van zijn broers, meent de Chef. Oom van mijn buurman. Stomme pech.'

Ik kijk in de richting van de fabriek. Heeft iemand die bestelbus van de weg geduwd? Ik vroeg Thord eerder of hij dacht dat dat bejaarde echtpaar in de greppel was geduwd en hij zei toen dat daar geen bewijs voor was. Gewoon de tijd van het jaar, zei hij. Maar dit was te toevallig. Dacht iemand dat ik in die bestelbus vragen zat te stellen aan Andersson met mijn digitale dictafoon in mijn hand geklemd? Was ik een doelwit?

'Stomme pech,' zeg ik ook en ik schud de gedachte uit mijn hoofd. Ik word paranoïde. Het is de kater. 'Dat aanknopingspunt waarover je me niets wilde zeggen. De klacht van een minderjarige over Gunnarsson.'

'Dat meisje heeft nooit geklaagd,' onderbreekt hij me. 'Die klacht kwam van een werknemer die dacht dat ze iets had gezien. Het meisje en haar ouders spraken Gunnarsson vrij van enig vergrijp. Vuige roddel, meer niet.'

‘Oké,’ zeg ik. ‘Je weet dat ik maandag vertrek, hè?’

‘Ik ga niet met je mee, als je dat bedoelt. Ik ben een Gavrikman in hart en nieren, en heb een hekel aan stadse manieren.’

Ik glimlach en voel me wat beter.

‘Je wilt er niet met mij vandoor gaan? Stel je eens voor wat voor een leuke kindertjes we zouden krijgen.’

Ik hoor hetzelfde gedempte geluid als eerst, zijn hand op de hoorn.

‘Ik moet gaan, Tuvs.’

Ik schrijf het verhaal over het ongeluk en krabbel een paar ideetjes voor onderkoppen neer. De bel bij de deur rinkelt dus ik kijk op en het is Nils die zo’n gewaxte camouflage-honkbalpet met fleece voering en grote leren oorflappen draagt; die zijn nu bij Björnmossen in de aanbieding voor tweehonderdnegenennegentig kroon.

‘Leuke pet,’ zeg ik.

Hij kijkt op en trekt de pet van zijn hoofd, waarbij hij een nest van slordig, zwartgeverfd haar onthult, stijf van de gel.

‘Vind je hem mooi?’

Hij begint zijn haar in stekels te plukken.

‘Wanneer ga je die stoffige oude kerstversiering nou eens weghalen bij het raam?’ vraagt hij. ‘Ik krijg telkens de kriebels als ik die zie.’

‘Waarom doe je het zelf niet?’

Hij zet zijn borst op en loopt naar zijn kantoor, de schouderbanden van zijn buitenbroek hangen naast zijn knieën.

‘Ik ben hier de degene die het geld binnenhaalt waarmee jullie drie worden betaald, weet je nog?’

Ik wrijf met een gestrekte middelvinger tegen mijn slaap en hij glimlacht en laat me revolvervingers zien, en dan sluit hij zijn deur en werk ik verder aan mijn verhalen en het opstellen van een to-dolijstje. Zijn deur vliegt open.

‘Heb jij mijn chocoladeballen opgegeten?’

Dat ontlokt me een brede grijns.

'Ik beken schuld,' zeg ik. 'Ze heten profiteroles.'

Hij schudt zijn hoofd en slaat de deur van zijn kantoor-schuine-streep-keuken dicht.

Nummer één op mijn lijst is 'Gunnarsson beschuldigingen' omdat ik nog steeds wil weten wie die klacht had ingediend en wie de minderjarige was. Nummer twee is 'autopsierapport' aangezien ik nog steeds geen details heb omdat deze geen voorrang kreeg.

Gelukkig worden mijn volgende Grimberg-interviews in de privévertrekken gehouden, de Grote Salon, want als het gesprek dan vastloopt, kan ik naar een voorwerp of een foto wijzen, een van Lena's vele trucjes, en dat brengt mensen meestal aan de praat. Ik kan ze misschien klemzetten, zodat ze zich blootgeven. De Grimbergs weten meer dan ze loslaten.

Lunch bestaat uit de dubbele cheeseburger van een drive-through, die ik mezelf gisteren had beloofd. Daarna parkeer ik op mijn eigen parkeerplaats en loop ik naar de fabriek met mijn laptop en dictafoon.

Onder de boog staat nog een politie-Volvo van buiten de stad geparkeerd. Gespecialiseerde moordrechercheurs uit Karlstad. De auto staat voor de deur naar de oude fabriek. Ik glip erlangs en probeer de deur naar de trap en de kantine open te krijgen, maar hij zit vergrendeld en iemand heeft er een STRENG VERBODEN TOEGANG-sticker op geplakt, dus loop ik door naar de bestelwagens en de zoethoutschuren op het achterterrein. De grote personeelsingang staat wijd open.

De stempelaars zijn aan het werk en Grote Witte glimlacht naar me met haar stifttanden wanneer ik langs haar loop. Haar tanden zijn grijs bevlekt met zoethoutsap. Rood merkt me niet op, ze is te zeer in haar werk verdiept, hoofd omlaag, en haar hand slaat zo snel op de munten dat hij bijna vervaagt. Ze lijkt minder beheerst dan normaal. Ik denk te weten waarom. Ze heeft zojuist haar beide grootouders verloren. De oude Volvo in de greppel. Die enkele paarse handschoen. Het feit dat ze de afgelopen zes of zeven jaar niet meer met elkaar praatten. Ik voel de behoefte om mijn hand op haar schouder te leggen, maar doe het niet. Ik loop door de kantine en ga de trap op naar de Ontvangstkamer. Gavrik ziet er door het raam onheilspellend uit, een eenzaam Zweeds Poppenstadje dat zich opmaakt voor zijn dinsdagse lunch; vrouwen op fietsen en mannen die ijsvistijdschriften en snustabak kopen; op straat loopt nog steeds een wrede moordenaar rond. Ik draai me om, loop naar de deur van de privévertrekken en klop aan.

Niets.

Ik klop drie keer, goed harde bonzen, en wacht met mijn oor vlak bij de deur.

'Vandaag praten we hier,' zegt Anna-Britta bovenaan de trap. 'We gebruiken de Ontvangstkamer.'

'Kan dat niet anders?' zeg ik.

'Hij heeft je zeker gezegd dat je ons persoonlijke vragen moet stellen?'

'Holmqvist?'

Haar gezicht gaat op slot wanneer ik zijn naam uitspreek.

'Luister.' Ze komt dichter naar me toe, haar ogen rood in de hoeken, haar rozenparfum bespeurbaar in vlaagjes. 'We weten wat Gustav heeft afgesproken. Daar zullen we ons aan houden. Het boek moet een volledig en eerlijk verslag worden. Ik zal eraan meewerken. Maar bij sommige dingen trek ik een grens en dat moet je respecteren.'

'Zoals?'

'Je weet dat de politie weer beneden is, nietwaar?'

'Ik zag de auto staan.'

'Mijn dochter kan niet in haar eigen bed slapen, ze is volledig van slag door alle zorgen, uitgeput, en ik kreeg vandaag zestien ziekmeldingen van personeelsleden. Zestien. Ze zijn niet ziek, ze zijn doodsbang.'

'Mag ik aantekeningen maken terwijl we praten? Mag ik het opnemen?'

Ze fronst.

'Soms hoor ik niet alles de eerste keer dat het wordt gezegd, zelfs niet wanneer iemand zo duidelijk spreekt als jij.'

Anna-Britta krimpt ineen. 'Het spijt me, ik vergeet dat je...' Ze raakt haar oorlelletje aan. 'Natuurlijk mag je het opnemen, ga je gang.'

We zitten aan het bureau en ik zet mijn digitale dictafoon aan.

'Weet je of er iemand een wrok koestert tegen Gunnarsson? Had hij vijanden, voor zover je weet?'

Ze steekt haar hand op. 'Ik praat over de fabriek, voor het boek, maar niet over wat er beneden is gebeurd. Ik heb de politie alles verteld wat ik weet. Ik word ziek als ik het nog eens moet vertellen.'

'Oké,' zeg ik. 'Laten we het over je schoonouders hebben.'

Ze knikt weer en haar wimpers zijn kort en borstelig als de vacht van een kortharige rat.

'Wat voor man was je schoonvader?'

'Ludvig was een complex persoon.' Ze zegt dit alsof het is ingestudeerd. 'Hij studeerde geneeskunde in Lund en toen zijn vader overleed, verhuisde hij terug naar Gavrik en breidde hij het fabrieksgebouw aan de achterkant uit. Hij was een man van daden, ondanks zijn rugproblemen.'

'Hadden jullie een hechte band?'

'Mijn schoonvader keurde mij niet goed. Ludvig was zeer beschermend jegens zijn zoon, weet je, omdat Gustav het zo moeilijk had gehad op school. Maar Gustav maakte zijn vader duidelijk dat hij diens goedkeuring niet nodig had.'

Er ligt een briefopener met een benen handvat op het bureau en de punt glinstert in het licht van de kroonluchter. Anna-Britta pakt een kan water, een van de gebutste emaillen kannen uit de kantine, die volkomen misplaatst lijkt in deze mooie kamer, en schenkt ons beiden een glas in. Haar nagelriemen en nagels zijn rauw rood alsof ze geraspt zijn.

'Hij was directeur tot in de jaren negentig?' vraag ik. 'Klopt dat?'

'Correct,' zegt ze. 'Tot aan zijn overlijden.'

'Waar is hij aan gestorven?'

Ze drinkt haar glas water halfleeg, haar ogen op de mijne gericht.

'Een overdosis, per ongeluk,' zegt ze. 'We weten niet zeker of Ludvig eigenlijk wel wist dat hij te veel pillen had genomen. We waren in het buitenhuis. Hij nam de pillen en wandelde toen weg en stierf. Wijlen mijn echtgenoot vond de lege flesjes.'

'Denk je dat het echt een ongeluk was?'

'Ik dénk dat niet, ik weet het,' zegt ze terwijl ze haar benen van elkaar haalt en weer over elkaar slaat; de zwartgrijze rok van haar deux-pièces trekt een stukje op en onthult een dikke zwarte panty. 'Gustav was er kapot van dat hij ons allen zo achterliet.'

'Twijfelde je man eraan dat de overdosis een ongeluk was?'

'Het was een bloedverdunner, godbetert,' zegt ze tegen me. 'Je vergiftigt jezelf niet met een hartmedicijn om voorgoed te verdwijnen, dat doet men niet. Het is niet gemakkelijk of pijnloos; je doet het met pijnstillers en slaaptabletten.'

'Oké, sorry dat ik erover begon. Laten we het over je schoonmoeder hebben. Hebben jullie een goede relatie?'

Ze verschuift op haar stoel.

'Daar zijn we te verschillend voor. We hebben allebei een sterke wil. Cecilia leeft daarboven in haar eigen wereld, volgens haar eigen spelregels. Toen haar man de leiding had, ging het de fabriek voor de wind. Ze heeft nooit echt moeilijke tijden gekend.'

'Hoe gaat ze met Gustavs zelfmoord om?'

'Nee,' zegt ze.

'Kan ze het niet aan?'

'Ik wil niet dat dat woord in mijn huis wordt gebruikt.' Anna-Britta staat op en loopt naar de koude tegelkachel en friemelt aan de dennenappel en de in bloed gedoopte veer op de schouw. 'Ik wil niet dat dat woord...'

'Het spijt me,' zeg ik. 'Hoe houdt Cecilia zich nu, met dat incident met Gunnarsson en zo?'

Anna-Britta draait zich naar me om. 'Ze gaat er op haar eigen manier mee om, zoals we allemaal doen. We leven niet zoals andere mensen in Gavrik. We hebben allemaal een levenslange verantwoordelijkheid, wij allemaal, om deze plaats in leven te houden.'

'In leven?'

'Om het stadje te ondersteunen en drop te maken op de manier zoals we dat al meer dan honderdvijftig jaar doen. We zijn het de mensen verschuldigd.'

Agnetha Hellbom steekt haar suikerspinhoofd om de deur bovenaan de trap. Ze heeft een naaldvormige zilveren haarspeld door haar permanentje gestoken, alsof iemand haar heeft aangevallen.

'Sorry, Anna-Britta, de politie wil twee minuten.' Ze steekt twee stakerige vingers op terwijl ze dit zegt.

Anna-Britta's wangen zien er rood uit, warmte-uitslag aan één kant van haar hals.

'Ik kom eraan,' zegt ze.

'Bedankt voor het gesprek,' zeg ik. 'Zou ik morgen met Karin kunnen spreken, alsjeblieft?'

Anna-Britta kijkt naar de gesloten deur richting de woning en dan weer naar mij.

'We zullen zien,' zegt ze. 'Karin is zichzelf niet.'

21

Wanneer ik weer bij de krant kom, staat er een doos zoute drop van Grimberg op mijn bureau naast mijn toetsenbord. Ik maak de deksel open. Er rammelen twee zwarte munten rond in de doos.

'Wie heeft die hier neergezet?' vraag ik Lars.

'Als jij hem niet wilt, neem ik hem,' zegt hij.

Iemand met een bivakmuts op loopt langs het raam en kijkt naar binnen.

'Wie heeft hem hier achtergelaten?'

De figuur voor het raam is weg. Niemand te zien.

Ik gooi de doos naar Lars en hij vangt hem. Met twee handen. En gesloten ogen. Maar hij vangt hem en lijkt heel tevreden over zichzelf.

Ik haal wat falafel, naar het schijnt, bij de kiosk aan de overkant maar als dit falafel is, dan ben ik een berenjager met een baard en een husky en een reeks jachtmessen.

Ik werk mijn Anna-Britta-aantekeningen uit. Ik weet niet of het ongeluk met de bestelbus ergens haar schuld was – nalatigheid van het bedrijf – of dat het gewoon een ongeluk was. Ik vertelde Thord dat ik gisteravond in die bestelbus had moeten zitten om de chauffeur te interviewen, hem te volgen bij de bestelling, en hij zei dat ik geluk had gehad.

'Tuva,' zegt Lena. 'Sebastian komt na tweeën voor een kennismakingsgesprek. Dat is toch oké?'

Sebastian? Ik veroordeel die vent nu al. De naam. Ik heb een hekel aan hem. 'Mag ik er op het eind bij komen zitten?

Ik moet naar de autoverhuurder buiten de stad om mijn huurovereenkomst te verlengen.'

'Je auto kan wachten.'

Ik bel het verhuurbedrijf bij de rioolzuiveringsinstallatie en zeg tegen de jongeman die de telefoon opneemt, een jongen die wel een semestertje op de enthousiasmeschool kan gebruiken, dat ik een halfuur later kom. Je zou denken dat er voor zoiets als dit geen afspraak nodig is, je zou denken dat een garage of autodealer de hele dag open is, maar dan vergis je je. In Zweden gaan die zaken vaak dicht voor de belangrijke *fika*, de koffiepauze, en wanneer ze gesloten zijn, zijn ze ook echt gesloten.

De bel boven de deur rinkelt en er komt een jonge Dolph Lundgren binnen en hij glimlacht, en Lars en ik gaan om een of andere onlogische reden wat rechter op onze stoel zitten en we strekken onze hals en glimlachen terug.

'Hi, ik ben Sebastian. Ik kom voor Lena?' Zijn stem gaat aan het eind van de zin omhoog.

Ik sta op en leun over mijn bureau en steek mijn hand uit om de zijne te schudden.

'Ik ben Tuva.'

Lars schuifelt rond zijn bureau om Sebastian te begroeten.

'Ik ben Lars.'

En dan staan we maar wat te staan naast de archiefkasten. Hij is ongeveer tweeëntwintig jaar; door Picasso gemaakte jukbeenderen; lippen als de boog van Cupido, zo vol als maar kan; negen, misschien tien centimeter langer dan ik, gebronsd tijdens een vakantie of onder een zonnebank; Amerikaanse tanden; ruikt naar Davidoff Cool Water.

'Dus jij bent de nieuwe,' zeg ik. 'Mijn vervanger.'

'Dat ben ik,' zegt hij en hij duwt zijn duim in zijn borst. En Lars lijkt verheugd te zijn dat hij verlost wordt van mij en mijn nagellak en mijn obsessieve stijl van verslag doen, en vervangt me door Jukbeen hier.

'Ah, Sebastian, laten we een wandelingetje maken om te praten, oké?' zegt Lena, die uit haar kantoor komt en haar lange zwarte jas en losse muts aantrekt.

Jukbeen is zo'n atletisch type dat er zelfs aan het eind van de winter nog goed uitziet. Ik weet niet precies wat het is, de training die zijn huid zo perfect maakt of het feit dat hij een ski-jack zo weet te dragen dat het eruitziet alsof hij echt aan het skiën is. We lopen Storgatan in.

'Wat is dat daar?' vraagt Jukbeen.

'Dat, Sebastian, is de Grimberg-dropfabriek. Grootste werkgever van de stad.'

'De mensen hier noemen het "de fabriek"', zeg ik.

We lopen met mij bij de stoeprand en Jukbeen in het midden en Lena dicht bij de huizen, en er is eigenlijk niet genoeg ruimte voor ons alle drie, dus stoten we steeds tegen elkaar aan.

'Leuk stadje,' zegt hij.

Ik zeg niets en let slechts op dat ik niet in een ondergesneeuwde hondendrol trap. Ze zijn in deze tijd van het jaar net kwaadaardige, omgekeerde *omelettes sibériennes*: bevroren aan de buitenkant, nog warm en zacht vanbinnen.

'Zullen we het hotel proberen?' vraagt Lena.

'Of McDonald's?' stel ik voor.

'Laten we naar het hotel gaan,' zegt Lena.

Het naambord van Hotel Gavrik hangt net niet in het midden. Er branden twee tuinkaarsen naast de ingang en sommige ramen zijn nog steeds verlicht door stervormige kerstlichtjes. Er ligt een sneeuwbal naast de buitenkaars. Ik bekijk hem wat beter maar zie geen gaten als ogen, geen rodebessenbloed, geen tandenstokertanden, geen gapende mond. Het is gewoon een sneeuwbal, dat is alles. We gaan naar binnen.

'Hoi, heb je misschien koffie voor ons?' zegt Lena tegen de receptioniste.

'Het pinapparaat is kapot,' antwoordt ze, en er steekt een

rond doosje snustabak uit de zak van haar schort. 'Heb je kleingeld? Want als je geen geld hebt, kan ik je niet helpen.'

'We hebben geld,' zegt Lena.

Jukbeen kijkt alsof hij in een bejaardenhuis op bezoek is. We gaan zitten in de hoek met de zelfbedieningsthermoskan met koffie en de theezakjes en de melkkartonnetjes en de onaangeroerde toeristische informatiefolders.

'Koffie?' vraagt Lena aan Jukbeen.

'Muntthee, graag,' zegt hij en we kijken elkaar aan, zo van 'Wat mankeert die gast?'.

We zitten bij elkaar en praten over zijn nieuwe rol als de enige fulltimeverslaggever van *Gavrik Posten*. Lena legt uit dat een papieren krant nog steeds belangrijk is, hier in *the middle of nowhere*, dat de mensen hier van ons afhankelijk zijn voor nieuws en dat we een verspreide landelijke gemeenschap met elkaar verbinden. Ze legt uit dat de relatie wederkerig is: de inwoners van Gavrik betalen voor een abonnement en ze betalen voor advertentieruimte waarvan ze weten dat die wordt gezien, en in ruil krijgen ze een goedgeschreven, betrouwbare gemeenschapskrant. Ze vertelt hem hoe de oplage met duizend exemplaren per week is gestegen sinds ik erbij kwam en hoeveel daarvan aan het onderzoek naar de Medusa-moorden en mijn proactieve verslaggeving van incidenten te danken was.

'Ik hoorde dat jij het slachtoffer van de Veerman hebt gevonden,' zegt Jukbeen.

'Klopt,' zeg ik.

'Iedereen zegt dat het iets occults was vanwege al die hondentanden in zijn hals,' zegt hij. 'Misschien een ex-misdadiger/psychopaat/motorrijder?'

'Schrap dat beeld,' zegt Lena op ernstige toon. 'Schrap het en herstart je processor. Ik meen het, Sebastian, als je een goede verslaggever wilt worden, even goed als Tuva, en op een dag een baan aangeboden wilt krijgen bij een zeer hoog aangeschreven krant in Skåne, dan moet je je vooropgezette ideeën en clichés overboord zetten en iedere persoon die je tegenkomt als een individu met een geheel eigen verhaal gaan behandelen. Ten eerste, het was maar één hondentand. Eén. En de moordenaar kan net zo goed een kleuterjuf van een jaar of veertig zijn als een in leer gehulde motorrijder. Gun iedereen de tijd en luister twee keer zoveel als dat je praat.'

Ik denk terug aan hoe Lena voor me zorgde toen mama stierf. Hoe ze me de tijd en de ruimte en de stilte gaf om ermee om te gaan. Hoe ze me voedde en nooit vroeg wanneer ik weer aan de slag zou gaan of zei dat het tijd was om verder te gaan en de draad weer op te pakken.

'Ze heeft gelijk,' zeg ik, nippend aan mijn gekookte zwarte koffie. 'Luister meer dan dat je praat. Lena kan het weten.'

'Zal ik doen,' zegt hij, plotseling geheel in de verdediging.

We knikken allebei en ik zie opeens de ring aan zijn pink, een soort wapen met een elandenkop met gewei.

'Ik heb tijdens mijn studie aan de universiteit geleerd hoe ik met mensen moet praten,' zegt hij, zijn toon weer hoger aan het eind van de zin. Bijna een heel licht Australisch accent. 'En ook tijdens mijn master in Karlstad. We hebben veel praktische vaardigheden geleerd.'

Lena en ik onderdrukken de neiging om met onze ogen te rollen.

'Heb je ooit in een stadje als Gavrik gewoond, Sebastian?' vraagt ze. 'Waar ga je elk jaar op vakantie?'

'Mijn familie had een zomerhuis in Gotland, maar 's winters gingen we altijd naar Thailand.'

Hier zit een jongen die door het leven is geglibberd op een ingevet, wrijvingsloos oppervlak van rimpelloze bevoorrechting en mama's centen.

'Nou,' zegt Lena. 'Welkom in de werkelijkheid, inwonertal negenduizend. Tuva, vertel het hem.'

Ik kijk naar haar en dan kijk ik een minuutje de zaal rond.

Ze bereiden zich voor op Valentijnsdag en er liggen stoffige rode plastic rozen op de balie van de receptie. De IKEA-waxinelichtjes in de IKEA-lantaarntjes zijn bloedrood en wachten tot ze aangestoken worden. Er zit een prop gekreukeld rood lint bovenaan het menubord, maar daar zit nog geen menu in. Achter de balie staat een soort eBay-cherubijn van glasvezel met pijl-en-boog, nog half bedekt door noppenfolie.

Ik veeg mijn neus af aan mijn mouw. 'Gavrik is afgesneden, Sebastian. We zijn omringd door dichte elandenbossen en marginaal boerenland. Het is geografisch gezien niet zo geïsoleerd als veel andere plaatsen in Zweden, maar het is geïsoleerd door zijn leefwijze. Er zijn hier geen toeristenattracties, geen echte, en er zijn betere langlaufroutes in minstens tien andere stadjes in Värmland. Bedrijven moeten ploeteren en de meeste snakken naar wat investeringen van buitenaf, een injectie. Die nooit komt. Dit oord blijft op de been door de dropfabriek en de pulpfabriek iets verderop langs de E16, je zult er snel genoeg op bezoek gaan. Mensen die hier opgroeien, kunnen zich niet voorstellen dat ze ergens anders naartoe verhuizen en afgezien van ons drie, komen de meeste mensen hier niet heen uit vrije wil. Maar het wemelt van de verhalen en interessante mensen en ik denk dat je hier net zo goed als elders je journalistieke carrière kunt beginnen.'

'Mijn familie woont in Karlstad dus zal ik in de weekenden naar huis gaan, ik zal niet voortdurend hier zijn.'

Pardon? Wil hij uitgerekend dit aan me kwijt?

'Je zult de meeste weekenden met bronnen praten of gesprekken afluisteren in de ICA Maxi of koppen schrijven voor Lena of anders foto's maken van een toneelvoorstelling van een school,' zeg ik met iets te veel zuur. 'Je moet er vanaf dag één in duiken. De mensen hier moeten je zien en je leren vertrouwen. Je moet een paar betrouwbare bronnen kweken bij de gemeentekantoren en de scholen en het politiebureau en de grote werkgevers.'

‘Dat lukt me wel,’ zegt hij.

Hij heeft dat zelfvertrouwen van de spetter, alsof hij nooit is afgewezen door een meisje, en ik voel jaloezie en medelijden en afkeer jegens hem, allemaal tegelijk.

‘Tuva heeft gelijk,’ zegt Lena. ‘Je vindt het nieuws hier misschien spannend, dat geklets over die Veerman en zo, maar het komt vooral neer op gemeentevergaderingen en schrijven over nieuwe fietspaden. De eerste week zal ik je begeleiden als een tweede schaduw. We zullen samen interviewen en samen rondrijden en samen je eerste verhalen schrijven. Maak je geen zorgen, jouw naam komt eronder. Ik zal doen wat ik met Tuva ook heb gedaan. Ik stel je voor aan mensen en zal ze zeggen dat ze je op de hoogte moeten houden, en ik zal mijn best doen om de plaatselijke gewoontes uit te leggen.’

We betalen en gaan weg en wanneer we langs het politiebureau komen en Storgatan af lopen, kijkt de knul alsof hij spijt heeft, maar te oordelen naar de BMW die op het parkeerterrein van de *Posten* staat zullen papa en mama wel voor hem zorgen als hij in tranen naar huis holt omdat Benny Björnmossen hem een verwaand studentje noemde, of wanneer hij beseft dat er eigenlijk geen restaurants in Gavrik zijn.

Jukbeen en Lena praten verder in haar kantoor en ik ga naar de Toyota-dealer even buiten de stad. Ik rijd langs de ijshockeybaan en de brandweer. Mijn dashboard geeft -3 °C aan.

Er stijgt langzaam nevel op van de rioolzuiveringsinstallatie wanneer ik erlangs rijd en het elektriciteitshuisje dat ernaast staat, zoemt. Ik zie de autodealer, een en al glazen wand en prachtig glanzende, gloednieuwe, net-uit-de-verpakking-stationcars en -pick-uptrucks, en daarachter zie ik de oude showroom, de ruïne van baksteen, het afgekeurde zwarte magazijn dat nu is dichtgetimmerd en afgesloten. Ik heb er vorig jaar een artikel over geschreven. Een groepje mensen van hier vindt het onveilig en wil dat het wordt gesloopt.

De deur bliept als ik naar binnen ga en de ruimte stinkt naar nieuwe auto's. Ik adem die geur in en dan zie ik een tiener in het kantoor met een soort verknipte, armzalige, door gel gesteunde wittejongensdreadlocks die recht van zijn hoofd afstaan.

'Dus je bent toch maar komen opdagen.'

Ik draai me naar de stem en zie Jan-Östnäs naar me toe komen in een jeans die een maat te klein is, met een reusachtige gesp zo groot als een iPhone en een suède jack.

'Sorry dat ik te laat ben, iets met het werk. Ik heb wel gebeld.'

'Heb je de sleutels?' vraagt hij. 'Zijn er problemen geweest met de Hilux, iets wat ik moet weten voor we het papierwerk tekenen?'

'Heb je mijn bericht niet gekregen?' zeg ik. 'Ik wil de huur tot maandag verlengen, alsjeblieft. Ik heb die auto tot maandag nodig.'

Hij schudt zijn hoofd en begint met een tandenstoker in zijn tandvlees te pulken.

'Dacht je soms dat voor jou andere regels gelden dan voor de rest van ons?' zegt hij.

'Nee,' zeg ik. 'Ik wil gewoon zes dagen extra, alsjeblieft.'

'Dacht je dat jouw tijd belangrijker is dan de mijne, is dat het?'

Ik heb hier een eikel super-de-luxe.

'Het spijt me dat ik te laat ben. Kan ik de huur heel alsjeblieft met een paar dagen verlengen? Je zou me een enorm groot plezier doen. Ik betaal er natuurlijk voor.'

Hij wijst naar zijn kantoor, waar Meneer Aardappelhoofd achter de computer zit. Er ligt een opengeritste weekendtas naast het bureau en daarin zie ik zo'n lange, zware zaklantaarn in Amerikaanse stijl liggen, met aan het einde een plastic zak die eraan vastzit met een elastiekje. Achter hem staat een rek met verfsprays voor het bijwerken van de lak, in kleuren zoals Black Pearl en Metallic Bronze en Satin Aquamarine en Sailcloth White en Matt Champagne.

'Mijn zoon neemt jouw Hilux mee. Die heb ik hem beloofd. Als je weer een Hilux wilt: ik heb er zes, maar die zul je dan moeten kopen. Ze zijn niet te huur.'

Ik voel een vlammende woede oprijzen vanuit mijn buik.

'Alsjeblieft, Jan-Östnäs, kan ik op enige manier mijn auto huren, de auto die ik drie jaar heb gehad, geen ongelukken, geen te late betalingen, voor nog zes dagen?'

'Daar beslis ik niet over, maar mijn zoon.'

Ik zucht en dan zwaai ik naar de knul en hij loopt naar me toe in een jeans die past, maar die familie moet een voordeelverpakking van die gespen hebben gekocht.

'De dame hier wil weten of ze je Hilux nog een paar dagen kan huren?'

Aardappelhoofd grijnst alleen maar en schudt zijn hoofd. 'Die is nu van mij,' zegt hij en hij heeft duidelijk nog niet de baard in de keel gehad, wat al wel zo had moeten zijn. 'Ik ga ermee ijsvissen met vrienden.'

'Kan ik dan iets anders huren?'

'Niet echt,' zegt Jan-Östnäs. Hij likt aan zijn pas gepulkte tanden. 'We kunnen je wel de Tacoma meegeven, denk ik, maar je moet heel voorzichtig met haar zijn.'

'Haar?'

'Tacoma uit 1998, loopt als een zonnetje maar het is een oud besje en ze is nogal bijzonder voor me.'

We lopen naar het achtererf, langs glimmende nieuwe auto's met de zomerbanden opgeslagen in hun laadbak. Jan-Östnäs trekt zijn handschoenen aan. Het ligt hier bezaaid met oude tandenstokers en ze zien eruit als dennennaalden, als lucifers, als oude reptielenbotjes die in de zon zijn blijven liggen. Hij wijst naar een witte pick-uptruck, zo'n oud type dat er kleiner uitziet dan een moderne vijfdeursgezinsauto. De spatborden bestaan voor zo'n 70 procent uit roest en hij heeft geen wieldoppen. Op het dak ligt een dikke witte deken van oude sneeuw en ik zie startkabels uit de motorkap omlaaghangen, wat nooit een goed teken is.

'Start haar maar eens,' zegt Jan-Östnäs tegen zijn zoon.

Aardappelhoofd trekt een jack aan met een bergbeklimmershaak aan de rits. Daar bungelen allerlei messen en sleutelhangers met autologo's en multitools aan. Hij opent het portier op de ouderwetse manier, met het sleuteltje in het sleutelgat. Wat vreemd gedateerd. Er valt een ton sneeuw van het dak boven op hem. Hij vloekt en kreunt en dan probeert hij de motor te starten maar die zegt dat hij de boom in kan.

'We starten hem met de kabels en dan moet jij ongeveer een uur rondrijden om hem voldoende op te laden. Wil je hem hebben?'

'Heb ik een keus?'

'Je kunt teruglifen naar de stad. Er komen hier ongeveer tien auto's per dag langs dus misschien bof je.'

Ik schud mijn hoofd.

'Taxi? Ik kan Viggo Svensson bellen?'

Ik schud mijn hoofd heftiger.

Ze starten de oude bak met behulp van een gloednieuwe donkerblauwe 4×4, zo'n gespierde Amerikaanse die ongeveer twee keer zo hoog en twee keer zo breed als mijn nieuwe voertuig is. Ik onderteken een huurovereenkomst en betaal voor zes dagen en stap in de aangezwengelde auto en kijk vol smart om naar mijn mooie Hilux, vier jaar oud, tachtigduizend kilometer op de teller. Ik haal de Tacoma van de handrem en rijd weg.

'Ze heeft twee fatsoenlijke banden,' roept Jan-Östnäs van buiten. Ik kan hem lezen. 'Pas goed op elkaar.'

De auto is een wrak, een lijk, een ramp. Geen thermometer op het dashboard, de toerenteller werkt niet, het is een automaat maar de versnellingen knarsen als een gek, er is geen acceleratie en de blower werkt prima, maar de stoelen zijn niet verwarmd. Laat iemand me alsjeblieft uit mijn lijden verlossen.

22

De roestige pick-uptruck rammelt en de remmen reageren nauwelijks. Ik kruip met twintig kilometer per uur over een slecht geveegde landweg met de blower op max, en mijn handen omklemmen het stuur alsof ik op het hoogste punt van een achtbaan ben.

Je vindt misschien dat ik te veel over auto's klets en je zult wel gelijk hebben. Maar in elke noordse plaats waar de winters lang zijn, met weinig mensen in de buurt, is een auto net een familielid. Het is iets waarop je vertrouwt, zoals onze voorouders op hun honden en paarden vertrouwden. Ik heb een goede auto nodig en deze is dat niet.

De rioolzuiveringsinstallatie ligt links van mij zachtjes te dampen en ik rijd de parkeerplaats op en laat de motor draaien. Als ik hem afzet, zit ik zonder auto op de strontfarm.

De verwarming werkt tenminste. Maar als de cabine van de pick-uptruck opwarmt, begint hij naar olievodden en overalls te ruiken, een walm van oud zweet en vet en sigarettenrook. Er ligt een aangebroken pakje scheermesjes op de passagiersstoel – het soort dat in papieren envelopjes zit. Ik tast rond de stuurkolom zodat ik weet waar alle hendeltjes zitten, want ik wil niet hoeven zoeken op de E16 met negentig kilometer per uur. Of eerder zestig kilometer per uur op de rechterbaan. De sigarettenaansteker ontbreekt en de stereo is eruit gerukt en de raampjes moet je opendraaien en er is in het geheel geen achterbank, alleen een ruitje waardoor je de laadbak ziet.

Voor me ligt een representatief voorbeeld van Gavriks fecale materie. Een draaiende, stomende soep van poep van Benny Björnmossen van de wapenwinkel en Fredrik de schoenenverkoper en Anna-Britta Grimberg en conciërge Andersson. Alle sneeuw eromheen is gesmolten door de mestwarmte. Het is een warme strontvijver die wordt omgeroerd zoals de roestvrijstalen vaten met pikzwarte drop op de fabriek. Hij heeft al het wit om zich heen weggesmolten en zijn eigen schadelijke mist gecreëerd, die langzaam opstijgt in de koude, stille lucht erboven.

Ik bel Thord.

'Politie Gavrik.'

'Met mij.'

'Precies op tijd,' zegt hij. 'Ik heb net het forensisch rapport binnen.'

'En?'

'Ik kan je 90 procent vertellen. Geen vingerafdrukken op het lichaam of de muntdropjes. De moordenaar droeg handschoenen, denken ze. Geen bruikbare vezels, geen DNA. Ze hebben het oude gedeelte van de fabriek afgezocht op vingerafdrukken, maar het was een sneeuwbrij en er is niets duidelijks. De tand...'

'Hond?' vraag ik.

'Grote hond,' zegt hij. 'Grote Duitse herder. De snee in zijn hals is gemaakt met een scalpel of iets dergelijks, en de tand is erin gestoken toen het slachtoffer al dood was, denken ze. Ze zeiden dat als die tand erin was gestoken voor Gunnarsson was leeggebloed, die er dan volgens de knappe koppen in Linköping uit zou zijn gestuwd door de bloedstroom.'

'Shit,' zeg ik.

'Jazeker,' zegt hij. 'O, en de hoofdwond. Stomp trauma aan het achterhoofd, gebeurde voor de verwonding van de hals, waarschijnlijk een knuppel of een metalen staaf.'

Ik zie de metalen pijp van de conciërge voor mijn geestesoog. Het zware stuk pijp naast zijn soldeerbout en zijn ducttape in de kelder. Maar hij vond samen met mij het lijk... We waren samen...

'Oké,' zeg ik. 'Bedankt dat je me op de hoogte houdt.'

'De Chef wil een oproep om informatie doen in je volgende krant. Anonieme tiplijn die je kunt bellen en zo.'

'Anoniem?' zeg ik. 'In dit stadje?'

'Dat zei ik ook al.'

'Wat is die andere 10 procent?' vraag ik.

'Wat?'

'Je zei dat je me 90 procent kon vertellen. Maar eigenlijk wil ik die andere 10 procent weten.'

Stilte op de lijn. Ik kijk naar de strontwolk die opstijgt uit de rioolinstallatie.

'Zag je een nat stukje op Gunnarssons borst toen je hem vond?' vraagt hij.

'Ja, hoezo?'

'Zag je verder nog iets op zijn borst? Iets vreemds?'

'Nee.'

'Ik moet gaan, Tuvs. Misschien kan ik je morgen meer vertellen. Ik stuur Noora naar je toe met de gegevens voor de oproep in je krant.'

Ik rijd weg en test de remmen en denk dat de remschijven vervangen moeten worden, want dit ding schudt als het vaart mindert. Ik moet op mijn qui-vive blijven.

Ik draai de E16 op en rijd noordwaarts. Lag er sneeuw op Gunnarssons borst? Werd hij van buiten naar binnen gesleept? Of lag er een sneeuwdoodskop op zijn borst die hem aanstaarde terwijl zijn vatenstelsel zijn laatste druppels bloed plengde vanuit die halswond?

Er staat een kluitje windturbines op een heuvel en ze zien er bevroren uit. Hun wieken draaien, al is het maar net. Ik moet heel goed kijken en ze draaien inderdaad, maar het is alsof ze te koud en te stijf en te pijnlijk zijn. Witte turbines op witte sneeuw tegen een witte lucht.

De tank is vol dus rijd ik helemaal langs het Utgardbos naar de pulpfabriek met zijn bergen van opgestapelde dennenstammen, en dan sla ik af en maak een bocht en rijd zuidwaarts naar Karlstad. Deze route nam ik altijd als ik mama ging bezoeken in het hospice. En het is nog steeds de route die ik neem als ik naar haar graf ga, dat van haar en papa, naast elkaar, een steen, een paar oude gegraveerde woorden, een paar nieuwe, ruimte voor meer, ongeveer een kilometer van het Vänernmeer.

Ik denk vaker aan de dood nu ik de paniek op Gunnarssons gezicht heb gezien, zijn ogen nog open onder de muntdropjes, de paniek in zijn gezichtsuitdrukking. Die gekwelde overgang tussen leven en dood. Mama ontlokte dat niet, de Veerman wel. Mama voelt nog steeds als het einde van een lange, trage, moeizame reis, een droevige opluchting, een onvermijdelijke en volstrekt voorspelbare punt. Ik denk niet aan de dood als ik aan mama denk, ik denk aan hoe ik in godsnaam haar leven zal kunnen vermijden om mijn eigen leven te leiden en dat goed te doen. Ik weet dat ik invloed heb op mijn eigen lot en ondanks papa's drankprobleem en mama's ellende koos ik voor gelukkig zijn. Ik moet alleen nog uitknobbelen hoe dat moet.

Gavrik wordt al donker wanneer ik terugkom; de vervagende letters van GRIMBERG DROP op elk van de twee bakstenen fabrieksschoorstenen zijn bijna onzichtbaar.

'Lars, heb je die acculader nog in je la?'

'Die ligt thuis,' zegt hij.

'Acculader?' vraagt Nils vanuit zijn kantoor-schuine-streepkeuken. 'Kan ik u te hulp schieten, schone vrouwe?'

'Wat?'

'Ik zal je inpluggen. Sta je aan de achterkant?'

Ik geef hem het sleuteltje. 'Dank je, het is de antieke Toyota.'

'Jij geeft vanavond het eerste rondje,' zegt Nils, wijzend naar Ronnies Bar aan de overkant.

'Afgesproken.'

Ik proef het al op mijn tong.

Nils komt weer binnen. 'Leuke grasmaaier heb je daar.' Hij zegt het alsof hij een grapje maakt en verwacht dat ik ga lachen. 'De accu zal een paar uur moeten laden. Zullen we?'

We doen geen moeite Lars mee te vragen want hij is een volbloeddroogstoppel die nog nooit ja heeft gezegd. Maar dan denk ik: stel dat?

'Lars,' zeg ik. 'Even een borrel?'

'Kan vanavond niet,' zegt hij.

Goed dat hij eerlijk is. Hij doet wat hij wil. Nul inschikkelijkheid.

We gaan naar buiten en de lucht wordt warmer, wat raar is aangezien het avond is. Een man hinkt langs ons en sleept zichzelf de heuvel naar de St. Olov op. Ik zie vlekken op de stoep waar de sneeuw is weggesmolten en daar liggen vele tonnen zout zand, lagen zilte granieten scherfjes die in april opgeveegd zullen moeten worden.

Het neonuithangbord met RONNIES is helderblauw en we gaan naar binnen en trekken onze jassen en sjaals uit en hangen ze allemaal op.

'Bier, alsjeblieft, Tuva Moody,' zegt Nils terwijl hij me naar de bar duwt.

Ik bestel bij Ronnie en er zit een blauwe pleister om zijn wijsvinger.

'Ik heb een muizenprobleem,' zegt Nils. 'Ze zitten in de schuur, in het dak, in de muren. Ze vreten en neuken, zoals mijn godvrezende vrouw zegt. Wist je dat ze zich in de kussens van onze tuinstoelen hebben genesteld? Is het niet ongelooflijk?' Hij neemt een slokje bier en zucht een diepe, genoeglijke zucht.

Er zijn tien tot twaalf mensen die in groepjes pool spelen

of zitten te kaarten aan tafeltjes. In de hoek zit een man met een metalen brilletje met getinte glazen en in die hoek lijkt het alsof zijn ogen zwart en veel te groot zijn en alsof hij me aanstaart. Ik voel me ongemakkelijk. De muziek. De man. Mijn gebrek aan een Hilux. De verwrongen bestelbus waarin ik ingesnoerd had moeten zitten. En de arme stakker die opgesloten ligt in het mortuarium met een hondentand in zijn hals.

Misschien ben ik niet meer welkom.

'Ik kan vanavond niet lang blijven,' zeg ik tegen Nils.

'Wat dacht je van een drankje van het huis bij het volgende rondje,' zegt Ronnie.

Hij schenkt ons beiden een shotje tequila in. We slaan ze achterover met zout en bijten dan in een schijfje citroen en produceren allebei de zuigende geluidjes die je maakt als je tequila op die manier drinkt. Het zout blijft op mijn lippen achter. Het is overal: keukenzout in het snoep en overal op de stoep, op de snelweg; ik bespeur het in de lucht op straat. Deze hele stad is gezouten.

'Nog een,' zeg ik tegen de barman.

We drinken.

'Nog eentje,' zeg ik.

'Rustig aan,' zegt Nils. 'Ik ben geen zesentwintig meer. Ik neem een biertje.'

We nemen allebei een biertje en gaan aan een plakkerig tafeltje zitten.

'Vertel me over de Grimbergs,' zegt Nils. 'Je denkt dat ze op een of andere manier verantwoordelijk zijn voor Gunnarsson. Wat voeren ze in hun schild, denk je?'

'In hun schild?'

'Ik hoor dat het daar bergafwaarts gaat sinds Gustav sprong,' zegt Nils en hij fatsoeneert zijn stekels terwijl hij praat. 'Misschien een rechtszaak na de crash van de bestelbus. Hoorde dat de chauffeur niet meer aan het werk kan. Misschien zelfs nooit meer zal lopen. Ik ben blij dat ze me vorig jaar niet die *salesjob* hebben gegeven. Die betaalde beter dan de *Posten*, dat kan ik je nu vertellen omdat je bijna weg bent, maar wie weet hoe lang ik het daar zou overleven?' Hij doet alsof hij huivert. 'De mensen zeggen dat het allemaal instort nu Grimbergs vrouw de leiding heeft.'

'Ze heet Anna-Britta,' zeg ik. 'En ze lijkt me heel capabel.'

Hij neemt een slok bier en kijkt op zijn telefoon.

'Mensen wachten tot de boel instort,' zegt hij. 'Zodat ze het voor weinig geld kunnen kopen.'

'Wie wacht daarop?'

'Dat weet je best.'

'De gebochelde advocaat met de facelift?'

'En zijn zwager, de kerel die jou de roestbak verhuurde die nu achter ons kantoor geparkeerd staat. De fabriek zal nu nog maar de helft opbrengen van wat ze eerst waard was, vanwege al die slechte publiciteit.'

'Zwager?'

'Ja, de zus van de Toyota-dealer werkt in de fabriek, wist je dat niet? Ze is een persoonlijk assistent of een boekhouder of zoiets, ze schuift papier rond. En ze is hebzuchtig en verbitterd – het hebzuchtigst en verbitterdst van allemaal. Ik heb dat uit betrouwbare bron.'

'Dun blond haar, dunner dan het mijne, alles in een knot boven op haar hoofd?'

'Precies. Nog een biertje?'

Ik knik en hij loopt naar de bar. Mijn telefoon trilt en Tammy zegt dat ze over tien minuten voor Ronnies staat om me op te halen en ik antwoord met: *xx*.

De muziek gaat over op Elvis die 'Hound Dog' zingt en ik kijk de ruimte rond, mijn ogen schieten naar de donkere hoeken, naar de man met de bril, en mijn hand glijdt omhoog om mijn hals te bedekken.

'Gaat het?' vraagt Nils wanneer hij terugkomt met twee verse biertjes. 'Hij heeft de schuimkraag op deze verprutst; nieuwe vaten.'

Ik zet mijn gehoorapparaatjes zacht om de muziek uit te bannen. Ik zal Nils liplezen.

'Mijn lift is er over tien minuten,' zeg ik.

'Perfect,' zegt hij. 'Dit is een tienminutenbiertje.'

'Dank je dat je de afgelopen drieënhalf jaar geen complete eikel was,' zeg ik.

'Graag gedaan. Denk ik.' Hij neemt een slok bier en geeft zichzelf met opzet een schuimsnor. 'Dank je dat je topverhalen schreef en de oplage een boost gaf en mijn werk gemakkelijker maakte dan het daarvoor was.'

Ik ben hier beduusd van. 'Vind je dat ik topverhalen schrijf?'

Hij knikt en veegt zijn biersnor weg.

'Je hebt Medusa als een beroeps aangepakt, al maakte je daar geen vrienden mee, en nu pak je de Veerman-beul ook weer aan als een beroeps.'

Ik pik niet elk woord op. Dat lukt me nooit wanneer ik liplees. Maar ik kan raden en afleiden en zijn lichaamstaal lezen.

'Beul? Noemen ze hem nu zo?'

'Of haar,' zegt hij.

'Of haar,' zeg ik.

'Nee, zo noem ik hem gewoon vanwege al dat bloedvergieten. Ik heb als scholier twee zomers in het slachthuis van mijn oom gewerkt en telkens wanneer ik iets over halswonden hoor, moet ik aan die varkens denken. De ijzergeur van dat alles. Het gekrijs.'

'Nog één *Posten* te gaan,' zeg ik. 'Dan is het de taak van Groentje.'

'Knappe-Jongen-Rijke-Papa-de-Derde?' zegt Nils. 'Ik geef hem tot midzomer.'

Ik omhels Nils wanneer ik wegga en zijn haargel laat een slakkenspoor op mijn wang achter, maar ik genoot van deze borrel, borrels, meervoud. Tammy's auto staat met draaiende motor op de stoep en ik spring erin en het is er warm. Ik geef haar een zoen op haar wang en we rijden naar mijn appartementencomplex.

'Is er genoeg ruimte in de auto voor al je spullen?' vraagt ze.

'Het zijn maar drie koffers, dat lukt wel,' zeg ik.

'Heb je al je kasten gecontroleerd, ook de hoge?'

'Check.'

'Niets bij de stomerij?' vraagt ze.

'Negatief.'

'Niets in je kelderhok?'

O, shit.

23

Ik loop naar de wasruimte beneden en open mijn bergruimte. Die is leeg, op één ding na. Ik open de deur en de ruimte is ongeveer net zo groot als een gezinsbadkamer en de trol zit nog precies op de plaats waar ik hem had achtergelaten.

Ik loop op hem af.

De houtsnijdende zussen uit het Utgardbos gaven toe dat ze hem hadden gemaakt, maar zeiden dat hij later was aangepast. Het gezicht, of zijn gezicht, want het is beslist een hij, wordt verlicht door de ledlamp die vanzelf aanfloepte toen ik naar binnen ging. Ik zie zijn tong, het dierlijke tongetje, misschien van een kat of een wezel, en het hangt nog altijd over zijn beschilderde vurenhouten lippen, maar nu is het aan flarden. Er is aan geknaagd. Ik laat mijn ogen langs de hoeken van de bergruimte gaan en zie de poppenogen die zijn blijven liggen op de plaats waar ze er vorig jaar uit vielen. De bergruimte lijkt hermetisch afgesloten, maar de schade aan de tong is geen natuurlijk verval. Iets heeft ervan gegeten.

Zijn stijve houten pik priemt tegen zijn jutebroek en ik grijp de trol bij zijn schouders en houd hem op een armlengte afstand bij me vandaan, zijn uitsteeksel prikt de andere kant op. Ik draaf langs de wasmachines en droogtrommels en loop naar buiten en zoek een geschikt gat in de recyclingcontainers, maar er is geen optie voor trollen. Ik zie gaten voor plastic en metaal en batterijen en wit glas en karton en groen glas, maar niets voor demonische popjes van sparrenhout met menselijke vingernagels en een takje als pik. Ik zet hem erbovenop en daar zit hij naar mij te kijken, de jute kreukt en de rimpeling vangt het lantaarnlicht.

Het tongetje is zo dun als een sliertje spuug. Ik zie afdrukken van piepkleine tanden. Ik gooi hem omver.

'Klaar?' vraagt Tammy.

Ik steek een vinger omhoog zoals in 'momentje' en loop de gang van mijn gebouw in en ben me scherp bewust van het uiterlijk en het geluid en de geur van het gebouw dat ruim drie Poppenstad-jaren lang een soort thuis voor me is geweest. Ik open mijn brievenbus en mijn sleutel bungelt even aan mijn vingertoppen en dan laat ik hem vallen. *Kleng*. Ik heb de afgelopen jaren vaak aan deze simpele daad gedacht, wanneer het tegenzat: de vreugdevolle praktische zaken van het overdragen van mijn ontslagbrief en het leegmaken van het appartement en het laten vallen van die metalen sleutel in die metalen brievenbus. Maar nu voel ik alleen maar leeg verdriet.

We rijden weg.

Ik heb geen flat.

Ik heb geen auto.

Tam rijdt en de zware koevoet die ze in de voetenbak voor de passagiersstoel bewaart steekt in mijn been. Overal staan ovenschotels: zware gietijzeren die naast voordeuren zijn gezet, met daarin runderstoofschotels en vispasteien en brokkelige wortel-groentesoep. Op hun deksel ligt een baksteen of ze zijn afgedicht met isolatietape om de wilde dingen te weren. De hele stad is goddomme één grote vrieskist.

'Hoe voel je je?' vraagt Tammy.

Haar Peugeot is er een met een versnellingspook, dus leg ik mijn hand zachtjes op de hare en we schakelen samen tot we bij haar gebouw zijn. Haar hand is sterk en schoon en verstandig, en de mijne lift alleen maar mee.

Ik trek twee zwarte rolkoffers naar buiten en Tam pakt de derde en samen slepen we ze door de gezouten sneeuw naar de ingang van haar woonblok.

Er is een lage bakstenen muur.

En er is een doodskop.

Er prijkt een sneeuw-skalle op het uiteinde van de muur en het licht van het gebouw schijnt er van achteren doorheen en de ogen lijken te leven.

Tam werpt me een blik toe en ik kijk om me heen om te zien of er iemand naar ons kijkt. In ramen beweegt het schijnsel van tv's.

Ik gebruik de zaklamp op mijn telefoon om de vuistgrote doodskop te verlichten.

'Welk stuk ongeluk heeft die gemaakt?' vraagt Tam.

Bij deze zit zand door de sneeuw gemengd, hij heeft een vuilgrijze kleur, en zijn ogen zijn niet van drop. Deze heeft poppenogen, de plastic of glazen variant waarvan de pupillen vrij bewegen. Zoals de ogen van de trol die ik net heb gedumpt. Het licht schijnt door de sneeuw en door de ogen, en Tam en ik staan er maar naar te kijken. Een ding niet groter dan een grapefruit en toch heeft het ons volledig in zijn ban.

Ik wil hem gaan oppakken.

'Wacht,' zegt Tam en ze pakt me bij mijn pols. 'Kijk.'

We bewegen naar de zijkant van de doodskop.

Er steekt een injectienaald uit de holte die de gapende mond van de doodskop vormt. De naald is bijna onzichtbaar in dit licht en de spuit achter de doodskop is doorzichtig.

'Klotekinderen,' zegt Tam.

Ze weet niet van het smeltwater op Gunnarssons borst. Of van de doodskop in de fabriek. Of van die op mijn auto. Ze weet het niet.

'We kunnen hem niet hier laten,' zegt ze.

Ik neem er een foto van en pak hem dan voorzichtig op en we lopen naar de deur.

'De code is 1289,' zegt Tammy. 'We hebben hem gisteren veranderd. De nieuwe code is 1289.'

De inwoners van Gavrik zijn opnieuw de deurcodes van hun gebouwen aan het veranderen.

We gaan naar binnen en nemen de lift naar de derde verdieping. Zijn ogen bewegen terwijl ik loop. Alsof hij dronken is of gek doet voor een klein kind. Ik houd hem een eindje bij me vandaan. Het laatste wat ik wil is uitglijden in een plas smeltwater en mezelf prikken met zijn naald.

Ik moet in de afgelopen jaren zo'n twintig keer bij Tam zijn geweest, maar nu voelt het hier anders aan. Ik kijk met nieuwe ogen. Schoon, opgeruimd, eten in de koelkast, hout in de moderne houtkachel, klaar om aangestoken te worden. Het lijkt perfect. Maar er ligt ook een demonische sneeuw-skalle met bewegende ogen en een naald als tong langzaam weg te smelten in de roestvrijstalen gootsteen.

Wanneer we de volgende ochtend wakker worden, ligt Tam niet in bed. We sliepen vannacht in een kop-staarthouding, als twee dertienjarigen, terwijl ze zelfs een logeerkamer heeft. Tams wapen ligt op haar nachtkastje. Ik strek mijn arm uit naar haar kant van het bed, naar de warmte, en ik doe mijn gehoorapparaatjes in.

'Het ontbijt is klaar,' roept ze vanuit de keuken.

Ik trippel er op blote voeten naartoe en zie de brandende kachel in de hoek en de koffie die dampt in zijn pot.

'Ik had jaren geleden bij je moeten intrekken,' zeg ik, terwijl ik de deursloten nog eens controleer.

Ze joelt afkeurend en wenkt me dichterbij.

'*Semla*,' zeg ik, niet als vraag noch als opmerking, ik zeg het woord gewoon voor mezelf en laat het op mijn tong rusten.

'Niet zelfgemaakt,' zegt ze. 'Maar ze zijn wel super-de-luxe.'

Ik kijk omlaag naar het zoete broodje gevuld met verse room en bestrooid met kaneel.

'Warme melk of warme chocolademelk?' vraagt Tammy.

'Wat denk je?'

We schenken allebei lauwe chocolademelk, de melkachtige Zweedse schuimige soort, niet de dikke, volle mediterrane variant, op de semla en laten die opzuigen. Dan vallen we aan met een lepel en drinken we koffie en zeggen we weinig, en het is zonder meer het lekkerste ontbijt dat ik in jaren heb gegeten.

We weten dat er een naald in de gootsteen ligt, op een opgevouwen theedoek. We weten dat allebei. Maar we hebben dit moment, dit eten, dit samenzijn, deze korte ontsnapping nodig.

'Ik zal het Thord straks meteen vertellen,' zeg ik met een gebaar naar de gootsteen.

'Maar waarom hier?' vraagt ze. 'Vanwege jou? Een boze lezer? Wie wist dat je hierheen verhuisde?'

Lena weet het. Nils ook. Lars waarschijnlijk ook. Maar verder?

'Ik zal wat rondvraag doen, waarschijnlijk kinderen die iedereen bang willen maken,' zeg ik.

'Te laat,' zegt ze. 'We waren al bang.'

Ze legt me uit dat ze de barre arctische omstandigheden in haar foodtruck, de gemelijke geen-fooi-geen-babbel-klanten, het eeuwige duister en het inherente gevaar alleen kan verdragen als haar appartement warm en comfortabel is. Ze lijdt in deze tijd van het jaar, dat weet ik, zelfs wanneer er geen moordenaars rondlopen in dit kleine, afgelegen stadje. Er gaan maanden voorbij zonder fatsoenlijk licht of fatsoenlijke warmte. Het is een duursportprestatie om de maand mei te halen, zelfs in een goed jaar.

Tammy rijdt me naar kantoor. Ik ben blij dat ze een koevoet in haar Peugeot en een wapen in haar foodtruck en een knipmes in haar zak heeft. Ze moet voorzichtig zijn en ik voel me extra beschermend nu ik straks wegga en haar alleen achterlaat in dit godvergeten oord. Wanneer we langs Björnmossens wapenwinkel rijden, vertelt ze me dat ze twee of zelfs drie keer zoveel zou verdienen als de kantine van de dropfabriek ooit zou worden opgeheven. En mochten de Grimbergs de boel verkopen, dan is dat het eerste wat iedere nieuwe eigenaar zou doen.

Ik rijd in de Tacoma naar de ICA Maxi, die gaat op werkdagen om zeven uur 's ochtends open, en parkeer. In andere steden zijn de supermarkten vierentwintig uur per dag open, maar hier is het anders. ICA is leeg, afgezien van bejaarden en technici die met waterige ogen uit de nachtdienst van de pulpfabriek komen. Ik herken een gemeentewerker die kuilen in de weg repareert, meestal in haar eentje, ze lijkt altijd te werken, sterk als een bizon, golvend haar om een moord voor te doen. Ze knikt hallo.

Ik vul mijn mandje: een ruitenwisser op een stok voor condens en een stuurhoes van heel erg nepkasjmier en een draagbare acculader met krokodillenklemmen. 1.980 kroon.

Op kantoor is de stapel kranten voor de verkoop al laag tegen de tijd dat ik terugkom. De Veerman is het soort verhaal waarvoor niet geabonneerde lezers door de sneeuwbrij ploeteren om het te kopen.

Ik maak een nieuwe map voor Jukbeen en stop er de dingen in die ik heb achtergehouden voor weken zonder nieuws, daar hebben we er veel van, verhalen over de plaatselijke bloedzuigende tekenpopulatie of de quota voor de elandenjacht. Ze kunnen de nieuwe jongen de komende weken of maanden misschien helpen, of waarschijnlijk zijn hele loopbaan hier als de plaatselijke bevolking hem niet in vertrouwen neemt. Ik zie er tenminste nog half boers uit met mijn slonzige paardenstaart en mijn bolle, deels Sami-neus en mijn uitgebreide collectie fleecejacks uit de supermarkt. Jukbeen ziet eruit alsof hij zo uit een GANT-catalogus komt en dat zal beslist niet in zijn voordeel werken.

Ik ga naar het politiebureau en daar staan drie grijsharige vrouwen in de hoek. Ze dragen alle drie donkere fleecejacks en hebben allemaal de met bont gevoerde laarzen die ik elke morgen in de etalage van de schoenenwinkel in de aanbieding zie staan.

'Muilkorven,' zegt een van hen tegen Thord. 'Maak er een wet van.'

'Ik maak geen wetten, mevrouw Alfredsson,' zegt Thord.

'Als er een hond rondloopt die mensen verscheurt en zich op halzen stort, dan kun je op z'n minst muilkorven wettelijk verplicht stellen,' zegt ze en haar twee vriendinnen knikken instemmend. 'Je moet de honden oppakken of de eigenaars verplichten leren muilkorven te kopen, ik zie geen andere oplossing.'

Hij legt uit dat er geen killerhond door de besneeuwde straten van Gavrik waart, maar daar neemt ze geen genoegen mee.

'Ik zal het aankaarten bij de commissaris,' zegt hij ten slotte, en daarmee zijn ze tevreden. Ze draaien zich om en lopen tegelijk weg, een massa donker fleece en rode wangen.

Hij kijkt me aan en schudt zijn hoofd.

'Dit vond ik gisteravond bij het gebouw waar Tammy Yamnim woont,' zeg ik en ik leg de opgerolde theedoek op de balie en rol hem uit om de naald te laten zien.

'Drugsgebruikers?' zegt hij.

'Hij zat in een sneeuw-skalle,' zeg ik. 'Hij stak uit zijn mond. Nu is hij helemaal gesmolten, op de naald en die dingen na.' Ik wijs naar de poppenogen op de theedoek.

'Als kind vond ik die doodskoppen van Gavrik altijd cool,' zegt hij. 'Een stadstraditie waarmee we ons onderscheidden van Munkfors of Malung, iets wat alleen van ons was. Maar deze zijn niet cool. Ik zal met de schoolhoofden praten en er zullen strenge woorden vallen. Laat dit maar aan mij over.'

'Denk je niet dat dit het werk van de Veerman is?' vraag ik.

Hij kijkt me aan en rolt de theedoek met de naald en de ogen op, draait zich om en loopt terug door de deur met het codeslot.

'Kinderen,' zegt hij. 'Laat het maar aan mij over, Tuvs.'

Ik loop naar buiten en ga naar de fabriek.

De hemel is vandaag wit, zo wit als nieuwe sneeuwklokjesblaadjes, en de rook uit de linkerschoorsteen rijst op in een diagonale lijn die de fabriek met de wolken verbindt, de aarde met de hemel.

'Je moet omlopen,' zegt conciërge Andersson terwijl hij sneeuw wegveegt bij de boogingang. 'Nieuwe veiligheidsmaatregelen. Politieadvies. Ga achterom zoals...' Hij stopt om te hoesten, zo'n schrapende hoest uit volle borst die je associeert met verstokte rokers. 'Zoals iedereen.'

'Ik vind het heel erg van je broer,' zeg ik tegen hem.

'Hij leeft nog,' zegt de conciërge.

'Denk je dat hij in staat is met mij te praten?'

'Hoe kan ik dat weten, ik heb hem de afgelopen tweeëntwintig jaar niet eens zelf gesproken.'

'Maar jullie werken allebei hier?'

Hij haalt zijn schouders op en hoest en spuugt op de sneeuw bij zijn laarzen. Ik zou het slijm misschien niet hebben opgemerkt, ware het niet dat het eruitziet als afgetapt liposuctievet en rode spikkels heeft en op walgelijke wijze door de schone witte sneeuw smelt.

'Je moet niet gaan scheuren met die oude wagens, en zo is het. Ze laten de chauffeurs sneller bestellingen bezorgen om de achterstand goed te maken. Niemand hier luistert naar me. Je kunt gewoon niet zo hard rijden bij bar weer. Da's onveilig.'

Dus de man die ik laatst half bevroren in een greppel vond, geeft me nu een preek over veilig rijden in de winter?

'Inderdaad,' zeg ik, maar hij heeft zich al omgedraaid om de sneeuw van het achterterrein te gaan ruimen.

Ik loop onder de boog door en kijk omhoog naar het metselwerk en de groene mortel en de metalen haak die uit de gevel van de fabriek steekt.

Een zwerm witte ganzen of zwanen, ik kan niet goed zien wat het zijn, vliegt over de St. Olov in de richting van het reservoir. Ze zien er daarboven sierlijk uit, witte vogels tegen een neutrale lucht zonder enige kleur of contrapunt.

De werkvloer is druk en ik zie op verscheidene wanden en machines geplastificeerde controlelijsten, reinigingsinstructies en veiligheidsvoorschriften zitten. Er hangt ook een A4'tje waarop informatie wordt gevraagd omtrent Per Gunnarsson. Het vermeldt het nummer van de anonieme tiplijn. En onderaan heeft iemand gekrabbeld:

LOOP NIET ALLEEN NAAR UW AUTO. GA IN PAREN.

Ik loop door de kantine.

De doeken zijn van de spiegels langs de trap gehaald en ik zie mezelf zo nu en dan als ik naar boven loop en daardoor raak ik bijna uit balans. De Ontvangstkamer is leeg. Ik klop op de deur van de woning, nieuwsgierig naar de Grote Salon na zoveel teleurstellingen, maar er komt niemand. Ik probeer de klink. Op slot. Ik loop naar de kantoren en zie figuren praten in een ruimte met glazen wanden.

'Tuva,' zegt Anna-Britta terwijl ze de deur openzwaait. 'Ga zitten en wacht vijf minuutjes, wil je.'

Het kantoor is ouderwets, met bevlekte tapijttegels en een waterkoeler zonder deksel. Er is een klein toilethok met een uniseksteken op de deur. De figuren bewegen in het glazen kantoor en ik kan ze nu beter zien. Het is commissaris Björn die tegen Anna-Britta praat en als ik heel erg mijn best doe kan ik hem net lezen, maar haar niet, niet vanuit deze hoek.

'Ernstiger dan...' Ik vang wat woorden op, maar het is niet gemakkelijk. Er zijn weerspiegelingen op het glas. 'Sprak de nationale forensische eenheid in Linköping...' en dan veegt de Chef langs zijn mond en raak ik het spoor bijster. Anna-Britta zegt iets maar ik kan haar horen noch lezen. 'Ze hebben je bestelbus,' zegt commissaris Björn, 'dat kan nog een tijdje duren. De remleidingen waren versleten.' Ik zie Anna-Britta haar hand naar haar hoofd brengen. 'Het kan slijtage zijn geweest,' zegt de Chef, 'of ratten. Die eten in deze tijd van het jaar alles wat ze te pakken kunnen krijgen. Het kan ook iemand zijn die met kwade opzet letsel of schade wilde toebrengen.'

Anna-Britta gaat maar door, Björn knikt. Ik concentreer me op zijn lippen zodat ik niet het begin van een volgende zin mis.

'Beveiligingscamera's, een deugdelijk inchecksysteem, en hou die boogdeur vanaf nu permanent op slot. Dat heb ik ook al tegen Andersson gezegd toen ik hier aankwam. Laat alle bezoekers door de achteringang gaan, die bij de kluisjes. Eén enkele ingang die je in de gaten kunt houden. Zei je dat de conciërge over het wagenpark gaat?'

Ze knikt.

'Goed, ik zal met hem praten, maar ik wil dat je de andere bestelwagens laat controleren, dat kan Jan-Östnäs van de Toyota-garage voor je doen, hij heeft betrouwbare monteurs maar hij is niet goedkoop. En ik hoor dat de zaken momenteel niet zo goed gaan, waardoor hij een huurder in huis heeft genomen – onder ons gezegd en gezwegen – dus hij zal het geld goed kunnen gebruiken.'

Ik lees zijn lippen maar ik voel andermans ogen op me gericht. Ik wil niet wegkijken van Björn, maar werp snel een blik links van mij als een dier dat twee roofdieren in de gaten houdt. Karin Grimberg staat bovenaan de trap naar me te kijken, gekleed in een lange zwarte jurk en zwarte handschoenen die helemaal tot aan haar aswitte oksels komen.

24

Ze ziet eruit als een jonge Galicische weduwe en haar jurk is zo lang dat ik haar voeten niet kan zien. Ze draait zich om en glijdt de Ontvangstkamer binnen. Ik volg haar.

'Moeder zegt dat ik met je moet praten.'

Ik haal mijn digitale dictafoon tevoorschijn.

'Hoe lang gebruik je die al?' Ze wijst naar mijn gehoorapparaat.

'Sinds mijn kindertijd. Hersenvliesontsteking.'

Ze blijft naar mijn oor turen.

'Vind je het goed om daar te praten?' zeg ik, wijzend naar de afgesloten deur van de woning. 'Anna-Britta zei dat dat oké was.'

'Weet je zeker dat je dat wilt?' vraagt ze, haar aandacht nog steeds op mijn oor gevestigd.

Wat bedoelt ze daarmee?

Ik knik naar haar.

'Als je het zeker weet,' zegt ze.

'Is het veilig?' vraag ik en ik controleer de deuren en ramen, de schaduwen.

Karin haalt haar schouders op en staat op en ik denk dat ze zichzelf met talkpoeder heeft ingesmeerd, zo bleek is ze, zo onnatuurlijk servieswit.

'Ik zou je dankbaar zijn als je je vrienden niet over de Grote Salon vertelt. We hechten aan onze privacy.'

Ik knik, razend nieuwsgierig naar de schilderijen en meubels in dit kwart van het gebouw, naar die zilveren punchkom die staat te glinsteren bij de tafel. Lena vertelde me tijdens mijn eerste week bij de *Posten* dat details van belang zijn, ze geven sjeu aan een verhaal.

De deur gaat open zonder te kraken. Karin kijkt naar me om, duwt zich door het zware fluwelen gordijn pal achter de deur en stapt naar binnen.

'Dit is de Grote Salon. Let maar niet...' Ze maakt haar zin niet af.

Ik heb nog nooit zo'n kamer gezien. Ik bedoel, ik ben hier geweest, met Cici's naar citroen geurende handen voor mijn ogen, ik ken de afmetingen. Maar dit had ik nooit verwacht. En in de context van zo'n grote zaal lijkt alles nog absurder.

'Waar zijn alle...'

'Spullen?' vraagt ze.

Ik zie haar naar de tegelkachel in de hoek lopen, een cilindrische houtbrander die twee keer zo hoog is als ik. Ik loop met haar mee. De schoorsteen van de kachel komt uit op de grote fabrieksschoorsteen aan deze kant van het huis, de reusachtige industriële zelfmoordschoorsteen die samen met zijn functionerende tweelingbroer Gavrik domineert.

'Voorzorgsmaatregelen,' zegt Karin en ze pakt drie kaneelstokjes op. Ik kijk ernaar en dan naar haar witte gezicht met het schoonheidsvlekje, geen spinnenpootjes vandaag, en dan zie ik de haren. Door elk kaneelstokje is haar getrokken. Een met wit haar, een met bruin, een met zwart. Er ligt een stapeltje kaneelstokjes op de schouw, naast een doosje lucifers, en er is bij allemaal haar door hun holle binnenste getrokken.

Op mijn tong branden minstens vijfhonderd vragen, maar ik slik ze in. Het is belangrijk om haar vertrouwen te winnen. Traag en gestaag.

'Imposante kamer,' zeg ik en mijn stem weergalmt in de lege ruimte.

Ze lacht een stille lach.

De lange muur, die aan de kant van de stad, is kaal. De bakstenen zijn glad door vocht en de specie die ze bij elkaar houdt, heeft een groen waas. Het is raar om dat binnenshuis te zien. Er zit een aderpatroon op de muur, als een fijn vertakte druivenrank die omhoogklimt over de muur, piepkleine spinraglijntjes die zich uitstrekken over de bakstenen en het hout van de raamkozijnen. Het ventilatiesysteem jammert zijn schrille kreten en de roosters in het plafond zien eruit als gapende monden.

'Een renovatie?' vraag ik.

Karin schudt haar hoofd en wijst naar het raam.

'De kozijnen zijn zo nat als onderwatersponzen,' zegt ze. 'Het heeft geen zin ze te vervangen omdat ze gewoon weer gaan rotten. Het glas kan er bij allemaal elk moment uit vallen.'

'En de muur?'

'Ze hebben de gipsplaten eruit gerukt toen Ludo en ik klein waren. Het was reuzespannend. De mannen voerden het uit, vader huurde werklui in uit de andere kant van het land, nooit iemand van hier, en elke plaat was doordrenkt met vuil water. Ze hadden vier man voor elke druipende plaat nodig, zo zwaar waren die.'

Ik kijk haar verbaasd aan.

'Ze konden ze niet verbranden,' zegt ze. 'Ze wilden gewoon geen vlam vatten, zelfs niet toen Ludo en ik er samen met vader benzine en motorolie overheen gooiden; we vonden die gekleurde vlammen prachtig, het was het opwindendste wat Ludo of ik ooit had gedaan. De brandversnellers brandden mooi op, maar de platen bleven waar ze waren.'

'Jezus.'

'Hij heeft er niets mee te maken,' zegt ze. 'Nu leven we zo, we koesteren onze privacy en nemen extra voorzorgsmaatregelen. De tegelkachel werkt niet. Als we hem aan zouden steken, zouden we allemaal omkomen door koolmonoxidevergiftiging. Ik zat tot voor kort op de universiteit en had een droog kamertje en ik denk dat dat beter was, in elk geval op papier. Wil je koffie?'

'Graag.'

'Ik ben zo terug. We hebben een thermoskan in de keuken.'

Ik blijf op mijn plaats. Mijn ogen schieten alle kanten op, op zoek naar mensen die zich verbergen, mensen die naar me loeren. Dit is geen woonkamer, het is een eigenaardige mengeling van aristocratische afmetingen en industrieel minimalisme. En die muur. De voorkant van het gebouw. Kletsnat. Ik zie een konijnenhok met een laag stro en een waterfles en een eetbakje. Ik loop ernaartoe en zie een konijn zo groot als een pitbull dat rustig zit te knagen. Het draait zich om en hopt naar het slaapgedeelte en ik zie dat het drie mollige witte pootjes heeft. En een stompje.

'Dat is Agamemnon,' zegt Karin terwijl ze met een dienblad naar de lange, kale tafel in het midden van de kamer loopt. 'Aggy, kort gezegd.'

Het enige andere object in de kamer is de apothekerskast die ik zag toen ik er de vorige keer doorheen liep, spiedend tussen Cici's citroenvingers door.

'Interessante woning. Beter dan een halfvrijstaand *rådhus*.'

'Vind je?' vraagt Karin. 'Ik nam hier nooit schoolvriendinnetjes mee naartoe, weet je. Vader was altijd zo op zichzelf.'

'Iedereen in de stad denkt dat het hier een paleis is met kroonluchters en gouden kranen.'

'Het kwam in de buurt in de tijd dat oma jong was, maar nu staan alle mooie spullen die er nog zijn in de Ontvangstkamer om de schijn op te houden. Het is geen trots, dat denk ik niet. Vader en moeder wilden vooral niet dat werknemers zich zorgen zouden gaan maken over hun baan.'

'Wat is er achter die deuren?' vraag ik.

Ze wijst ze om de beurt aan. 'Oma's kamer is naast de grote

schoorsteen, dan de kamer van vader en moeder. Dan de deur naar de zolder.' Ze wijst naar de andere muur. 'Mijn kamer is daar in de hoek; ik werk op dit moment aan een figuur van klei, anders zou ik je hem laten zien.' We gaan aan de lange tafel zitten en een piepklein contactlenzendoosje kijkt naar me terug, één kant wit, één kant blauw. Het enige plastic ding in de kamer. Karin schenkt koffie in. 'Dan de badkamer en de keuken. Ik verhuisde naar de kamer in de hoek nadat Ludo was gestorven, zodat ik hem wanneer ik maar wilde kon zien.'

Ik frons.

'Zijn graf. Mijn ramen kijken uit op de zoethoutschuren aan de achterkant en ook op de zijkant, zodat ik ons familiegraf bij de St. Olov kan zien. Nu kan ik vader daar ook zien.'

'Ik vind het heel erg wat je allemaal hebt moeten doorstaan.'

Ze kijkt vermoeid. 'Dit oord eist zijn tol.'

Ik verschuif mijn stoel en schop ergens tegenaan. Er klinkt gerinkel. Ik kijk onder de tafel en daar ligt een rij keukenmessen die van de ene naar de andere kant loopt.

'Je hebt keukenmessen onder de tafel,' zeg ik. Ik dacht dat daar een zilveren punchkom stond? Dit had ik niet verwacht.

Ze kijkt me aan. 'Negen messen voor negen levens.'

'Pardon?'

'Voorzorgsmaatregelen.'

'Wat bedoel je met "voorzorgsmaatregelen"?'

Ze duikt onder de tafel en tilt een mes op, het heeft een hertshoornen heft en een gegraveerde onderkant, en dan legt ze het weer terug op zijn plaats, in lijn met de andere.

'Heb je weleens "afkloppen" gezegd?' vraagt ze.

Ik knik.

'Heb je weleens iemand een goede reis gewenst? Of vermeden dat je onder een ladder door liep?'

'Natuurlijk.'

'Nou dan,' zegt ze. 'Jij neemt ook voorzorgsmaatregelen, net zoals wij.'

Ze biedt me suiker aan.

'Je moet naar mijn familie vragen, voor het boek?' zegt ze.

'Als dat mag?'

Ze kijkt naar de lamp boven de tafel, waar bosjes dood gras aan lijken te hangen. Ze strekt haar arm en raakt het gras aan.

'Voorzorgsmaatregel?' vraag ik.

Ze klopt drie keer met haar knokkels op de tafel. 'Winde,' zegt ze. 'Voor de familie.'

Maar natuurlijk.

'Oma had een ander leven dan wij,' zegt ze. 'Daarom hebben moeder en zij zoveel flinke aanvaringen, snap je. Oma heeft zich nooit echt zorgen hoeven maken.'

'Zorgen?'

'Toen grootvader de leiding had, deed de fabriek het behoorlijk. Financieel gezien, tenminste. De man deed niets voor het moreel of de reputatie. Sinds grootvader gaat het bergafwaarts met ons.' Ze zwijgt even en kijkt me aan. 'Sinds hij ons heeft verlaten.'

Karin kijkt omhoog naar het plafond, vanuit elke hoek verspreiden zich schimmelsporen naar het midden.

'Hoor je dat?' vraagt ze.

Ik hoor niets, maar voel trillingen.

'Wat is het?'

Karin glimlacht en ze heeft Cici's glimlach, een en al tanden.

'Oma paradeert daarboven in het rond.'

Ik neem nog een slokje koffie.

'Ze is me d'r eentje,' zeg ik.

'Oma neemt meer voorzorgsmaatregelen dan de rest van ons samen en misschien gaat het daarom zo goed met haar. Het lukt haar daarboven haar eigen leven te leiden, ze kleedt haar paspoppen, maakt gezichtjes van oasis, naait haar kostuums, speelt met haar poppen. Is dat niet prachtig?'

'Inderdaad,' zeg ik. 'Wat is dat?' vraag ik en ik wijs naar de reusachtige apothekerskast.

'Dat is alles wat je nodig hebt om deze fabriek te verwoesten,' zegt ze terwijl ze me strak aankijkt. 'Plus half Gavrik.'

25

Karin leidt me naar de kast. De zoom van haar jurk sleept over de houten vloer, stofpluisjes plakken aan haar vast als een rand van grijze angorawol.

'Het is mijn kostbaarste voorzorgsmaatregel,' zegt ze. 'Mijn kast van het leven.'

Ze opent de ene deur en dan de andere en ik zie dat ze sneller gaat ademen. Haar wangen worden rood. De kast is van donker hout, mahonie misschien, en hij moet zo zwaar zijn als een lijkwagen. Binnenin bevindt zich een verzameling laatjes en planken, allemaal geboend en goed onderhouden, alle geëtiketteerd met fraaie gotische letters, alle gevernist en met kleine handvatten die veel weg hebben van scherpe tanden.

'Mijn grootvader is deze verzameling begonnen. Veel van de oudste voorwerpen heeft hij mee teruggenomen uit de Levant.'

Ik denk dat David Holmqvist weleens genoeg materiaal kan hebben voor een kloek boek.

'Wat zit er in die laatjes?'

Ze opent een middelgroot laatje links onderin en haalt er een glazen flaconnetje met een schroefdop uit.

'Het gif van een inlandtaipan,' zegt ze.

'Een slang?'

'De giftigste slang die er is. Vijftigduizend muizen.'

'Pardon?'

'Dit is genoeg om vijftigduizend muizen te doden, sommigen zeggen zelfs tweehonderdvijftigduizend. Of misschien honderd volwassen vrouwen.'

Ik staar ernaar en vraag me af hoe dun dat glas is en wat er zou gebeuren als ze het liet vallen. Is het nog werkzaam?

'Leg terug,' zeg ik. 'Ik word er nerveus van. Wat zit er nog meer in?'

Ze legt de flacon terug op zijn zwartfluwelen kussentje en sluit de la. Ze trekt de andere laatjes niet open, wijst er alleen maar naar.

'Fauna bovenaan. Er is de milt van een kogelvis en de gedroogde kop van een zwarte mamba. Een schorpioen, of de restanten ervan, en dan de tentakel van een kwal, opgekruld als een veer. De volgende is een verschrompeld pijlgifkikkertje, nauwelijks groter dan mijn duimnagel, en dan een tentakel van een blauwgeringde octopus. Ik heb twee schelpen van de gemarmerde toot, en het rugschildje, het prachtig tere, minuscule rugschildje van een zwarte weduwe.'

'Ongelooflijk,' zeg ik en ik kan even niets beters verzinnen.

'Vind je niet? Er zit een bepaalde macht verborgen in deze kast; een zekere kracht. De rij daaronder bevat de paddenstoelen. Ik mis er nog heel veel, maar ik zal je vertellen wat ik heb. De engel des doods, natuurlijk, en dan de gele zwavelzwam en een heksenboleet. Zo'n schoonheid.' Ze glimlacht naar me. 'Dan het judasoor, ha, dan een ivoren trechter en een afgeknotte knotszwam en twee dodelijke dapperlingen, waarvan ik er een vond in het Utgardbos toen ik elf-en-eenkwart jaar oud was. Ik heb een dodelijke parasolzwam en die grote la aan het einde zit vol met gele ridders.'

'Is dit een levenskast?'

'Het is een kast van het leven,' zegt ze. 'De rij daaronder begint de flora. De meeste daarvan heb je vast weleens gezien: wolfskers, gifsumak, blabla, dan digitalis, dolle kervel en braaknoot en drakenwortel. Ik ben op dit niveau niet zo heel goed voorzien, dus zijn er vier lege laatjes.'

'Voel je je niet bedreigd met dit alles in huis?'

'Integendeel zelfs,' zegt ze. 'Omdat het hier is. Bij ons. Ze staan aan onze kant.'

Ze strijkt haar zwarte pony uit haar ogen, hij is kaarsrecht, en opent een laag kastdeurtje.

'Waar zijn die deurknoppen van gemaakt?' vraag ik.

Ze draait zich naar me toe en grijnst een Cecilia-grijns, als een dobermann in aanvalsmodus, maar hun lukt het er bijna iets moois van te maken.

'Grimberg-tanden,' zegt ze. 'In onze familie komt geen tandenfee, we konden ons haar niet veroorloven. De knoppen zijn de melktanden van mij en vader en al grootvaders andere nakomelingen sinds lange tijd terug. We hebben iets met tanden. Het is best lief, eigenlijk.'

Het is verknipt en allesbehalve lief.

'En onderin liggen misschien wel de bijzonderste voorwerpen van allemaal.'

Ze bukt zich.

Op het zwartfluwelen kussen ligt een pil zo groot als een peperkorrel.

'Cyaankali,' zegt ze. 'En waarschijnlijk nutteloos, maar het is cyaankali.' Ze legt hem terug en wijst naar de andere laatjes onder in de kast. 'Verschillende kogels en geweerpatronen, een boksbeugel die grootvader uit China heeft meegenomen, een dosis heel sterke chloroform, een bus mosterdgas, ook antiek, een Japans scheermesje met beitelpunten dat is gebruikt om een krijgsgevangene te executeren, rattengif, een brandbom uit de Tweede Wereldoorlog waarmee je half Gavrik in de hens kunt zetten, een damesknipmes uit Andorra.'

'Ontbreekt er iets?' vraag ik, wijzend naar een lang, leeg fluwelen kussen.

'Ploertendoder,' zegt ze.

'Pardon?'

'Ploertendoder,' zegt ze. 'Een knuppel, een knots, een wapenstok, een goedendag, een knoet. Moeder bewaart hem onder haar bed, dacht ik. Dan slaapt ze beter.'

'Ah,' zeg ik. 'Je hebt een bijzondere verzameling.'

'Nu heb je het gezien,' zegt ze. 'Nu heb je het vanbinnen gezien.'

'Wie zit er volgens jou achter de laatste gebeurtenissen? Gunnarsson en het ongeluk met de bestelbus.' Ik wacht even. 'Je vader.'

'Wat?' zegt ze.

'Er lijken in en rond deze fabriek gewoon te veel vreselijke dingen te gebeuren, dat is alles. Ik vroeg me af of jij een theorie had.'

'Ik hoop dat je niet naar mij kijkt als je dat vraagt. Ik was niet eens hier toen vader verongelukte. Ik was op de kunstacademie.'

'Natuurlijk niet. Dat zeg ik helemaal niet. Ik vroeg me alleen af hoe jij het ziet.'

Ze neemt me van top tot teen op en sluit haar 'kast van het leven'.

'We gaan,' zegt ze. 'We maken dit af in de Ontvangstkamer. Dat lijkt me het beste.'

'Ik wilde je niet boos maken,' zeg ik en ik loop door het gordijn de elegante kamer in.

'Het is moeder,' zegt ze. 'Ze heeft liever geen mensen in de woning.'

Ze trekt haar lange zwarte handschoenen recht.

'Het is niet eenvoudig om in de fabriek te wonen.' Ze raakt het schoonheidsvlekje boven haar lip aan. 'We hebben tragedies gehad. Meer dan we verdienden. En we hebben ons kruis te dragen. Maar we proberen afdoende voorzorgsmaatregelen te treffen en we gaan door omwille van de stad.' Ze rilt niet maar ze ziet eruit alsof ze het koud heeft, alsof ze een jas kan gebruiken. 'Ik krijg dit al sinds mijn vijfde te horen; ik zat elke avond aan mijn vaders bed te bidden voor de werknemers en de consumenten van onze drop, te bidden dat ze konden blijven stempelen en eten, een apart gebed voor zieke werknemers en hun kinderen, mensen die we nog nooit hadden ontmoet; Ludo en ik zaten sommige avonden wel een halfuur geknield op deze vochtige granieten rots te bidden voor die hele klotestad, maar nooit voor onszelf.'

26

Ik loop de trap af en de ogen op de foto's, de donkere sepia-ogen van werknemers die sinds jaar en dag onder de groene zoden liggen, beoordelen me wanneer ik langsloop. Er is een klein olieverfschilderij van een jongetje dat met zijn ene hand een kat aait en in de andere iets vasthoudt wat eruitziet als een dolk. Waarschijnlijk een onschuldige briefopener. Ik kijk nog eens goed en zie ofwel een sneeuwbal aan zijn voeten liggen, of het is een sneeuwdoodskop. Familietraditie van de Grimbergs? Ergens vlakbij slaat een deur dicht. Ik ga onderaan linksaf, maar herinner me dan dat de booguitgang nu vergrendeld is, nieuwe veiligheidsmaatregel, dus ga ik rechts door de grote houten deur en loop naar de kantine. Het ruikt er naar ammonia en vleessaus. Er wordt hier niet gebabbeld, alleen gefluisterd, geheime gesprekjes, mensen bang en waakzaam. De grote deuren van de fabriek staan open voor heftrucks dus snijd ik buiten af en de gehavende kat blaast naar me en zet zijn nekharen op en wijkt geen millimeter. Ik blijf dicht bij de muur.

Het is warm. Niet warm-warm, maar misschien zo'n twee graden boven nul. Er is geen zon aan de hemel, slechts gemarmerde witheid. Ik kijk omlaag om te zien of ik het vervaagde rood van Gustavs bloed kan ontwaren in de zanderige spleten tussen de keien, maar ik zie niets.

'Pas op of je wordt verpletterd,' zegt Andersson. 'Er rijden hier bestelwagens langs om te laden nu de politie de achterkant heeft opengesteld. We lopen achter. Pas op als je onder de boog staat.'

Ik loop met hem mee naar de deur van zijn kelderwoning en hij hoest en sputtert en steekt een eeltige hand op om zich te verontschuldigen en hoest dan nog maar eens.

'Daar moet je naar laten kijken,' zeg ik tegen hem.

'Sterk als een beer,' zegt hij en hij spuugt op de straatkeien. 'Conditie...' hij hoest weer, een diepe, piepende hoest, '... van een bruine beer.'

Hij kijkt naar me op en veegt zijn mond af met de mouw van zijn overall.

'Hoe gaat het met de familie?' vraagt hij. 'Ik weet dat je met ze praat.'

'Ze maken het goed,' zeg ik.

'Ik maak me zorgen dat we problemen hebben, maar ze vertellen me niets. Ik maak hier deel van uit, weet je, al heel lang. Ze zouden... Ik weet het niet. Mijn hele leven zit in deze fabriek. Alles. Ze zijn het aan me verplicht om me op de hoogte te houden, met alles wat er nu aan de hand is, met een moordenaar die rondloopt, vrij als een vogel, maar niemand vertelt me wat, zo is het al m'n hele...' hij hoest '... leven.'

'Het lijkt goed met ze te gaan, gezien de omstandigheden,' zeg ik. 'Hoe is het met je broer?'

'Ik ken iemand die deze fabriek kan redden. Vers bloed en we worden er allemaal beter van, maar dacht je dat ze naar mij luisterden?'

Ik kijk hem aan.

'Dat doen ze niet,' zegt hij.

'Hoe is het met je broer?' vraag ik weer.

Hij haalt zijn schouders op. 'Die ademt. Dat hoor ik hier tenminste.'

'Denk je dat hij bezoek kan ontvangen? Ik zou graag met hem praten voor de krant.'

Hij haalt zijn schouders weer op. 'Waarom vraag je dat toch steeds aan mij? Vraag het aan hemzelf.'

Het is tien over drie en ik zie de kleinzoon van de conciërge door het kelderraam. Hij zuigt aan een blauwe inhaler en ziet eruit alsof hij wel een biefstuk en wat broccoli en een strandvakantie kan gebruiken, meer nog dan ik.

Ik wil Tam wat geld geven om komende week bij te dragen aan de rekeningen, dus ga ik naar de bank op de hoek van Storgatan en Eriksgatan. De langlaufwinkel doet goede zaken en ik zie voor Systembolaget twee vrouwen staan die allebei een opbollende boodschappentas dragen met daarin de onmiskenbare vierkante vorm van een wijntapdoos. Misschien een Chileense merlot of een Spaanse grenache, iets wat rondklotst in een zak, vastgemaakt in een kartonnen doos met een handig plastic kraantje. Meer een benzinepomp dan een drank.

Bij de bank staat een rijtje van drie. Benny Björnmossen, eigenaar van de grootste wapenwinkel van het stadje, is aan de beurt en het gerucht gaat dat hij vette winst maakt nu de bevolking munitie inslaat en gevechtsmessen en deursloten en beveiligingscamera's en glimmende nieuwe geweren. Achter hem staat een vrouw die ik herken van pilates in de lutherse kerk, de enige keer dat ik het probeerde, wat was dat een hoop lycranonsens, en na haar komen de houtsnijdende zussen.

Ik wil niet op hun schouders tikken dus schraap ik mijn keel en de pratende zus draait zich om.

'Hallo, meisje.'

'Hi, hoe gaat het met jullie?' vraag ik.

'Meisje wil weten hoe het met ons gaat, Alice,' zegt Cornelia, de pratende zus. Alice, de stille zus, glimlacht en Cornelia zegt: 'We leven nog, meisje, we mogen niet klagen.'

Alice laat haar haar aangroeien, maar haar linkeroog heeft geen wimpers.

'Je laat ons hier achter met de Veerman-moordenaar, je verruilt ons voor de grote stad, dat hoorden we tenminste, hè, Alice?'

'Yep,' zegt Alice.

'Ik ga maandag weg,' zeg ik. 'Ik geef trouwens op donderdagavond een afscheidsborrel bij Ronnies. Morgenavond. Jullie zijn allebei welkom.'

Cornelia kijkt naar haar zus en haar zus kijkt terug. Het nummer op het schermpje boven het loket verspringt en ik besef dat ik vergeten ben een nummertje te trekken dus doe ik dat alsnog.

'Niet onze mensen, meisje,' zegt de pratende zus. 'En wees op je hoede. Er waart oud kwaad rond.' Ze raakt de zijkant van haar hals aan. 'Je doet wat boekenwerk voor Davey Holmqvist, nietwaar?'

Ik knik. 'Gewoon wat onderzoek. Naar de fabriek.'

'Nou,' zegt Cornelia en ze geeft haar zus een por met haar elleboog. 'Wees op je hoede.'

'Sorry?'

De pratende zus hijst met één hand haar waterdichte stretchbroek op. 'De meeste auto-ongelukken gebeuren op het laatste stuk van de reis, wanneer je ontspannen bent en de stal ruikt, is dat niet zo, Alice?'

'Yep,' zegt Alice.

'Wat bedoel je?' vraag ik.

'Je hebt hier een goede tijd gehad, vooral met wat er vorig jaar gebeurde.' Ze krimpt ineen. 'Maar word niet overmoedig nu je op het punt staat in een plaats te gaan wonen die beter bij je levensstijl past en zo. Het is hier niet veilig. Oud kwaad. Val niet bij de laatste sprong.'

'Ik heb minder dan een week te gaan,' zeg ik. 'Ik red het wel.'

'Wees op je hoede in het Utgardbos,' zegt Cornelia en ze draait zich naar voren nu ze vooraan in de rij komt te staan. 'Let goed op de weg als je op bezoek gaat bij Davey. Die weg is niet meer wat hij geweest is. Niet onderhouden. Pas goed op jezelf, meisje.'

De stille zus kijkt me nog wat langer aan, knikt bedachtzaam en wendt zich dan naar de kassier en laat haar nummertje zien. Benny Björnmossen loopt achter ons langs met meer bravoure dan een cowboy met dubbele gewrichten. Hij knikt naar me en dan naar iemand anders. Het is Henrik Hellbom, de advocaat met de slechte lichaamshouding en het strakgetrokken gezicht, hij ziet er permanent verschrikt uit, de man met al het vastgoed, de zwager van de Toyotaman.

De kassier kijkt op, wordt heel nerveus, zegt dan iets tegen de houtsnijdende zussen en trekt razendsnel een rolgordijn omlaag waarop staat: EEN MOMENT GEDULD ALSTUBLIEFT, WE HELPEN U ZO SNEL MOGELIJK.

De stille zus maakt een 'oemf'-geluid en dan schiet het rolgordijn omhoog, alleen hangt er nu een kartonnen bordje achter de ruit waarop PRIVATE BANKING staat en de kassier probeert de zussen duidelijk te maken dat ze nog even moeten wachten terwijl zij Henrik Hellbom helpen. Ze snuiven en klagen, maar geven dan op en laten hem door.

Cornelia, de pratende zus, kijkt naar me om met meer gif in haar blik dan Karin in haar kast heeft. Ze wil Hellbom een dreun voor zijn harses verkopen en ik kan haar dat niet kwalijk nemen. Het kartonnen bordje wordt weggehaald en de zussen worden weer naar voren gewenkt en Facelift wordt door een deur met dubbele sloten weggeleid naar een kantoor van een manager. Maar het is niet zo dat de zussen nu naar een andere bank overstappen, aangezien ze de ruime keus uit één hebben.

Wat doet Hellbom hier? Regelt hij zijn financiën zodat hij een bod kan doen op de fabriek? Verkoopt hij aandelen zodat hij genoeg contanten heeft? Werkt het misschien zo?

Ik wend me naar de kassier, een meisje dat ik herken van een verhaal over handbal op een middelbare school dat ik in mijn eerste jaar hier schreef, en ik zeg haar dat ik van adres verander, dat ik naar het zuiden verhuis, en ze kijkt me alleen maar aan en zegt: 'Nou en?' Ik vraag haar wat ik moet doen en ze zegt dat ik dat bij mijn nieuwe filiaal moet vragen, zij kan me niet helpen. 'Volgende, graag.'

Ik neem geld op uit de geldautomaat en wacht buiten de bank.

Rillend probeer ik oogcontact te vermijden met voorbijgangers, die ik allemaal ken of van wie ik gehoord heb en die allemaal een bizarre theorie over de Veerman hebben, en dan komt Hellbom naar buiten in zijn met bont gevoerde zwarte jas en zijn met bont gevoerde zwarte laarzen.

'Meneer Hellbom?' vraag ik.

Hij neemt me vorsend op en fronst en knippert heel snel zo'n zes keer achter elkaar met zijn ogen. Op zijn revers zit een zwaardvormige speld van Gavriks Kamer van Koophandel en zijn neusgaten zetten uit bij het inademen.

'Ja?' zegt hij.

'Ik ben Tuva Moodyson, ik werk bij de krant. Mag ik u even snel een vraag stellen?'

Hij kijkt om zich heen alsof hij hulp zoekt, slikt dan en zegt: 'Ik ben al te laat voor een afspraak.' Zijn stem is laag en hij spreekt al de letters van zijn woorden uit, al te nadrukkelijk zelfs, zoals de twee t's in 'te laat.'

'Wat vindt u van het nieuws dat er een consortium van zakenmannen uit Stockholm een bod heeft gedaan op de Grimberg-fabriek?'

Hij kijkt me kwaad aan en tuurt dan naar de fabriek en hij ziet er bezorgd uit. Mijn leugen heeft zijn werk gedaan. Hij wil de fabriek, ik kan het zien. Hij wil de fabriek zelfs heel erg graag hebben.

'Ik moet nu gaan,' zegt hij glimlachend, alsof hem dat alsnog te binnen schiet.

'De politie onderzoekt een crimineel complot, een plan om de waarde van Grimberg Drop te verlagen. Onklaar maken van Grimberg-bestelbussen, mogelijk verband met de moord op Gunnarsson.' Ik kijk aandachtig of ik iets van een teken of aanwijzing zie op zijn gezicht. 'Een plan om de Grimbergs tot verkoop te dwingen. Wilt u daarop reageren?'

Zijn handschoenen zijn van dun kalfsleer, een volle tint bruin, en ze zitten strak om zijn handen. Een tweede huid. Hij trekt zijn kraag dicht en raakt de scherpe speld op zijn revers aan en dan knippert hij vijf of zes keer met zijn ogen. Boven zijn korte snor begint zweet te parelen.

'Wie zei je ook alweer dat je was?' vraagt hij zogenaamd kalm met zijn lage, afgemeten stem.

'Tuva Moodyson,' zeg ik. 'T-U-V-A.'

Hij kijkt omlaag en snuift en spuugt in de sneeuw en loopt bij me vandaan.

Ik ga terug naar mijn kantoor.

'Werk je voor mij of voor Holmqvist?' vraagt Lena wanneer ik binnenkom en mijn jas uittrek. 'Wat is het?'

Ik kijk haar verbaasd aan.

'Drie dagen tot je laatste exemplaar. Belazer me niet, Tuva, na alles wat we hebben meegemaakt.'

'Ik doe vanmiddag Karlstad, ik interview daar de gewonde chauffeur van de bestelbus in het ziekenhuis.' Ik wacht even. 'Voor de krant.'

Ze trekt zich terug naar haar bureau.

Ik bel Thord.

'Thord Pettersson.'

'Met mij.'

'Geen tijd,' zegt hij.

'Over Gunnarsson,' zeg ik. 'Ik heb die laatste 10 procent van je informatie nodig.' Maar hij heeft al opgehangen.

Ik bekijk mijn e-mail en schrijf op wat ik me herinner van mijn lunchafspraak met Karin. Ik weet niet precies hoeveel Holmqvist van mijn onderzoek zal gebruiken, maar ik, die voortdurend mensen interview, vind deze familie fascinerend. Er zijn genoeg inwoners van Gavrik die denken dat hun verzameling tinnen soldaatjes interessant is of dat hun verbouwde Corvette interessant is en ze zijn allemaal behoorlijk dwaas. En dan heb je de Grimbergs, die zichzelf zo normaal als bessentaart vinden en in werkelijkheid de meest duistere en exotische mensen zijn die ik me ooit had kunnen voorstellen.

De rit naar het zuiden is klote. Ik vind dit doorgaans een fijne route, linea recta de E16 af en dan de E45 op, stereo aan, stoelverwarming aan, zoevend langs bestelwagens en pulpvrachtwagens met een soepele honderdtwintig kilometer per uur. Vandaag niet. De Tacoma heeft geen stereo. Aardappelhoofd, de zoon van de garagehouder, trotse ontvanger van mijn Hilux, vertelde me dat de bedrading vochtig was geworden dus hadden ze het hele apparaat eruit gerukt. Nou, dank je, maar niet heus, erwtenbrein. De pluizige stuurhoes doet zijn werk, maar ik heb er nog steeds een hekel aan. Als ik harder rijd dan negentig begint de hele auto te schudden op zijn assen en als ik te veel adem moet ik de ruiten voortdurend schoonvegen met mijn ruitenwisser op een stok. Het is een roestbak op wielen en de blower is zwakker dan de laatste warme adem van een opaatje met longemfyseem.

Karlstad ziet er goed uit. Het is een mooie stad met statige oude gebouwen en een fatsoenlijk warenhuis. Er zijn mensen hier. Er is leven. Ik vind het Centrale Ziekenhuis en parkeer. Dit is niet de plaats waar mama is gestorven, dit is geen palliatief hospice. Mama was hier jaren geleden voor de eerste keer dat ze kanker had en ik ben meer dan een paar keer bij haar op bezoek geweest, maar dat waren hoopvolle tijden, geen palliatieve tijden. Ik had vaker moeten komen. Ik parkeer en betaal en loop naar binnen. De draaideur beweegt langzaam en ik schuifel naar binnen en daar is het warm en ruikt het naar lichamelijk verval en ontsmettingsgel.

Ik doe mijn jas uit en trek blauwe hoesjes over mijn laarzen. Het is niet verplicht, maar iedereen doet het. Ik vraag naar Andersson en volg de strepen op de met rubber bedekte vloer naar een lift en ga naar boven en vind de zaal. Hij ligt op een kamer met een andere man en ik heb vijfentwintig minuten voor het bezoekuur voorbij is.

'Hallo,' zeg ik glimlachend terwijl ik mijn hoofd om de deur steek.

De man die het dichtst bij me is, ligt aan een beademingsapparaat en hij lijkt te slapen. De man bij het raam kijkt op van zijn jachttijdschrift.

'Kom je voor mijn zak?' vraagt hij.

Ik stap naar binnen en schud mijn hoofd.

'Hij is vol,' zegt hij.

'Ik ben Tuva Moodyson,' zeg ik terwijl ik behoedzaam naar het voeteneind van zijn bed loop. 'Ik ben verslaggever bij *Gavrik Posten*.'

Hij kijkt me verbaasd aan en slaat zijn jachttijdschrift dicht en ik zie op de cover een man die een dode wolf over zijn schouder heeft hangen.

'*Gavrik Posten*?'

'Ja.'

Ik kijk naar de naam naast zijn bed. Het is de juiste man.

'Wil je met me praten?' vraagt hij.

'Heel even maar, als het mag? Ik wilde u naar uw ongeluk vragen.'

Hij grijnst. 'Je bent mijn eerste bezoeker.' Hij wijst naar de zware, vurenhouten stoel naast zijn bed. 'Ga zitten. Moa, zo zei je toch dat je heette? Hebben we elkaar al eens ontmoet?'

'Tuva,' zeg ik. 'Zal ik de verpleegkundige voor u roepen, voor uw...' Ik wapper wat rond zijn middenrif.

'Nee, nee,' zegt hij en hij gaat meer rechtop in bed zitten. 'Dat kan wachten. Bedankt dat je op bezoek komt, het is fijn om een vriendelijk gezicht uit Gavrik te zien.' Hij wijst naar de man aan de beademing. 'Een praatje zit er bij hem niet in.'

Ik glimlach.

'Wat is er die avond met u gebeurd?' vraag ik. 'Vindt u het

goed als ik dit opneem?' Ik leg mijn digitale dictafoon op het nachtkastje naast een paar indigestiepillen en zijn brillenkoker.

'Ik weet het niet,' zegt hij.

'Ik ben doof, snapt u.' Ik wijs naar mijn gehoorapparaat. 'Ik wil zeker weten dat ik u niet verkeerd versta.'

'Je bent niet echt doof. Je hoort me praten.'

Ik wijs weer naar mijn gehoorapparaatjes. 'Dat kan ik niet zonder deze.'

'Je bent hardhorend, dat is alles, net zoals mijn vrouw voor ze stierf.' Hij gaat luider praten. 'Dat noem je hardhorend.'

Ik klem mijn tanden op elkaar.

'Wat is er die avond gebeurd, meneer Andersson?'

'Mijn ongeluk?'

Ik knik.

'Nou, ik reed terug van Munkfors, had eigenlijk een of andere meid bij me moeten hebben die dingen wilde vragen maar die had blijkbaar afgezegd, waarschijnlijk was ze druk met het roken van die wietdrugs, en het was avond, snap je, en in het donker zie ik niet meer zo goed als vroeger, ik zeg het je eerlijk, en ik was best moe, word volgende winter achtenvijftig, dus ik reed daar, kalm en bedaard, dit heb ik de politie trouwens ook al allemaal verteld, ik vertel jou wat ik hun heb verteld, ik reed met een keurige snelheid en...'

Ik knik in een wanhopige poging om hem ter zake te laten komen.

'En de kou viel mee, ik denk dat het min twaalf was of zo, langeonderbroekenweer, niet zoals vandaag, ik zie het dooien door het raam, al die dooie struiken daar, geen erg fraai uitzicht, hè? Maar goed, zoals ik al zei, ik reed leeg zonder lading, einde van m'n dienst, en er was geen waarschuwingslampje of niks, maar die hebben onze bestelwagens toch al niet, had je die al gezien?'

'Jullie bestelwagens?'

Hij knikt en neemt een slokje water uit het plastic bekertje op zijn tafeltje.

'Ja,' zeg ik. 'Ze zijn nogal... antiek, nietwaar?'

'Nou, dat kun je wel zeggen. Ze zien er grappig uit en zo, dat hoort allemaal bij het merk Grimberg, maar ze zijn een ramp om in te rijden in februari, tot aan de lente, zo denk ik erover.'

'Maar het ongeluk, wat gebeurde er precies?'

Hij kijkt naar de man aan de beademing. 'Dat is een politieman. Met pensioen. RoboCop noem ik hem.'

Ik moet bijna lachen, maar weet me gelukkig in te houden.

'Het ongeluk,' zeg ik. 'Toen u van de weg raakte?'

'Mijn remmen werkten goed die dag, ze reageerden misschien niet zo goed op de landweggetjes, maar daar was ik aan gewend, sommige busjes hebben slechtere remmen, ze hebben allemaal hun eigen persoonlijkheid, ik rij in nummer één, maar we hebben er twaalf tegenwoordig, een rond dozijn.'

'En die deden het niet?'

'Wat?'

'De remmen?'

'Dat kun je wel zeggen, hè? Ik remde toen ik een bocht in ging en ik reed misschien veertig, zoiets ongeveer, niet harder, en ik heb dit ook al aan de politie verteld, en niets. Het gebeurde in een flits. Ik zag niet mijn leven voor mijn ogen voorbijtrekken en ook geen wit licht dat me verwelkomde bij de hemelpoort, niets van dat alles. Ik crashte gewoon en toen werd alles zwart. En daarna werd ik hier wakker.'

Hij raakt zijn verbonden voorhoofd aan.

'Wat was de oorzaak, denkt u?'

'Van die remmen, bedoel je?'

Ik knik en duw de dictafoon wat dichter naar hem toe.

'Ze denken dat het ratten of muizen geweest kunnen zijn, dat zou niet de eerste keer zijn, die verdomde conciërge loopt de kantjes eraf, dat luie ouwe varken. Te druk met dagdromen over verhuizen naar Spanje of Thailand of weet ik veel waar. Hij is geobsedeerd door warme landen en denkt dat hij de baas van de Grimbergs is. Nou, dat is niet zo.' Hij snuift en neemt een slokje water. 'Hij is er slechter aan toe dan ik, wist je dat? Hij wil dolgraag al zijn kleinkinderen meenemen op de vakantie van zijn leven. Ik hoorde de jongens erover geinen, ik denk dat hij spaart voor een laatste grote vakantie met zijn kleinkinderen voor hij...' Hij trekt zijn vinger over zijn keel. 'Maar goed, je kent die oude zoethoutschuren op het achterterrein... Nou, daar zit geen zoethout meer in, ze importeren die nu geraffineerd, maar ze slaan nog wel afvalproducten in die schuren op. Als je ernaartoe gaat, zie je grote bakken voor oud suikerresidu en die ratten vreten ervan dat het een aard heeft. Ik denk dat ze zich soms ook aan onze remleidingen tegoed doen.'

'Misschien hebben jullie een verdelger nodig?'

Hij kijkt me niet-begrijpend aan.

'Iemand om de ratten te doden.'

'Ik heb twee geweren en een luchtbuks en ik heb het wel tienduizend keer aangeboden; het is een groot nest, maar ze willen dat die oude kater het opknapt. Tja, die wist er vroeger wel raad mee, maar nu nemen de ratten hém te grazen, denk ik, als je ziet hoe hij erbij loopt; hij ziet er erger uit dan luitenant RoboCop daar.'

'Mag ik u een paar algemene vragen over de fabriek en de stad stellen?'

'Schatje, je hebt dat hele eind gereden om me op te zoeken, je mag me alles vragen.'

Ik glimlach en wijs naar de waterkan en hij schudt zijn hoofd.

'Kende u meneer Grimberg?'

'Bedoel je Ludvigs zoon, Gustav, die is gevallen?'

Gevallen?

Ik knik.

'Niet heel goed, moet ik toegeven, maar ik heb hem een paar keer gesproken. Hij zag er altijd zo, ik weet niet hoe ik het moet zeggen, zo moe uit. Bleek en mager alsof hij nog voor hij goed en wel begonnen was, versleten was. Het gerucht gaat dat hij een paar jaar geleden in het Utgardbos werd betrapt met een getrouwde vrouw, de echtgenote van een taxichauffeur, maar je weet hoe mensen praten,' zegt hij en hij doet met zijn hand een mond na die open- en dichtgaat. 'Zijn vader was een veel krachtigere vent, met zo'n basstem en geen gezeik, ondanks zijn bochel.'

'U zult geschokt zijn geweest toen hij van de schoorsteen sprong.'

Hij schudt zijn hoofd.

'Echt niet?'

'Het zit in de bloedlijn, Moa, net zoals die kromme ruggengraat die alle Grimbergs hebben. Oude mensen, oudere mensen dan ik, zullen je zeggen dat Ludvig stierf aan septikemie of te veel pijnstillers, of wat ze ook allemaal verzinnen, maar hij heeft zichzelf vergiftigd met rattengif en liep weg om te sterven. Vreselijke rugpijn, snap je. Hij was een tiran en de meeste mensen zeiden opgeruimd staat netjes, ook al zeiden ze het niet hardop.'

'Dat wist ik niet.'

Hij tikt tegen zijn neus alsof het ons geheimpje is.

'Dit is allemaal on the record, meneer Andersson, dat is toch oké?'

'Goed dat het allemaal wordt opgenomen, kun je me goed horen? Wil je dat ik luider praat?' Hij wijst naar de man aan de beademing. 'Hij zal zich er niet aan storen.'

'Kende u Per Gunnarsson?'

Hij trekt zijn neus op.

'Die was erg op zichzelf. Een vreselijke pestkop op school, en niemand vergeet ooit een pestkop. Weinig vrienden, die jonge Gunnarsson. Terroriseerde destijds de halve stad, vond het leuk om zijn peuken uit te drukken op andere kinderen. Hij heeft de neef van mijn vrouw bijna uit Gavrik weggejaagd.'

'Hoe heet hij?' vraag ik.

'Wie?'

'De neef van uw vrouw?'

'Hellbom, hij is nu advocaat. Die wordt nog eens een gewichtige rechter hier in Karlstad, als hij het slim speelt. Ik denk dat al dat getreiter door Gunnarsson een vechter van hem heeft gemaakt, snap je wel, in de rechtbank.'

Ik knik.

'Kent u de andere Grimbergs?'

'Madame Cecilia, zo noemen we haar, zij is een rare. Mensen denken dat zij graag alles vanaf haar zolder bestiert, maar ik weet het niet, hoor, mensen roddelen nu eenmaal graag, ze hebben toch niks beters te doen, hè. Die leeft in haar eigen wereldje met al haar sieraden en poppen. Ze maakt ze zelf, weet je, sommige zijn gemodelleerd naar mensen uit de stad, zeggen ze. Maar ze is zo gek als een deur, al sinds haar beste vrienden omkwamen bij dat ongeluk in het reservoir, in de jaren zeventig.'

'Haar beste vrienden?' zeg ik. Waarom heeft Cici me dat niet verteld op haar zolder?

Hij knikt. 'Iemand zag madame Cecilia nog die ochtend staan babbelen met het echtpaar. Mensen zeiden dat zij ze had overgehaald, ze zover had gekregen dat ze zich samen verstopten in hun bed onder een laag stenen, maar niemand weet het zeker. En veel mensen van toen zijn nu dood of anders zijn ze te getikt om het zich te herinneren, mijn broer incluis.'

'Vertel nog eens wat meer over Cecilia,' zeg ik.

'Ludvig was verzot op haar. Natuurlijk, hij was verzot op heel veel vrouwen.'

'Was hij een beetje een rokkenjager?'

‘Hij verwekte meer dan een tiental bastaarden, zeggen ze. Zijn stamboom zou eruitzien als een half bos, als je snapt wat ik bedoel. Ze zijn verspreid over heel Gavrik, daar rennen Grimberg-kinderen rond; de meeste zullen tegenwoordig in de fabriek werken, die is immers de grootste werkgever van de stad.’

Hij is inmiddels goed op stoom en ik hoop in stilte niet de voetstappen van een verpleegkundige te zullen horen binnenkomen.

‘Ludvig broedde op een plan om ervandoor te gaan met een jonge stempelaar, zo jong dat ze zijn dochter had kunnen zijn. Nogmaals, het zit ze in het bloed. Maar hij zag er op het laatste moment van af. Zij bleef achter met een gebroken hart en madame Cecilia ook, en het scheurde de familie bijna in tweeën.’

Dit is de realiteit van het leven in een klein stadje. Vrijwel iedereen heeft een verleden met alle anderen. Ik gebaar hem om door te praten.

‘Hij zou dit vreselijk hebben gevonden, de oude Ludvig. Hij draait zich om in zijn graf nu er bloed van buiten de leiding heeft over de fabriek, ik bedoel...’ Hij zuigt lucht tussen zijn tanden door. ‘Een vrouw. Ludvig had dat maar niks gevonden.’

‘Bedoelt u Anna-Britta, Gustavs vrouw?’

‘Precies. Ze was vroeger samen met Hellbom, op de middelbare school. Ze waren een stelletje. Gustav kaapte haar weg met al zijn geld en zo. Hellbom, die neef van mijn vrouw, weet je wel, die zat toen nog niet zo goed in de slappe was. Niet zoals nu. Ik heb nooit echt met die Anna-Britta gepraat, maar ze lijkt me slim genoeg. Anders dan die zwarte.’

‘Pardon?’

‘Dat bedoel ik niet, ik ben geen racist, ik ben in Egypte geweest. Nee, ik bedoel dat ze zwarte kleren draagt, ze is zo’n atheïstische duivelaanbidder, je kent ze wel.’

‘Karin, de dochter?’

'Karin, precies, mijn idiote broer is dol op haar, maar ik snap echt niet waarom. Ze heeft toen ze klein was een hele egelfamilie gedood. Ze maakte ze een voor een af. Ze verdoezelden het als een ongeluk bij een kampvuur bij hun buitenhuis, om geen problemen te krijgen met de school.' Hij kijkt me aan. 'Ze is zo'n gothic type.'

'Dus?'

Hij kijkt me veelbetekenend aan en ik slik mijn woorden in, want ik moet meer te weten komen.

'Denkt u dat ze gevaarlijk is?' vraag ik.

'Ik heb twee operaties gehad en heb er nog twee te gaan,' zegt hij.

'Is Karin gevaarlijk?' vraag ik weer.

'Ze is altijd in het zwart gekleed, meer weet ik niet. Ze lijkt op haar papaatje, God hebbe zijn ziel. Onrustige mensen, weet je, nerveus. Gespannen. Ik weet nog dat ze problemen kreeg op school omdat ze de andere kindertjes onder de plak had. Misschien had ze dat van haar oma, wie zal het zeggen? Ze dwong ze te doen wat zij wilde, net zoals ze met haar oude pa deed, God hebbe zijn ziel. Ik hoorde dat de jonge Karin Gustav twintig keer per dag op zijn mobiel belde voor hij van die schoorsteen sprong. Niet normaal. Terwijl haar broer zo'n lief ventje was, hij was gek op onze bestelwagens, het was hetzelfde wagenpark toen hij nog leefde, hij kwam altijd naar buiten met zijn speelgoedvrachtwagens en wilde dan in onze cabines zitten en aan het stuur draaien. Hij was een best kereltje, de kleine Ludo.'

'Waaraan is hij gestorven?' vraag ik.

'De masten,' zegt hij. 'De telefoonmasten hebben Ludo gedood.'

'Masten?'

Er komt een zaalhulp binnen met een roestvrijstalen trolley vol frisdrankkartonnetjes en kannen water en hij wordt gevolgd door een verpleegkundige.

'Tijd voor uw douche en frisse kleren, meneer Andersson,' zegt de verpleegkundige op een gehaaste maar vriendelijke toon. 'We lopen vandaag achter op schema.'

'Ik heb alleen een schone zak nodig,' zegt hij. 'Hij zit barstensvol.'

'Ik ga al,' zeg ik en ik stop mijn dictafoon in mijn tas. 'Wat voor masten bedoelde u daarnet?'

De verpleegkundige kijkt ontstemd.

'Mobieletelefoniemasten,' zegt hij. 'In de schoorstenen.'

De verpleegkundige kijkt nu alsof ze me elk moment uit het raam kan gooien.

'Bedankt dat u met me wilde praten, meneer Andersson.'

Hij kijkt naar de man aan de beademing, en dan naar mij.

'Rij voorzichtig.'

27

Ik voel een drang om papa en mama te bezoeken, dus rijd ik naar de begraafplaats, het kleintje bij de bouwmarkten aan de rand van de stad.

Er staan geen andere auto's bij de begraafplaats. De sneeuw op de grond is gesmolten omdat het hier een goede vijf graden warmer is dan in Gavrik. De narcissen in Karlstad schieten twee weken eerder uit de grond dan de onze. Plastic gieters hangen aan haken en de deksel van een bruin compostvat staat open alsof er een plomp wezen in zit dat wacht op een hap.

De meeste graven zijn goed onderhouden, maar het is februari dus ziet niets er goed uit. Ik loop langs oude graven, overwoekerd met onkruid en lang gras, en nieuwere, een en al glanzend zwart marmer en gouden letters. Ik scheer langs de nieuwste graven, met zandhopen die nog moeten inklinken. Ik kan er niet rechtstreeks naar kijken. Het is te veel. Ik kan over stokoude en oude graven lopen, maar het is verkeerd om op een verse hoop zand te gaan staan, dat doe je gewoon niet.

Wat verderop liggen papa en mama, naast elkaar. Naast papa is nog ruimte vrij voor ondergetekende. Dat zal het dan zijn, het einde van de lijn, het oorspronkelijke trio. Mama's familieleden liggen in het noorden begraven, bij Umea, en papa's ouders zijn in Stockholm begraven.

Ik loop naar ze toe.

Papa's kant is schoon en horizontaal: dood geel gras en een lege kaarshouder die scheef staat. 25 juni, die verschrikkelijke dag, de ergste dag van mijn hele leven, staat voorgoed in het graniet gegraveerd. Mama's kant is een bergje. Een van de meest verse hier. De afschuwelijke gezwollen vorm ervan. Een heuvel van roze-grijs zand, lijkkistvormig, uiteraard. Hij is twee meter lang en tachtig centimeter breed en het lijkt bijna alsof ze van onderaf ligt te duwen.

Het is warm daarbeneden. Dat heb ik nageplozen. Toen ik dat rare propaankacheltje op Gustav Grimbergs graf zag, ging ik terug en heb ik het opgezocht. Pakweg de bovenste dertig centimeter bevriest in de winter, maar daaronder blijft het altijd warm.

Papa's steen ziet er bijna nieuw uit en die van mama glanst. Op de hare staat een inscriptie, een paar woorden die ze jaren geleden aan haar notaris had genoemd, dezelfde woorden die ik op de begrafenis hardop uitsprak en die ik niet nog eens ga lezen nu ze hier op haar zerk staan. Dat kan ik niet. Ik concentreer me in plaats daarvan op papa. Ik overweeg een flakkerende kaars van een stokoud graf vlakbij te pakken, iemand die in de jaren vijftig zal zijn gestorven, iemand die hem nu niet echt zal missen, die al ingeklonken is, naar omlaag, een vlak graf.

Dit gezin, dit o zo kleine kerngezin, waarvan één lid nog ademt, staat in sterk contrast met de Grimbergs. Hoewel ik ervan uitga dat er nu nog maar drie zijn. Maar dat is niet zo. Want ze zijn de hele stad, een heel leger van werkenden, een oude bloedlijn van industriële adel. En wij zijn maar met zijn drieën: mama en papa daarbeneden, en ik hierboven.

Er liggen bloemen op het naburige graf: een bosje anjers van de Q8, nog in hun cellofaan, verwelkt door de bittere kou, hun blaadjes door de vorst geglazuurd als gekristalliseerde suiker. Ik zeg papa en mama in gedachten dat het me spijt dat ik niets voor hen heb meegebracht, maar dan moet ik bijna lachen omdat het hun niets had kunnen schelen, kan schelen. Ik begin me mama daarbeneden voor te stellen, met haren die nog groeien, nagels die nog groeien, en ik moet hiermee ophouden. Wanneer ik mama's steen zie, moet ik denken aan de broer van de conciërge in het ziekenhuis, dankbaar dat ik hem kwam bezoeken hoewel ik alleen maar mijn werk deed, en ik voel een betonnen gewicht in mijn buik omdat ik haar niet vaker heb bezocht toen ze nog leefde. Ik kijk naar haar steen en verontschuldig me in stilte en tranen prikken in mijn ogen. Ze komen veel gemakkelijker sinds de begrafenis. Het spijt me zo, mama.

Terug in mijn auto wil ik automatisch de temperatuur controleren, maar er zit geen thermometer op het dashboard van deze Shitmobiel en daardoor voel ik me als een zeeman zonder kompas. Thermometers zijn de navigatiemiddelen die mensen uit koude landen door de witheid naar de lente helpen; de minimale stijgingen bieden hoop wanneer de hoop dungezaaid is.

Gemiste oproep van Holmqvist op mijn telefoon, dus verbind ik die met mijn gehoorapparaatjes en rijd naar de snelweg.

'Ja?' zegt hij.

'David, ik heb een telefoontje van je gemist.'

'Inderdaad, Tuva, we moeten elkaar vandaag of morgen zien om je aantekeningen door te nemen. Ik moet weten wat je opneemt over de Veerman, zodat ik dat in het bestaande verhaal kan verwerken. Lukt het vanavond?'

Het is al donker en ik ben moe en ik kan bijna de warmte van rum op mijn tong proeven.

'Hoe lang gaat het duren?' vraag ik.

'O, twee uur, misschien meer.'

'Is morgenavond ook goed? Ik heb plannen voor vanavond.'

Mijn opname transcriberen, en dan drinken tot de wereld vervaagt.

'Uitstekend. Ik kan je misschien te eten vragen. Morgen om klokslag zeven uur?'

‘Mag het zes uur zijn? Ik heb morgenavond om acht uur mijn afscheidsborrel.’

‘Zes uur? Om te eten? Tja, ik denk dat ik wel als een barbaar kan dineren omwille van een non-fictiebestseller.’

‘Kan ik iets meebrengen?’ vraag ik.

‘Een uitgebreide en goed geordende stapel uitgeprinte aantekeningen, dubbele regelafstand in Times Roman, korps veertien of twaalf, als je dat per se wilt.’

De lucht is vochtig van de sneeuwbrij. Wanneer ik Gavrik nader, domineren de fabrieksschoorstenen de horizon als de torens van een Sovjet-onderzoekinstituut op de permafrost diep in de Oeral. Ik passeer de ICA Maxi en zoek naar de mobieletelefoniemasten waar Andersson het over had, maar vanaf deze afstand kan ik geen details zien. Ik vraag me af of Cici me bespiedt door haar toneelkijker. Ik vraag me af of de Veerman haar bespiedt terwijl ze mij bespiedt.

Om vijf uur zeg ik Lena gedag, die met haar slimme opmaaksoftware mijn sportverslagen voor op de achterpagina herindeelt. Ik heb om zeven uur met Tam afgesproken bij McDonald’s voor een nuggetbraspartij, dus rijd ik naar haar huis voor een snelle douche. Tam heeft iets met geurkaarsen. Ik tel er vijf. Er liggen kussentjes boven op andere kussentjes en de haard is ingelegd en kan zo worden aangestoken. De koelkast staat vol tupperwaredoosjes met vacuümdeksels en haar kasten en messen zijn zo schoon dat ik ze nauwelijks durf aan te raken.

Ik douch en drink een glas rum-cola en kruip dan op de bank met mijn knieën onder mijn kin. Mijn gehoorapparaatjes kijken me aan vanaf de tafel en ik overweeg een klein vuurtje te maken, eentje dat ongeveer een uur blijft branden, gewoon één blok erop? Ik heb nooit een eigen haard gehad dus zie ik ervan af. Ik probeer me het leven in de buurt van Malmö voor te stellen, en beloof mezelf iets meer zoals Tammy te gaan leven, als dat lukt.

Ik rijd naar McDonald's en parkeer op mijn vaste plekje, lekker ruim, ik hoef niet achteruit om straks weg te kunnen rijden. In februari kiest 90 procent van de bezoekers voor de drive-through dus is er volop plaats.

Ik bestel koffie om wakker te blijven tot Tam er is. Het restaurant is behoorlijk leeg: een oude, kromme man met een zware stok die iets warms drinkt, twee vermoeid ogende ouders met een kindje in zijn met fleece gevoerde buggy, en een tafel vol tieners, allemaal met zo'n koptelefoon op die eruitziet als het exemplaar van een dj met aan één kant een bungelende draad.

Ik zit met mijn rug naar de kassa en kijk naar Tams foodtruck zodat ik haar eraan zie komen als ze klaar is.

Halverwege mijn koffie tikt er een hand op mijn schouder.

'Je bent vroeg,' zeg ik en ik kijk om. Maar het is Tammy niet. Ik ga rechtop zitten. Het is Noora, de nieuwe politieagente. 'O, sorry, hallo, ik dacht je...'

'Zit hier iemand?' vraagt ze.

'Nee.'

Ze draagt een blauw fleecevest, koningsblauw, met een geel lipje aan de rits, en een donkere jeans, de met fleece gevoerde die ze bij ICA verkopen.

'Ik vond dat ik je maar eens fatsoenlijk moest begroeten, aangezien jij de beroemde journalist bent en ik de nieuweling.'

'Ik ben niet beroemd,' zeg ik, met brandende wangen. Ik trek mijn sjaal van mijn hals en leg hem op mijn schoot.

'Thord en de Chef vertelden me wat anders. Laat ik mezelf opnieuw proberen voor te stellen. Ik ben Noora Ali.'

Ze steekt haar hand uit. Ik schud hem en hij is zacht, niet zoals de mijne, maar met een gladde, vochtige huid die de volgende winter hier verdwenen zal zijn, denk ik, maakt niet uit hoeveel dure crème je erop smeert.

'Leuk om nu wat fatsoenlijker kennis te maken.'

'Ze komen zo mijn eten brengen,' zegt ze. 'Fastfood is in Gavrik blijkbaar niet zo fast.'

'Het wordt per bestelling gemaakt,' zeg ik. 'Wanneer er zo weinig gasten komen, laten ze de burgers en nuggets niet onder lampen liggen verpieteren, ze maken ze vers. Dat is ook lekkerder. Hoe bevalt het je hier?'

Ze glimlacht en strijkt een lok zwart haar achter haar oor en ik probeer oogcontact te houden, maar moet wegkijken. Hoe oud ben ik, vijftien?

'Het is anders,' zegt ze. 'Dat is niet eerlijk. Ik weet het niet. Ik heb Gavrik alleen in hartje winter gezien, dus ik weet niet of het altijd zo...'

'Waardeloos is?' zeg ik, en ze barst in lachen uit alsof mijn flauwe grapje een heel drukvat aan opgekropte frustratie heeft opengemaakt.

'Ja!' zegt ze. 'Het is...' Ze kijkt om zich heen om te zien of niemand ons kan horen. 'Het is echt een klein stadje, hè?'

'Inderdaad,' zeg ik.

'Thord legde me uit dat het zich op zijn eigen manier heeft ontwikkeld vanwege de ligging,' zegt ze. 'Hij zegt dat mensen hier volwassen worden en trouwen en hetzelfde geloof en bijgeloof doorgeven omdat ze nooit weg lijken te gaan.'

'Misschien,' zeg ik en dan arriveert haar maaltijd. Twee cheeseburgers, een grote portie friet, blikje bruisend limoenkleurig water. Goede keuzes.

'Help me alsjeblieft hiermee,' zegt ze en ze draait het bakje friet naar me toe.

'Nee, dat hoeft niet, dank je.'

Ze haalt haar schouders op. 'Vind je het erg als ik ga eten?'

Ik schud mijn hoofd en kijk dan naar haar. Ze heeft een bepaalde manier van doen. Ze pakt een cheeseburger uit en pakt hem dan min of meer opnieuw in in het papiertje en knabbelt eraan. Ze neemt een paar frietjes en bijt erin en dan, ja, dan eet ze op een of andere manier elegant, niet zoals Tammy of ik. Naast haar eten ligt haar sleutelbos. Er hangt een minizaklamp aan de ring, naast een nagelvijl in een hoesje.

'Praat jij maar.' Ze bedekt haar mond half met haar hand terwijl ze kauwt. 'Vertel me wat ik weten moet. Ik heb geen dienst en ik eet. Jij praat, alsjeblieft, steek van wal.'

'Oké,' zeg ik, ongemakkelijk. 'Nou, je weet vermoedelijk wel wat over mij. Ik ben zesentwintig. Verslaggever. Ik ben doof, al sinds mijn kindertijd.' Ik kijk en ze knikt en ze kijkt niet verbaasd noch staart ze naar mijn oren. 'Ik ben hier bijna vier jaar en afgezien van de Medusa-moorden, die heel heftig waren, en deze nieuwe nachtmerrie, is het hier eigenlijk behoorlijk rustig. Ik heb een fantastische baas, heb je haar al ontmoet?'

Ze schudt haar hoofd.

'Lena Adeola. Ik zal je aan haar voorstellen. Ze werkte eerder in de vs. Ik heb veel van haar geleerd. Nu stap ik over op een tweewekelijks blad dat zich richt op regionale verhalen en migratie.'

Ze trekt haar wenkbrauwen op. 'Mijn ouders zijn immigranten.'

Ik knik.

'Uit Irak in de jaren tachtig.' Ze doopt een bosje frietjes in een plas ketchup. 'Ik ben hier geboren, maar als je ooit de insiderskijk op het leven van een tweedegeneratie-Zweed wil horen, weet je wie je moet bellen.'

'Misschien doe ik dat wel.'

Ze glimlacht en pakt haar tweede cheeseburger uit.

'Vind je het vervelend om als enige te moeten praten?'

'Geeft niet.'

Wat een perfecte vraag. Geen man die ik ken, zou die vraag stellen.

'Mooi zo,' zegt ze en ze plant haar tanden in de burger. Ze heeft een litteken van een oude piercing onder haar lip en nog drie in haar rechteroor.

'De Chef zei me dat jullie een nieuwe aanwijzing hadden,' lieg ik.

'Twee,' zegt ze.

Ik blijf stil maar mijn ogen schreeuwen 'Vertel me wat je weet'.

'Te vroeg,' zegt ze. 'Niets concreets. Er was zelfs een oude man die vond dat we jou moesten verhoren, kun je het geloven?' Ze zwaait met een frietje naar me alsof het de hamer van een rechter is. 'Een oude man met een grote hond, Thord herkende hem niet, woont bij de rioolzuivering, hij vond dat je bij te veel van die incidenten aanwezig was, dus is het waarschijnlijk dat je erbij bent betrokken, en hebben we je alibi's wel onderzocht?'

'Wat?' zeg ik. 'Meen je dat? Ik was samen met de conciërge toen Grimberg sprong en ik was opnieuw samen met hem toen we Gunnarsson vonden.'

'Dit is geen verhoor, Tuva,' zegt ze glimlachend. 'Ontspan.'

Ik zie Tammy buiten naar me toe komen lopen met een ijsmuts op en hoog opgetrokken wenkbrauwen. Ze praat, ze praat heel veel, maar ik kan door de weerspiegeling van de ruit haar lippen niet lezen.

'Daar heb je mijn vriendin,' zeg ik. 'We hebben hier afgesproken om te eten, ik zal je aan haar voorstellen.'

Noora kijkt enthousiast op alsof ze heel hard vrienden nodig heeft in dit stadje.

'Tammy,' zeg ik en ik sta op. 'Dit is Noora, van de politie, en ze heeft vrij.'

Tammy zegt hallo en staat me dan boos aan te kijken.

'Kom erbij zitten,' zegt Noora en ze schuift op op haar plastic bankje. 'Alsjeblieft.'

Tammy bestelt voor ons tweeën en gaat dan zitten. Ze zegt niet veel. Ze is moe. Ik weet dat ze bekaf is na een hele dag koken in haar foodtruck, ondankbare klanten in reusachtige jassen bedienen die week in, week uit bij haar komen en toch nooit meer dan de bestelling brommen en weer vertrekken, nooit een gesprekje, nooit een 'Hoe gaat het met je?'.

Ik merk dat Noora zich niet erg welkom voelt en ze verontschuldigt zich en stapt op. Wanneer ze wegloopt van de tafel, adem ik in door mijn neus en lukt het me haar te ruiken, haar geur te vangen. Vanille en iets anders?

'Daar heb je je valentijn,' zegt Tammy.

28

Tammy is al weg wanneer ik wakker word, maar ze heeft een briefje en een stapel flensjes achtergelaten in de keuken. Ik zal voor haar een cactus in een mooie pot kopen en het met haar goedmaken tijdens mijn afscheidsborrel vanavond.

Het is stil op kantoor.

Een man die eerder op de pulpfabriek werkte, heeft gisteren een ongeluk gehad. Hij had ruzie met zijn vrouw over kerstversieringen, vertelde zijn buurman me, een luidruchtige twist over hoe die er in februari nog steeds konden hangen. Dus pakte de man een ladder en zette die tegen het dak om de lichtgevende slee weg te halen, maar de ladder stond niet stevig op de grond en, om een lang verhaal kort te maken, hij brak zijn beide benen. Ik kreeg citaten en een verklaring van Thord over veiligheid in en rond het huis en een paar foto's. Niks nieuws onder de zon.

Om elf uur trek ik mijn winteruitrusting aan. Het is knisperend fris en helder buiten, en er zijn meer mensen op straat dan ik in weken heb gezien. Ik ga rechtsaf en zie een busje onder de poort in het midden van de fabriek geparkeerd staan. Er staat UW RATTENVANGER over de twee achterdeuren geschreven.

Ik wurm me erlangs om op de binnenplaats te komen. Stapels zomerbanden, het smalle type voor de Grimberg-wagens, zijn uit de zoethoutschuren gehaald en naast de muur van de St. Olov opgestapeld. Ik denk dat deze jongens humane verdelgers zijn? Humane verdelgers? Bestaat zoiets wel? Ze zetten ingewikkelde rennen neer met aan het eind doorzichtige dozen van plexiglas met een valluikje. De oude, staartloze kat met maar één oor slaat ze gade vanaf de muur vlak bij het familiegraf.

Ik meld me aan en loop door de fabrieksdeur. De meng- en verhittingszone ziet eruit zoals altijd, maar als ik bij de extrusiemachines kom, zie ik dat de dropslangen een donkere tint rood hebben. Glanzend. Elk dun sliertje suikerpasta en bloem en anijsaroma en zoethout en zout en antikristallisatiemiddel is zo rood als mijn bloed. Als jouw bloed. De stempelaars slaan met hun hamertjes op de scharlakenrode munten als de grensbewakers van een stempelgraag bureaucratisch land. Valentijnsdag staat voor de deur.

De kantine loopt vol en personeelsleden trekken stoelen van tafels waarop ze ondersteboven stonden zodat de schoonmakers, twee witharige jongens die eruitzien als een tweeling, eronder konden dweilen. Ik loop naar links en doe de zware deur naar de trap open. Ik krijg hem nauwelijks in beweging, hij is zo zwaar. Het zal halfdrie zijn. Op de deur zit een nieuw bordje met TE ALLEN TIJDE GESLOTEN HOUDEN geschroefd. Ik ga naar boven.

Er zijn ongeveer veertig treden omdat de plafonds van de begane grond industrieel hoog zijn. Ik loop langs honderden achterdochtige ogen naar boven, en een van de spiegels heeft in een hoek een fijn haarscheurtje en ik vraag me af of ik dat aan Anna-Britta zal vertellen. Dat soort dingen vindt ze belangrijk.

Het is stil op het Grimberg-kantoor, nog stiller zelfs dan op de *Posten*, bij ons komen er tenminste mensen langs en rinkelen er telefoons; hier is het net een mausoleum. Er zijn vier aparte kantoren, maar ik heb alleen Anna-Britta in het hare en suikerspin Pisbroekie in dat van haar gezien.

'Tuva, straks denk je nog dat ik je uit de weg ga,' zegt Anna-Britta terwijl ze de deur van haar kantoor opent in een donkerblauwe jurk met een bijpassend vest. En haar kapotte rechthoekige horloge.

'Het is jouw boek,' zeg ik.

'Nee hoor,' zegt ze, met een ontstelde blik op haar gezicht. 'Ik zal Karin zeggen dat ze straks nog eens met je moet praten. Ik heb bezoekers beneden, je hebt ze vast wel gezien, en dit is een heel drukke tijd voor de productie, alleen voor de kerst is het drukker.'

'Is Karin in de Ontvangstkamer?'

Anna-Britta knikt en ik zie dat de wallen onder haar ogen donkerder worden, de huid is dunner en gerimpelder dan eerst, zoals de onverzorgde huid op mijn ellebogen.

Ik tref Karin in kleermakerszit aan op de gustaviaanse bank, met in haar handen een gameboy, een hoekig grijs ding waar ik als kind altijd mee speelde.

'Retro,' zeg ik.

Ze kijkt op en knijpt haar ogen onder haar capuchon samen. 'Mij bevalt hij,' zegt ze. 'Ludy en ik speelden de hele tijd Mario, het is heel verslavend.'

Je zou Grand Theft Auto eens moeten proberen.

'Het voorkomt dat ik te veel ga denken,' zegt ze. 'Het helpt me vergeten.'

Ik weet precies wat ze bedoelt.

'Zullen we weer verdergaan?' vraag ik.

Ze kijkt me aan en loopt naar de deur van de woning. Ze opent hem en gebaart dat ik binnen kan komen.

De kamer ziet er net zo uit als eerst. De onbedekte bakstenen muur, de slijmwand, heeft een donkergroene tint en al het meubilair is er een eind vandaan gezet. Ik zie de kast, die er met gesloten deuren onschuldig genoeg uitziet, en ik zie de tafel met de blinkende messen er in een rij onder.

'Wat is dat?' vraag ik.

Karin kijkt naar de punchkom op de tafel, de kom vol dennenappels met een sneeuwbal zo groot als een bowlingbal erbovenop.

'Oma's dingetjes,' zegt ze.

En dan hoor ik gefluit.

De akoestiek hier is verschrikkelijk. Sommige geluiden gaan verloren in de ruimte van de kamer en andere worden buitenproportioneel versterkt. Maar ik hoor gefluit alsof ik op een stormachtige avond naast een open haard zit. En dan hoor ik het opnieuw.

'Ze wil jou,' zegt Karin met een blik op de zolder.

Ik loop langzaam naar de onderste trede van de trap, mijn dictafoon in de hand, mijn handtas over mijn schouder. Ik open de deur.

'Kom boven,' zegt Cici. 'Toe.'

Ze ziet eruit alsof ze heeft gehuild, maar ze pakt mijn hand en leidt me de trap op naar haar zolder. Het is nu mild hierboven, de ijsbloemen zijn van de vensters verdwenen.

'Wacht daar, of niet, wat je wilt. Ik ben zo terug.'

Ze draaft weg naar de verkleedruimte tussen de schoorstenen en ik kijk naar haar, onder de indruk van haar beweeglijkheid, aangezien ze al in de tachtig is. Ze beweegt even gemakkelijk als ik.

Er staan hier paspoppen, het zijn er tientallen. Het zijn niet de figuren die je bij H&M ziet, deze zijn oud, misschien uit de jaren zeventig, allemaal van vergeeld plastic en met droevige, vermoeide ogen en slechte gewrichten. Eentje heeft valse wenkbrauwen en rode lippen en fraai geschilderde lichtgroene ogen, maar het puntje van haar neus ontbreekt. Alsof het is weggeknaagd. Sommige zijn gekleed, andere zijn half gekleed en eentje is naakt met een brosse, gedroogde madeliefjesketting zwierig om haar nek en die is zo lang dat hij tot aan het kuiltje van haar navel komt.

Er begint muziek te spelen. Die klinkt niet hard maar is er wel: blikkerige luidsprekers spelen iets wat ik vagelijk herken. Cici gluurt achter de bakstenen, conische schoorsteen vandaan, springt dan tevoorschijn en loopt heupwiegend over haar catwalk van linoleum, en wanneer ze aan het einde is, op ongeveer twee meter bij mij vandaan, zoals ik daar sta als slome duikelaar met mijn handtas en mijn wollen trui en mijn dictafoon, bukt ze zich om mij haar vleugels van pauwenveren te laten zien, kijkt dan op en grijnst en blaast me een kusje toe.

'Je zou in Hollywood moeten zijn,' zeg ik tegen haar.

'Zij zouden hier moeten komen,' zegt ze.

Ik loop met haar de hele zolder rond en zij tuurt naar het dak ervan, naar de houten balken en dakspanten en binten. Ze zijn van oud hout, hard als staal, en ze zijn bezaaid met lijfjes. Ik zie bijen, drie of vier soorten, en wespen en motten en spinnen. De bijen en wespen slapen, ze zijn in winterslaap, en dat geldt ook voor de dazen en de aasvliegen. Hun harige borstjes kloppen en hun ademhaling is vertraagd naar wat een menselijk ritme lijkt, hun piepkleine longen lopen vol lucht en weer leeg in hetzelfde tempo als de mijne; dat is griezelig.

'Maak nooit een witte mot wakker,' zegt ze op ernstige toon. 'Of een slapende bij. Nog een maand, en dan komen ze in beweging. Ik bied ze hier een veilige haven. Ik vind ze heel inspirerend, moet je dat blauw van die huisvlieg eens zien.'

Ze wijst naar een onopvallend insect en ik kijk eens goed en hij is zwart-blauw en heeft een metalige glans. Ik beweeg mijn hoofd om hem in beter licht te kunnen zien. Ze heeft gelijk, hij is prachtig.

'Ik vind jou aardig, Cecilia, als je het niet erg vindt dat ik het zeg.'

'Nou,' zegt ze, 'ik vind jou ook aardig. Brei je?'

Ze loopt naar haar verkleedgedeelte, waar hopen afgeworpen kleren en schoenen en kettinkjes van veelkleurige plastic kralen liggen.

'Vroeger wel,' zeg ik.

Er is hier op een grote tafel een naai- en breigedeelte en haar naaimachine is zo'n trapgeval uit de jaren vijftig. Ernaast flakkert een traag brandende grafkaars.

Ze wappert met haar arm naar de naaidozen. 'Ik repareer alles,' zegt ze. 'Zo verdien ik hier mijn kostje nu ik een zolderdouairière ben. Als KK een gat heeft of als Anna-Britta's grijze deux-pièces gaat lubberen, dan verhelp ik dat.' Ze tikt met haar vingers op haar borduurschaar en breinaalden, alle verticaal in een blok oasis gestoken dat vagelijk de vorm van een gezicht heeft, zo'n stijf, groen ding waar je onwillekeurig je vingers in wilt duwen.

'Mag ik je een delicate vraag stellen?' zeg ik. 'Het is iets wat boven water kwam bij het boek.'

Ze houdt haar handpalm omhoog. 'Delicaat, delicaat, delicaat.' Ze loopt naar een lang roestvrijstalen rek met bolero's en capes. 'Delicaat, delicaat, delicaat.' Ten slotte doet ze een nieuw kralensnoer om, deze zijn van barnsteen met groen aquamarijn ertussen, en ze kijkt in de spiegel en perst haar lippen op elkaar en herschikt haar armbanden.

'Ik ben er klaar voor,' zegt ze en ze draait zich naar me toe.

'Per Gunnarsson. De man die is omgekomen. Kun je je herinneren dat iemand zo'n zeven jaar geleden klaagde dat hij onoorbare dingen tegen een jong meisje zei?'

Haar gezicht verstrakt. 'Dat is afgehandeld. Hij mocht zijn baan hier houden op voorwaarde dat hij uit haar buurt bleef. Op voorwaarde dat hij zich gedeisd hield.'

'En zij?' vraag ik. 'Wie was het meisje dat hij aansprak?'

'Haal geen oude koeien uit de sloot,' zegt ze. 'Het is afgehandeld.'

'Je kunt het me gerust vertellen.'

Ze knijpt haar ogen samen. 'Nogmaals, het is afgehandeld.'

'Goed dan,' zeg ik. 'Wat is er met je kleinzoon Ludo gebeurd?'

'Wat er gebeurd is?'

Ik knik.

'Lilla Ludo was een ondeugend ventje, zo'n grappig kind, niet zo'n bang, timide mannetje. Hij had ruggengraat, en vuur in zijn donder. Hij en KK waren onafscheidelijk, ze speelden als kind vaak hierboven met de poppen en hielden verkleedpartijtjes.'

'Het moet vreselijk zijn geweest om hem te verliezen.'

'Het is altijd verschrikkelijk zwaar om een kleine te verliezen,' zegt ze terwijl ze een barnstenen kraal tussen haar naar citroen geurende vingers draait. 'Maar ik geloof heilig in je tijd. Snap je wel?'

'Je tijd?'

'Wanneer het je tijd is, is het je tijd. Lilla Ludo had leukemie, een afschuwelijke ziekte, en had tot aan het einde weinig te lijden, godzijdank. Hoe vreselijk het ook klinkt, het moet zijn tijd zijn geweest. Omdat dat de enige manier is waarop ik ermee om kan gaan. Ik moet accepteren dat het zijn tijd was, anders was ik allang dood geweest. En zijn moeder ook. Wij allemaal.' Ze ziet er nu ouder uit. Haar rug is gekromd en haar kin hangt omlaag. 'Het was de tijd voor die lieve Gustav, hoewel niemand hier dat accepteert, behalve KK.'

Ze krabt aan haar kin en ik zie haar ringen. Ze heeft een grijze parel die zo is bewerkt dat hij op een oog lijkt. Daarnaast heeft ze een ring met een scheermesje met een strookje kurk aan beide zijden. Er zit een reusachtige roze steen aan haar pink en daar zit een insect in gevangen, een mug, denk ik.

'De volgende keer dat je bovenkomt heb ik een heel rek voor je.'

'Oké,' zeg ik. Hoe reageer ik hierop? 'Dank je wel.'

'Lilla Ludo werd in Karlstad door uitstekende artsen behandeld. Ze deden al het mogelijke met hun medicijnen, en wij deden dat met onze voorzorgsmaatregelen. Maar het was zijn tijd. Hij stierf in zijn bed, in het gebouw waarin we nu staan, en zo zou hij het, denk ik, hebben gewild. Mijn zoon gaf die stomme antennes hier de schuld.' Ze wijst door het dak naar waar de rechterschoorsteen staat. 'Hij nam het zichzelf kwalijk, maar alle deskundigen zeiden dat er geen verband was. De antennes geven minder straling af dan een telefoon die je tegen je oor houdt.'

Bij de muren klinkt gezoem op.

'Radiatoren,' zegt Cici. Ze loopt naar het schuine raam en kijkt naar het oosten, naar de ruïne van de St. Olov. 'We krijgen slecht weer, moet je zien.'

Een grijze wolk nadert de horizon en het is alsof ik in werkelijkheid het weerfront zie dat ze op de televisie tonen. Het komt hierheen.

'Het was best zacht,' zeg ik. 'Waarom heeft het telefoonbedrijf de antennes niet weggehaald?'

'O, dat wilden ze wel doen,' zegt Cici. 'De schoorsteen blijkt toch niet zo goed te zijn als een mast van staal, dus dat was het plan. Maar Gustav bracht ze op andere gedachten, zo gewiekst was hij. Hij sloot een nieuwe deal en nu zitten ze daar nog steeds en geven ze onnozele gesprekken uit heel de gemeente Gavrik door. Wij zijn het baken, het centrale messagingstation. Als je bus te laat is of je wilt dat je dochter aardappelen gaat kopen in de supermarkt of als je vriend net is vermoord, dan wordt dat bericht via onze schoorsteenpijp doorgegeven.'

29

Op weg naar Holmqvists huis rijd ik langs de ICA Maxi. Ik zei hem dat vanavond om acht uur mijn afscheidsborrel is, waarop hij aanbood een licht souper te serveren en een non-alcoholische cocktail, een mocktail, die hij zelf heeft bedacht.

Het sneeuwt licht, maar wanneer ik door de voorruit omhoogkijk, ziet de laaghangende lucht eruit alsof hij een hele winter aan sneeuw in zich draagt, pal boven mijn auto. Mijn banden hebben een goede grip, maar ik rijd langzamer dan ik in mijn Hilux zou doen en neem bochten zo ruim als een vrachtschip.

Ik bel het politiebureau en Thord neemt op.

'Je hebt twee aanwijzingen,' zeg ik. 'Laat me je helpen.'

'Geen commentaar,' zegt hij.

'Onzin,' zeg ik.

'Luister. Eén aanwijzing. Eentje dan. Op de dag van de moord zag iemand een donkerblauwe of zwarte 4×4 wegrijden. De getuige – ik zeg niet wie het is en het doet er ook niet toe – denkt dat hij een man onder de boog vandaan zag komen met zijn muts diep over zijn ogen en zijn kraag opgetrokken.'

'De advocaat,' zeg ik. 'Hellbom heeft een Mercedes 4×4.'

'Hellbom heeft een gietijzeren alibi. De Chef heeft het gecontroleerd.'

'Wat voor alibi?' vraag ik.

'Als je ons wilt helpen, zet die 4×4-informatie dan in je krant. En als je een donkere SUV ziet die zich verdacht gedraagt, fotografeer dan het nummerbord voor me, maar denk om je veiligheid. En als iemand iets tegen je zegt, wat dan ook, dan kom je eerst bij mij voor je het aan je redacteur geeft, begrepen?'

'Begrepen.'

Was Facelift op de plaats delict? Of was het een van de andere honderd inwoners van Gavrik met een donkere 4×4?

Door vensters zijn witte, rechthoekige lichten zichtbaar. Daglichtlampen. Loodgieters en verpleegkundigen en technici van de pulpfabriek snakken allemaal naar een shot serotonine. Ik stop bij het tankstation voor ik onder de snelweg door rijd. Ik koop sneeuwkettingen, één set voor de achterwielen, een aanslag op mijn rode bankrekening maar ik mag absoluut niet vast komen te zitten in het Utgardbos terwijl het sneeuwt. Ze zijn een noodzaak, geen luxe.

Mijn ruitenwissers voldoen niet. Ze schrapen wat natte sneeuw weg, maar die hoopt zich op aan de randen van de voorruit en tegen de tijd dat ik de graafmachinewerf bij het Utgardbos passeer, is mijn gezichtsveld zo klein geworden dat het is alsof ik door een telescoop kijk. Het is pikzwart en mijn koplampen zijn goedkope zaklampen.

Een paar uur met Holmqvist en dan rum en omhelzingen en vaarwels. Moet lukken. Het Utgardbos is een gletsjer aan mijn rechterkant, de reuzendennen zijn gebombardeerd met sneeuw en het enige groen dat ik in mijn koplampen zie wanneer ik het ruige bospad op rijd, is de onderkant van de doorbuigende takken, elke boom beladen met massa's sneeuwvlokken, de koude, groene naaldjes bijna zwart. Ik passeer Viggo's rode huisje; het bouwproject in zijn tuin ziet eruit als een soort garage. Zo'n ondeugdelijk, half permanent ding met een dak van geribbeld plexiglas en een betonnen vloer. Het hele bouwwerk is met zeildoek bedekt tegen de sneeuw. Ik krijg flashbacks van de keer dat hij op de graafmachinewerf parkeerde en me in zijn auto opsloot. Er gebeurde niets, ik weet het, maar hij sloot me daarbinnen op en speelde een liedje en stak een waxinelichtje aan, godbetert. Ik heb sindsdien niet meer in een taxi gezeten.

Mijn lichaam verstrakt als ik de grote heuvel nader. Ik wil gas geven maar niet te veel, een beetje snelheid, maar gecontroleerd, deze tweewielige roestbak heeft een precaire balans. Boven op de heuvel slippen mijn wielen en als ik harder had gereden dan twintig kilometer per uur lag ik nu waarschijnlijk in een greppel of had ik mijn neus in een zeventig jaar oude spar geplant.

Het pad is hier smal, geen plek om te passeren, geen oranje plastic paaltjes om de greppels te markeren, zoals op de openbare weg. Ik rijd langzaam op het midden van de weg en bid dat er geen tegenliggers komen. Ik passeer de open werkplaats van de houtsnijdende zussen. Leeg. Er hangt een koppel stijve, dode fazanten bij hun voordeur. Wie heeft hier een koelkast nodig? Het vuur in de kachel gloeit nog rood na. De geur ervan lijkt nu niet zo raar, omdat ik overal waar ik kom in de gemeente Gavrik houtrook ruik. Wanneer het onder de min twintig wordt, zoals een week geleden, hebben mensen ouderwetse vuurtjes nodig om hun vloerverwarming aan te vullen. Wanneer de kou het wint van de warmte, grijpen mensen terug op simpele gebruiken: ze steken echte vuurtjes aan in hun echte huizen. Vuurtjes. Binnenshuis. Ik weet dat het normaal is, maar aangezien ik ben opgegroeid in een Stockholms appartement zonder open haard, vind ik het nog altijd verontrustend dat mensen met opzet binnenshuis vuurtjes stoken.

Tussen het huis van de gezusters en dat van de ghostwriter is de sneeuw diep en de groeven beginnen hard te worden. Ik heb geen thermometer, maar ik schat dat we op min vijf zitten en het sneeuwt nu heel hard. Het is geen filmsneeuw, grote, aparte vlokken die rustig omlaagdwarrelen; dit is een *white-out*, een blizzard, een bevroren zandstorm. Ik heb nog minder dan een kilometer te gaan en ik zie geen hand voor ogen. Als ik niet in dit bos was, zou ik vermoedelijk gewoon stoppen en, ik weet het niet, gaan lopen? Maar niet hier, niet met tientallen wilde elanden tussen de bomen, wanhopig, zo hoog als neushoorns, en de vossen zo uitgehongerd dat ze bijna dood zijn; niet met wolven en beren daarbuiten.

Dus rijd ik met ongeveer vijf kilometer per uur, mijn zintuigen staan op scherp, mijn zenuwen knetteren, mijn hand grijpt naar de condensdoek, een plastic stok met een knikkend lapje materiaal eraan, en ik neem de binnenkant van mijn voorruit af, koelkastkoud water drupt op mijn gezicht.

Ik herinner me de bochten hier, de scherpe naar links en dan langzaam rechtsaf de heuvel op. Mijn ogen priemen door de sneeuw en ik kijk reikhalzend uit naar zijn huis, naar de 'veilige haven' zoals Cici het noemt, en dan lach ik omdat ik zes maanden geleden nooit zou hebben gedacht dat er ook maar iets veiligs was aan het huis van David Holmqvist.

Het is zijn auto die ik het eerst zie. Ik rijd de oprit op en keer zodat ik later snel weg kan als dat nodig is. Er lopen kabels van zijn motorkap naar de houten paal met het weerbestendige stopcontact. Ik weet tenminste dat ik de accu kan opladen als dat nodig is. Ik weet dat ik op tijd in Ronnies Bar zal kunnen zijn.

Ik open het portier en een ijzige windvlaag blaast me weer naar binnen. Ik werk me naar buiten, natte sneeuw kruipt achter in mijn nek. Ik pak mijn ordner met aantekeningen getiteld 'Grimberg-onderzoek' en zet dan mijn capuchon op om mijn gehoorapparaatjes te beschermen en loop naar de voordeur. Die kortstondige dooi was misleidend. Legde ons in de luren. Ik heb in geen dagen meer door zulke diepe sneeuw gelopen. David heeft zout noch zand gestrooid; dat heeft geen zin als het zo hard sneeuwt. Ik loop als een kinderclown, als een kat met korte pootjes, als een marionet: ik trek mijn voeten op tot kniehoogte en laat ze dan weer in de witte diepte zinken. Het huis van Ghostwriter is goed verlicht, beveiligingslampen werpen hun licht vanaf de verandapalen.

'Ik wist niet of je zou komen,' zegt Holmqvist terwijl hij zijn voordeur openzwaait. 'Kom binnen, alsjeblieft.'

Hij draagt een zwarte coltrui en een grijze flanellen broek en ziet eruit als een aardrijkskundeleraar op een eerste afspraakje. Ik ruik een geurtje uit de jaren tachtig. Zijn sokken zijn van kasjmier.

'Ik verheugde me hier al op,' zegt hij. 'Hoe is het met de weg gesteld?'

'Slecht,' zeg ik. 'Hij wordt steeds slechter. Die heuvel is een worsteling. Wanneer komt de sneeuwploeg?'

'Morgen, als je het vraagt,' zegt hij. 'Toen de Carlssons nog over het wegonderhoud en het vullen van kuilen gingen, zou Hannes vanavond een plaatselijke boer hebben gebeld om hem te laten vegen, die tractoren komen overal doorheen. Maar helaas zijn onze middelen geslonken nu een vijfde van het dorp hier niet meer woont.'

'Springt de gemeente niet bij?' vraag ik.

'Lieve hemel, nee, zeg. Privéweg,' zegt hij terwijl hij mijn jas aanneemt en ophangt, en mij heel precies wijst waar ik mijn laarzen moet zetten. Het ronde kleed absorbeert veel van de natte sneeuw. 'De Carlssons betaalden vorig jaar de onderhoudskosten van pakweg tweehonderdduizend kroon, dacht ik, maar de vier resterende huishoudens kunnen dat niet opbrengen. Ik hoop dat ik volgend jaar wat meer kan bijdragen, aangenomen dat het Grimberg-boek goed verkoopt.'

'Ik dacht dat je al een deal had?'

'Ja, maar dat is slechts een voorschot, snap je? De rest wordt uitbetaald in royalty's, afhankelijk van het verkoopsucces. Als het een klapper wordt, zou ik weleens naar de Dordogne kunnen verkassen, of misschien naar een dorpje in de Loirevallei. Ergens waar ik geen last heb van getreiter en roddel. Ik verander mijn naam in iets Frans en ontvlucht dit alles.'

We gaan naar binnen en hij geeft me een oranje drankje in een glas vol ijsschilfers en een rietje en zo'n klein plastic roerstaafje.

'Spritz,' zegt hij. 'Een zomers drankje, maar ik dacht dat we wel iets zonnigs konden gebruiken op zo'n sombere februaridag. Aperol, prosecco, bruiswater.'

'Ik drink een derde op,' zeg ik. 'Ik moet om halfacht naar mijn afscheidsborrel rijden.'

'Ik heb de jouwe sterk aangelengd,' zegt hij en hij wijst met zijn harige wijsvinger naar mijn enorme glas; zijn knokkels zijn borstelig. 'De jouwe is 90 procent San Pellegrino. Heb je trek?'

'Nee,' zeg ik, iets abrupter dan de bedoeling was, met die ossentong nog steeds levendig voor ogen. 'Ik ben zo dik tevreden.'

Hij trekt plasticfolie van een grote serveerschaal. 'Dit zijn gewoon toastjes met zure room, rode ui en *kalix löjrom*-kaviaar, niets bijzonders maar ik dacht, dan hebben we wat te knabbelen tijdens het werk...'

Ik kan hem wel zoenen. Geen tongen of hersens of darmsoufflés, gewoon toastjes met zilte rode visseneitjes.

'Het ziet er heerlijk uit.'

'Kom, we nemen ze mee naar mijn studeerkamer.'

Ik volg hem de trap op, zijn pluizige kasjmiersokken op mijn ooghoogte. Ik heb mijn ordner onder mijn arm en neem slokjes Aperol-spritz terwijl ik loop. Die is verrukkelijk.

'Kom binnen,' zegt hij en hij opent de deur van de eerste logeerkamer. 'Hier ben je niet eerder geweest. Dit is mijn naslagbibliotheek.'

Ik ben hier eerder geweest.

Er staat een schraagtafel, zo'n iel ding van vurenhout voor bij het behangen, en er ligt een tafelkleed op. Ik leg mijn ordner neer en loop de kamer rond. Drie wanden met boekenplanken, allemaal vol identieke witte archiefdozen. Ik loop langs San Francisco en Salmiak en Scandinavische industrialisatie 1800-2000 en Sixtijnse Kapel en Sovjet-wapentuig.

'Geweldige bibliotheek,' zeg ik, nippend aan mijn spritz.

Hij knikt, zijn adamsappel raakt de rand van zijn col, de moedervlek op het puntje verdwijnt achter de wol en komt weer tevoorschijn.

Ik loop langs Varanen en Vaticaanstad en Virologie en Vliegangst. David ordent zijn papieren op stapeltjes. Ik neem een slokje en kijk naar Piramiden en Pyromanie en Papoea-Nieuw-Guinea en Pablo Picasso. Mammoeten en Mayarijk en Medusa en Mexico-Stad.

'Laat ik beginnen.' Hij biedt me een toastje aan en het is niet meer zo heel krokant, wat wil je met al die zure room, maar het is lekker. Deels omdat het een opluchting is om hier iets normaals te eten en deels omdat het gewoon heerlijk hartig smaakt. 'Zoals je weet, zal ongeveer de helft van het boek over de historische context van de familie gaan. Ik denk dat mensen de dynastie boeiend zullen vinden, met hun plaats in de gemeenschap en hun geschiedenis. Ik heb een paar vragen openstaan, en ik dacht dat jij misschien een paar antwoorden hebt.'

'Ik zal het proberen,' zeg ik en ik stop nog een toastje in mijn mond, met te veel van de oranjerode kaviaar. Te zilt.

'Voor we in de Grimbergs duiken: is er nog nieuws over die Veerman-zaak? Is er al iemand opgepakt?'

'Niet dat ik weet,' zeg ik. 'Er loopt nog steeds veel politie rond.'

'Hopelijk weerhoudt dat je er niet van je onderzoek af te ronden. Hopelijk brengt dit het boek niet in gevaar.'

'Mensen praten nu alleen maar méér dan anders. Ze worden spraakzaam als ze bang zijn.'

'Mooi zo,' zegt hij. 'Eerst het belangrijkste, de externe aandeelhouder.'

'Ik wist niet dat die bestond,' zeg ik.

'Gustav noemde die ooit. Het ontglipte hem, geloof ik. De Grimbergs bezitten nog steeds 90 procent van het bedrijf, voor zover ik kon achterhalen, maar de externe investeerder bezit 10 procent. Dat is eigenaardig.'

'Eigenaardig?' vraag ik.

'Je kunt niet zoveel doen met 10 procent. Het is meestal een geschenk of een strategische investering in een nv. Maar bij Grimberg Drop, een privébedrijf, zou je niet kunnen verkopen aan buitenstaanders, je zou geen dividend kunnen opeisen, je zou heel weinig te zeggen hebben over de leiding van het bedrijf, en je geld zou vastzitten. Mogelijk voorgoed. De enige manier om je geld te verzilveren is doorgaans als iemand het hele bedrijf koopt. En daarom is het eigenaardig als iemand 10 procent bezit, snap je.'

'Ik had geen idee,' zeg ik. 'Ik kan het uitzoeken?'

'De Grimbergs ernaar vragen, bedoel je?'

'Ik kan het proberen. Ik kan onderzoek doen door belastingopgaven en bedrijfsarchieven te bekijken. Ik kan gaan graven.'

'Graag,' zegt hij. 'En nu: het marktaandeel van de Grimbergs loopt sinds 1979 ernstig terug. Al hun concurrenten hebben zich verkocht aan grote internationale bedrijven of zijn gefuseerd en hebben één grote gemoderniseerde fabriek betrokken en het personeel ontslagen. Heb je iets van Anna-Britta gehoord? Heeft zij plannen om te fuseren of te verkopen?'

'Eerlijk gezegd ben ik niet erg ver gekomen bij Anna-Britta,' zeg ik.

Hij kijkt teleurgesteld.

'Ze had het druk met de politie te woord staan en het verbeteren van de beveiliging op het terrein, en ik heb de indruk dat ze zich een slag in de rondte werkt om de boel gaande te houden.'

'Ze is buitengewoon ambitieus,' zegt hij. 'En ze is taaier dan ze eruitziet. Gustav vertelde me dat ze altijd dacht dat zij de zaak beter zou leiden dan welke Grimberg dan ook. Ze vroeg de oude Ludvig destijds zelfs om een plaatsje in de directie, een zetel in de raad van bestuur. Hij lachte en klopte haar op het hoofd, zo wil het verhaal.'

'De sukkel,' zeg ik.

Hij laat een vlakke, bijna gekwelde glimlach zien en vraagt dan: 'En hoe zit het met Cecilia en het jonge meisje?'

'Beiden mededeelzamer, maar ik betwijfel of ze betrokken zijn bij de leiding van het bedrijf.'

Hij knikt en pakt een toastje en laat het een tijdje op zijn tong liggen voor hij zijn mond en vervolgens zijn ogen sluit. Hij kauwt langzaam. Hij slikt. De moedervlek scheert over zijn col. Hij opent zijn ogen.

'Heb je Henrik Hellbom daar gezien, de advocaat die de halve stad in zijn bezit heeft?'

Ik schud mijn hoofd.

'Goed,' zegt hij. 'Vertel me wat je wel weet.'

De sneeuw buiten kleeft aan het venster en de thermometer die aan het raamkozijn zit geeft -9 °C aan. Ik open mijn ordner op de inhoudsopgave.

'Ik begin met Ludvig en Cecilia. Informatie over hun reizen en hun kijk op het leven in Gavrik in de jaren zeventig. Ik stip zijn dood aan, dat is een terugkerend thema. Maar ik denk dat we behoedzaam te werk moeten gaan.'

'Natuurlijk,' zegt hij.

'Ludvig kan door zelfmoord om het leven zijn gekomen. Vergiftigde zichzelf. Ik vermoed dat er een soort doofpot is vanwege het taboe dat er destijds op zelfmoord lag. Gustav nam het roer op zijn zevenentwintigste over.'

'Nogal een verantwoordelijkheid,' zegt Holmqvist.

'En nu is Karin opgehouden met haar opleiding tot beeldhouwer, dacht ik, of ze is dat van plan, om naar Gavrik terug te gaan. Ze maakt zich zorgen om haar moeder. De druk. De Veerman.'

Hij slikt. 'De politie zal de schuldige weldra in de kraag vatten, lijkt me. De meeste misdadigers zijn idioten. Maar goed. Hoe ziet de woning eruit?' Hij buigt zich dichter naar me toe. 'De Grote Salon. Ben je al door de deur geweest?'

Ik knik en zijn ogen lichten op, zijn pupillen worden kleiner.

'Redelijk normaal, nogal spartaans zelfs. Gigantisch grote kamers.'

'Gigantisch?' vraagt hij.

'Gigantisch,' zeg ik.

'Schilderijen, beelden, fraai meubilair, dingen die zo nodig geveild kunnen worden?'

Opeens krijg ik de neiging de privacy van de Grimbergs te beschermen, wat belachelijk is aangezien Holmqvist mij betaalt om onderzoek naar hen te doen en Lena mij voor een laatste keer betaalt om over hen te schrijven in de editie van deze week.

'Ik ben geen kenner,' zeg ik. 'Een paar grote meubels, kleinere dingen zouden belachelijk staan in die kamer.'

Hij maakt een 'huh'-geluidje en mijn rechtergehoorapparaat doet pijn in mijn oor.

'Ik heb materiaal over lilla Ludo,' zeg ik. 'En zijn leukemie, het arme kind. En dan hoeveel banen er zouden wegvallen als ze ooit de deuren zouden sluiten of zouden verhuizen. Alle drie de vrouwen verwijzen naar hun plicht en hoe die er van jongs af in wordt geramd. Wist je dat Cecilia een muze is voor zichzelf, een levende paspop?'

Hij knijpt zijn ogen samen. 'Hoe bedoel je?'

'Ze heeft een reusachtige collectie kleren op de zolder, niets waardevols, gewoon interessante kleding die ze hier en op haar reizen heeft opgepikt. Ik geloof dat ze in geen jaren meer iets heeft gekocht, maar ze verstelt en verandert en knipt en naait daarboven. Het houdt haar op de been.'

'Dat en bijgelovige onzin.'

Ik krab aan mijn ooglid. 'Daar ook wat van.'

'Hoe houdt het meisje zich zonder haar vader?' vraagt hij.

'Zo goed als je mag verwachten. Ik heb haar er zo veel mogelijk buiten gelaten omdat ze zo jong is. We moeten haar privacy respecteren, vind ik.'

'Er is geen "wij"', zegt hij en het litteken op zijn lip glanst in het felle licht van de bureaulamp. 'Dit is mijn boek en ik betaal jou om onderzoek te doen. Ik betaal je goed. Ik heb alles nodig en dan beslis ik daarna wel wat ik weglaat op grond van privacy of gevoeligheid. Die beslissing is aan mij.'

'Natuurlijk,' zeg ik. 'Ik ben slechts de onderzoeker.'

Hij ziet er nu ontspannener uit. Verontschuldigend zelfs. Ik drink het restje van mijn aangelengde spritz op, de ijsschilfers vriesbranden in mijn keel op hun weg omlaag.

'Praten ze veel over hun oude huis?' vraagt hij. 'Het Herrgård-landhuis aan het Vänernmeer?'

'Niet veel,' zeg ik. 'Ze verwijzen er soms indirect naar. Maar niet vaak.'

'Hoe zit het met de vleugels?'

'De vleugels?' vraag ik.

Hij kijkt me aan. 'De grote brand.'

30

'Zijn de vleugels afgebrand?'

Hij loopt naar de deur. 'Ik zal je glas bijvullen.'

Ik loop achter hem aan naar beneden en zie plukjes haar boven zijn kraag en donkere schaduwen achter zijn oren. Plotseling draait hij zich om en ik voel me net een gluurder.

'Wat dacht je van die mocktail?' vraagt hij.

'Je zei dat iemand de vleugels in de hens had gezet?'

Hij glimlacht en likt zijn lippen van het op het midden van zijn bovenlip gelegen litteken naar links, en dan vanaf het litteken naar rechts.

'Iemand, of als je de Grimbergs mag geloven, iets. Wil je een nepmojito of een nepnegroni?'

Hoe oud ben ik, tien? Ik proef een echte mojito in mijn mond wanneer hij het woord uitspreekt en ik moet er onmiddellijk mee ophouden, dat proeven.

'Mojito, dank je,' en dan voeg ik er te snel, te hard aan toe: 'Nep. Nepmojito.'

Hij pakt een limoentje en takjes munt uit de koelkast en schept ijsschilfers uit de kom die hij voor de spritz gebruikte. Hij maakt er een hele show van om twee hoge glazen te vullen en de muntblaadjes te scheuren en de limoen te rollen en uit te knijpen.

'De vleugels zaten niet vast aan het grote huis, ze stonden er twaalf meter vandaan. De ene was een gastenverblijf en de andere huisvestte Cecilia Grimberg en haar halve collectie, de stukken die niet in de fabriek werden bewaard. Ludvig Grimberg kocht altijd massa's kleren voor haar. Misschien als een vorm van omkoping, of een regeling, vanwege zijn rokkenjagen.'

'Wanneer was de grote brand?' vraag ik wanneer David me een glas aanreikt waar een halve muntplant in gepropt zit.

'Zeg eens wat je ervan vindt?' vraagt hij. 'Eerlijk zeggen. Dit is niet zo'n kant-en-klaar wanproduct, dit is mijn eigen brouwseltje.'

Ik neem een slokje en het smaakt precies zoals zo'n kant-en-klaar non-alcoholisch drankje uit de supermarkt.

'Hij is heel lekker. In welk jaar was de brand?'

Hij lijkt heel tevreden met zichzelf, maar dan zie ik hem een scheutje rum in zijn eigen glas schenken en het omroeren met het plastic roerstaafje en ik wil dat hij dat ook bij mijn glas doet.

'Februari 2011. Niemand raakte gewond, er gingen geen belangrijke erfstukken verloren, maar de onderzoekers waren verbijsterd door het feit dat beide vleugels in vlammen opgingen maar het grote huis niet. Eén vleugel had nog een ongeluk kunnen zijn. Alle drie de gebouwen had een ongeluk kunnen zijn. Dit leek op moedwillige brandstichting, maar de familie kreeg uiteindelijk toch het verzekeringsgeld, met veel vertraging. Sommigen gaven "oud kwaad" de schuld, wat dat ook mag wezen. Gustav vertelde me dat hij tieners uit het naburige zeilkamp ervan verdacht en Cecilia gaf blijkbaar de watergeesten de schuld, of hoe ze die ook noemt.'

'Ze is haar halve kledingcollectie kwijtgeraakt?'

'Die was een week voor de brand naar de fabriek verplaatst,' zegt hij.

Ik trek mijn wenkbrauwen op.

'Ik zal hier morgen naar vragen,' zeg ik. 'Ze hebben dit nooit genoemd.'

Hij snuift verachtelijk door zijn neusgaten alsof ze wel meer dingen niet hebben genoemd.

'Koffie?'

Ik kijk op het schermpje van mijn telefoon. Geen ontvangst. Vijf over zeven.

'Een vlug bakkie dan. Ik wil me niet door deze sneeuw hoeven haasten en ik wil zeker niet te laat komen op mijn eigen afscheidsborrel.'

Hij breekt een tablet van 90 procent pure chocola in stukjes, het soort dat smaakt naar zwarte-slakkenpaté, en doet de brokjes in een ramekin. Hij zet er een kopje ristretto naast en kijkt dan uit het raam.

'Doe het heuvelafwaarts rustig aan,' zegt hij. 'Mijn thermometer geeft min elf aan en dat is goed, het is juist min twee dat je niet wilt hebben. Hoe kouder het is, hoe beter je grip. Hoe zijn de banden van je auto?'

'Breek me de bek niet open,' zeg ik en ik neem een microhapje van de bittere chocola. Er zitten zoutvlokken in verwerkt. Ik spoel het weg met de koffie.

'Als je problemen hebt, laat je dan door Viggo brengen. Zijn Volvo kan het meest barre weer aan.'

In geen miljoen fokking jaar.

David Holmqvist tikt de filterhouder leeg in een zilverkleurige emmer die hij onder de glanzende machine heeft staan. De emmer is een grote wijnkoeler, compleet met Frans logo.

'Compost,' zegt hij. 'Ik gooi dit op mijn hoop, de seringen zijn er dol op.'

Ik excuseer mezelf om naar de wc te gaan. Ik hop de trap op, de mierzoete mojito plakt nog steeds aan mijn tanden, en stap de overloop op. De deur naar de eerste logeerkamer, de archiefkamer, is open. Zijn slaapkamerdeur staat ook open; de wanden zijn geheel met spiegels bedekt. De deur van zijn tweede logeerkamer is dicht. Ik werp een blik naar beneden en stap er dan naartoe. Ik open de deur. Er staat een oud mahoniehouten bureau met daarop een groene vloeischommel en een iMac met een gigantisch scherm en een ergonomisch toetsenbord en een vreemd gevormde muis. Het toetsenbord staat wat hoger op een plankje en achter het bureau hangt een boekenplank met tientallen titels, sommige vertaald. Drie gaan over de Medusa-moorden van het afgelopen jaar. Niet één boek draagt Davids naam.

Een onschuldige kamer.

Mijn geweten heeft een hoop uit te leggen. Ik doe zachtjes de deur dicht en glip de badkamer in. Die is bovengemiddeld, met een regendouche en mooie tegels. Lena leerde me op dat soort dingen te letten. Ik trek door en was dan mijn handen, mijn droge gezicht kijkt me aan. Ik raak de rand van de spiegel aan en open het kastje dat die verbergt. Scheerschuim, scheermesjes, tandpasta, deodorant, voetenbalsem. Ik zou niet mogen spioneren. Maar ik moet wel. Er zijn vijf potjes met pillen en twee doosjes condooms.

Ik ga naar beneden.

'Nog een paar dagen te gaan met je onderzoek,' zegt hij, mijn jas losjes in zijn harige handen. Hij houdt hem op. 'Daarna ga ik hier in quarantaine om de ruwe versie te voltooien.'

'Hoeveel boeken heb je geschreven?' vraag ik.

'Drieëntwintig en nul,' zegt hij. 'Dit wordt mijn vierentwintigste maar belangrijker nog, het wordt mijn eerste, mijn eerste met mijn eigen naam op de rug gedrukt. Als dit boek er niet was, zou de naam Holmqvist met mij het graf in gaan.'

'Ik weet zeker dat je ouders heel trots zouden zijn geweest,' zeg ik met mijn rug naar Holmqvist toe, mijn linkerhand op zoek naar de mouw.

'En waarom zeg je zoiets?' vraagt hij.

'Je eerste boek onder je eigen naam.'

Ik worstel nog steeds om met mijn hand het gat van de mouw te vinden, mijn onderarm woelt diep in de plooien van ganzendonsvoering, mijn lichaam wordt steeds warmer.

'Ze hebben mijn vroege werk gelezen,' zegt hij, nog altijd

achter mij, nog altijd met die jas omhoog, die hij beweegt zodat ik de mouw kan vinden. 'Voor hun ongeluk. Mijn moeder zei: "Het is een begin, lijkt me", en mijn vader zei me: "Geef je gewone baantje niet op". Ik was zeventien jaar oud.'

'Ouders,' zeg ik terwijl ik me omdraai, inmiddels met beide armen in mijn jasmouwen.

'Stel me niet teleur, Tuva,' zegt hij met licht trillende lip. 'Doe je uiterste best en dan neem ik je op in mijn dankwoord. Dan staat je naam in het boek, je echte naam. Gedrukt. Je moet zo veel mogelijk informatie voor me aan de familie ontfutselen. Je moet me beloven dat je je uiterste best zult doen.'

Ik kijk hem aan en op mijn slapen begint zweet te parelen en ik voel een sterke aandrang om naar buiten te gaan, de koude, droge lucht in.

'Ik zal mijn best doen,' zeg ik.

Hij opent de voordeur. De veranda overdekt ons helemaal, maar mijn laarzen zakken weg in de sneeuw die de wind erop heeft geblazen. Ik neem afscheid en banjer naar de Tacoma en de beveiligingslampen verlichten alles om me heen. Verblindende verse sneeuw in de lucht en op de grond en op heel mijn auto. Ik loop om naar de donkere kant, de kant van het portier van de bestuurder, in het besef dat ik voorzichtig moet zijn met de hendel, ik hoor de woorden van conciërge Andersson duidelijk in mijn oren, maar ik krijg niet eens de sleutel in het slot. Waar is goddomme mijn Hilux met zijn blieper? Waarschijnlijk rijdt Aardappelhoofd er op dit moment in rond en verveelt hij een of ander arm meisje tot tranen toe met zijn eindeloze gezwam over zijn eigen meningen en zijn eigen zwakke, voorspelbare favoriete films en ik krijg niet eens mijn portier open.

'Dood?' vraagt Holmqvist, die plotseling naast me staat.

'Bevroren slot,' zeg ik.

Hij gaat zijn huis binnen en komt terug met een penlight in zijn hand. Achter hem staat het hondenhok, onbewoond, klaar voor verwijdering of verbranding of verkoop, en hij draagt een wollige hoed.

'Ik krijg de sleutel er niet in,' zeg ik.

Hij toont me het flesje ontdooier in zijn hand en ik vervloek mezelf dat ik het mijne in de auto heb laten liggen als een eersteklas idioot. Zijn ademt vormt wolkjes tussen ons in en hij spuit op het slot, neemt mijn sleutel van me over, richt de penlight en duwt langzaam de sleutel in het slot, en het portier gaat open. Er valt een lawine aan sneeuw op mijn stoel.

'Ziezo,' zegt hij. 'Ik verwacht je morgen bij de fabriek te zien. Rij voorzichtig.'

Ik stap in en hij loopt weer naar binnen. Ik draai het sleuteltje om in het contact en de zwakke koplampen schijnen op de weg, die er niet uitziet als een weg maar slechts een wit niets met sparren is. Ik krab en wis en rijd langzaam het pad op, mijn banden knerpen door diep poeder, het chassis van de Shitmobiel schraapt over de hoge sneeuw tussen mijn bandensporen.

Mijn enige redding zijn de overhangende bomen. Ik rijd twintig kilometer per uur, mijn ogen superalert, mijn gehoorapparaatjes op een volume gedraaid dat ik doorgaans onprettig vind. Het is ijskoud en ik leun naar voren, zodat mijn hoofd bijna de voorruit raakt.

Ik ploeg langs de werkplaats van de houtsnijdende zussen, hun vuurtje gloeit nog steeds, hun vlijmscherpe gereedschappen blikkeren in het licht van mijn koplampen. Ik rijd naar de heuvel. Ik zal te laat op mijn eigen afscheidsborrel komen, een kwartiertje misschien, maar dat is acceptabel. Twintig minuten zou dat niet zijn, niet in Zweden, maar vijftien minuten zullen ze me vergeven.

De sneeuw wordt hier dieper; de bomen staan verder uit elkaar en het bos is zo donker als de bodem van een grot. Ik versnel om een hellinkje te nemen, dat bultje vlak voor de grote afdaling, en mijn banden maken een gillend geluid. Ik probeer uit de slip te sturen, maar het werkt niet en ik glijd, mijn handen om het stuur geklemd, de slomo-onvermijdelijkheid van dit alles, de machteloosheid, een steile greppel in.

Ik kom scheef hangend tot stilstand, het chassis van de auto trillend op zijn wielen.

Shit.

Ik trek mijn vingers over mijn wangen. Gevolgen flitsen door mijn hoofd: verklaringen en verontschuldigingen dat ik zo laat ben, en dan zie ik de teleurgestelde gezichten voor me van mannen die een belangrijke ijshockeywedstrijd op de tv hebben laten schieten om zich kek aan te kleden en te proosten op mij en mijn nieuwe baan en mijn nieuwe leven in het zuiden.

Mijn voet trapt het gaspedaal in, mijn raampjes nu iets verder open. Nul tractie. Niets. Ik hang gekanteld in een greppel en kan niet bewegen. Ik klauter naar buiten en glijd een beetje weg en trek dan mijn capuchon over mijn hoofd. Er zijn hier geen mensen, maar wel staat zo ongeveer elk wild beest dat je kunt bedenken een paar bomen verder naar me te loeren, afwachtend. Er zijn elanden, onvoorspelbare elanden, het zijn er honderden. Er zijn vleermuizen en bunzings en wolven. Maar er is niemand die mij kan helpen en mijn neus begint te bevriezen. Ik probeer de sneeuwkettingen om mijn banden te leggen, maar hoe werken die kleredingen? Ik zweet en vloek en weet er een helemaal en de ander half aan te brengen en ik ben hier doodmoe van, alleen al hiervan. Ik ga weer in de auto zitten, overal sneeuw, mijn handen rauw rood omdat ik de kettingen niet met handschoenen aan kon omleggen. Ik probeer omhoog te rijden om zo weg te komen.

Niets.

Ik zit muurvast. Geen ontvangst op mijn telefoon. Geen verkeer.

Stilte.

Ik dreig te gaan huilen, maar dan geef ik mezelf mentaal

een klap in mijn gezicht. Afscheidsborrel. Er moet een manier zijn. Er staan misschien twintig mensen op me te wachten in Ronnies en ik ben niet het type dat strandt in een greppel en dan maar stilletjes doodgaat. Zo ben ik niet.

Ik klim uit de pick-uptruck, sneeuw valt in mijn nek, en dan waad ik door diepe poederachtige, kniediepe sneeuw, het is zwaar om erdoorheen te ploegen, weet je, en ik breek twee dennentakken af. Ik heb dat ooit in een film gezien. Ik leg de takken rond mijn banden omdat ik tractie nodig heb en tractie met dennengeur is goed genoeg. Ik krab weer. Mijn voorruit is bedekt met dotjes sneeuw die van omringende takken zijn gevallen. Ik geef plankgas en de banden slippen door op hun plaats.

Ik zwaai met mijn telefoon, op zoek naar bereik.

Niets.

Het moet twaalf of dertien graden onder nul zijn, het soort min waarbij alles begint te glinsteren met transparant pankopaneermeel. Rijp. Het bos knerpt en kraakt. Mijn wangen zijn koud, niet bevroren-koud, maar rode-huid-die-de-komende-dagen-niet-weggaat-koud. Mijn mond smaakt naar mierzoete munt, naar te veel suikervrije winegums in één keer gekauwd, en als ik een fles van het een of het ander in de auto had liggen, zou ik hem nu meteen openmaken.

Het is ongeveer een kilometer heuvelafwaarts naar het huis van de taxichauffeur – hij en zijn afgedekte garageproject en zijn bange zoontje – of twee kilometer heuvelopwaarts, dieper het bos in, terug, de verkeerde kant op, naar de houtsnijdende zussen.

Fijne keuze.

Ik kies heuvelopwaarts omdat ik voor geen goud ter wereld hier wil vastzitten met Viggo Svensson. Ik sluit mijn auto af en pak mijn zaklamp en begin te lopen.

Na een kwartier doen mijn benen pijn van de onnatuurlijke pas waarmee ik loop. Ik moet mijn laars tot kniehoogte optrekken voor ik een stap zet en het doet pijn. De sneeuw is nu kouder en soms houdt de harde korst mijn gewicht zodat ik kan lopen als Bambi op een bevroren vijver, maar meestal houdt hij me niet en loop ik zo'n beetje aftastend en zak dan tot aan mijn scheenbeen of zelfs mijn knie in de diepte.

Ik loop door.

Het Utgardbos is nu anders beangstigend dan in oktober. Het is nu een stille moordenaar. Er zijn geen insecten, ze zijn allemaal stijfbevroren. Gestorven. Ik zie geen enkel spoor van elanden of herten of dassen, maar ze zijn hier allemaal, alleen dieper het bos in.

Er klinkt een geluid.

Gesnuif ergens diep tussen de bomen. Ik blijf stokstijf stilstaan. Mijn hart gaat tekeer. Ik zwaai mijn zaklamp van links naar rechts, probeer door de dikke dennenmuren aan weerskanten van me te kijken. Een eland? Ik zie een flits groen boven me, iets achter de wolken, het noorderlicht, misschien, maar ik heb dat nooit echt goed gezien, nooit in zijn volle glorie. Ik vraag me af of ik ooit enige kleur heb gezien in die loodzware lucht.

Mijn huid is verschroeid door de kou en mijn adem vormt geen wolkjes meer omdat ik nu steenkoud vanbinnen ben.

Ik zie voortdurend sneeuwdoodskoppen, tientallen, ze staren me aan vanaf beide zijden van het pad, sommige lachen naar me, andere jammeren, hun mond wijd open. Maar het zijn geen doodskoppen. Het zijn stenen met sneeuw erop. Ik versnel mijn pas.

Zo nu en dan klinkt er een *woesj*-geluid wanneer er van een tak een minilawine in een witte explosie op de grond stort.

Ik loop door.

Ik heb geen wapen. Ik heb mijn telefoon en mijn chocola voor in noodgevallen, ongeopend, en mijn winegums, half op. Ze zijn hard bevroren als een soort lollig gebak.

Ik sta om de honderd meter stil en kijk en luister en schijn met mijn zaklamp. Mijn hart bonkt en er loopt daar ergens een eland rond. Er zijn er tientallen.

Ik kan niets onderscheiden. Er klinken geluiden achter me, van het pad, niet van de bomen. Voetstappen? Een man? Loopt Viggo ergens achter me? De Veerman? Ik denk terug aan die halswond, die keurige snede, die hondentand. Ik draai me met een ruk om en het geluid houdt op. De voetstappen stoppen. Ik hijg en staar in het donkere, witte niets. Ik wacht. Het is slechts je verbeelding, Tuva. Het is niets. En dan draai ik me om en loop weer door. Mijn hart is een stoomtrein die worstelt met een steile helling en mijn mond is volkomen uitgedroogd.

Houtrook.

De werkplaats van de zussen doemt op als ik een bocht om ga. Ik glijd uit, de diepe sneeuw vangt mijn val op, en dan zie ik hun donkergrijze busje. Aan één kant zit een deuk, alsof het een andere auto een zetje heeft gegeven. Misschien kunnen zij me eruit trekken met een sleepkabel? Ik ben hun banden aan het bekijken wanneer ik vanuit een bovenraam word toegeroepen.

'Waar kijk je naar, meisje?'

31

'Mag ik alsjeblieft jullie telefoon gebruiken?'

Ze laat een boer, daar bij het raam. Ik hoor het niet, maar ik zie haar lucht uit haar wangen blazen en enigszins terugdeinzen.

'De lijn is dood.'

Ik kijk omhoog naar haar. Alles om ons heen is wilde stilte. Wanneer ik met mijn voeten schuifel, hoor ik het knarsen en piepen van ijskristallen die tegen elkaar schrapen, maar wanneer ik stil ben en zij stil is en alle beesten om ons heen stil zijn, is er hier werkelijk geen enkel geluid te horen.

'Dood?' zeg ik.

'De sneeuw. De lijnen liggen eruit. Morgen doen ze het weer, verwacht ik.'

'Hoe kan ik een sleepwagen bellen?'

Ze lacht hierom, buigt zich naar buiten en sluit het raam. Ik wacht, gerustgesteld door de rook die in de heldere vrieslucht hangt en het verlichte huis voor mijn neus. Als er niet alleen een telefoonstoring maar ook een stroomuitval was geweest, had ik kunnen gaan liggen om te sterven. De deur gaat open en het is Alice, de stille zus, in een nachtpon en een lange onderbroek, die in plooien helemaal tot aan haar opmerkelijk bevallige enkels reikt, als twee smalle accordeons. Ze draagt thermoslippers en een groot rood ski-jack. Ze wenkt me naar binnen.

'Dank je,' zeg ik terwijl ik langs haar loop.

Dit is nieuw voor me. Ik ben nog nooit in hun huis geweest, alleen in de open werkplaats.

'Op deze bosweg krijg je vanavond geen sleepwagen meer, meisje,' zegt Cornelia, de pratende zus. 'Heb je de sneeuwbanken niet gezien?'

'Ik ben in een greppel gegleden.'

'Ik snap niet waarom je op een avond als deze de weg op gaat, jij wel, Alice?'

'Neuh,' zegt Alice terwijl ze haar rode ski-jack uittrekt.

'Neem de bank maar. We gaan over een kwartier naar boven,' zegt Cornelia. 'Chocolademelk?'

Ik ben hier beduusd van. Niet omdat ze mij een 'veilige haven' aanbieden, zoals Cici het zegt, maar de chocolademelk. Ze hebben me nog nooit iets te drinken aangeboden, en nu is het alsof we op een rare, kortstondige manier een trio zijn. Misschien door wat er vorig jaar is gebeurd. Dat heel vreselijke. En nu met al die sneeuw. Die ons verenigt.

'Ja,' zeg ik. 'Bedankt dat jullie me onderdak geven.'

'We hebben geen keus, is het niet, Alice?'

Alice schudt haar hoofd.

'Als je naar buiten gaat, ga je dood, nietwaar Alice?'

'Dood,' zegt Alice en ze schenkt melk in een steelpannetje en zet het op het fornuis.

'We geven je dekens en we stoken het vuur op. We houden altijd de kachels aan wanneer het zulk bar weer is, eentje hier en eentje boven. Het is sinds 1982 niet meer zo bar geweest, maar dat was toen in Noorwegen.'

Alice overdrijft een rilling en schenkt dikke chocolademelk in twee mokken, een voor Cornelia en een voor haarzelf, en in een theekopje voor mij. Op het buffet ligt allerlei gereedschap. Gutsen en schaven en messen, allemaal scherp en geolied.

We staan bij het fornuis te drinken, die twee in hun nachtgoed, allebei met een lange onderbroek in de kleur van oud afwaswater, en ik met mijn sleuteltjes en geen auto.

'Vanavond is mijn afscheidsborrel.'

'Je wát, meisje?'

'Ik verhuis volgende week naar het zuiden en vanavond zou mijn afscheidsborrel in Gavrik zijn, al mijn collega's en vrienden wachten op me.'

'Je had het er toen bij de bank al over,' zegt Cornelia en ze wijst naar het raam. 'Kijk naar buiten. Ze snappen wel waarom.'

Ik besef dat ik vriendelijkheid ontvang van deze trollensnijders, deze vrouwen met schaarse wenkbrauwen, met afgeknipte nagels die ze in een glazen pot bewaren voor gebruik op hun demonische, zieke poppetjes. En dat verontrust me.

'Waarom zuidwaarts, meisje? Is er hier niet genoeg nieuws?'

Alice grijnst en er ontbreken twee tanden: een boven en een onder in haar mond.

'Betere baan,' zeg ik. 'Meer armslag.'

Ze maken allebei een 'humpf'-geluid en Alice trekt haar wenkbrauwen op alsof ik zojuist zei dat ik goudklompjes kak.

We drinken onze chocolademelk op en ze wijzen mij mijn eenpersoonssuite voor de nacht. Ze controleren allebei het voordeurslot en gooien wat met mos bedekte blokken berkenhout in de houtbrander recht tegenover mijn bank, en dan gaan ze naar boven en naar bed en doe ik mijn gehoorapparaatjes uit, maak mijn beha los onder mijn T-shirt, sjor hem uit mijn mouw, trek alle dekens op tot aan mijn kin en staar naar het vuur.

Wanneer ik wakker word, zitten mijn oogleden aan elkaar geplakt en stink ik. Dat krijg je als je in je kleren naast een houtkachel onder een stapel dekens slaapt. Knus, maar je betaalt er wel een prijs voor. Ik rek me uit en draai mijn hoofd en mijn nek doet pijn van de zakmeshouding waarin ik heb geslapen. Ik doe mijn gehoorapparaatjes in en zie dingen in de kamer die ik gisteravond niet heb opgemerkt: gebreide trollen en kabouters, een zware houten hamer die eruitziet alsof hij net is overgeschilderd, een gezinspak zoute Grimberg-drop, een kom met schaafkrullen van vurenhout, een rechthoekige spiegel waarvan één hoek aan diggelen is alsof hij met windbukskogeltjes is beschoten.

'Pap?' vraagt de keuken.

'Nee, dank je, dat hoeft niet. Werkt de telefoon weer?'

'Neuh. Kom pap eten, we hebben die voor je gemaakt dus eet hem dan ook.'

Ik wankel erheen, fatsoeneer mijn haar en wrijf in mijn ogen en ga bij hen zitten. Ik voel me een wrak en heb niet eens een kater. Alice en Cornelia dragen allebei een microfleecevest met rits onder een met fleece gevoerde overall. Fleece op fleece.

'Goed geslapen, meisje?' vraagt Cornelia, terwijl ze wat bruine afstotelijkheid in drie kommen schept. Wat is dit, fokking *Goudhaartje*?

'Uitstekend, dank je wel. Heus, ik ben niet zo'n beste ontbijter.'

Ze kijken allebei naar me op.

'Eet,' zegt Alice.

Ik ga zitten. De pap is volkorenbruin en zout als de pest. Zoals alles in deze contreien. Maar ik ben dankbaar.

De zussen eten alsof ze volmaakt zijn gesynchroniseerd. Het is raar. Ze laten allebei twee zoute muntdropjes van Grimberg in hun pap vallen en roeren, de hitte maakt de muntjes zacht en kleurt hun brij grijs. De een brengt haar lepel naar haar mond en als ik dan naar de ander kijk, doet die dat ook, de lepel schuin, slurpend van haar roggepap met dropsmaak en havervlokken. Ze kauwen eendrachtig, turend in hun kom, en nemen dan weer een hap. Er wordt intussen niet gesproken. Ik eet de helft van mijn portie op.

'Hoe gaat het met ze op de fabriek?' vraagt Cornelia.

Ik slik en zeg: 'Ze redden zich wel. Denk ik.'

Alice blaast daarop lucht uit haar mond.

‘Advocaat Babyface wil haar maar wat graag onder hun neus vandaan kapen, hè Alice?’

‘Yep,’ zegt Alice.

‘We kenden zulke types in Noorwegen,’ zegt Cornelia. ‘De fabriek gaf Babyface nooit juridische opdrachten. Vond Babyface niet zo leuk. Vergat het nooit. Nu bekokstoven hij en zijn partners een plan om schatrijk te worden.’ Ze kijkt abrupt om en schraapt dan het laatste restje pap uit de kom. ‘De telefoon doet het weer.’

‘Hoe weet je dat?’ vraag ik.

‘Omdat ik niet doof ben,’ zegt ze. ‘De hoorn zoemt als er weer verbinding is, nietwaar Alice?’

Alice knikt.

‘Je moet Magnusson hebben, zijn nummer staat in het telefoonboek. Zeg hem dat je hier bent.’

Ik bel naar een norse oude stem die zijn naam niet noemt of zelfs maar bevestigt dat hij komt. Ik vraag naar de prijs en de tijd en hij snuift alleen maar en hangt op.

‘Heel vriendelijk,’ zeg ik.

Alice schudt haar hoofd naar me en Cornelia zegt: ‘Dacht je niet dat hij het al druk genoeg heeft na die sneeuwjacht, meisje? Dacht je dat hij jou iets verschuldigd is omdat je hier rondreed met je stadse maniertjes terwijl de sneeuw met bakken uit de hemel kwam? Ik vraag me af of je het recht hebt om boos te zijn op Magnusson. Hij komt toch?’

Twintig minuten later heb ik mijn gezicht gewassen en de bank opgeruimd en dan klinkt er buiten een machtig geronk. Het raam verduistert. Ik open de voordeur en de zussen staan al aan hun werkbanken, schurend en gutsend, God-weet-wiens haren op een stukje leer naaiend, op een petieterige hoofdhuid, en buiten staat een reusachtige blauwe tractor geparkeerd met voorop een sneeuwschuiver bevestigd.

‘Had jij gebeld?’ vraagt hij.

'Ja, bedankt dat je wilde komen.'

'Volg mij,' zegt hij en hij rijdt langzaam weg in de richting van mijn auto.

Ik bedank de zussen en volg de tractor. De sneeuw wordt weggeschraapt en het stralend witte daglicht verfrist mijn hoofd. Ik houd van die tractor die voor me uit dendert en ploegt, met zijn paardenkracht en hefvermogen. Het is een feest om erachter te lopen. Het is een voorrecht. Er zijn overal verse dierensporen, links en rechts van me. Hij maakt zijn sleepkabel vast aan het chassis van mijn pick-uptruck en trekt hem eruit als een volwassene die een spartelende dreumes uit een pierenbadje tilt.

'Heel erg bedankt.' Ik kan deze lange, armzalige boer wel zoenen, ondanks zijn neusharen waaraan ijsklontjes bungelen. 'Hoeveel krijg je van me?'

Hij haalt zijn schouders op en mompelt iets, maakt de kabel los en laadt hem in zijn tractor en rijdt weg.

Held.

Ik kijk op mijn telefoon en heb nog 12 procent batterij en nauwelijks een streepje ontvangst. Acht gemiste oproepen, waarvan zeven van Tam. Ik houd mijn sleuteltje dicht bij het contact en kruis mijn vingers. Misschien geldt het kruisen van je vingers als een van Karins 'voorzorgsmaatregelen'? Misschien nemen we allemaal 'voorzorgsmaatregelen'? De motor start, wat een wonder is. Ik krab en veeg sneeuw van het dak en rijd dan de schoongeveegde helling af. Krakend. De banden piepen op de platte, samengepakte sneeuw. Aan weerskanten van de bosweg ligt een wal van geruimde sneeuw, zo hoog als een paard. Ik rijd door een geul, een goot, een uitgegraven kanaal, een bowling- of een bobsleebaan. Mijn hand reikt naar de stereo, maar die is er niet. Ik passeer Viggo's huis, de taxi is al uren geleden ijverig met de hand uitgegraven, en dan Bengts huis met daarin verzamelde troep ter waarde van een stadje. En dan draai ik linksaf het asfalt op.

De hoofdweg is bestrooid met zout en zand en ziet er weer zwart uit. Bevroren, zanderig, maar zwart. Ik verbind mijn telefoon met mijn gehoorapparaat en bel het kantoor.

'Met mij, ik ben onderweg, ik ben er over twintig minuten.'

'Wat is er gebeurd?' vraagt Lena. 'Alles oké? Is alles goed met je, Tuva?'

'Sneeuwstorm. Ingesneeuwd. Nachtmerrie. Hij spijt me echt dat ik alles heb gemist.'

Er is even een stilte. 'Dat doet er niet toe, zolang jij maar veilig bent. Iedereen maakte zich zorgen om je. Doet je auto het?'

Ik mis haar nu al heel erg en ik ben nog niet eens weg. Het feit dat ze me die vragen stelt en oprecht betrokken is. Elke keer weer is ze echt betrokken.

'Prima zelfs.'

Ik rijd tussen McDonald's en de ICA Maxi door Storgatan in, en de tweelingschoorstenen van de fabriek kijken misprijzend op me neer vanaf hun hoge granieten sokkels. De stad ligt vol sneeuw, bergjes geruimde sneeuw bespikkelen parkeerplaatsen en rotondes. Mensen kijken naar me wanneer mijn pick-uptruck sputterend de straat beklimt met gorgelende uitlaat, slecht gekrabde raampjes en zonder wieldoppen, en ik heb het gevoel dat ik de hele stad heb teleurgesteld. Het is net zoals wanneer ik mama na een gemist weekend in het hospice bezocht. Het zal wel aan mij liggen omdat ik extra paranoïde en extra gevoelig ben, maar ik kreeg van de verpleging altijd de indruk dat mama had gepraat, dat ze vonden dat ik misschien iets meer kon doen voor mijn arme oude moedertje, misschien wat meer bezoekjes en wat meer enthousiasme, is dat nu zoveel gevraagd?

Er staat nieuwe graffiti op het muurtje dat de fietsrekken van de weg scheidt: een omgekeerd hoefijzer met nagels en in de rechterbovenhoek een handelsmerk. Wanneer ik binnenkom, schiet Nils tevoorschijn uit zijn kantoor-schuine-streep-keuken; de deur slaat tegen de archiefkast waarin we het gemeentenieuws bewaren.

'Ze hebben uren op je gewacht, urenlang,' zegt hij. 'Ze hadden een weddenschap gesloten, hoorde ik van Ronnies vriend: was het een nieuwe vent of lag je in een greppel of was het een of andere mooie meid of was het de Veerman of hadden de Grimbergs je als stempelaar aangenomen?'

'Greppel,' zeg ik en ik trek mijn jas uit, een zoete geur treft mijn neus. 'Ik lag in een greppel.'

Lena opent haar deur en steekt haar duim naar me op en houdt hem dan omlaag en vervolgens opzij en ik antwoord met een duim omhoog en ze knipoogt en doet haar deur weer dicht.

Ik maak een aantekening van wat David mij gisteravond vertelde en stel een lijstje op met achtergebleven vragen voor Anna-Britta en Cici en Karin. Het belangrijkst: hoe begon de brand bij het buitenhuis? Maar ook: wie bezit het minderheidsaandeel van Grimberg Drop?

Ik loop naar de fabriek, de sneeuw wordt al grijs, al zout en bespikkeld met zand, en ik ga door de poort. De ogen van stempelaars kijken omlaag, maar ik voel elk paar opslaan nadat ik gepasseerd ben. Ik loop de trap op en ga aan de slag, ik interview Anna-Britta. Ze geeft me korte, niet-behulpzame antwoorden en dan vertrekt ze voor een bezoek aan de bank en ik ga naar het toilet dat tussen twee kantoren geklemd zit, een hokje dat veel weg heeft van het toilet van de *Posten*. Ik hoor sirenes. Ik hoop dat het niet nog een bevroren lichaam is, niet nog een dode, gapende mond, en dan loop ik terug en zit Holmqvist daar op me te wachten in een stoel, met zijn smartphone in zijn hand. We praten over de sneeuwstorm en mijn logeerpartij bij de houtsnijdende zussen en hoe ik beter bij hem op de bank had kunnen blijven slapen. Hij vraagt me of ik hem nog wat details over de Grote Salon kan geven, over de meubels en de kunst, en dan klinkt er een doordringende gil vanaf de trap alsof er zojuist iemand is neergestoken.

32

Ik ren naar de top van de trap, met Holmqvist vlak achter me.

'Allemachtig,' zegt hij.

Ik storm de trap met zijn gerafelde rode loper af. Cecilia Grimberg ligt onderaan in foetushouding, volkomen stil.

Ze ziet eruit als een dode vogel. Een piepklein, gebroken, uit het nest gevallen vogeltje.

Ik keer me naar David en zeg: 'Bel een ambulance.'

Haar lange rok, een gebloemd geval met verscheidene lagen, ligt rond haar benen geslagen en rondom haar uitgespreid als vleugels.

Ik controleer haar ademhaling.

'Kun je me horen, Cici?' schreeuw ik bijna tegen haar. 'Cecilia, kun je me horen?'

Ze beweegt.

Ik zie nergens bloed maar ik wil haar niet verplaatsen, voor het geval ze letsel aan haar wervelkolom heeft.

'Ik ben het, Tuva. Het is in orde. Blijf bij me, de ambulance is onderweg.'

Maar die is niet onderweg.

Holmqvist probeert door de afgesloten boog te komen omdat de voet van de schoorsteen naast ons zo dik is dat hij zijn mobiel niet kan gebruiken. Hij haast zich naar de zware kantinedeur en duwt hem open en honderd stemmen stromen ons trapportaal binnen. Hij doet hem achter zich dicht.

Ik houd Cici's tere hand vast, haar armbanden hangen schots en scheef, een van haar kralen is kapot en hangt aan een draadje. Ze zegt niets maar knijpt in mijn vingers.

'Het komt goed met je, Cici,' zeg ik. 'Ik ben bij je. Ik ben het, Tuva. Hulp is onderweg.'

Ik strijk grijze haren uit haar gezicht en hoewel ze een rommeltje is, is ze nog steeds een kunstwerk, nog steeds een compositie, nog steeds mooi. Het is alsof een installatie uit een verre kunstgalerie in een kosmopolitische stad in de lucht is getild en toen vanaf grote hoogte weer is gedropt.

'O mijn god,' roept Anna-Britta, die door de deur van de kantine komt gestormd, gezichten achter haar, mutsen en haarnetjes en op Cici gerichte ogen. 'O nee, niet weer.'

'Haar mankeert niets,' zeg ik zonder enig bewijs hiervoor, afgezien van mijn instinct en de noodzaak om Anna-Britta te kalmeren.

'Is dat zo? Is ze bij bewustzijn? O, god.'

Anna-Britta ziet eruit alsof ze gaat flauwvallen.

'David belt een ambulance,' zeg ik. 'Die kan hier elk moment zijn.'

'Die man,' zegt Anna-Britta en dan kijkt ze omhoog naar de top van de trap.

Daar staat Karin, met haar hand voor haar mond, haar voeten wippend op de rand van de bovenste trede, de ogen van honderd ex-werknemers op haar en op mij gericht.

'Karin, kom naar beneden,' zegt Anna-Britta.

We hurken rond Cici als drie beschermende olifanten die een geveld ouder dier bewaken. En dan is de sirene er en gaat de poort open en is het licht en koud, en conciërge Andersson staat daar met een stalen pijp in zijn ene hand en zijn enorme cipierssleutelbos in de andere.

'Opzij,' zegt de ambulancebroeder, een man die ik een paar keer 's avonds laat in de ICA Maxi heb zien winkelen. 'Geef ons de ruimte.'

We gaan uiteen. Karin en ik gaan een paar treden omhoog en Anna-Britta blijft dicht bij Cici.

‘Pas op met haar nek,’ zegt Anna-Britta. ‘Haar nek.’

‘Hoe heet ze?’

‘Cecilia Grimberg.’

Ze gaan te werk als medische ballerina’s, ze voelen en stellen vragen en controleren Cici’s hartslag en zetten een brancard klaar en brengen een nekbrace aan.

Cici probeert nu iets te zeggen. Ze beweegt haar lippen en haar ogen zijn allebei open.

‘Het komt allemaal goed, Cecilia,’ zegt de man. ‘We gaan voor je zorgen.’

De andere ambulanceverpleegkundige, een Viking met een baard en gebruinde armen en een brede nek die bedekt is met tattoos, zegt: ‘Het komt goed.’ Hij praat tegen ons drieën, kijkt ons om de beurt aan. ‘Wij ontfermen ons nu over haar, jullie hebben er goed aan gedaan haar niet te verplaatsen. Wie gaat er met ons mee in de ambulance?’

Anna-Britta raakt met haar vinger haar sleutelbeen aan en de verpleegkundige knikt en de twee mannen tillen Cecilia voorzichtig op de brancard als twee ouders met een pasgeborene. Ze leggen dekens over haar heen en lopen naar buiten door de deur van de boog. Ik loop achter ze aan en zie daar de kat, de oude vechtjas zonder staart en met één oog. Vandaag blaast hij niet, hij zit daar in de sneeuw en kijkt naar ons.

Ze klimmen in de ambulance. Ik sla een arm om Karin heen en ze is zo stijf als de steel van een hark, een en al schouderblad en elleboog, ze geeft geen greintje aan me toe.

‘Het gaat goed met me,’ zegt ze. ‘En met oma komt het ook goed. Ik maak me meer zorgen om moeder.’

Cici zit nu rechtop in de ambulance, haar lange grijze haar is uitgewaaierd, haar blouse wijd open. Ze spreken met stemverheffing. Cici betoogt en de ambulanceverpleegkundigen betogen en Anna-Britta wijst naar Storgatan.

Karin en ik gaan wat dichter bij de open ambulancedeuren staan.

'Ik ga niet weg,' zegt Cici. Er vormen zich een bult en een blauwe plek op haar wang.

'Ik ga niet weg uit Gavrik.'

Ze zeggen nu allemaal dat ze over een dag of twee weer thuis zal zijn en dat ze naar het ziekenhuis moet zodat ze röntgenfoto's kunnen nemen en haar ter observatie kunnen houden en ze zeggen dat ze zich nergens zorgen om hoeft te maken.

Cici ziet ons. Een verfomfaaide journalist die vannacht op een bank heeft geslapen en naar een vuilnisbak ruikt, en een kleindochter zo zwart en stram als haar kast van het leven. Ze wenkt ons naar zich toe.

'Vertel het ze, KK.'

'Oma gaat niet weg,' zegt Karin. 'Ze heeft een plechtige eed gezworen en ze moet voor voorzorgsmaatregelen zorgen. Jullie zullen haar hier moeten behandelen.'

Anna-Britta schudt haar hoofd. Cici knikt instemmend.

'Ik bel onze huisarts,' zegt Karin.

Ze telefoneert en er staat inmiddels een kleine drom mensen voor de poort: Ronnie, en Viggo Svensson in zijn Taxi Gavrik-uniform, en nog een man of vijf. Als het geen min vijftien was, zouden er dertig staan.

De huisarts, Stina Johansson, mijn arts, hun arts, de arts van bijna iedereen, arriveert en parkeert precies in de boog onder de grote stalen haak. Ze negeert me en praat met Cici en de ambulanceverpleegkundigen. Na tien minuten zijn ze het erover eens dat Cici te zwak is voor de rit naar Karlstad, wat onzin is maar het zal wel een hokje afvinken en dokter Stina zal voor haar zorgen in de woning boven de fabriek. De verpleegkundigen kijken elkaar aan en halen hun schouders op en zeggen dat ze dit moeten melden, maar Stina is niet het soort mens tegen wie je nee zegt. Ik zie de dure Mercedes 4×4, Hellboms 4×4, aan de overkant van de straat geparkeerd staan. De verpleegkundigen dragen de stretcher naar boven en Cici ziet er nu heel monter uit, afgezien van de rode bult op haar wang.

Karin en ik lopen achter hen aan en we gaan de Ontvangstkamer binnen en daar staat Holmqvist naast de deur van de Grote Salon.

'Wij nemen het verder over,' zegt Karin tegen de mannen van de ambulance. 'Bedankt, allebei, voor alle hulp.'

De ambulanceverpleegkundigen nemen Stina apart en ze spreken op een kluitje fluisterend met elkaar, Cici's brancard rust op de gustaviaanse chaise longue en Anna-Britta houdt haar hand vast.

'Bel ons, wie van jullie dan ook, als er iets verandert,' zegt de getatoeëerde Viking-verpleegkundige. 'We komen de brancard later ophalen.'

Ze gaan weg.

'Dank je,' zegt Anna-Britta tegen Holmqvist. 'We willen nu graag alleen zijn, dat begrijp je zeker wel.' Ze wijst naar de trap.

Karin heeft haar sleutel in het slot van de deur naar de woning gestoken en Anna-Britta en ik houden allebei een uiteinde van de brancard vast. Ik zie hoe een vaag lijntje bloed haar afgekloven wijsvingernagel omcirkelt; het ziet eruit als een roze halo.

'Ga weg,' zegt Cici tegen Holmqvist.

Hij doet wat hem wordt opgedragen, zijn ogen op de deur naar de Grote Salon gericht, de afgesloten deur, en draait zich dan om en loopt naar de trap.

We gaan naar binnen.

'Excuses, voor dit alles, excuses,' zegt Anna-Britta tegen me. 'Excuses voor de kamer, kijk er niet naar, kijk er alsjeblieft niet naar.'

Ik kijk strak naar de vloer en we lopen naar de dichtstbijzijnde slaapkamer, Cici's slaapkamer, die bij de schoorsteen.

'Ik wil de familie zien,' zegt Cici. 'Als ik dagenlang in bed moet blijven en niet naar mijn zolder kan, dan wil ik de familie zien.' Ze kijkt naar Karin, wier kaarsrechte pony haar ogen bedekt. 'Mag ik jouw kamer lenen, KK?'

Karin trekt een droevig glimlachje en knikt.

We lopen naar het eind, naar de hoekslaapkamer achteraan. Ik vang een glimp op van Anna-Britta's slaapkamer en zie Gustavs broek en overhemd over de leuning van een stoel hangen. Zijn bruine leren schoenen staan eronder. Ik huiver en kijk een andere kant op. We schuiven Cici voorzichtig op het bed en dan vraagt de dokter of we allemaal weg willen gaan zodat ze Cici kan onderzoeken.

'Kijk hier maar niet naar,' zegt Anna-Britta, haar ogen rood en vermoeid. 'Het hoort zo niet te zijn, negeer het alsjeblieft.'

'Ik zal niet over de woning schrijven,' zeg ik. 'Ik zal hem niet beschrijven.'

Ze knijpt haar ogen stijf dicht, haar hand op mijn arm, haar andere hand op Karins schouder. Ze huilt bijna, maar doet het niet.

Anna-Britta gaat in de weer in de keuken en daarna gaan we aan de lange tafel met de messen bij onze tenen zitten en drinken we zoete thee uit gelijmde porseleinen kopjes.

'Ik hoop dat alles goed komt met haar,' zegt Anna-Britta.

'Dat moet,' zegt Karin.

'Het komt goed,' zeg ik.

'Het zijn die verrekte hakken van haar,' zegt Anna-Britta, bijna lachend. 'Hakken op haar tweeëntachtigste. Hoger dan ik ooit zou kunnen dromen.'

'Het is dat oude tapijt,' zegt Karin. 'Ik ben er al zo vaak over gestruikeld.'

Ik denk dat het eigenlijk Cici's laagjesrok is, maar zeg niets. Haar rok is lang en onregelmatig gevormd en ik zou hem niet kunnen dragen. Voor me liggen twee sneetjes witbrood op een dienblaadje, geen bord, en een schaar.

'Waar is dat voor?' vraag ik.

'Voor oma,' zegt Karin. 'We nemen drie haren van haar

kruintje en leggen die tussen de sneetjes en voeren dat dan aan een hond. Dat brengt haar weer op krachten.'

Ze zegt het alsof het de normaalste zaak van de wereld is. Alsof ze zegt: 'O, het zijn gewoon twee ibuprofennetjes tegen de zwelling en een glas water, we brengen dit zo meteen naar haar toe.'

Anna-Britta neemt een slokje thee, maar voor ik dat haar-brood-hondengedoe kan verstouwen, slechte woordkeuze, doet dokter Stina Cici's deur dicht en komt bij ons aan tafel zitten. Ze is hier eerder geweest, anders zou ze naar de natte muur kijken zoals ik wil doen, of naar de messen die onder de tafel op een rij liggen.

'Ik laat haar nu een tijdje rusten,' zegt Stina. 'Ik weet zeker dat ze niets heeft gebroken, maar ze is bont en blauw en ik denk dat ze haar enkel heeft verstuikt. Ik heb ontstekingsremmers en pijnstillers in de kamer achtergelaten en ik kom vanavond nog even bij haar kijken. Zorg dat ze voldoende water drinkt en laat haar rusten. Het is een hele schok als je zo'n val maakt. Een hele schok.'

We bedanken haar. Ik voel me alsof ik een lid van de familie ben en hoewel dit de meest verknipte familie is die ik ooit heb gekend, is het roerend om te zien hoe teder ze met elkaar omgaan.

Karin zit te spelen met een aansteker in minisoldeerboutstijl. Ze verbrandt dennennaalden, die eerst een grote sneeuwbal ondersteunden, terwijl Anna-Britta en ik over ditjes en datjes praten.

'De rode drop ziet er heerlijk uit,' lieg ik.

'De op een na drukste tijd van het jaar,' zegt Anna-Britta. 'Na de periode voor kerst. Dat zou al die vertraging goed moeten maken.'

'Ik hoorde van iemand, ik weet niet meer wie, dat je een externe investeerder hebt. Ik dacht dat die misschien wat meer kon helpen nu je alles in je eentje moet doen terwijl

Cecilia bedlegerig is en jij het zo druk hebt.'

Ze lacht, geen vertoon van tanden zoals bij Karin en Cici, alleen een zacht lachje.

'Hij helpt op zijn eigen manier. Maar, nee.'

'Zou ik hem kunnen spreken?'

Anna-Britta kijkt me aan en beseft dat ik niet weet wie de investeerder is. Dan bukt ze zich en pulkt aan een plakkaat kauwgum die aan de houten vloer zit vastgekleefd.

'Wie heeft je verteld dat we een investeerder hebben?' vraagt ze en ze wrijft de kleverige kauwgumresten tussen haar vingers. En dan haalt ze, voor ik kan antwoorden, een groot blik aanstekervloeistof en een oud vod uit de keuken. Ze wrijft met de doek over de kauwgum.

'Dat weet ik niet precies meer,' zeg ik. 'Het staat misschien in mijn aantekeningen. Ik kan het uitzoeken.'

Ze zet het metalen blik op de tafel en kijkt naar Karin en dan weer naar mij. De lucht is zwaar van de dampen. 'Ik denk dat we even bij Cici moeten kijken,' zegt ze en ze staat op. 'Bedankt dat je daarnet de ambulance hebt gebeld.'

'O, dat heeft David gedaan.'

Ze klemt haar tanden op elkaar.

Er zijn twee deuren naast elkaar: de badkamer en Karins slaapkamer op de hoek. Anna-Britta opent de slaapkamerdeur op een kier en ik ruik wierook. Er zijn posters aan de muren bevestigd: deathmetalbands, stills uit de film *Trolljegeren*, fotocollages en de reclameposter van *The Towering Inferno*.

'Vind je het goed als ik even met je mee naar binnen wip om haar te zien?' vraag ik. 'Om gedag te zeggen?'

We kloppen op de open deur en Cici zit rechtop in bed met haar ringen te spelen en haar armbanden te herschikken. Ze kijkt naar ons op.

'Ik ben niet gevallen,' zegt ze met een heldere, vastberaden stem en ze schuift haar armbanden hoger op haar pols. 'Ik ben geduwd.'

33

Ik loop over de werkvloer en mensen fluisteren en kijken angstig. Werknemers met klemborden vinken dingen af en kijken dan over hun schouder. Opzichters van de kwaliteitscontrole bezoeken in groepjes het toilet. Ik loop langs de vorkheftrucks en de rijen stempelaars en proevers en kom dan bij de roertanks. Alles is nu weer zwart. Geen rood meer. Vandaag is het Valentijnsdag dus zijn we terug bij zwarte zoute drop.

Iemand duwde Cici? Ik twijfel niet graag aan haar woorden omdat ik vind dat je mensen moet geloven, dat je naar ze moet luisteren, en ik mag haar toevallig heel erg graag, maar ik stond misschien tien meter bij die trap vandaan toen het gebeurde. Ik stond te praten met Holmqvist en er was verder niemand in de buurt, en wie duwt er nu in vredesnaam een oud dametje van de trap?

De prikklok ziet eruit alsof hij zichzelf elk moment kan uitklokken en ik vraag me af of er andere industriële bedrijven in Zweden zijn die met deze technologie uit het stoomtijdperk werken. De meeste zijn een en al glanzende witte kantoren en gratis babycrèches en flexplekken en elektrische auto's van de zaak en Skype-vergaderingen. Hier niet.

De zoethoutschuren zijn omgeven door hoge bergen geruimde sneeuw, en de vaten restsiroop hebben een onnatuurlijke kleur rood. Ik loop onder de boog door, een bestelwagen wurmt zich langs me, en ga de poort uit. Gavrik ziet er bijna normaal uit. De februarikou laat alles glinsteren. Oostenwind. Ik zie vrouwen en mannen op daken die sneeuw op de stoep schuiven, op de stoep zijn veiligheidspylonen neergezet, klimtuig is rond schoorstenen geslagen, ijspegels hangen vervaarlijk aan goten als glazen dolken.

Ik ga niet terug naar mijn werk, maar ik sla rechts af. De lucht betrekt twee tinten en ik open de deur van Gavriks politiebureau. Op het nummertje in het apparaat staat '28' en op het schermpje boven de balie staat '28' dus trek ik het nummertje en druk op de bel.

De deur gaat open en het is commissaris Björn.

'Achtentwintig?' zegt hij.

Wat dacht je dan? Ik houd mijn nummertje omhoog en Noora komt erbij vanuit het kantoor. Zowel Björn als Noora drinkt uit een gehavende mok en ze zien er allebei afgemat uit door al het Veerman-werk.

'Kunnen we je helpen?' vraagt Noora alsof we elkaar nog nooit hebben gezien. Björn volgt al haar bewegingen.

'Ik wil een incident op de fabriek melden.'

Ze pakt een balpen en een notitieblok en Björn leunt tegen de muur, zijn wapen stijf aan zijn riem.

'Ga door,' zegt Noora zonder te glimlachen.

'Cecilia Grimberg viel eerder vandaag van de trap. Het gaat, geloof ik, goed met haar, ze is alleen erg geschrokken. Maar ze zegt dat ze is geduwd, dat het geen ongeluk was.'

'Ze maakt het goed, zeg je?' vraagt Noora. 'Geen sprake van messen? Geen klap op het hoofd? Kan ze zelf met ons komen praten?'

'Ze is vijfennegentig,' zegt Björn met een verveelde uitdrukking op zijn gezicht.

'Ze is tweeëntachtig,' zeg ik. 'En ze rust nu. De dokter komt vanavond nog een keer bij haar langs. Geen messen, alleen een duw. Wat kan dat zijn? Poging tot moord? Een aanslag? Kan het verband houden met Per Gunnarsson?'

Björn komt wat dichterbij staan en wijst naar de deur met codeslot van het kantoor daarachter. Noora legt de balpen neer en volgt zijn aanwijzing op en laat ons alleen.

'Zei je dat ze alleen kneuzingen heeft?' zegt Björn.

Ik knik.

'Je melding is officieel opgenomen. En ga niet het gerucht verspreiden dat dit iets met de Veerman te maken heeft, daar zitten we echt niet op te wachten. Er is niets wat die twee incidenten verbindt en het laatste wat we in dit stadje nodig hebben is hysterie. Ik zal met Anna-Britta Grimberg praten en dan zien we wel verder.'

'Maar...'

Hij kijkt me aan en ik zie droge huid op zijn hals en bovenaan zijn borst, rode, schilferige winterhuid.

'Onder ons gezegd en gezwegen,' zegt hij, 'en ik vertel je dit omdat je bijna weggaat en ik niet nog meer problemen wil, dus ik vertel je nu in vertrouwen dat Cecilia Grimberg al vaker zulke dingen heeft beweerd. Geduwd, opgelicht met verzekeringsgeld, verbaal mishandeld op straat. Ze heeft ze niet op een rijtje.'

'Ze heeft ze prima op een rijtje, Chef,' zeg ik. 'Ze denkt even helder als jij en ik.'

'De vorige keer dat ze dacht dat ze was geduwd zei ze me dat ze wist wie de dader was, maar dat ze me het niet kon vertellen. Kon of wilde, vroeg ik, en toen zei ze allebei.'

'Heb je het uitgezocht?'

Hij zucht en zegt: 'Ze zoekt aandacht omdat haar man daar nogal zuinig mee was. Dat is het hele eiereten.'

Hij drinkt zijn laatste slok koffie op en opent de deur met het codeslot en laat mij alleen achter in de receptie met haar verticale lamellen en de vastgeschroefde stoelen.

Ik steek de straat over en het is gemeen koud, min twintig of zo, te koud voor sneeuw, en ik loop met ik-wil-mijn-nek-niet-breken-schuifelpassen naar mijn kantoor.

'Nog drie uur voor de krant zakt,' zegt Lena, zittend aan mijn bureau. 'Stuur je op tijd je stukken in?'

'Natuurlijk,' zeg ik en ik vang bij het uittrekken van mijn ski-jack een zweempje op van de stress van gisteravond. 'Ik ben nu hier. Drie uur.'

Ze kijkt naar de klok aan de wand en gaat dan terug naar haar kantoor.

Ik breng een uur door met het iets sneller opschrijven van verhalen dan ik zou willen doen. Het valt niet mee om Per Gunnarsson recht te doen aangezien hij na zijn schooltijd nauwelijks een leven lijkt te hebben gehad. Hij had één baan en één appartement en geen vrienden of familie. Ik vul het maar op met wat details over zijn schoolprestaties en reizen naar Noorwegen en Thailand. Ik vul het op met een quote van zijn bejaarde buurvrouw over hoe hij haar hielp het vuilnis buiten te zetten, en over hoe hij uitgebreide stambomen maakte voor de belangrijkste families van de stad, en over hoe hij ooit haar tv had gerepareerd. Ik probeer een leven af te sluiten en hem recht te doen op mijn schamele, onbeduidende manier. Ik wil hem een verhaal geven. Een fatsoenlijk vaarwel.

Tussen de Veerman-verhalen en de oproep tot informatie over die donkerblauwe 4×4 voeg ik een uit het leven gegrepen stukje in over een snoek van recordomvang die werd gevangen door twee tienermeisjes die aan het ijsvissen waren bij het reservoir. Slecht verwoord door mij, maar Lars' foto's zijn geweldig en dat is het enige waar iedereen echt naar kijkt: twee roodharige meisjes met een brede glimlach die samen de monstrueuze snoek vasthouden, met zijn openklappende kieuwen en zijn tanden die uit zijn onderkaak steken als was hij een verschrikkelijke zoetwaterkrokodil. Er is ook een verhaal over een gesprongen leiding. Schade aan een oud huis achter Eriksgatan. Ziet eruit als zeven ondoelmatige ijsbanen, een in elke kamer. Allemaal middelmatige Poppenstad-kletspraat, maar dat willen mijn lezers. Dat heb ik vorig jaar geleerd. Ze willen geen krant vol moordanalyses. De voorpagina, oké, maar niet de hele krant. Ze lezen het en mompelen 'Moet iemand van buiten de stad zijn, een zwerver', en dan gaan ze verder met de rest van het nieuws. Ze hebben een paar artikelen nodig die hun een veilig en vertrouwd gevoel geven in de moordstad.

Er blijven een paar kwesties bij me knagen. De identiteit van de Veerman-moordenaar en diens motief is nummer één, en of die verband houdt met Cici's val, wat de Chef ook mag zeggen. De Grimberg-investeerder is nummer twee, maar daarnaast ook de telefoonmasten, en de grote brand in het buitenhuis, en het ware verhaal achter Ludvigs dood. En dan heb je nog Gustavs zelfmoord. De lijkschouwer was te snel. Zijn dit toevallige incidenten of zit er iemand achter? Ik kan deze stad niet verlaten terwijl er een moordenaar rondloopt. Dat kan ik Lena of Tam of Noora of wie dan ook niet aandoen.

Ik probeer toegang te krijgen tot de website van Bolagsverket, het nationale archief van bedrijven en hun aandeelhouders, maar mijn wachtwoord werkt niet meer. Ze zeggen dat ze mij een nieuw zullen e-mailen.

'Lars,' zeg ik, achterovergeleund in mijn bureaustoel op wieltjes.

Niets.

'Lars,' roep ik.

Hij kijkt op, zijn varifocusbril niet helemaal recht, zijn tanden grijs bevlekt met dropsap.

'Weet je veel over de individuele Grimbergs?'

'Minder dan jij,' zegt hij.

'Je werkt hier al twintigduizend jaar. Als je nog steeds mijn werk zou doen, met wie zou je dan gaan praten over de fabriek in de jaren tachtig en negentig?'

Hij snuift en frunnikt aan het kartonnen dropdoosje.

'Svensson.'

'Welke?'

'Taxi Svensson, ik weet zijn voornaam niet. Hij vertelde me ooit toen hij me van het vliegveld in Karlstad ophaalde, ik was dat jaar in Lanzarote, voor mijn psoriasis, het hielp niet echt, en ik ben ook niet teruggegaan, en toen vertelde hij dat zijn vader of zijn oom daar had gewerkt. Ik zou hem proberen.'

Viggo Svensson? Nee dus. Vergeet het maar.

'Iemand anders?'

Hij schudt zijn hoofd en staat op om iets te fotokopiëren.

Ik kan de taxichauffeur niet interviewen. Dat doe ik niet.

'O,' zegt Lars en hij draait zich naar me toe met een handvol warm papier. 'Het ICA Maxi-meisje, dat ex-model. Zij is op een of andere manier met de fabriek verbonden. Via haar moeder misschien?'

Ik e-mail wat ik heb naar Lena om haar koest te houden en rijd dan meteen naar de ICA Maxi. Ik kan onder al het wit de parkeervakken niet zien, dus zet ik mijn auto waar ik hem hebben wil. De fietsrekken zuchten onder fietsen met spijkerbanden en de meeste hebben rood-witte ICA-tasjes strak om hun zadel gebonden zitten. Mensen en auto's zien er in deze tijd van het jaar hetzelfde uit: onverzorgd. De meeste inwoners van Gavrik douchen niet zo vaak in de donkere maanden omdat het te koud is om half nat naar buiten te gaan, en wie ziet het trouwens nog als je haar eenmaal onder een muts zit? De planten zijn dood en de auto's hebben geen wieldoppen omdat de winterbanden erop zitten. Alles is onverzorgd.

Bij de ingang zijn extra matten neergelegd. De karretjes zijn kletsnat en aan sommige hangen ijspegels. Klanten lijken opgelucht dat er hier hotdogs te koop zijn en gezichtscrème en dvd's en XL-voordeelpakken sterke Zweedse koffie.

'Ik kan nu niet met je praten, ik heb een klant,' zegt de knappe caissière als ik bij haar kassa aankom.

Ik wacht, maar dan komt er nog een klant die voorgevormde tacoschelpen en varkensgehakt op de band legt dus ren ik weg, gris een blikje Norrland-bier mee, dat spul van 3,5 procent, het sterkste wat je kunt krijgen buiten de Systembolaget, en zet dat op de band.

'Kunnen we praten?' vraag ik.

'Heb je een klantenkaart?' vraagt ze.

'Nee. Wat weet je over de familie Grimberg?'

'Wat?' Ze kijkt voor het eerst naar me op. 'Negenentwintig kroon, pinnen of contant?'

Ik steek mijn kaart in het apparaat.

'Iemand vertelde me dat jouw familie de Grimbergs kent. Klopt dat?'

'Gaat dit over de Veerman-moord? Ik heb alles al verteld aan die man van de tv en hij heeft mijn clip niet eens uitgezonden. Het is iemand van buiten de stad, want er zijn geen veerboten in Gavrik, niet één.' Ze wrijft met haar tong over haar tanden. 'Mijn moeder werkte in de fabriek voor ze ontslag nam om voor pa te kunnen zorgen. Proever, dat was ze. Ik weet niet wie de man heeft vermoord en dropmuntjes op zijn ogen heeft gelegd.' Ze huivert. 'De Grimbergs maken drop, dat is alles wat ik weet, en die is veel te zout, dat weet ik ook.'

'Kan ik met je moeder praten?'

'Je kunt beter met oom Viggo praten, die weet alles over de fabriek.'

'De taxichauffeur?'

'Hij is geweigerd,' zegt ze.

Verdomme.

'Sorry, het is een nieuwe kaart,' zeg ik en ze kijkt me aan zo van 'Het zal wel, die smoes heb ik al vaker gehoord'. Ik probeer mijn andere kaart.

Ze knikt. 'Bonnetje?'

Ik pak de bon aan.

Geen haar op mijn hoofd die erover denkt om op Valentijnsdag met de Tacoma weer het Utgardbos in te rijden, vergeet het maar. Viggo Svensson is een griezel van de bovenste plank en ik wil niet alleen met hem zijn op een privéplek.

Ik loop naar mijn auto en gooi het blikje bier op de passagiersstoel. Ik draai het sleuteltje om, zet de verwarming aan en pleeg het telefoontje dat ik niet wil plegen.

'Viggo, met mij. Tuva Moodyson van de krant.'

'Hallo, Tuva,' zegt hij op neutrale toon. 'Wat kan ik voor je doen?'

'Kunnen we praten?'

'Wanneer je maar wilt.'

'McDonald's om zeven uur?' zeg ik.

'Date.' Hij hangt op en ik wil kotsen en mijn telefoon uit het raampje gooien, maar McDonald's is een veilige plaats. Zelfs als hij de Veerman is, als hij Gunnarssons ader heeft doorgesneden en muntdropjes in zijn strot heeft gepropt, dan is McDonald's een openbare ruimte en het is de drukste in de stad. Het is veilig. Het komt goed.

34

Gavriks negenduizend inwoners zullen morgenochtend bij hun kop koffie en hun gezouten roggepap mijn woorden lezen, een dag te laat, een nieuwsweek van acht dagen vanwege de staking van de drukkers. Maar op dit moment zitten Lars en ik te typen en schaaft Nils nog aan een tekst voor Benny Björnmossens wapenaanbieding en de advertentie voor de Toyota-garage, wat een gevoelig onderwerp is omdat Jan-Östnäs te laat is met zijn betalingen. Het is die tijd van het jaar. Banksaldo's zijn mager en oude voorraad moet de deur uit. Februari betekent korting op onverkochte munitie en de langlaufski's van afgelopen seizoen.

'Ik heb die kopij nodig,' roept Lena, en Nils slaat als antwoord op zijn kant van hun scheidingswandje. Hij zit te bellen dus een dreun volstaat.

'Heb je vanavond een afspraakje, Lars?' vraag ik.

'Jazeker,' zegt hij en hij kijkt me aan met een brede grijs, zijn kale kruin weerspiegelt het fluorescerende licht van de tl-buizen. 'Tafel voor één bij mijn bank, de voordeur driedubbel op slot, *Arachnophobia* op Netflix, een film uit mijn top vijftig, quorntaco's, bekertje Ben & Jerry's en een sixpack ambachtelijke biertjes.'

'Hoezo is de romantiek dood,' zeg ik.

Hij sluit zijn ogen en kust zijn vingertoppen. Op dit moment houd ik zelfs van hem.

Ik e-mail mijn laatste verhalen aan Lena. Het is al donker buiten en ik geef mezelf veertig minuten om naar huis te gaan en te douchen voor ik Viggo ga interviewen.

Lena verschijnt in haar deuropening. 'Waar is het andere fabrieksnieuws?' Ze ziet er woedend uit. 'Je hebt over de Veerman geschreven, maar hoe zit het met de insiderverhalen over Grimberg, dat is wat onze lezers willen.'

'Het staat er allemaal,' zeg ik.

'Niet waar,' zegt ze met haar wenkbrauwen gefronst. 'Ik vind het niet erg dat je deze week bijklust voor Holmqvist, maar ik wil ook krijgen waar ik recht op heb, Tuva.'

'Je hebt de necrologie en het ongeluk met de vrachtwagen en het verhaal over de rode Valentijnsdrop en over Anna-Britta die werd voorgedragen voor Gavriks Kamer van Koophandel.'

'De oude dame die van de trap werd geduwd?' zegt ze. 'Lezers willen meer weten over die familie.'

Ik schud mijn hoofd. 'Ik heb je er alles over verteld, maar dat is een privéongeluk in een privéomgeving, het is geen nieuws.'

'Komt het in zijn boek te staan?' vraagt ze.

'Ik ga niet schrijven over Cecilia's val, voor de krant noch voor het boek. Dat gaat te ver.'

Ze gaat het kantoor weer in en slaat de deur achter zich dicht.

'Maak haar niet boos in je laatste week,' zegt Lars. 'Referenties.'

'Ik heb al een nieuwe baan, Lars.'

'Kleine wereld,' zegt hij.

Dat is het hier, en hoe. Het is in feite een sneeuwbol. Hermetisch afgesloten.

Ik neem een telefoontje aan van de vrouw die het watersportcentrum bij het reservoir runt. Ze meent een oude dakloze man te hebben zien rondscharrelen bij het onbewoonbaar verklaarde magazijn achter de Toyota-garage. Ze vindt dat hij er 'als een Veerman uitziet' en ik vraag haar hoe een

Veerman er dan precies uitziet en zij zegt me: 'Alsof hij dubbelgebogen is en kwaad in de zin heeft.' Ik zeg haar dat het niet echt een goed verhaal is en dat ze Thord moet bellen en misschien die man moet helpen met het vinden van een opvang.

De raamthermometer geeft -16 °C aan wanneer ik wegga. Een kind in een sneeuwpak uit één stuk steekt voor me over met een sleetje achter zich aan; het ziet eruit als een gekrompen astronaut. Ik trek mijn capuchon strak rond mijn hoofd om de luchtgaten zo klein mogelijk te houden, om mijn verschaalde warmte vast te houden, en dan start ik de motor van de Tacoma. Start prima. Ik voltooi al mijn *pre-flight checks* en krab de poolkorst van elk raampje. Voor me licht hotel Gavrik roze op; alle lichtpeertjes op de begane grond zijn vervangen door rode, als ware het een goedkoop bordeel uit de hel.

Ik rijd naar Tammy's flat. Ze heeft luxe badkamerspullen terwijl mijn douche vol staat, vol stond, met geurloze, goedkope douchegels van de ICA Maxi. Om zowel eczeem alsook een bankroet te voorkomen. Ik draai de warme kraan verder open en laat mijn kin op mijn borst rusten, het water ranselt de benige bult onderaan mijn nek. Ik zeep me in met Tams geurige, chique douchegel en dat voelt goed. Ik ruik als een perzik. Ik gebruik de gel op mijn onderarmen en gezicht, zodat ik later ook zelf van de geur kan genieten. En dan heb ik er spijt van. Wat bezielde me? Ik heb er spijt van dat ik dit signaal naar Viggo stuur. Het zou me koud moeten laten, ik weet het. Ik zou geen seconde hoeven stil te staan bij wat ik aantrek of hoe ik ruik, maar toch schrob ik mezelf schoon met water, ik wrijf de geur weg, krab hem van mijn huid. Maar hij zit er en verdwijnt niet.

Ik pak het minst romantische ding dat ik in mijn zwarte koffer zie: een ongewassen *momjeans* en een ruime katoenen trui ter grootte van een barbecue-overtrek. Ik trek mijn minst fijne beha aan, een beugelloos ding, prachtige tint grijs, dat mijn borsten tot vrijwel niets weet te pletten. Wat is dit toch een afschuwelijk verknipte wereld waarin ik me van al deze onzin bewust moet zijn, terwijl hij en iedere andere man gewoon hun zorgeloze leventje kunnen leiden.

Er liggen blokken klaar in de houtbrander, maar Tam komt pas laat thuis omdat dit een van haar drukste avonden van het jaar is. In Göteborg of Jönköping koken stelletjes vanavond misschien voor elkaar, of spreken ze af in hun favoriete brasserie, of genieten ze samen van een superhete curry in dat Kasjmierse restaurantje vlak bij het stadhuis. Maar hier niet. Tam is urenlang plastic doosjes met uitmuntend Thais voedsel aan het serveren; en mannen, meestal zijn het mannen, komen die doosjes ophalen en ze rillen van de kou en kopen misschien een rode roos, vijftig kroon per stuk, ze bestelt ze elk jaar bij ICA, ze reserveren speciaal voor haar drie dozen. Fijne Valentijnsdag.

Ik parkeer bij McDonald's, mijn motorkap raakt bijna een berg geruimde sneeuw aan. Het is er gemiddeld druk en ze hebben hartvormige bedrijfsballonnen opgehangen bij het buffet waar je je kartonnen ketchupbakje en je rietjes ophaalt. Er hangt een poster die om informatie met betrekking tot de moord op Per Gunnarsson vraagt, maar er wordt geen beloning genoemd. Dat krijg je wanneer je een einzelgänger bent. Als iemand mij in mijn hals zou steken en een hondentand in mijn halsader zou duwen, is het ook nog maar de vraag of iemand een beloning zou uitloven voor het vinden van de dader. Ik bestel koffie en kies een plaats waar ik de voordeur kan observeren als een paranoïde gangsterbaas uit een film.

Vijf over zeven, nog geen spoor van Viggo te bekennen. Een jong stel, misschien zestien jaar oud, zit tegenover me. Hij heeft twee Big Mac-maaltijden en zij plukt aan een McSalad en snoept de meeste van zijn frietjes op. Ze dragen koptelefoons, van het pilotentype, en ze kijken allebei naar hun telefoon. Maar dat is niet iets slechts. Boven het formica is het een en al 'De dingen zijn niet meer zoals ze geweest zijn' en 'Millennials kunnen geen gesprek meer voeren', maar onder het formica zijn hun voeten verstrengeld en hun sneakers, zelfde merk maar verschillende kleur, strelen elkaar over en weer. Het is *2001: A Space Odyssey* op oogniveau, maar *Brief Encounter* bij de vloer.

'Fijne Valentijnsdag,' zegt een stem achter me. De woorden waaien door de haartjes in mijn nek. Vleugjes oude koffie en pepermuntjes. Ik draai me om.

'Waar kom jij vandaan?'

Viggo's glimlach verdwijnt. 'Daar.' Hij wijst naar het uniseks toilet en ik zie het water in zijn gekamde haar. Hij ruikt naar eau de cologne uit de supermarkt en zijn grijze Taxi Gavrik-parka is geperst of gestreken.

Hij geeft me een hartvormige McDonald's-ballon met een klein gewichtje eraan.

'Ga zitten,' zeg ik en ik duw de ballon weg naar de volgende tafel.

'Ik dacht al dat je misschien wel zou bellen voor je naar het zuiden gaat, maar dit had ik nooit verwacht.'

'Wat?'

'Valentijnsdag.'

Hij gaat zitten en de glimlach is terug, zijn smalle-lippenglimlach die ik die keer in zijn geparkeerde taxi nooit zag omdat hij op de bestuurdersstoel zat met een waxinelichtje op het dashboard en ik achterin zat opgesloten.

'Ik wil graag met je praten voor een verhaal, Viggo. Dit is geen afspraakje.'

'Je mag het noemen zoals je wilt.'

'Zou je niet een kop koffie gaan halen?'

'Eten we niet?'

'Ik heb al gegeten.'

Hij likt zijn lippen en kijkt naar de volgende tafel. Een jongen met gordijnhaar, best lang, zit in zijn skikleding en de punten van zijn haar, die onder zijn muts moeten hebben uitgestoken, zijn nat en bedekt met sneeuwvlokken. De rest, het haar boven op zijn hoofd, is droog. Gordijnhaarjongen propt kipnuggets naar binnen.

'Vind je het erg als ik eet?' vraagt hij.

Ik schud mijn hoofd.

Hij is binnen vier minuten terug met een dienblad. Filet-O-Fish en wortelfrietjes en appelsap. Zegt alles.

'Een van je familieleden werkte vroeger in de fabriek?' vraag ik.

'Zes van mijn familieleden werkten vroeger in de fabriek,' zegt hij. 'Oom Sven was in het begin manager kwaliteitscontrole, maar eindigde als de rechterhand van Ludvig Grimberg. Hij was pienter met zaken, contracten, goed in rekenen. Met oom Sven op kantoor hoefden ze geen advocaat te betalen, hij moet ze door de jaren heen kapitalen hebben bespaard. En dan nog vijf, twee in de productie, eentje proefde die muntdropjes, en een schoonmaker in de kantine. Je kunt wel zeggen dat de Grimbergs de Svenssons decennialang hebben gebruikt. En wat kregen we daarvoor terug?'

'Hoe heeft...'

'En dan heb je nog mijn vrouw, weet je,' onderbreekt hij me terwijl hij zijn knokkels tegen de zijkant van zijn hoofd wrijft. 'Ex-vrouw. Dat is het ergste van alles. De baas van de fabriek speelde spelletjes met mijn eigen ex. Gustav Grimberg, bedoel ik. Mentale spelletjes.' Hij tikt met zijn vinger tegen zijn slaap en dan knarst hij met zijn tanden en kijkt me aan.

'Je vrouw?'

'Ex-vrouw,' zegt hij.

'Wat voor mentale spelletjes?'

Hij schudt een volle tien tellen lang zijn hoofd en dan trekt hij een Zwitsers zakmesje tevoorschijn, het ding dat doorgaans aan zijn achteruitkijkspiegel hangt, en snijdt zijn burger doormidden. 'We gaan niet in op de harde feiten, ik ga niet weer al die emoties oprakelen, vergeet het maar. De oude Grimberg was nooit met zijn vrouw samen, niet echt. En Gustav had een aardje naar zijn vaartje.' Hij wacht even om het blad van zijn mes aan een servetje af te vegen. 'En ik zeg je dit. Als ik ooit een Grimberg in brand zie staan, zal ik niet eens op hem spugen.'

Ik laat hem eten en tot bedaren komen.

'Mag ik je een paar vragen over de individuele familieleden stellen?'

Hij kauwt op zijn combinatie van vis en brood, er blijft een druppel mayonaise op zijn onderlip liggen voor hij hem terug zijn mond in likt.

'Brand maar los.'

'Ik heb van verscheidene mensen gehoord dat er meer eigenaars zijn dan alleen de familie Grimberg zelf. Enig idee wie die externe aandeelhouder is?'

Hij knikt, zijn wangen vol verwerkte kabeljauw en augurken.

De plafondlampen knipperen en dimmen, maar blijven aan.

'Wie is het?' vraag ik.

'Mikey blijft op, weet je,' zegt Viggo. 'De oppas zorgt vanavond voor hem. Ik zei hem dat je misschien nog meekomt voor koffie of ijs, dus hij blijft op voor het geval dat.'

'Wie is de andere eigenaar, Viggo?'

'Vind je het leuk om de kleine Mikey te zien?'

'Laten we het eerst over de Grimbergs hebben, ik heb deadlines. De minderheidseigenaar, de investeerder, weet je hoe hij heet?'

'Investeerder!' zegt hij lachend. Ik zie visbrij op zijn tong. 'Hij is niet bepaald een investeerder.'

Ik steek mijn onderlip naar voren, zo van 'Heus? Vertel eens meer'.

'Heb je dat mannetje gezien, de huismeester zullen we maar zeggen?'

'De conciërge?'

'Tien procent eigenaar. Mijn oom Sven had het allemaal bekokstoofd.'

Viggo stopt twee smalle wortelfrietjes in zijn mond en kauwt erop als een prairiehaas.

'De conciërge?' zeg ik weer.

'De huismeester woonde vroeger bij het reservoir, groot huis met ruimte voor een paard, zo'n soort huis. Het was de boerderij van zijn schoonouders, als ik het me goed herinner, en hij verkocht die na de dood van zijn vrouw. Huismeester verdiende goudgeld aan de verkoop en kon daarna nergens heen en had ook geen vrouw, dus toen stelde oom Sven hem voor om in de fabriek te investeren. En dat deed hij. Tien procent, ik weet niet wat dat hem heeft gekost, waarschijnlijk al zijn geld, maar 10 procent en hij krijgt jaarlijks dividend uitgekeerd.'

'En hij kan...'

Viggo onderbreekt me, schudt weer zijn hoofd. 'Mijn oom verwachtte een bonus omdat hij alles had geregeld. Hij had het bedrijf gered, nota bene. Misschien dacht hij dat hij op een dag wat geld aan Mikey en mij zou kunnen nalaten zodat ik niet dag in, dag uit in die klotetaxi zou hoeven rijden, door weer en wind, maar hij kreeg nog geen cent van de Grimbergs.'

Ik probeer begripvol te kijken.

'Mag de conciërge in de kelder wonen als onderdeel van de deal?' vraag ik.

'Ik dacht niet dat dat erbij hoorde,' zegt Viggo, terwijl hij nog een bosje neon-nucleair-oranje, perfect identieke wortelfrietjes vermaalt. 'Het is daar te vochtig om te wonen, dat zei oom Sven tenminste altijd, hij zou ergens anders moeten wonen. Sven dacht dat de huismeester niet zo blij was met hoe het allemaal had uitgepakt, dacht dat hij met het jaar verbitterder werd. Niemand vindt het leuk om genegeerd te worden. Wat draag je?'

'Pardon?'

'Je parfum, is het rozen of perzik?'

'Dat ben ik niet,' zeg ik en ik trek mijn mouwen verder over mijn polsen, bedek zo veel mogelijk huid.

Viggo prikt door het stukje aluminiumfolie dat zijn appelsapkartonnetje afsluit en zuigt aan het rietje, zijn dunne lippen samengetrokken alsof hij mij een kus toeblaast.

'Ruikt heel lekker,' zegt hij, waarna hij zijn laatste restje sap opslurpt en in de lucht tussen ons in snuffelt. 'Heel zoet.'

Ik krab aan mijn droge ooglid en probeer me op mijn werk te concentreren.

'De huismeester is niet de enige die aan de touwtjes trekt,' zegt Viggo. 'Hij is niet slim genoeg.'

'Aan welke touwtjes?' vraag ik.

'Mijn ex dacht dat er iemand is die de huismeester zegt wat hij moet doen. Conciërge was zo dicht...' Viggo duwt zijn duim en wijsvinger samen, 'bij een verhuizing naar een warm land met palmbomen, in plaats van zijn geld vast te zetten bij de Grimbergs voor een schamele 10 procent. Mijn ex dacht dat het een oude man was, ze zei dat ze hem in een auto bij de Toyota-garage had gezien. Praatte hem het idee uit zijn hoofd om naar het buitenland te verhuizen, hield een pleidooi om industrieel te worden.' Viggo schudt zijn hoofd en rolt met zijn bloeddoorlopen ogen. 'Oom Sven legde hem alle risico's duidelijk uit, maar het besluit van de huismeester stond vast. Ik weet niet wie die oude man was, ben ik nooit achter gekomen.'

'Heeft je oom het ooit over het buitenhuis van de Grimbergs aan het Vänernmeer gehad?'

'De Herrgård?'

Ik knik.

'Een van de beste huizen uit de gemeente. Vijfhonderd vierkante meter, zelfs zonder de vleugels.'

'De vleugels die zijn platgebrand?'

'Dat kun je wel zeggen. Dat dacht oom Sven. Zeg eens, wat krijg ik in ruil voor al deze informatie, een gratis maaltijd bestaat niet, vooral niet op Valentijnsdag.'

'Hoe oud is Mikey nu?' vraag ik.

'Hij is bijna acht.'

'De Herrgård?'

'Ja, mijn oom dacht dus dat een kind de vleugels in brand had gestoken, je weet wel, dat vreemde meisje met het zwartgeverfde haar. Hij dacht dat het geen kattenkwaad was, dat ze niet ondeugend was. Hij zei dat ze over de verzekering had gehoord en dat ze haar vader probeerde te helpen.'

'Maar ze was toen nog zo jong,' zeg ik.

'Onderschat een kind nooit,' zegt hij. 'Mijn Mikey kan meer moeilijke sommen en zinnen doen dan ik. Hij kan dat allemaal al. En hij is dol op het Thaise eten van je vriendin, hij eet het nog heter dan ik. Maar goed, oom Sven dacht dat de Grimberg-dochter haar ouders had horen praten. Hij over de verzekering en zij over hoe ze die plaats altijd al had gehaat en dat Gavrik haar thuis was. Maar ik had mijn eigen theorie, omdat mensen zeiden dat het meisje destijds woedend op haar vader was omdat hij Gunnarsson zijn baan liet houden. Mijn oom zag die twee, het jonge meisje en Gustav bedoel ik, hij zag dat ze er slaande ruzies over hadden. Het meisje vond dat Gustav het belang van de fabriek voor dat van de familie stelde.'

'Was Karin Grimberg de minderjarige?' vraag ik. 'Het meisje tegen wie Gunnarsson schunnige taal uitsloeg?'

'Nooit bewezen,' zegt Viggo en hij veegt zijn mond af aan een papieren servetje. 'Een van de stempelaars stapte naar Personeelszaken, ging naar de vrouw van de advocaat, maar niemand raakte er zijn baan door kwijt, de Grimbergs hebben nooit iemand ontslagen.'

Was Karin het meisje?

'Na de grote brand verbleven de Grimbergs nog maar zelden in het Herrgård-buitenhuis, vertelde oom Sven me, dus verkochten ze het aan de advocaat, Henrik Hellbom heet hij, die gast verdient bakken met geld, ook al werd hij in armoede geboren. Heeft nooit zijn vader gekend, wist je dat? Dat is vandaag de dag niks bijzonders, maar destijds was het een groot schandaal. Het gerucht gaat dat Hellbom een paar jaar geleden een familiewapen heeft gekocht en iemand onderzoek naar zijn afstamming laat doen om te kijken of zijn voorouders van adel waren.' Hij rolt weer met zijn ogen. 'Hellbom heeft dat buitenhuis gesloopt en er zo'n glazen doos neergezet. Hij krijgt uiteindelijk altijd wat hij wil, zelfs al kost het hem jaren werk. Je moet gewoon eens naar zijn gezicht kijken. Wist je dat hij bij zichzelf botox injecteert? Hij en zijn vrouw hebben een soort cursus gedaan, heb ik gehoord. Ze injecteren zijn gezicht met de botoxnaalden, allemaal gewoon thuis. Ongelooflijk, toch?'

Mijn gehoorapparaatje bliept en ik zie dat McDonald's is leeggelopen. Er zit alleen nog een meisje achter de kassa en een stelletje aan de tafel die het verst weg staat. Ik kijk weer naar Viggo en hij kijkt hoe ik de ruimte rondkijk.

'Denk je dat de Veerman hier is?' vraagt hij met een vlakke glimlach.

'Waarom zeg je dat?'

Viggo haalt zijn schouders op. 'Laten we hallo tegen Mikey gaan zeggen, hij zou het heerlijk vinden om je te zien.'

'Dat kan niet, Viggo. Maar ik waardeer het heel erg dat je met me wilt praten.'

'Luister.' Hij ziet er nerveus uit. 'Ik heb getraind, zie je dat niet? Ik vind dat er lang genoeg met me is gesold en nu heb ik een grens getrokken.' Hij gaat rechtop zitten. 'Ik laat Mikey zien hoe je een man moet zijn en probeer het verleden goed te maken. Nieuwe regels. Kom, laten we naar mijn huis rijden, dan maak ik ijs voor jou en Mikey, met zijn drieën, je zou hem een groot plezier doen.'

‘Ik heb een afspraakje,’ zeg ik.

Hij kijkt me aan alsof ik hem bedrieg.

‘Met wie?’ vraagt hij.

‘Je kent hem niet,’ zeg ik. ‘Hij is over tien minuten hier, werkt in de pulpfabriek.’

Viggo doet zijn ogen halfdicht en duwt met zijn vingertop tegen het formica tot het vlees indeukt en zijn nagel rood wordt.

‘Speel je een spelletje met me?’ zegt hij.

Ik schud mijn hoofd.

‘Grimberg speelde zulke spelletjes met mijn eigen ex-vrouw en nu pakt jouw nieuwe baan je van mij af?’

‘Misschien kom ik dit weekend nog even langs om Mikey gedag te zeggen voor ik naar het zuiden vertrek,’ zeg ik. ‘Wat vind je daarvan?’

‘Zaterdag diner bij mij, om zeven uur?’ zegt hij.

‘Ik bel je en dan verzinnen we wel iets. Ik zal mijn best doen.’

Hier neemt hij genoegen mee.

Ik neem afscheid en hij staat op en wacht op een omhelzing, maar ik blijf zitten en geef hem een hand. Hij loopt naar de deur en stopt zijn Zwitsers zakmes in zijn zak en dan kijkt hij naar me om, trekt nog een dunnelippenglimlach en duwt de deur open. Noora scheert langs hem en stapt naar binnen en de muziek verandert en dan is het alsof hij zelfs nooit heeft bestaan.

35

Noora draagt een hoody en haar haar ziet er om een of andere reden mooi uit. Het is verzorgd. Goed opgedroogd. Ze kijkt naar me en loopt dan naar het buffet.

Mijn maag voelt zwak. Haar ongemak op het politiebureau en bij de verongelukte vrachtwagen. Ik loop naar het buffet en sta achter haar en haar achterhoofd trekt me dichterbij. Ze ruikt naar goede dingen. In dit ijskoude stadje. De geluiden in het restaurant vervagen en Noora's stem wordt glashelder. Ze bestelt een Big Mac-menu. Ze heeft een coupon.

Wanneer ze gaat betalen en haar kaart in het apparaat steekt, trekt haar hoody strak over haar rug en zie ik de vage contouren van haar behabandje, de lijn van haar rug, de vorm van haar lichaam onder al die winterbescherming. Ik ben me bewust van mijn hartslag. Ze pakt haar dienblaadje op, bedankt de baliemedewerker en loopt weg.

'Volgende klant.'

Ik sta daar maar te kijken naar het van achteren verlichte menu dat ik kan dromen, mijn hoofd een zachte klont te lang gekookte pasta.

'Eh...'

'Wat zal het zijn?'

'Big Mac-menu,' zeg ik.

'Wat wil je drinken?'

'Cola.'

'Negenenvijftig kroon.'

Ik betaal en pak het bruine dienblaadje met zijn informatieve papieren placemat. Het is nat langs de randen en mijn frietjes zien er ongaar uit. Ik vul mijn colabeker tot de helft, omdat ik dat altijd doe en kijk dan de ruimte rond.

Ze zit een boek te lezen.

Ik loop langs haar om te zorgen dat ze me ziet en ga dan aan het volgende tafeltje zitten, mijn rug wat rechter dan normaal en mijn kin wat hoger opgeheven.

Ze glimlacht.

Mijn mond droogt volledig uit, nul speeksel, een zandwoestijn. Ik zie scherper dan ik ooit heb gezien, de zwarte kraai buiten bij de afvalbakken, het stelletje in de hoek dat van elkaar wegkijkt, het zweempje olieachtige damp dat van mijn ongare frietjes af komt.

Ik ben weer vijftien jaar oud.

Ik kan hier niet mijn colabeker vullen, niet zoals ik altijd doe, niet met haar zo vlakbij. Ik wil wel, maar kan het niet. Ik eet een handje slappe frietjes. Te zout. Toen ik echt vijftien was, zonder vader maar met een moeder die het niet aankon, toen ik vijftien was werd ik verliefd in kiosken. Heel vaak. Ik ging daar na school naartoe om winegums of een reep chocola te kopen. Ik zag daar dan een jongen of meisje in een tijdschrift staan bladeren en werd dan in een fractie van een seconde verliefd. Echt smoor. Machtig. Krachtig. Geest, lichaam en ziel. Mijn maag zonk naar mijn blaas en mijn hart trok heftig samen en werd zo hard als een onrijpe avocado. Ik keek vanuit mijn ooghoek naar hem of haar, opgewonden. Overdonderd. Verrukt. Ik was dan verliefd, keek naar hun haar en hun polsen en de manier waarop ze met hun ogen knipperden.

Dit is hetzelfde. Hier en nu.

Noora leest met een hand aan haar boek. Haar duimnagel is niet gelakt maar haar vingernagels wel, een soort Franse manicure, zelf gedaan.

Ik kijk omlaag en omhoog, let goed op dat ik haar niet aan het schrikken maak.

Ze grijpt haar Big Mac met haar rechterhand. Reepjes ijsbergsla vallen in het kartonnen bakje. Ze is in balans, haar elleboog draait op het formica, haar mond vormt aan één kant een kuiltje terwijl ze kauwt.

Ik neem een slokje cola.

Mijn ademhaling is niet normaal, maar oppervlakkig, moeizaam, stroef, gesmoord, heet.

Noora eet haar burger op. Ik heb de mijne niet aangeraakt. Daarna veegt ze haar mond af met een servetje en kijkt opzij naar mij, likt haar mondhoek af en knikt naar het bankje tegenover haar.

Ik wijs naar mijn borst, zo van 'Ik?', en ze glimlacht oprecht en haar kuiltje ziet eruit als een stiksteek die achter een lapje zijde is strakgetrokken.

O god.

Ik schuif door naar haar tafeltje. Haar hoody is merkloos en ziet er heel zacht uit, is vermoedelijk met fleece gevoerd.

'Ik haat Valentijnsdag,' zegt ze.

'Ik ook.'

'Wenskaartenwinkels en snoepfabrikanten,' zegt ze. 'Het is niet voor mensen bedoeld.'

Ik knik en haal mijn burger uit zijn bakje en voor het eerst in mijn leven ben ik me ervan bewust dat ik dit ding pal voor iemands neus moet gaan eten. Hij is in mijn handen uitgegroeid tot de omvang van een gezinstaart, en nu gulpt de middelste laag uit zijn rechtmatige positie en bedreigt de stevigheid van de hele structuur. Ik leg hem neer.

'Geen trek?' vraagt ze.

'Niet echt.'

'Je hebt je afscheidsborrel gemist,' zegt ze.

O mijn god, was ze er ook? Was ze gekomen?

'Was jij er ook?' vraag ik. 'Was je gekomen?'

Noora knikt met haar hoofd en een zwarte haar die zo dik is dat ik hem kan zien zweeft omlaag en blijft liggen op haar schouder; de ene helft hangt omlaag bij haar sleutelbeen, de andere zweeft in de lucht boven haar capuchon. 'Ik was in Ronnies bar met Thord. Hij leert me de gezichten in de stad kennen, dat soort dingen. Er was daar een grote groep mensen voor je, ze waren heel ongerust, vroegen ons zelfs of er noodmeldingen waren geweest of waarnemingen van de Veerman.'

'Ik was gestrand in de sneeuwstorm, dat was alles.'

Ze knikt. 'Dat heb ik gehoord. Dat ellendige weer van Värmland.'

'Zijn er waarnemingen geweest?'

'O, ja. Ik schat dat er zo'n dertig psychopathische Veerman-hondeneigenaars in de stad zijn, afgaand op wat ik vandaag heb gehoord. Een beer van een vent zei ons dat het een buitenlandse dolle hond moet zijn die Gunnarsson heeft gedood; hij zei dat dat heel vaak voorkwam in het buitenland en dat het nu ook Zweden heeft bereikt, dus moeten we honden gaan afschieten. Hij wilde wel helpen, zei hij. En we hebben heel veel meldingen gehad van rare sneeuwdoodskoppen in heel de stad, en waarnemingen van donkere 4×4's omdat daar in Gavrik heel veel van zijn.'

Ik knik.

'Wanneer ga je weg?' vraagt ze.

'Weg?' zeg ik en ik kijk naar de deur.

'Wanneer ga je weg uit de stad?'

Nooit, ik ga nooit weg. Echt nooit. Waarom ontmoet ik Noora pas nu? Nu ik op weg ben naar de uitgang?

'Maandag.'

Ze knikt en in haar ogen, in de kleur rond haar pupil en de manier waarop haar ooglid sluit, bespeur ik een spoortje teleurstelling of 'het had zo mooi kunnen zijn'. Maar hoogstwaarschijnlijk beeld ik het me allemaal in.

'Mijn nieuwe krant komt om de week op maandag uit, dus willen ze dat ik op een dinsdag begin. Ze werken me voorzichtig in.'

Noora kijkt naar haar beker en zegt: 'Waarom verkoopt McDonald's geen drank? Ze zouden hun noordse winsten meteen al in het eerste jaar verdriedubbelen.'

Ik steek mijn hand in mijn zak en haal mijn plastic colaflesje tevoorschijn.

Ze knijpt haar ogen tot spleetjes.

'Ik ben een politieagent,' zegt ze. 'Ik kan je achter de tralies zetten.'

Ik schenk rum in haar halflege colabeker en vul dan de mijne. Ze heft haar kartonnen beker op en glimlacht haar éénkuiltje-glimlach en we klinken met onze bekers, maar die zijn van karton dus gaat dat klinken geruisloos, het is meer een soort deuken.

We drinken.

Haar schouders zakken naar voren en ze kijkt in haar beker en vormt met haar mond de woorden 'Dank je' voor me. Ze heeft nog niet naar mijn gehoorapparaatjes gevraagd en daar kan ik haar wel voor zoenen. We zijn gewoon twee vrouwen op een non-afspraakje in McDonald's op 14 februari.

'Heb je Henrik Hellbom veel te zien gekregen op het politiebureau?' vraag ik.

'Die gebotoxte advocaat?'

Ik knik.

'Een paar keer. Thord denkt dat hij de Chef een timesharinghuisje of zo aan het verkopen is. Veel papierwerk. Hoorde de Chef over een "gegarandeerde investering" praten – alsof zoiets zou bestaan. Wat is dat toch met mannen en geld?'

Ik denk terug aan de speedbootbrochures. De cruisecatalogussen. Biedt Hellbom commissaris Björn een deel van de Grimberg-actie aan in ruil voor een soepele verkoop? Heeft de Chef zo'n soort invloed?

'Er is sprake van een intern onderzoek,' zegt ze. 'Dit is niet voor je krant. Ik weet niets zeker. Het zou gaan om niet gevolgde protocollen na Grimbergs zelfmoord.'

'Politieprotocollen?' zeg ik met gedempte stem.

'Patholoog-anatoom,' fluistert ze. 'Hij is op een of andere manier verbonden met de Grimbergs en ze vroegen of het twee keer zo snel kon zodat ze Gustav konden begraven. Er kan een intern onderzoek komen.'

'Hoe heeft...'

Ze onderbreekt me. 'Ik kan verder niets zeggen. Niets concreets, in elk geval.' Ze dept haar mond met een papieren servetje en verandert van onderwerp. 'Waar verhuis je naartoe? Ga je ver weg?'

'Even buiten Malmö. Klein stadje, maar ik kan in twintig minuten in de grote stad zijn.'

'Nou, als je vastloopt kun je me altijd bellen, dan vertel ik je mijn verhaal. Ik zou het misschien eerst aan de Chef moeten vragen, maar het is vast in orde.'

'Jouw verhaal?'

'Mijn beide ouders zijn Irakese medici. Mama was cardioloog en nu is ze schoonmaakster. Ze is een poetsende cardioloog. Papa werkt in een bouwmarkt buiten de stad. Ik ben zodra het kon bij de politie gegaan en begon als hondentrainer, maar wat ik het liefst wilde was helpen met bendeproblemen en haatmisdrijven tegen minderheden. En ze stuurden me naar Gavrik, waar iedereen lelieblank is en waar geen misdaad is.'

'We hadden deze week nog wat misdaad.'

'Ik weet het niet,' zegt ze met een vermoeide blik.

'En vorig jaar,' zeg ik.

'Dat heb ik gehoord. Björn zegt dat je je erbuiten had moeten houden, dat je de zaak-Medusa aan de professionals had moeten overlaten.'

Ik laat mijn ogen rollen in hun kassen.

'Maar Thord vond dat je het geweldig deed. Hij heeft een zwakke plek voor je.'

'Hij is oké,' zeg ik.

'Hij is nu op pad om een vrouw te waarschuwen wegens haar eigen stokerij. Ze heeft een distilleerderij in haar badkamer gebouwd. Maakt wodka van 90 procent alcohol en verkoopt die in uitgespoelde wijntapdozen aan de plaatselijke bevolking. Ze snijdt een gaatje in de zakken. Ze vult die met bocht en dan plakt ze die weer dicht. Thord denkt dat die vrouw haar halve straat kan laten ontploffen.'

Ik herinner me het huis van de brandweerman. En zijn nicht, Rood, de stempelaar.

Noora nipt aan haar drankje. 'Denk je echt dat de oude mevrouw Grimberg van de trap in de fabriek is geduwd?'

Ik haal mijn schouders op en schud de resterende frietjes uit het kartonnen houdertje op het dienblad. 'Geen idee. Ze is oud, maar ze is zo scherp als een injectienaald. Ik ga morgen met haar praten.'

'Björn denkt dat de oude mevrouw Grimberg net zo goed de Veerman kan zijn,' zegt ze.

'Björn is een eikel.'

Ze vouwt haar kin op haar borst en giechelt. Haar giechelen gaat over in een soort hoest en ze drinkt nog wat rum-cola om die te stoppen.

'Geen commentaar,' zegt ze.

'Kunnen jullie al bijna iemand oppakken?' vraag ik. 'Wat was die tweede aanwijzing?'

Ze schudt haar hoofd, zo van 'Sorry, verboden terrein,' en dan verandert ze van onderwerp en zegt: 'De Chef denkt dat Ludvig Grimberg destijds problemen had. De Chef sprak hem op het kantoor van de fabriek, iets over een anonieme brief waarin iemand hem probeerde af te persen. Een oud familiegeheim, een groot schandaal dat ze stil probeerden te houden.'

'Hebben ze ooit ontdekt van wie die brief kwam?'

Ze schudt haar hoofd.

Ik buig me naar voren en vraag: 'Off the record: volgen jullie nog andere aanwijzingen, wat dan ook?'

Ze buigt zich ook naar voren. 'Er is één ding,' zegt ze. 'Ik noem het alleen omdat je misschien kunt helpen, quid pro quo.'

Ik kom nog dichterbij.

'Gunnarsson was vroeger op school een pestkop,' fluistert ze, onze gezichten zo dicht bij elkaar dat ik haar zou kunnen kussen. 'Hij was berucht. We onderzoeken kinderen van zijn school, mensen van zijn leeftijd of jonger, die een doelwit van hem geweest kunnen zijn. Kan een motief zijn.'

'Heb je al een paar namen?' vraag ik.

'Nee,' zegt ze. 'We hebben tot nu twee gepeste kinderen geïdentificeerd: een taxichauffeur en een autoverkoper, maar die waren op de dag van de moord allebei aan het werk.'

'Wraak?' vraag ik.

Ze staat op en haalt haar schouders op.

'Ga je nu al weg?' zeg ik.

'Jij niet dan?'

We stoppen ons afval allebei in de daartoe bestemde afvalbakken en gaten in de wand zoals verantwoordelijke Zweden doen, en lopen dan naar buiten. Het is nu stervenskoud, echt godallejezus koud, met ijskristallen die glinsteren als nepdiamanten en sneeuwhopen die schaduwen voorbij het witte licht van de straatlantaarns werpen.

'Ronnies?' vraag ik.

'Te druk,' zegt Noora.

'De bioscoop is al gesloten. Ze zullen nu halverwege *Dirty Dancing* zijn. Het hotel heeft geen bar en het restaurant is volgeboekt. Ronnies is de enige mogelijkheid.'

'Ik heb zo'n twee uur voor ik terug kan naar mijn appartement,' zegt ze. 'Mijn huisgenoot heeft een date.'

'Ah,' zeg ik.

'We kunnen een ritje maken in jouw...' Ze kijkt naar de Tacoma. 'Limo?'

'Heb je zin om met mij mee te gaan voor nog een rum-cola?'

vraag ik. 'Mijn huisgenoot, nou ja, ze is niet mijn huisgenoot, ik logeer bij haar tot ik wegga, ze komt over een paar uur thuis, maar we kunnen daar wat drinken?'

Ze kijkt me aan, kijkt me echt aan, en ik heb het niet meer zo koud. Het zal misschien min twintig zijn en mijn sjaal zit niet meer rond mijn gezicht, omdat ik er anders stom uitzie en ik heb het niet koud.

We rijden naar Tams huis en parkeren en lopen naar boven zonder echt veel tegen elkaar te zeggen. Ze loopt achter me en ik voel hoe haar blik zich in mij boort en mij verwarmt. We gaan naar binnen.

'Leuk huis,' zegt Noora. 'Je hebt het juiste appartement uitgezocht om te logeren.'

Ik steek de houtkachel aan. Hij rookt een tijdje voor de kolom koude lucht in de schoorsteen verdwijnt en er vlammetjes opspringen. Papa heeft me hierover verteld voor zijn auto in botsing kwam met een eland. Hij vertelde me hoe de kolom zware, bevroren schoorsteenlucht eerst moet optrekken voor het vuur kan ontbranden en de rook kan ontsnappen. Ik sluit de geblakerde glazen deurtjes en denk aan papa's gezicht en dan mix ik voor ons beiden een drankje.

Noora streelt mijn hand. Ze zegt: 'Op een nieuw begin.' Daarna klinkt ze met mijn glas, ze klinken echt deze keer, en ik besef dat ik haar niets over haar nieuwe leven hier heb gevraagd.

'Kun je je draai hier een beetje vinden?'

Ze knijpt haar ogen stevig dicht en valt achterover op de diepe bank en trekt een kussen op haar schoot en vervolgens een dekentje tegen haar zij.

'Het viel niet mee om hier eind januari aan te komen, maar ik ontdek langzaam hoe het hier werkt. Het is een raar stadje, maar ik verheug me op de zomer.'

'Het is net zo raar in de zomer,' zeg ik.

Ze glimlacht. 'Zeg dat alsjeblieft niet. Ik heb liever dat je gewoon liegt.'

Ik ga naast haar zitten en trek een ander dekentje over mijn knieën. Het is zacht en lichtblauw en heeft kwastjes langs alle randen. We zitten en kijken naar het vuur, onze knieën raken elkaar bijna. Het geel weerspiegelt door de kamer en het vuurtje verzacht en verwarmt de witte wanden.

'Mooi vuur,' zegt Noora.

'Het is niet slecht,' zeg ik en dan schuift ze dichter naar me toe zodat onze kuiten elkaar onder het dekentje aanraken. Ik durf me niet te verroeren. Ik dacht eerder dat mijn zintuigen alerter waren, maar nu hoor ik al haar ademteugen en voel ik ze op mijn huid. De druk van haar been tegen het mijne, de lichte druk, ik denk er bewust aan, haar huid, ik zuig het allemaal in me op, haar been tegen mijn been, haar knie op mijn scheenbeen.

Ik verroer me geen millimeter.

Noora strekt haar arm en laat haar hand op een kussen rusten. Ik zie zacht dons op haar wangen, als het pluis van een kuiken dat net uit het ei is, het lichtste dons. Ze ruikt lekker. Haar adem is rum en suiker en hij voelt heet in mijn nek. Ze schuift dichterbij. Ze buigt voorover en legt haar hoofd op mijn schouder. Is dit de beweging van een vriendin of een geliefde? Haar arm ligt op mijn rug. We raken langzaam met elkaar verstrengeld, als klimrozen. Maar ik ben veel trager. Ik ben doodsbang dat ik dit vermoedelijk ingebeelde ding verpest. Ze heeft het gewoon koud. Of ze is moe. Ik beweeg mijn kin en laat hem zachtjes op haar haren rusten en de geur is bedwelmend. Het vuur flakkert in de hoek. Ik beweeg mijn hand in kleine stapjes zodat hij op haar schouders komt te rusten. Ik kijk naar mijn vingers. Ik vertraag mijn ademhaling zodat die in de pas komt te lopen met de hare. We rijzen en dalen in de warmte van het vuur, de dekens bedekken ons, en ik adem de geur van haar shampoo en haar huid en haar alles in.

36

De voordeur zwaait met een klap open. Ik wrijf in mijn ogen en ben warm, Noora ligt om mij heen gevouwen, de dekens nog op ons, het vuur gloeit zwakjes in de hoek van de kamer.

Tammy komt binnen.

Ze ziet er koud en moe uit; grote blauwe IKEA-tassen vol tupperwaredoosjes hangen aan haar handen. Wanneer ze ziet dat ik niet alleen op de bank zit, kijkt ze me aan en haar gezicht verhardt. In het schemerlicht kan ik zien dat ze met haar kiezen knarst, die onmiskenbare opbollende en intrekkende uitstulping aan de zijkant van haar gezicht, haar ogen op mij gericht. Ze kijkt niet eens naar Noora.

Ik leg mijn vinger tegen mijn lippen. 'Ze slaapt,' fluister ik.

Tammy loopt door naar haar keuken. Ik hoor dat ze haar koksmessen opruimt en dat doet ze niet erg zachtjes. De koelkastdeur slaat dicht en dan, een paar minuten later, hoor ik de badkamerdeur slaan.

Noora beweegt, strekt zich uit als een kat die zich op een warme steen in de zon koestert. Ze heeft een groepje sproeten op haar wang als een recent ontdekt sterrenstelsel. Ze gaat rechtop zitten en streelt mijn haar.

'Hoe laat is het?' vraagt ze.

'Middernacht.'

Ze fatsoeneert haar kleren. Ik voel me op mijn gemak en goed, maar heb ook het gevoel dat alles in gevaar is.

'Ga je weg?' vraag ik.

'Ik moet wel.'

Ik trek mijn kleren recht en gooi de dekens van ons af en we staan daar bij de voordeur naar elkaar te kijken, verfomfaaid, glimlachend als gekken, onze vingers verstrengeld.

'Fijne non-Valentijnsdag,' zeg ik.

'Dat was gisteren,' merkt ze op.

Ik kus haar en ze drukt haar lippen tegen de mijne. Ik voel een glimp van haar tong en dan loopt ze de deur uit.

Wanneer ik om zeven uur wakker word, is Tammy al vertrokken naar haar werk en de flessen zijn opgeruimd. Ik douch. Mijn huid is honderd keer gevoeliger dan eerst, elke aanraking is voelbaar en levend en elektriserend. Ik zie er niet katerig uit en voel ook geen kater. Maar ik heb razende trek.

Bacon en roerei. Ik gebruik zelfs Tammy's bieslook en snijd die met haar Japanse mes in piepkleine groene ringetjes. Ik ben een waardeloze kok, maar dit is heerlijk. Ik was af en loop naar beneden, naar mijn auto.

Het blikje bier van ICA is ontploft. Niet echt ontploft, meer uitgebarsten in slow motion en toen bevroren tot een eigenaardig vervormde lichtbruine ijssculptuur. Het lijkt alsof het blikje in slaap is gevallen en toen midden in de nacht zijn maaginhoud heeft uitgekotst; alsof het is gestikt in zijn eigen braaksel en zijn eigen tong heeft ingeslikt en toen stilletjes is doodgevroren.

Ik loop naar het kantoor. De deur rinkelt en Lena zit aan haar bureau, maar verder is er iemand. Lars werkt niet op zaterdag en Nils heeft een lang weekend geboekt om op baars te gaan ijsvissen in een of ander meer waarvan ik nog nooit heb gehoord. Hak een gat in het ijs, gooi er een lijn in, blijf zeven uur zitten, en trek er een vis uit ter grootte van een deodorantroller die geheid naar modder smaakt. Ik snap het niet.

Ik laat het bierblikje in de gootsteen ontdooien en het bier wegsmelten.

'Wil je koffie?' vraag ik aan Lena door haar deuropening.

Geen antwoord.
Ik ga naar binnen.
'Ik vraag niet veel van je, Tuva.' Ze wacht even en kijkt me aan. Doordringend. 'Maar ik vraag wel van je dat je je werk zo goed mogelijk doet.'
Mijn jeans kriebelt en mijn handen plakken van het koude bier.
'Ik weet het.'
'En jouw uiterste best is beter dan wat veel mensen ervan bakken, begrijp je dat?'
Ik knik. Kan ze het bier ruiken?
'Je laatste stuk was je slechtste. Je leverde het merendeel van je kopij laat aan en ik vermoed dat je je opdracht van de ghostwriter liet voorgaan, omdat hij je beter betaalt dan ik.' Ik probeer te antwoorden, maar ze steekt haar hand op. 'Dit,' ze houdt een pas gedrukt exemplaar van de *Posten* omhoog, die van vandaag, 'dit is jouw naam onwaardig.'
'Het spijt me,' zeg ik, de woorden blijven steken in mijn keel.
Ze zucht door haar neus.
'Ga zitten,' zegt ze.
Ik moet bijna huilen, maar doe het niet. 'Ik kan misschien nog één ding doen.'
Ze knijpt haar ogen samen.
'Laat me een verhaal voor je schrijven, kosteloos, vanuit het zuiden. Misschien volgende week of volgende maand, wat jou het beste lijkt. Ik schrijf een stuk waarin ik de twee plaatsen vergelijk, iets wat de mensen in Gavrik zal interesseren, een inkijkje in die plaats vanuit het perspectief van hier.'
Ze krabt in het gootje boven haar bovenlip en denkt hierover na.
'Je moet dat wel met je leidinggevende bespreken.'
'Dat zal ik doen.'
We drinken samen in haar kantoor, iets wat ik nooit echt

heb gedaan, en ik heb het gevoel dat ik mijn relatie met Lena misschien toch nog zal kunnen redden. Ze vertelt me hoe Johan, haar man de hydro-elektrotechnisch ingenieur, de man uit Poppenstad die ze in de vs heeft leren kennen, de man voor wie ze dat alles opgaf, gisteravond een elandenbout met rode bessen voor haar heeft klaargemaakt, en ze keken samen naar *Predator* omdat dat hun film is.

'*Predator*?' zeg ik.

Ze haalt haar schouders op.

En ik vertel haar over mijn date. Lena luistert, maar het is alsof er een kloof tussen ons is gegroeid. Ik vertel niet dat ik een date had met een politieagente, of dat ze een zij is, of dat het een non-date in McDonald's was, maar ze kent me goed genoeg om de stippen te verbinden. Lena tilt haar koffiemok op.

'Op de liefde.'

Ik til mijn mok op, maar zeg niets.

Wanneer ik bij Tammy kom, is ze er niet. Wat er wel is, is een reusachtige graffititag op de zijkant van haar foodtruck. Schoften. Het is een afbeelding van een bruin gezicht met grote zwarte ogen, elk met een G-motief.

'Ze deden dat terwijl ik in het busje was.'

Ik draai me om en daar staat Tam en ze ziet er klein uit in haar ski-jack en haar ijsmuts.

'Wat?'

'Het waren er twee, geloof ik, ik weet het niet zeker, misschien ook maar één. Ze duwden iets zwaars tegen de deur van het busje en het luik was gesloten voor die avond.' Ze slikt hoorbaar. 'En mijn telefoon lag in mijn auto.'

'Hebben ze je daarbinnen opgesloten?' vraag ik.

Tammy kijkt naar haar foodtruck. Haar gezicht zegt: 'Ik wil daar nooit meer naar binnen.'

'Het was allemaal in vijf minuten voorbij. Maar inderdaad, iemand had me binnen opgesloten. Ik schreeuwde en gilde.

Er kwam niemand. Misschien is het dezelfde klootzak die me de laatste paar avonden al volgt. Misschien is het de Veerman.'

'Volgt?'

Ze haalt haar schouders op. 'Een vent die ik telkens zie opduiken, enorme capuchon, kan zijn gezicht niet zien, hij staat altijd een eindje bij me vandaan maar ik zie hem steeds. Ik beeld het me niet in.'

'Waarom heb je niet –'

'Misschien is het beter als je je laatste paar nachten in het hotel slaapt, Tuva. Ik voel me nu niet zo goed. Ik neem misschien een tijdje vrij.'

'Is het omdat ik gisteravond iemand meenam? Die bleef niet slapen, weet je.'

'Vind je het erg?' zegt ze.

'Het spijt me,' zeg ik en ik strek mijn armen uit om haar te omhelzen. Maar ze vouwt zichzelf strakker op en doet een stap naar achteren. De lucht is ijskoud en de hemel is zo wit als Karins antieke cyaankalipil. Zo vroeg is hier verder niemand, alleen in de verte een gekromde man die zijn hond uitlaat en zowel hij als de hond ziet eruit alsof hij wil dat de wandeling zo snel mogelijk voorbij zal zijn.

'Tam, alsjeblieft.'

'Ik kan meebetalen aan de kamer, als dat een probleem is. Ik wil een tijdje alleen zijn en ervan op aan kunnen dat er geen vreemden in mijn flat zijn.'

'Ik kan het betalen,' zeg ik. 'Ik ben vanmiddag weg.'

'Goed dan,' zegt ze en dan loopt ze naar haar auto.

Een diepe pijn in de kern van mijn buik. Een scheur. De ene helft is liefde, of misschien gewoon kalverliefde, warm en tevreden. De andere helft is vuur en ijs tegelijk, hard getroffen door de gedachte dat ik Tam kwets, dat ik haar kwijtraak.

Misschien heeft ze gewoon wat tijd nodig. Hoe zou ik me voelen als een of andere malloot me na een zware, ijskoude werkdag opsluit in mijn eigen auto, hoe zou ik me voelen als ik om middernacht thuiskom en mijn niet-betalende parttimehuurder heeft het aangelegd met een vreemde, uitgerekend op het moment dat ik veiligheid en een knuffel en thee nodig heb, en mijn huis mijn toevluchtsoord zou moeten zijn? Hoe zou ik me voelen? Ik praat later wel met haar om het goed te maken. Ze is mijn enige echte vriendin hier en ik ga niet weg als het niet goed zit tussen ons. Dat kan ik niet.

Ik loop snel door Storgatan, mijn wangen branden in de wervelende wind. Er liggen lijken in de zoute sneeuw, leeggelopen roze ballonnen en roze harten met linten eraan. Sommige liggen boven op de sneeuwbrij, maar andere zijn er vanmorgen door de sneeuwploeg als frambozenijs doorheen gemaald. Wanneer ik langs Ronnies bar loop, mijd ik behoedzaam de bevroren plasjes Valentijns-kots, onregelmatig gevormde plakken halfverteerde hotdog en kaastosti en bier.

De doodsfabriek ziet er vandaag donker uit tegen de lucht. De schoorstenen komen op me af zoals ze dat ook deden op de dag dat Gustav stierf, de wind blaast vanuit het oosten, de wolken trekken over me heen, de bakstenen hellen over. Er gulpt rook uit de ene werkende schoorsteen, de linker, en onder de boog zie ik een rij bestelwagens staan wachten om geladen te worden met kratten zoute muntdrop.

Ik loop over de werkvloer. Ik herken iedereen en niemand. En dan ziet de oogverblindende roodharige stempelaar me en stempelt dan nog harder, haar gereedschap hamert regelmatig en krachtig, plet de muntdropjes en prent in elk exemplaar een hoofdletter G.

Karin zit bovenaan de trap.

'Hi,' zeg ik.

Ze glimlacht, maar haar ogen zijn rood en haar mascara is in grijze lijnen uitgelopen over haar albasten wangen.

'Ik zou er alles voor overhebben om jouw leven te leiden,' zegt ze.

‘Hoe gaat het vandaag met je grootmoeder?’ vraag ik.

Karin staat op en veegt haar ogen af aan haar mouw.

‘Met haar gaat goed, maar moeder...’ De mascarastrepen zien eruit als insectenpootjes die haar wangen omvatten. ‘Straks ben ik de enige die over is...’

Ik sta op en raak haar arm aan, maar ze deinst terug.

‘Zeg dat niet,’ zeg ik haar.

Ze wijst op de portretten en foto’s aan de wand langs de trap.

‘Moeder moet elke dag langs de hele trits lopen. Grootvader Ludvig, die haar minachtte, die haar niet hier wilde hebben, die dacht dat ze niet eens goed genoeg was om de vrouw van een eigenaar te zijn.’ Het schilderij waarnaar ze wijst toont een man met grijs haar, een gedraaide torso en een keurig snorretje. ‘Ik kan me niet eens voorstellen wat hij ervan zou hebben gevonden dat mama hier de boel leidt. Snap je dat?’ Ze kijkt me aan met knipperende ogen, geagiteerd. ‘Zij zijn het probleem.’ Ze wijst naar de foto’s langs de trap, haar stem is nu luider. ‘En zij, de onaanraakbare werknemers. We kunnen ze niet in de kou laten staan, zelfs niet wanneer we daardoor allemaal naar de knoppen gaan. Vader kon er niet tegen en nu moet moeder langs hen allemaal lopen; elk paar ogen, een familie die er nog steeds van afhankelijk is dat wij hier de zaken draaiende houden.’

‘Heeft Gunnarsson je oneerbare voorstellen gedaan, Karin?’

Ze kijkt me aan, haar tanden op elkaar geklemd.

‘Geen commentaar.’

37

De Ontvangstkamer is een luchtsluis tussen een openbare en een zeer private ruimte: een geënsceneerd portaal dat twee werelden met elkaar verbindt. Karin ontsluit de deur naar de woning en trekt het gordijn opzij. We stappen naar binnen. De Grote Salon wordt verlicht door een waterige middagzon en dat licht doet hem geen goed.

Het is wit licht in deze tijd van het jaar, tandartsenlicht, bijna-doodervaringslicht, en alle warmte en nuance is eruit gebleekt. De deuren van de kast van het leven staan wijd open en hij kijkt me vuil aan. Alsof hij me bedreigt. Mijn gehoorapparaatjes boeten enigszins aan kracht in vanwege het hoge plafond. De natte muur heeft iets duisters. Er liggen meer messen onder de lange eettafel dan de vorige keer dat ik hier was: vleesmes, broodmes, fileermes, hakmes, grapefruitmes en steakmes. Er is het mes met een heft van hertshoorn waarin een G is gegraveerd of gestempeld. Op sommige plaatsen liggen ze twee lagen dik, messen op messen, allemaal wijzend naar de wereld.

'Je gaat niet vaak het huis uit, hè?'

'Er loopt buiten een maniakale moordenaar rond,' snauwt ze. 'Had je dat nog niet gehoord?'

Ik zeg niets.

'Ik ga naar buiten wanneer ik de stad uit ga,' zegt ze. 'Maar ik kan moeilijk in de plaatselijke lunchroom van Gavrik gaan zitten, zoals jullie.'

Er is geen lunchroom, alleen een cafetaria van de ICA Maxi.

'Waarom niet?'

Haar oogleden zien er zwaar uit onder haar pony. 'Omdat we niet zoals jij zijn, Tuva.'

'Ik moet het je nog eens vragen, Karin. Heeft Per Gunnarsson je bang gemaakt toen je een tiener was? Heeft hij avances richting jou gemaakt?'

'Wie heeft je dat verteld?'

'Ik hoorde dat hij bijna was ontslagen,' zeg ik.

'Bijna,' zegt ze.

Ik wil haar meer vragen stellen, maar ze klopt op de deur van Cici's reconvalescentiekamer en dan draait ze zich om en loopt weg.

'Kom binnen, jij,' zegt een zwakke stem.

Ik kijk om naar Karin, maar ze is al weg, dus loop ik langs het konijn met drie poten de slaapkamer in.

'Ik ben het maar, vrees ik,' zeg ik.

'Ik weet wie het is,' zegt Cici. 'Kom binnen en laat me eens goed naar je kijken.'

Ik loop enigszins opgelaten naar haar toe. Waarom heb ik geen bloemen of druiven meegenomen, zoals ieder fatsoenlijk mens zou doen? Noora zou bloemen hebben meegebracht. Pioenen.

'Je ziet er stralend uit,' zegt Cici terwijl ze haar handpalmen plat op het laken zet om zichzelf wat op te drukken, net zoals mama altijd deed. 'Heb je een nieuwe geliefde genomen voor Valentijnsdag?'

Wat? Ze weet het niet. Hoe zou ze het kunnen weten?

'Een stevig ontbijt,' zeg ik. 'Dat is alles. Kan ik iets voor je halen? Water? Zoete thee?'

Cici schudt haar hoofd.

'Dit zijn onze laatste dagen samen. Zul je terugkomen om mij te bezoeken?'

Ik knik en trek haar dekens recht en dan zie ik de spiegels.

'Voor je make-up?' vraag ik.

Ze glimlacht, maar dit is een glimlach die ik nog niet eerder heb gezien, hij is bleker, heeft meer patina, ze laat me niet haar tanden zien. Het is al met al iets ouders.

'Kom hier, schatje.'

Ik hurk neer naast haar bed en ze ruikt op een of andere manier naar verse citroenen, ze moet de schil in haar huid wrijven.

'Kijk nu eens.'

De spiegels, het zijn er zes, zijn zodanig opgesteld dat Cici vanuit bed de straat kan zien. Ze kan vanuit een gemakkelijke hoek naar een spiegel, een grote, kijken; ze gebruikt haar toneelkijker maar ik zie het prima, en daar is Storgatan, mensen lopen richting ICA om snoep te halen voor hun zaterdagavond-tv-marathons. En als Cici in de andere spiegel kijkt, een ovaal antiek geval met een zwierige, vergulde lijst, ziet ze het kerkhof van de St. Olov. De spiegels aan het raam zijn omlaaggericht, en Cici kan de plek zien waar haar schoonfamilie en haar zoon en haar kleinzoon rusten in bevroren stilte.

'Is het niet magisch?' zegt ze. 'Die lieve KK heeft het vanochtend allemaal voor me opgehangen, ze is zo'n nijver beestje.'

'Het is geweldig,' zeg ik en ik betreur hartgrondig dat ik nooit op het idee ben gekomen om zoiets voor mijn moeder te doen in haar laatste weken. Ik heb haar nooit gezegd dat ik van haar hield of haar aardig vond, noch dat ik het wel zou redden in mijn eentje, en ik heb nooit spiegels opgehangen zodat ze het Vänernmeer kon zien, het prachtige Vänernmeer, de bevroren watermassa met zijn tientallen schaatsers die sierlijke lijnen over het berijpte glazen oppervlak krassen. Ze had het fijn gevonden, denk ik. En ik kwam niet eens op het idee.

'Kun je me vertellen wat er met je buitenhuis is gebeurd?'

Ze knikt en kijkt weemoedig, haar blik glijdt van me weg naar de spiegels die zicht geven op de graven.

'Het was een fijne plek voor ons allemaal, dat huis. Als een schild. Het was hier en daar schimmelig, maar lang niet zo erg als deze oude spons. We hadden koeien in de buurt, niet van onszelf, natuurlijk, en de moerassen gonsden in augustus van de libellen.'

'Je zult het wel spijtig hebben gevonden toen je dat huis kwijtraakte.'

'Nee,' zegt ze. 'Geen spijt. Ik heb misschien nog honderd jaar te leven of honderd seconden. Totaal geen spijt.'

Mijn wenkbrauwen schieten omhoog.

'Ik meen het,' zegt ze. 'Het was de tijd voor dat huis, dus ging het huis. Wanneer het je tijd is, leg je het loodje en zo gaat het ook met huizen en al mijn schatten op zolder. Ik heb er veel van weggegeven, alles van wol of zijde, ik heb het allemaal weggegeven aan mensen die het nodig hadden, weet je, de Kosovaren, de Syriërs, ieder die hier net was aangekomen. Ze komen hier en het is zo ongelooflijk koud. Zij zijn degenen die het nodig hebben, niet een knokig oud besje dat op haar zolder modeshowtje speelt. Ik heb de helft van alles weggegeven. Weg. Geen spijt.'

'Jij bent sterker dan ik,' zeg ik. 'Ik heb spijt van dingen en die achtervolgt me overal.'

'O, ik ben niet sterk,' zegt ze en ze tikt met haar wijsvinger op mijn pols. 'Ik ben doodsbang. Ik ken geen andere manier om te leven en ik ben tweeëntachtig dus houd ik vast aan wat werkt. Het helpt me. Geen spijt hebben werkt. Wanneer je een schoonvader en een echtgenoot en dan een zoon en kleinzoon verliest en je leeft nog steeds, dan heb je een granieten schild nodig. Wanneer een man in koelen bloede wordt afgeslacht, luttele meters onder waar jij je 's nachts te ruste legt, dan heb je dat schild nog harder nodig. Mijn overtuiging dat het je tijd is als het zover is, is mijn granieten bescherming.' Ze kijkt via de spiegels naar het familiegraf bij de St. Olov. 'Ik zit nu ook achter graniet.'

'Ik heb mijn beide ouders verloren,' zeg ik en de woorden

stromen uit mijn mond als water uit een kraan. 'Ik heb ze in zekere zin allebei verloren toen ik nog maar een kind was.' Ik kijk via de andere spiegel uit over Storgatan. Nog steeds gehurkt bij het bed. 'Ik dacht dat hun beider dood voorkomen had kunnen worden. Ze werden van me afgepakt. Weggegrist. Een schild zoals het jouwe zou me hebben geholpen om verder te gaan.' Ik denk aan tante Ida en haar litteken en het feit dat ze de moeite nam mij een wenskaart te sturen. Ik kijk naar Cici. 'Je denkt misschien dat je niet sterk bent, maar dat ben je wel. Ik vind je...' Maar mijn adem stokt en ik krijg de woorden niet uit mijn strot.

Ze glimlacht en haar tanden zijn er weer zoals vorige week en het vervult me van top tot teen met puur, gedistilleerd geluk.

'Wanneer je beter bent,' zeg ik. 'Misschien kunnen Anna-Britta en jij en Karin dan een week of twee op vakantie gaan. Als jullie deze zomer naar het zuiden komen, kunnen we een keer samen lunchen.'

'Vakantie!' zegt ze, alsof ik zojuist heb voorgesteld om onkruidverdelger op de maan te gaan drinken. 'We hebben nog nooit vakantie genomen, niet één keer. Tijdens mijn huwelijksreis gingen we in Turkije zoethout proeven en importcontracten ondertekenen. Wat zouden onze werknemers ervan zeggen als we vakantie voor ons plezier namen?'

'Ze gaan zelf op vakantie.'

'Natuurlijk, en die hebben ze ook hard nodig en ze verdienen het. Maar wij zijn anders, wij zijn hier nodig om alles in goede banen te leiden. En dan die maniak die een dode man met onze drop bedekt, we moeten nu harder werken dan ooit.' Ze wrijft over het konijnenpootje rond haar nek. 'Als we op vakantie zouden gaan, zouden we bij thuiskomst een hoop doordrenkte stenen aantreffen en drop die als een dikke, zwarte rivier Storgatan in stroomt, en vierhonderd mensen zonder werk.'

Ik blijf even zwijgen, zie dat beeld voor me, die rivier, mijn ogen op de spiegel gericht die naar Storgatan wijst. Het begint donker te worden.

'Vertel eens over Karin en Per Gunnarsson.'

Ze knijpt haar ogen tot spleetjes. 'O, dus je weet het.'

Ik knik.

'Merkwaardig,' zegt ze. 'Maar er was niets aan de hand. Hij was een einzelgänger en gespeend van sociale vaardigheden, die Gunnarsson, maar hij stond gewoon op klaarlichte dag en voor iedereen zichtbaar te babbelen met KK. We hebben het intern afgehandeld en niemand is zijn baan kwijtgeraakt, godzijdank. KK was boos op haar papa en Gustav was boos op de stempelaar die om te beginnen de klacht had ingediend. Haar grootouders hielpen de hele kwestie op te lossen. Ze bemiddelden. Uiteindelijk was er niets aan de hand.'

Niets aan de hand? Echt waar?

'Mag ik je iets vragen, Cici? Ben je ooit eerder van de trap geduwd?'

'Nee,' zegt ze.

'O,' zeg ik.

'Niet hier,' zegt ze.

Ik bijt op mijn lip.

'In het buitenhuis. Ik werd geduwd, het zal zo'n zes, zeven jaar geleden zijn. Maar ik denk dat ik toen sterker was, want ik viel maar een paar treden. Stootte mijn hoofd tegen de trapleuning. Geen blijvende schade. Ik heb nog steeds geen idee waarom ik die duw kreeg.'

'Heb je enig idee wie je die duw gaf?' vraag ik.

Ze kijkt omhoog naar het plafond. 'Je kunt één ding voor me doen, als je er de energie voor hebt,' zegt ze.

'Wat dan?'

'Zou je het erg vinden om naar mijn zolder te draven? Ik zou het zo fijn vinden als je een paar grote armen vol bij elkaar graait, in het wilde weg, Russische roulette, een kansspel.

Pak van verschillende rekken en uit hoedendozen, neem sieraden mee en de fleurigste sneakers die je kunt vinden. Twee grote armen vol en breng ze naar mij toe, zou je dat willen doen?'

Ik sta op, mijn benen gevoelloos door het hurken, en verlaat de kamer, open de deur naar de zolder en kijk omhoog. Ik wil daar eigenlijk niet in mijn eentje naartoe gaan. Er zijn daar honderd hoekjes waarin een Veerman zich kan verstoppen.

Aan elke trapstijl is een takje gedroogde rozemarijn bevestigd. De lucht wordt koeler. Ik zie de slapende bijen en motten tussen de dakspanten en ik ben op mijn hoede, maar voel me ook bevoorrecht om hier alleen met hen te zijn.

Welke rekken? De ruimte is het middenschip van een kathedraal, zo lang als een voetbalveld en bijna even breed, slechts onderbroken door die twee reusachtige ronde schoorstenen. Onder de ramen zoemen radiatoren.

'Hallo?' roep ik.

Niets.

Ik loop naar de voorkant van het gebouw en in de verte begint de zon te dalen boven het Utgardbos. Hij ziet eruit als een ontstoken oog dat zich langzaam en pijnlijk sluit voor de nacht. Mensen lopen binnen bij de *Posten* om hun wekelijkse krantje te kopen en stoppen twintig kroon in het daartoe bestemde koekblikje, en daarna lopen ze naar Björnmossens wapenwinkel om de afgeprijsde bowiemessen te bekijken.

Ik loop naar het einde van de zolder. Mijn voetstappen weergalmen in de ruimte van het dak. De grafkaars staat hier en hij flakkert nog steeds naast Cici's naaimachine. Hij heeft een weerbestendig dekseltje met luchtgaten en ziet eruit alsof hij nog dagen kan branden. Er ligt een rolmes, zo een als waar mama stof mee sneed toen ze nog hobby's had, en daarnaast ligt een stapel reservemessen en een kleermakersschaar. Ik blijf lopen. Ik ben nog nooit zo ver de zolder op gelopen. Er staan stapels ronde hoedendozen, opgetast als hoog oprijzende bruidstaarten, en er zijn hopen losse stof en borduurwerk. Een paspop met zwarte ogen en een afbladderende plastic huid houdt me in de gaten, haar lichaam is slechts een metalen paal onder een stola van mink. Langs een muur staan schoenenrekken. Ik trek er een stoffig paar sneakers uit en ze zijn van rood leer en ik denk dat ze aan Cici's eisen voldoen.

De vloer kraakt onder mijn voeten en ik sta stil, draai me met een ruk om en tuur de donkere ruimten achter de kledingrekken in. Mijn hart bonkt en ik dwing mijn ademhaling oppervlakkig en stil te worden.

Ik loop verder.

Rond de lange, stijve nekken van drie paspoppen zijn halskettingen gedrapeerd en ze hangen ook aan stalen spijkers die in de muur zijn geslagen. Ik zie marionetten aan hun touwtjes hangen. Sommige hebben baarden, andere hebben roze wangen en bij een paar zitten de touwtjes zo ernstig in de war dat het lijkt of ze zichzelf hebben opgehangen. Ik zie er een die eruitziet als Lena en eentje die net iets te veel op mij lijkt, compleet met pony en wipneus.

Ik pak een halflange jurk met grommende wolven langs de zoom gestikt, ze zitten elkaar achterna, en ik pak tien of twaalf halskettingen met kralen en kristallen en barnsteenklompjes van verschillende grootte. Ik denk dat ze allemaal van plastic zijn. Er staat een stoel naast de catwalk van linoleum en ik leg alles eroverheen en loop naar een rek met pantalons bij de achtermuur. Ik kijk uit het raam en zou bijna denken dat het al nacht was. Beneden geeft de sneeuw een grijze gloed af en roerders en proevers en opzichters van de kwaliteitscontrole verlaten door de ene uitgang het werk in hun lelijke ski-jacks en veel te grote moonboots; ze sjokken onder de boog door naar buiten en om de ruïne van de St. Olov heen, met hun mutsen strak rond hun gezicht. Links van me staat een paspop met haar hoofd te ver omgedraaid en het is alsof ze pijn heeft. De schaduwen die zij en haar levenloze collega's werpen kloppen niet. Ze bewegen. Ze glijden over de muren terwijl ik loop. Een bromvlieg beweegt en zoemt een luie zoem en gaat dan op een raam zitten. Het achterterrein is stil, maar dan zie ik een figuur van achter een vrachtwagen tevoorschijn rennen met een plastic jerrycan of kist. En dan zie ik licht. Ik zie vlammen.

38

De muur van de St. Olov gloeit rozegeel en er is niemand op de begane grond om de brand te zien.

Ik hierboven ben de enige. Ik en honderd comateuze wespen.

Ik laat de kleren en de kralen op de grond vallen, een ketting breekt, kralen zo groot als knikkers springen kriskras over de houten vloer en rollen de linoleum catwalk op. Ik hol met twee treden tegelijk de trap af.

Cici kan niet helpen.

'Anna-Britta,' roep ik en ik probeer niet geschrokken te klinken. 'Karin.'

Niets.

Ik ren langs de kast van het leven, zijn zware deuren staan nog open, langs de tafel met zijn met winde versierde lamp, langs het konijn, langs de messen, en ik kijk door Anna-Britta's open deur en Gustavs kleren liggen er nog steeds. Maar er ligt nog iets op de stoel. Een foto. Er ligt een foto van mij op Gustavs stoel.

Ik sta even stil, geschrokken om mezelf te zien, en ren dan weer verder, langs de tegelkachel en de hoekslaapkamer. Ik kom bij de Ontvangstkamer.

'Anna-Britta,' roep ik, nu wat harder. 'Brand!' en dan ben ik bovenaan de trap. Ik vind het 'Brand: sla ruitje in'-alarm boven het lichtknopje en druk het in met mijn vinger. Ik heb mijn vinger tientallen keren over dit soort dingen laten zweven, meestal op school wanneer anderen aan het ijshockeyen of handballen waren en ik me in een donker hoekje had verstopt, klaar om op de knop te drukken, snakkend naar hulp, naar aandacht, naar een uitweg, maar zonder het ooit echt te doen. Het glas breekt en het alarm begint te rinkelen. Ik krijg pijn in mijn oren, pijn als door een tandartsboor, en pijn in mijn vinger, alsof er een mes uitschoot bij het schillen van een peer. Er is bloed. Ik houd me vast aan de muur. Een rode veeg op het verschoten behang. En dan breng ik mijn handen omhoog en zet het volume in beide apparaatjes bijna op nul en het bloed maakt mijn wang nat wanneer mijn vingers erlangs strijken.

'Tuva,' roept Anna-Britta onderaan de trap. 'Je bent gewond.'

Ze rent naar boven, maar ik schud mijn hoofd en wijs naar de woning. 'Mij mankeert niets, maar Cecilia is nog daarbinnen.'

Ze kijkt naar mijn bloedende vinger en ziet Cici's barnstenen armband om mijn pols, die ik zojuist op zolder uitprobeerde, en ze kijkt ernaar en dan weer naar mijn ogen.

'Help me,' zegt ze.

We rennen door de Grote Salon.

'Niet kijken,' zegt ze wanneer we langs de kast en de messentafel komen.

We komen bij Cici en zij zit rechtop tegen de kussens geleund in bed, maar haar dekens zijn opengeslagen en ik zie haar oranje legging en gestreepte kniekousen jarentachtigstijl.

'Wat is er?' vraagt Cici.

'Brand in de zoethoutschuren,' zegt Anna-Britta. 'De brandweer is onderweg. We moeten jou naar buiten zien te krijgen.'

'Waar is lilla Karin?' vraagt Cici.

Anna-Britta kijkt naar mij.

'Ik weet het niet,' zeg ik.

We tillen Cecilia op door wat Anna-Britta een 'brandweerlift' noemt toe te passen. Het is een zootje, we lopen nauwelijks rechtuit, maar we krijgen haar bovenaan de trap, waar twee echte brandweermannen haar naar beneden dragen alsof ze een duivenveertje is.

Het personeel staat samengedromd op de verzamelplaats bij brand, alias de parkeerplaats van Hotel Gavrik. Een paar hebben een ski-jack aan, maar de meesten renden naar buiten in hun schort en haarnetje en staan nu samengepakt als keizerpinguïns die een storm op de Zuidpool ondergaan. De politie zal ze snel naar een warme plaats moeten sturen, anders worden er straks mensen blauw.

Anna-Britta praat met de brandweercommandant. Twee mannen controleren of alle gebouwen leeg zijn en een heel leger moddervette ratten schiet piepend over elkaar heen om aan de hitte te ontkomen.

'De bovenwoning is leeg, Tuva en ik hebben het gecontroleerd,' zegt Anna-Britta tegen een van de mannen die net door de geopende deur in de boog wil gaan. 'Je hoeft niet te gaan kijken, het is leeg.'

De man negeert haar. Twee vrouwen bestrijden de vuurzee. De brandweerauto past niet door de boogtunnel, dus staat hij aan de kant van Storgatan geparkeerd; zijn felle lampen overspoelen het tafereel met wit licht en de slangen kronkelen vanaf de brandkranen naar het achterterrein.

Ik denk aan de knaagdieren die gevangenzitten in de vallen. Die zijn nu niet meer zo humaan, helaas: de doorzichtige kastjes bieden elke gevangen rat uitzicht in breedbeeld op zijn eigen ondergang, een laatste maaltijd reeds verteerd, een doorzichtige val vanwaaruit hij familieleden in doodsangst kan zien wegvluchten.

Hitte op mijn wangen. De vlammen reiken steeds hoger, gevoed door stapels opgeslagen zomerbanden van de bestelwagens en vaten suikerafval. De lucht ruikt naar aangebrande pannen en heet rubber en blijft aan mijn verhemelte plakken. De nachtlucht is er zwanger van.

'Ambulance!' roept een van de brandweermannen, wijzend naar de muur van de St. Olov.

De ambulanceverpleegkundigen naderen aarzelend het vuur en samen met een brandweerman weten ze een brandend lichaam uit de vlammen te trekken.

Het is een vrouw.

Iemand achter me hapt naar lucht.

Het grootste gedeelte van haar kleren is geblakerd en haar haar is weggebrand. Haar armen zien eruit als te gaar gekookte hammen. De verpleegkundigen haasten zich met de brancard langs ons, langs de menigte naar de ambulance. Ze kreunt. Haar huid rookt in de koude, donkere lucht. De Chef schiet in actie en begint mensen naar achteren te dirigeren om ruimte te maken voor de ambulance. Ik zie verpleegkundigen een infuus aanbrengen in de verbrande arm van de vrouw. Morfine? Haar verschroeide armen zijn gebogen als klauwen, maar haar tanden zijn nog helderwit. Ik herken ze. Het is Grote Witte. Het is de proever.

Ik heb mijn echte camera niet bij me, dus maak ik foto's en filmpjes met mijn telefoon.

'Doorzoek alles nog eens,' roept de brandweercommandant.

Ze kunnen nu dichter bij de haard van de brand komen en het is duidelijk dat er niet nog meer slachtoffers zijn. Ze blijven ijskoud water op de vlammen spuiten.

'Alles is gortdroog in deze tijd van het jaar,' zegt de brandweercommandant. Mijn apparaatjes staan weer op een normaal volume nu de sirenes en alarmen uit zijn. 'Geen vocht,' zegt ze.

Telkens springen en flikkeren er vlammen op als witte slangentongetjes en ik hoor zwakke, niet-menselijke kreten. Ze zijn ver weg en op grondniveau. Muizen of spinnen of overwinterende egels. Insecten, misschien. Of gevangen ratten.

'Het is onder controle,' zegt de brandweercommandant tegen Anna-Britta. 'Je kunt je mensen nu naar huis sturen. Je wilt niet dat er lichaamsdelen bij hen afvriezen.'

Anna-Britta loopt weg door de boog en ik zie dat Karin haar groet en haar schouder aanraakt, hun beider lichamen omkranst door metselwerk. Daarachter is Storgatan grijs en twinkelend.

Noora en commissaris Björn komen bij mij en de brandweercommandant staan.

'Brand meester?' vraagt Björn.

De brandweercommandant knikt. 'Het ziet er erger uit dan het is,' zegt ze. 'Een halfuurtje en het is zo goed als uit. Die vrouw heeft pech gehad.' Ze hoest in de rokerige lucht. 'We kunnen contact houden via agent Noora hier. We hoeven echt niet met z'n allen buiten te staan in deze kou.'

Commissaris Björn knikt en zegt dan: 'Wat zegt je buikgevoel: ongeluk of opzet?'

De brandweercommandant haalt haar schouders op. 'In mijn buik rommelt het tegenwoordig.' Ze snuffelt in de lucht en zet haar neusvleugels op. 'Het moet een groot nest zijn geweest dat daar zat. Ik kreeg uit heel de stad meldingen over rondrennende ratten die honden en katten de stuipen op het lijf joegen. Groot nest, lijkt me.'

Ik kijk naar Noora en vorm met mijn lippen het woord 'Oké?' en ze verstrakt, recht haar rug en wendt zich tot commissaris Björn. 'Ik zal getuigenverklaringen verzamelen,' zegt ze tegen hem. 'En ik zal alles fotograferen zodra ik groen licht krijg van de brandweer.'

Björns tanden klapperen. Hij knikt naar haar en dan naar de brandweercommandant en negeert mij volkomen, en loopt terug om met Anna-Britta te praten.

'Wat een fik,' zeg ik tegen Noora.

Ze zegt niets. De waterstralen spuiten uit de slangen en de twee brandweervrouwen ondersteunen elkaar. De vlammen zijn nu anders, kleiner, rokeriger; blauw en groen doorklieven het geel.

Tegen negenen is de brand geblust en heeft de rode wagen het achterterrein van de fabriek verlaten. Noora heeft van zeven of acht mensen een verklaring opgenomen en ze heeft de plaats vanuit alle mogelijke hoeken gefotografeerd, maar zal dat morgen allemaal nog eens moeten doen bij beter licht. Ze kijkt me tijdens dit alles niet aan, ze maakt alleen aantekeningen.

'De inkt is verdomme bevroren,' zegt ze en ze trekt een reservepen uit de zak van haar uniform.

De boog is nu koud. De hitte uit de hoek waar de zoethoutschuren ruim een eeuw hebben gestaan, is verdwenen.

'Heb je gezien hoe de brand ontstond?' vraagt ze.

'Ja. Gaat het wel, Noora? Heb ik...'

Ze kijkt me recht aan, haar ogen wijd open, haar lippen getuit, en dan kijkt ze om zich heen.

'Vertel me gewoon wat je gezien hebt.'

Mijn maag voelt verkeerd, alsof ik iets grondig heb verpest, en ik weet niet eens hoe.

'Ik was op de zolder van de fabriek, boven het oude gedeelte van het gebouw. Ik hielp Cecilia Grimberg met haar kleren, vanwege haar val.'

Ik denk weer aan de rattenvallen. Plexiglas. De plastic dozen smolten rond de ratten als een kant-en-klare, vacuümverpakte nachtmerrie van de traiteur.

Noora schrijft iets op en kijkt me dan aan. Ze kijkt naar mijn mond.

'Zal die vrouw het redden?' vraag ik.

'Wat heb je gezien?' vraagt zij.

'Ik keek neer op het achterterrein en de ramen daarboven zijn niet erg schoon, en het glas is bobbelig, het is van dat oude, geribbelde glas, en ik dacht dat ik iemand uit de zoethoutschuren zag komen rennen. Hij rende achter een bestelwagen vandaan met een vat, een plastic jerrycan of zo.'

'Herkende je die persoon?'

Ik schud mijn hoofd.

'Man of vrouw?'

Ik kijk naar de nagloeiende keien, de sneeuw is weg, de bandenstapels zijn weggesmolten tot dropkleurige stompjes.

'Ik heb hem niet goed gezien. Normaal postuur, denk ik, maar het kan iedereen zijn geweest. Ik denk dat dat vat een kleine benzinetank was, zoals ze die bij het Q8-tankstation buiten de stad verkopen.'

'Wat zag je die persoon precies doen?'

'Wegrennen. En daarna zag ik vlammen oplaaien.'

'Hoe laat was dat?'

'Misschien drie minuten voor ik het brandalarm aanzette. Rond vijf uur. Kunnen we praten als je dienst is afgelopen?' vraag ik.

Ze schudt heel licht haar hoofd. 'Wie was er verder nog op de binnenplaats? Wie heb je nog meer gezien?'

'Niemand,' zeg ik. 'Vlak daarvoor gingen er werknemers weg, maar toen ik die figuur de zoethoutschuur uit zag rennen, was er niemand.'

Twee brandweerlieden onderzoeken de as op de binnenplaats om te kijken of de brand geheel is gedoofd. Daarna laten ze Cici en Anna-Britta en Karin door de boogdeur gaan. Tien minuten later, zodra mijn gesprekje met Noora voorbij is, drommen er zo'n veertig mensen de boogtunnel in en vormen er een rij.

'Wat is dit?' vraagt Noora aan Anna-Britta.

'Dit noem je een nachtdienst,' zegt ze.

Noora kijkt verbaasd.

'Ik moet aan bestellingen voldoen, leveranciers zijn afhankelijk van me. Er is een keten. Die kan ik niet zomaar doorbreken.' Ze wijst naar de nasmeulende hoek. 'Zet de zoethoutschuren af, gooi er zo nodig politielint omheen, maar we moeten een nachtdienst draaien.'

39

'Wat een maand februari,' zegt conciërge Andersson terwijl hij Cici ondersteunt bij het beklimmen van de brede trap, zijn sleutelring rammelend aan zijn riem. Ik neem aan dat hij het over Gustavs zelfmoord en de moord op Gunnarsson en nu ook nog de brand heeft, maar hij zegt: 'Nooit zo een als deze gezien, niet zo koud als nu.'

Cici krimpt ineen van de pijn terwijl ze de trap op strompelt, Andersson aan haar ene zij en ik aan de andere. Ze staat erop zelf te lopen. Karin snelt voor ons uit om deuren open te doen en meubels uit de weg te duwen. We zijn een breed vrachtje.

'Het was erg in 1982,' zegt hij hoestend. 'Meer sneeuw dan nu, compleet met sneeuwbanken, maar niet zo koud,' zegt hij alsof hij een monoloog op het toneel afsteekt. Ik zie dat hij een soort feloranje hawaïhemd onder zijn overall draagt. 'Nou ja, het vuur heeft tenminste wel afgerekend met wat ongedierte.'

We schuifelen de Ontvangstkamer binnen.

'Het lukt ons verder zelf wel, Andersson,' zegt Karin.

'Ik kan helpen,' zegt hij.

'We redden ons wel,' zegt Karin.

Andersson lijkt teleurgesteld dat hij niet mee mag. Hij knikt plechtig en gaat dan weg.

'Heb je pijn, oma?' vraagt Karin.

Cici schudt haar hoofd, pakt het konijnenpootje dat rond haar nek hangt en wrijft met haar bovenlip over de vacht. 'Ik overleef het wel,' zegt ze. 'Tot ik dat niet meer doe.'

Karin kijkt me aan en dan helpen we Cici door de deur en het fluwelen gordijn.

'Komt Andersson hier ook?' vraag ik. 'Als er dingen gerepareerd moeten worden, bedoel ik.'

'Op een dag zal hij zeker door die deur moeten komen,' zegt Cici. 'Maar tot nu toe heeft hij dat niet gedaan.'

'Maar hij is al jarenlang de conciërge,' zeg ik.

Cici ontbloot haar tanden voor me. 'Ik ben behoorlijk behendig met een draadloze boor, weet je.'

Anna-Britta verplaatst beddengoed en kussens uit Karins hoekkamer.

'Ik ben nog niet dood, hoor,' zegt Cici tegen haar.

'Commissaris Björn zegt dat het vannacht weleens tegen de dertig onder nul kan worden,' zegt Anna-Britta. 'Ik kan je niet in een kamer met twee buitenmuren zetten, dat wordt je dood.'

'Als ik ga,' zegt Cici, 'dan ga ik met een donderslag, niet fluisterend.'

Anna-Britta loopt naar Cici's slaapkamer – de kamer die het dichtst bij de tegelkachel is en het dichtst bij de Ontvangstkamer.

De slaapkamer ziet er aan één kant normaal uit, maar bij de binnenmuur ontbreekt de rand. Er is geen hoek maar een bolle ronding, een deel van de reusachtige schoorsteen die erbinnen verborgen zit, hij stulpt uit en dringt de kamer binnen.

'Karin, zou je de ketel op het vuur willen zetten?' zegt Anna-Britta. 'Tuva, doe alsof je thuis bent, zal ik anders een extra dienblad met avondeten voor je laten komen?'

Het is uitgesloten dat Tammy vanavond met me wil eten. En ik moet graven. Ik heb meer informatie nodig.

'Een extra dienblad zou fijn zijn,' zeg ik. 'Als het geen moeite is.'

'Wat is nu een extra mond om te voeden als ik er vierhonderdendertien heb?' Ze heeft geen mascara op en ik kan haar wimpers nauwelijks zien. 'En het is goed om de keuken bezig te houden. Hoe meer werk er hier is, des te beter is het voor iedereen.'

Er wordt uitgebreid met dekbedden gewapperd en geschud en dan komt Karin Cici halen, die er nu doodvermoeid uitziet. Anna-Britta neemt haar mee de slaapkamer in en doet de deur dicht. Ik heb vlak bij alle slaapkamers nachtspiegels gezien, of 'pispotten' zoals papa dat noemde, en op bepaalde manieren leven deze drie vrouwen alsof ze veilig in het verleden zijn opgesloten.

'Ik zal je maaltijd bestellen,' zegt Karin. 'Moeder vergeet dat gewoon.'

Karin belt naar de kantine.

Het konijn, het arme manke konijn, hopt rond in zijn ren met een blaadje sla aan de vacht van zijn oor geplakt.

'Laat hem eruit,' mimet Karin naar me, met de hoorn tegen haar oor, maar ik kan haar beter lezen dan ze beseft.

'Heus?' fluister ik.

Ze knikt.

Ik maak de ren open en het konijn, zo groot als een kleine hond, hopt naar buiten. Ik denk dat de Grimbergs dit vaker doen, dat ze hem vrij door de Grote Salon laten rondrennen voor wat lichaamsbeweging. Ik zie hem op de messen onder de lange eettafel afgaan, dus plant ik mijn voet in zijn baan om hem van koers te doen veranderen. Het witte konijn met zijn lange flaporen en zijn belachelijke staartje brengt een zweem van het menselijke, het normale, het vertrouwde in deze enorme, muffe ruimte.

Karin brengt water aan de kook en steekt een dikke kerkkaars met zeven pitten aan. Dit lijkt totaal niet op Tammy's appartement, het is zelfs de tegenpool ervan; er zijn geen dekentjes van kasjmier of diepe banken vol overbodige kussentjes, er zijn geen geurkaarsen van dure merken en dimschakelaars op de lampen, er is geen enkele foto of kunstwerk. De familie is de kunst, lijkt me, hun manier van leven is een soort absurde installatie in een industriële galerie. Er wordt op de deur geklopt.

Karin draaft langs me heen, haar lange zwarte jurk veegt over de houten vloer terwijl ze bijna zwevend naar het andere eind van de kamer gaat. Ze doet de deur open, stapt door de opening en sluit hem weer. Een moment later brengt ze één dienblad binnen.

'Kan ik helpen?' vraag ik.

Ze schudt haar hoofd.

Het is bijna een komisch proces. Ze brengt een tweede dienblad binnen en doet de deur achter zich dicht en zet het neer en doet de deur dan weer open en haalt een derde dienblad op en doet de deur dicht en zet het bij de andere en haalt dan het laatste dienblad en doet de deur dicht en draait hem op slot.

'Nu zijn we allemaal binnen,' zegt ze.

Ik help haar de dienbladen naar de messentafel te dragen. Elk is afgedekt met huishoudfolie en bepareld met vocht. Karin plukt van eentje het folie af en ik zie de *falukorv*-stoofschotel: plakjes bloedeloze worst in veel te gare kool. Verder een glas water en een mes en vork en een papieren servetje. Ze brengt het naar Cici's kamer.

Onder de kast van het leven zit het konijn naar me te kijken. Zijn ogen zijn felrood en hij eet het slablaadje dat aan zijn oor hing.

'Laten we ons eten afgedekt houden tot moeder komt, anders wordt het koud en smaakt het nog viezer.'

'Heb je nooit eens zin om thai te halen bij de foodtruck naast de ICA? Of een hamburger?'

Ze kijkt me aan alsof ik gek ben.

'Vader zei altijd: "Als het goed genoeg is voor onze werknemers, is het ook genoeg voor ons." We koken eigenlijk nooit als familie, nooit gedaan ook. Hier leven we op.'

'Wat een vreselijke avond,' zegt Anna-Britta terwijl ze naar ons toe loopt. 'Wie heeft er trek?'

'Worststoofpot,' zegt Karin.

'Heerlijk,' zegt Anna-Britta. 'Ik vind het fijn dat je met ons mee-eet, Tuva. Nu je door die deur bent gekomen, ben je bijna een Grimberg.' Ze recht haar rug. 'Je begrijpt natuurlijk waarom we zo op onszelf zijn, maar nu je door de deur bent, ben je meer dan welkom.'

We gaan zitten. Anna-Britta aan het hoofd van de tafel, ik tegenover Karin, de punten van mijn tenen omgekruld onder mijn stoel om verwondingen te voorkomen.

'Mag ik iets vragen, het stelt waarschijnlijk niets voor, maar ik zag dat je een foto van mij in je slaapkamer hebt, Anna-Britta.'

Karins ogen worden groot.

'Is dat zo?' zegt Anna-Britta, met een blik op haar slaapkamerdeur. 'Ah ja, dat klopt. Die komt van de politie, dat is alles. Beelden van de beveiligingscamera bij de prikklok op de dag dat Cecilia werd geduwd.'

'Ben ik een verdachte?' vraag ik.

'Mijn hemeltje, nee,' zegt ze en ze gebaart dat we moeten gaan eten.

Het eten is lauw en flauw. Het is afschuwelijk. Maar op een eigenaardige manier voelt dit als een familie. Ik lijk thuis te horen aan deze tafel met die worststoofpot, en aangezien ik vorig jaar alleen was met de kerstlunch, grotendeels uit een fles, in bed, voelt dit oké.

Er hangt nog meer winde aan de lamp dan eerst. Het ziet eruit als blond winterhaar, mijn winterhaar. De lokken hangen slap in de vochtige, koele lucht en ze wiegen zachtjes in de ademtocht wanneer iemand praat.

Karin pakt haar contactlenzendoosje. Ze draait de twee

vakjes voor de lenzen open: een blauw, een wit. Ik kijk er geboeid naar, ik kan het niet helpen.

'Zout en peper,' zegt ze en ze laat het me zien.

Nadat ze de stoofpot rijkelijk heeft voorzien van haar eigen, persoonlijke kruiderijen pakt ze nog een snufje zout en gooit dat over haar linkerschouder.

'Dankzij alle voorzorgsmaatregelen was het slechts een kleine brand, en alleen in de zoethoutschuren,' zegt Anna-Britta. 'En we hopen dat onze dierbare proever spoedig herstelt.'

Karin wrijft in haar ogen en ik zie dat één arm vol inkt zit, geen tatoeage-inkt, die heeft ze ook, maar die zit verder omhoog, waar haar moeder hem niet kan zien. Dit is verse inkt.

'Heb je geschreven?' vraag ik en ik wijs naar haar arm.

Karin bedekt haar polsen, trekt de mouwen van haar zwarte crêpejurk helemaal tot aan haar eerste rij knokkels; de aders en pezen van haar hand bollen op als blauwe, rond takken slingerende ranken.

'Beeldhouwen en schilderen,' zegt ze. 'Iets voor oma.'

'Kun je morgenochtend de spiegels afstellen, Karin?' vraagt Anna-Britta. 'Cecilia moet de familie kunnen zien.'

'Natuurlijk,' zegt Karin en ze duwt haar half leeggegeten bord opzij.

'Ik ruim dit wel op,' zegt Anna-Britta. 'Gaan jullie maar bij de kaars zitten.'

Ik besef dat wanneer Anna-Britta het over 'opruimen' heeft, dat iets anders is dan wanneer een normale pa of ma de vuile borden van een keukentafel verwijdert. Ze laadt geen afwasmachine in en trekt ook geen rubberen huishoudhandschoenen aan, ze stapelt gewoon de dienbladen met alle restjes op elkaar en voltooit Karins toneelstukje met de deur in omgekeerde volgorde. Ze opent de deur en brengt er een dienblad door en sluit hem weer. Vier keer.

We lopen naar de koude, gedoofde kachel en ik zie het konijn angstig ineengedoken onder de kast van het leven zitten, de zachte flappen van zijn enorme oren beven als Karin op hem afkomt.

De kamer is koel. Ik draag een lange onderbroek en een thermo-T-shirt met lange mouwen, een van goede kwaliteit uit de langlaufwinkel, en kniekousen en een dikke fleece en ik heb het nog steeds koud. Het zal hierbinnen zo'n twaalf graden zijn.

'Heeft Cecilia het warm genoeg?' vraag ik.

Karin knikt. 'Warmste kamer hier, het is het warmtegeheugen van de schoorsteen; die blijft in de oude balkstenen hangen. Het is goed met haar.'

Warmtegeheugen?

'Wat een avond,' zeg ik.

Karin staart naar het gat waar een vuurtje zou moeten branden. 'Wist je dat moeder haar horloge precies op het tijdstip dat mijn broertje overleed heeft staan? Op de seconde nauwkeurig. Deze fabriek gaat haar vernietigen en ze weet het niet eens.'

'Het zal beter worden,' zeg ik. 'Het wordt binnenkort lente.'

'Het wordt niet binnenkort lente, dat duurt nog drie maanden en tegen die tijd kan moeder best eens bij de rest van de familie onder de zoden liggen. Dat betekent dat ik als enige overblijf.'

'Dat mag je niet zeggen.'

'Jij hebt gemakkelijk praten,' zegt ze. De zeven vlammetjes van de kaars met zeven pitten dansen in haar pupillen. 'Als ik de fabriek zou proberen te verkopen, zou dat nieuws uitlekken. Dan zouden zij, de werknemers, me niet laten gaan, ze zouden het me beletten, ze zouden me in het gebouw opsluiten. Ik zou nooit levend uit deze fabriek komen.'

40

Ik houd mijn sjaal om mijn gezicht gewikkeld en rijd naar Tammy's huis. Straatlantaarns vloeien uit in de verlaten, glinsterende stad. Er loopt een moordenaar rond in Gavrik, een man of een vrouw met een wapen en een motief, en het kan iedereen zijn. De mensen blijven binnen. Ze zeggen afspraken af en slapen met geladen wapens verstopt onder hun bed.

Gavrik is uitgestorven als je bedenkt dat het een zaterdagavond is, geen rij voor Ronnies, geen auto's bij de drive-through van McDonald's, geen tieners op weg naar een houseparty, bedwelmd door wat er kan gaan gebeuren.

Tam is niet thuis. Ze zal in haar foodtruck zijn, een elektrisch dekentje over haar knieën als er geen klanten zijn, een gehackt tv-programma gestreamd op haar iPad, ventilatorkachel aan het snorren, haar messen scherp en schoon, haar ingrediënten gesneden en klaar, haar saus dampend in de droge winterlucht. En een pistool naast haar schoot.

Ik sluit de Tacoma af en besef dan dat ik mijn telefoon erin heb laten liggen. Ik weet niet of die min dertig overleeft, dus maak ik de deur weer open, de sleutel draait probleemloos in het slot, en trek dan de plastic hendel omhoog. Niets. Er is geen weerstand, slechts een slap flappen van plastic rond zijn scharnier. Het kabeltje dat hem met het deurmechaniek verbindt, is in tweeën geknapt.

'Kolere,' zeg ik en ik rimpel mijn gezicht tot een knoop. 'Krijg de klere, achterlijke Shitmobiel, stuk Poppenstad-stront.'

En dan adem ik diep de ijzige lucht in en voel me beter. Ik

loop om naar de passagierskant, waar een keihard bergje zanderige sneeuw ligt, en trek voorzichtig aan de hendel. Geen probleem. Ik pak mijn telefoon en laat de auto open achter, zo van 'O, je bent een dief in Gavrik in februari zonder sleutel, veel succes, vriend, je mag hem hebben, met alle plezier, neem maar mee, vort met de geit, alle goeds, liefs, Tuva'.

Het appartement is opgeruimd, dus Tammy moet sinds vanochtend terug zijn geweest. De dekens op de bank zijn opgevouwen op de manier waarop ze dat altijd zijn, de randen met de zwierige kwastjes steken uit. Ik ga zitten. Mijn hand glijdt over het zachte weefsel van kasjmier en dan breng ik het naar mijn gezicht en misschien beeld ik het me in, wat maakt het uit, maar ik ruik Noora's warme, kruidige parfum. Ik houd het bleekblauwe dekentje tegen mijn gezicht, smoor mijn neus en mond en adem haar in, zoveel als ik binnen kan krijgen.

Ik pak de rum uit een kast en stop die in een koffer.

Dit appartement is in alles de tegenpool van de Grimberg-woning. Dit heeft een normale grootte en is gevuld met eigen spulletjes en zachte dingen waarop je wilt gaan zitten en waar je dichtbij wilt zijn na een zware dag. Er is een inbouwkeuken met een semichique stereo aan de muur. Er is een tv, godbetert. Ik loop naar Tammy's bed en boven in mijn borst voelt het verkeerd. Mijn ogen prikken. Er staan drie foto's op haar nachtkastje. Eentje is van haar vader en moeder, toen ze nog jong waren. Het is een prachtige foto van hen op fietsen in een voorstad van Bangkok, voor hun eerste huis. Hij lijkt door een fotograaf te zijn gemaakt, maar is genomen door Tams oom, het licht was perfect, het was zo'n toevalstreffer, een kiekje door een amateur, maar de gezichten keken precies de goede kant op en je ziet de liefde en het is een heel mooi beeld. Eentje van Tam en haar moeder van een paar jaar geleden, ze plukken samen paddenstoelen in het Utgardbos, Tam met een kort mes in haar hand, haar moeder met een mand in de hare. Hij is gemaakt met de zelfontspanner en de camera stond op een boomstronk. En tot slot sta ik daar. De kleinste foto van het drietal is van mij en haar, onze armen om elkaar heen, vorige zomer genomen bij het reservoir, het water glinstert op de achtergrond, hartsvriendinnen nemen een dubbele selfie van ware liefde.

Ik overweeg te blijven wachten tot Tam thuiskomt en ik overweeg excuses te maken en het uit te praten, maar ze is 's avonds altijd zo moe. Ik zie haar morgen wel. Ik geef haar voorrang en maak alles goed voor ik wegga. Ik heb Tam nodig en waarschijnlijk heeft zij mij nodig.

Mijn waszak staat nog in de badkamer dus prop ik hem in een van mijn drie zwarte koffers, die nu alle drie bij de deur staan te wachten waar Tam ze heeft neergezet.

Het dekentje met de kwastjes trekt me terug naar de bank. Ik ruik er nog een laatste keer aan en het voelt alsof ik afscheid neem van al het goede in mijn leven. Ik begin te huilen en de zachte blauwe draadjes nemen mijn zoute tranen op. Ik zie een gezicht en voor mijn geestesoog is het Tammy en Lena en Noora in één, allemaal teleurgesteld, ze wenden zich allemaal af. En dan kijkt het gezicht me weer aan en is het mama, en ze heeft muntdropjes als pupillen.

Ik vouw het blauwe dekentje weer op, pak mijn koffers, duw er een voort met mijn voet en leg mijn sleutel op haar salontafel. De deur valt met een harde klik in het slot. Geen weg terug.

De deur van het hotel is afgesloten, met een rolluik ervoor. Ik sta daar met drie koffers als een toerist die de tijdzones door elkaar heeft gehaald. Ik voel me duizelig. Er is verder niemand, behalve de oude, gebochelde man met de dikke stok en de reusachtige capuchon en hij is op weg naar de St. Olov met zijn husky/wolfshond en zijn plastic ICA-tas vol blikjes. Vermoedelijk extra sterk Norrland-bier. Ik googel

Hotel Gavrik op mijn mobieltje en bel en eindelijk neemt de eigenaresse-receptioniste-serveerster op en komt ze naar beneden om me binnen te laten.

'We nemen geen gasten meer aan na tienen,' zegt ze bij wijze van begroeting. Ik kan me haar naam niet herinneren, maar ze draagt een onesie of een superlang vest dat ze als een badjas om zich heen heeft geslagen, en slippers van schapenvacht, en om haar nek bungelt een stel oorbeschermers als was ze een houthakker die even staat te pissen.

'Ik ben het, Tuva, van de *Posten*. Sorry dat ik zo laat kom, maar ik heb voor twee nachten een kamer nodig. Ik kan vooruitbetalen.'

Ze zuigt lucht tussen haar getuite lippen door.

'Elke kamer is goed,' zeg ik.

'De politie zei dat we extra voorzichtig moesten zijn,' zegt ze. 'Waakzaam.'

'Ik ben het, Tuva,' zeg ik weer.

Ze snuift. 'We zijn een paar kamers aan het renoveren en de meeste zijn niet opgemaakt. We krijgen geen spontane aanloop, niet in februari, niet eens in de zomer, mensen boeken meestal van tevoren via de telefoon of het e-mailadres.'

'Mag ik binnenkomen, het is hier stervenskoud.'

'Hierbinnen is het niet veel warmer,' zegt ze. 'Vannacht negenentwintig graden onder nul en het wordt misschien nog kouder.'

Ze laat me binnen en schuifelt dan weg op haar slippers om achter de balie te gaan staan.

'Ik zal eens kijken wat ik voor je heb.'

Wat je voor me hebt? Hoeveel mensen kunnen er nu hier logeren?

'Keuze uit twee,' zegt ze. 'Ofwel de bruidssuite – niet echt een suite, gewoon een heel lange kamer – of een standaard-eenpersoonskamer met beperkt uitzicht.'

'Ik neem de tweede,' zeg ik.

'Die is niet opgeknapt,' zegt ze. 'Ik zeg het je maar eerlijk. Ik kan hem voor twaalfhonderd kroon per nacht doen.'

'O, kom op,' zeg ik. 'Je raakt die kamer vanavond echt niet meer kwijt. Wat dacht je van tweeduizend kroon voor twee nachten?'

'Je kunt dat hotel in Munkfors proberen, die zijn goedkoper dan wij.'

Ik kijk haar boos aan.

'Ik heb hier het telefoonnummer.'

'Prima,' zeg ik en ik geef haar mijn creditcard. 'Ik neem hem.'

Ze schrijft me in en zegt dat de kamer op de tweede verdieping achteraan is, en dan zegt ze dat ik de deur niet mag opendoen zonder eerst te kijken wie er is. Ze zegt dat Gavrik onveilig is. Ik neem de piepkleine lift met mijn koffers naast me gepropt. Ik schuif mijn sleutelkaart in de deur en het lampje wordt groen en ik loop met een zucht van verlichting naar binnen. De koffers vullen bijna de hele kamer. Er is een lege minibar, warm, en een tv met een barst in het scherm. De badkamer is een schande met linoleum, met zo'n plakkerig douchegordijn, bespikkeld met schimmelsporen. Het stinkt. Ik controleer het slot en het kijkgaatje in de deur, maar iemand heeft die stomme deur achterstevoren gemonteerd zodat ik niet kan zien wie er buiten staat, maar zij mij wel. Morgen zal ik er een stukje kauwgum overheen plakken. Ik controleer twee keer de binnendeur in de hoek – dit zullen aaneengesloten kamers zijn – en die zit op slot.

Ik pak mijn rum uit mijn koffer en klim in bed en trek de extra dekens die er liggen over me heen. Ze lijken niet al te schoon, maar misschien houden ze me vannacht in leven als de verwarming het begeeft.

Ik drink in mijn bed soepele slokken, geen nipjes, en zie door het raam de dropfabriek. Ik zit midden in de actie. Ik slaap tussen mijn kantoor, of liever gezegd mijn voormalige kantoor, en het politiebureau – daar is Noora, die haar ding doet – en de fabriek. Ik zit in de Bermudadriehoek van Poppenstad. En dan wordt er aan de deur gekrabd.

41

Ik kijk op de gang, maar er is niemand te zien. Het moeten muizen zijn. Of ratten. Of ongedierte. Het is die tijd van het jaar.

Ik slaap diep en word even na negenen wakker. De lage zon schijnt door mijn raam, bundels licht vallen tussen de bakstenen Grimberg-schoorstenen door en pinnen mij tegen mijn hoofdeinde van triplex.

Ik grijp naar een glas water, maar vind alleen de fles rum. Ik blijf stilliggen, mijn ogen strak dichtgeschroefd tegen het licht, mijn vingertoppen strelen de ronding van het glas. Maar zo ver ben ik nog niet, ik ben niet zo'n soort probleemgeval.

Mijn schedel zit te strak. Past niet. Ik wrijf in mijn ogen en sta op en open het raam met driedubbel glas en er stroomt vrieslucht naar binnen als zeewater in een gestrande onderzeeër. Ik douch, als je het zo kunt noemen, het is meer een ziekelijk kraantje dat op mijn hoofd spuugt, en dan neem ik de lift naar beneden, met mijn gehoorapparaatjes op een lage stand. Een gezin van twee extreem kalme, in beige gehulde mensen – een man met een rood gezicht en een kleine vrouw zonder make-up – pakken hun woedend spartelende kind, slepen haar mee, letterlijk, en verlaten de ruimte kort na mijn binnenkomst. Godzijdank.

Het buffet is een grap, een misdaad, oplichterij. Kleine glaasjes aangelengd sap; pakjes cornflakes zo klein dat een hobbit er vier nodig zou hebben; voorgesneden brood, de goedkoopste soort van de ICA Maxi, de soort zonder korst; misschien wordt het zo gevormd, niet gebakken, alleen op een of andere manier gevormd.

Ik verloor vanmorgen een pluk haar toen ik het borstelde. Een grote pluk. Daar zit ik echt niet op te wachten twee dagen voor ik aan mijn nieuwe baan begin. In het zuiden zal ik rauwe groene groenten eten en liters water drinken. Het proberen waard. Ik heb tenminste een couchette geboekt. Elf uur in een rammelende nachttrein die mij van Poppenstad naar het beschaafde, kosmopolitische zuiden brengt, elf uur van min dertig naar ongeveer min vijf, van relatief duister naar relatief licht. Ik heb de zonsopkomsttijden online nagekeken. Er is een merkbaar verschil.

Ik moet vandaag een goede aanwijzing vinden, iets waar de politie wat aan heeft. Want als ze niet snel vooruitgang boeken, zal er weldra nog een schreeuwend, leeggebloed lijk in dit stadje worden gevonden, dat voel ik.

Er moet iets zijn wat Hellbom met Gunnarsson verbindt. Ik moet achterhalen wie her en der in de stad sneeuwdoodskoppen neerzet. En wie treiterde Gunnarsson nog meer, twintig jaar geleden? Waren er meer meisjes tegen wie hij praatte?

Praten met de Grimbergs is nog steeds mijn beste kans. Ze hebben meer te zeggen, veel meer. Dan zal ik morgen de politie vertellen wat ik te weten ben gekomen en presenteer ik mijn onderzoek aan Holmqvist, per e-mail en op papier, zoals gewenst. Ik zal afscheid nemen van Tam en Noora. Morgenavond haalt een taxi me op en brengt me naar het station van Karlstad, waar ik dan de trein van halftwaalf neem. Ja, ik weet dat een taxi een uitspatting is, maar het is ook mijn droomvertrek. Dat heb ik me zo'n vier jaar lang voorgesteld, ik achterin, al mijn bezittingen in de auto, enkele reis. Het is niet Viggo die mij chauffeert, maak je geen zorgen. Het is zijn nieuwe collega.

Ik zie Noora als ik uit het hotel kom, maar ze zegt geen gedag. Ze loopt naast Thord. Ik verzamel mijn interviewspullen en loop door de ijzeren poort van Grimberg Drop. Er is hier nog meer politie, agenten die ik niet ken, en conciërge Andersson schudt met een schep vol zand om de grond veilig begaanbaar te maken.

'O, ben jij het,' zegt hij wanneer ik naar hem toe loop.

'Vreselijke avond,' zeg ik.

'Die oude zoethoutschuren hadden jaren geleden al opgedoekt moeten worden,' zegt hij. 'En nu kan Gavriks ijshockeyteam daar dankzij de brandslangen gaan trainen; moet je zien.'

Het terrein achter de boogtunnel is een zwarte spiegel; witte wolken dansen op zijn oppervlak.

'Al dat bluswater en bijna min dertig, kijk toch eens,' zegt hij. 'Hoe de boel erbij ligt. Nog meer werk. Maar ik vind het zielig voor dat oude poezenbeest.'

'Wat?'

'Heb je het niet gehoord? Het oude poezenbeest is gisteravond gaan hemelen. We vonden hem vanmorgen, een geblakerd klein ding, een en al bot en verschroeid vlees. Hij was ongeveer twintig jaar, misschien ouder, dus het was zo ongeveer zijn tijd.'

'Maar hoe is het met de proever? De gewonde vrouw?'

'O, zij,' zegt hij en hij krimpt ineen. 'Ze leeft. Niet goed, maar ze leeft.'

Kwam die afschuwelijke hoge gil die ik hoorde van de kat? Of was dat Grote Witte?

'Een vreselijke dood, brand,' zegt hij. 'Vreselijk.'

Ik knik en kan bijna het zout in het zand op zijn schep proeven. Hij heeft zijn paspoort in zijn jaszak zitten. Ik zie het randje eruit steken. Bordeauxrood met gouden letters. Een vrouw met dunne latexhandschoenen aan passeert ons en doet als ze de personeelsingang nadert haar muts af. Het is Rood.

‘Haat het hier,’ zegt conciërge Andersson terwijl hij naar haar gebaart.

‘Wat?’ zeg ik.

‘Dat zei ze me ooit. Ze zei: “Hoe komt het dat mama ziek is en de Grimbergs hier nog steeds in weelde leven?” Zei dat het de Grimbergs zouden moeten zijn die wegkwijnen en niet haar moeder, die zich hier een groot deel van haar leven heeft afgesloofd. Maar ze kan geen ontslag nemen, want waar kan ze naartoe? Ken jij hier in de buurt bedrijven die een dropstempelaar nodig hebben?’ Hij schudt zijn hoofd. ‘Ze verdient de kost voor haar hele familie. Stookt daarbij drank als extraatje. Verkoopt die in van die buitenlandse wijntapdozen. Dodelijk spul. Drop en drank. Iemand probeerde haar ooit te beroven, ik denk dat ze in het weekend aardig wat geld in huis heeft, en ze sloeg hem tegen zijn hoofd met een sok vol biljartballen. Hielp de man bijna om zeep. Maar goed, die heeft weinig goeds te vertellen over Grimberg Drop.’

‘Kende ze de dode man, Gunnarsson?’

‘Die twee spraken niet met elkaar,’ zegt hij.

‘Kenden ze elkaar?’

‘Dat kun je wel stellen,’ zegt hij. ‘Zij was degene die hem jaren geleden betrapte toen hij tegen Karin Grimberg stond te praten. Zij was degene die daar melding van maakte.’

‘Weet de politie dat?’

‘Hoe moet ik dat weten?’

‘Omdat je de Grimbergs goed kent. Je hebt een zakelijke relatie met ze.’

‘O,’ zegt hij en hij kijkt omhoog naar de Grote Salon en dan omlaag naar zijn kelder. ‘Hebben ze je dat verteld? Nou, dat heeft voor hen goed uitgepakt. Ze hebben je er dus alles over verteld?’

‘Zou je liever hebben dat er een nieuw persoon –’

Hij onderbreekt me en stampt met de houten steel van zijn schep op de keien.

'Als ze klagen omdat ik daarbeneden woon, dan kun je ze zeggen...' Hij trilt bijna van woede. 'Laat maar. Het doet er niet toe.'

'Ga door,' zeg ik en ik schuifel dichter naar hem toe.

'Als ze me ooit betalen wat ik van hen tegoed heb.' Hij fluistert nu bijna. 'Dan zou ik als de wiedeweerga naar een warm oord verhuizen. Met palmbomen en de mogelijkheid om buiten te eten. Denken ze dat ik daarbeneden wil wonen?' Hij kijkt naar zijn kelder en dan omhoog naar de Grote Salon. 'Ik heb er schoon genoeg van. Zeggen ze dat dit mijn eigen keus is?'

'Keren ze je geen dividend uit?' vraag ik.

Andersson doet een stap bij me vandaan. 'Moet weer aan de slag,' zegt hij en dan loopt hij weg.

Ik loop door de boogtunnel en de restanten van de zoethoutschuren liggen hier en daar nog te roken, bij gesmolten rubberbanden, glad en kleverig als asfalt in augustus.

Rechts van mij staat het propaankacheltje dat ze voor Gustavs graf gebruikten. Het staat aan. Dampend. En het staat aan deze kant, de kant van de fabriek, maar dicht bij de rand, vlak bij het familiegraf aan de andere kant van de stenen muur.

Achter de ingestorte zoethoutschuren, nu slechts een paar geblakerde balken, ligt een rijtje afzichtelijke sneeuwdoodskoppen op de muur van de St. Olov. Ze zullen hier al een tijdje liggen, maar waren aan het zicht onttrokken door de schuren en de vrachtwagens. Ze zijn veel groter dan de traditionele doodskoppen, deze zijn zo groot als pompoenen. Of dat waren ze. De meeste zijn half gesmolten door de hitte van gisteravond, hun gezicht zo glad en uitdrukkingsloos als dat van Henrik Hellbom. Hun ogen moeten eruit zijn gevallen en het restant van elk ijzig hoofd is zo grimmig als een eindeloze schreeuw.

De sneeuwhopen die op het bestelwagenterrein lagen zijn

weggesmolten en het enige wat rest, is de geur van houtskool en het met as bevlekte ijs onder mijn voeten. Ik zie Thord en Noora met twee officieel ogende vrouwen praten. Ik wacht tot ze klaar zijn.

'Geen beste avond,' zeg ik tegen Thord.

'Vette pech,' zegt hij. 'Een ongeluk komt nooit alleen, zeggen ze.'

Ik vraag me af waar hij op doelt. De zelfmoord, de aanval van de Veerman, het ongeluk met de vrachtwagen, Cici's val, of dit. Zijn we al voorbij twee? Een meervoud van twee? Welke gebeurtenissen komen in aanmerking?

'Mag ik een quote voor de krant?'

'Ik dacht dat je al weg was?' zegt Noora met een uitdrukkingsloos gezicht.

'De nieuwe jongen begint op dinsdag en tot dan werk ik. Quote?'

Thord glimlacht naar me alsof hij me zal gaan missen. 'Jouw vervanger is een semiprofessionele zeiler, zo wil het gerucht,' zegt hij. 'Die zal hier niet veel te zeilen krijgen, hè?'

Ik lach hardop en dat doet pijn in mijn hoofd.

'Schrijf maar op,' zegt Thord, 'dat de politie van Gavrik reageerde op een noodmelding om naar schatting zeventienhonderd uur. Schrijf maar dat we een brand ontdekten in de hoek van het terrein van de Grimberg-fabriek, die meteen werd geblust door de gemeentelijke brandweer. Schrijf maar dat één persoon tweedegraads brandwonden opliep en momenteel wordt behandeld in het brandwondencentrum van Karlstad. Schrijf maar dat de politie van Gavrik onderzoek doet naar de oorzaak van de brand en dat als iemand informatie heeft betreffende...' Hij knipoogt naar mij als hij 'betreffende' zegt, een woord dat hij vermoedelijk van commissaris Björn heeft overgenomen, '... dit incident, hij vriendelijk wordt verzocht direct contact met de politie van Gavrik op te nemen.'

'Dank je,' zeg ik.

'Off the record: we gaan uit van verdachte brandstichting.'

'Breng je dit in verband met de Veerman-moord?'

'Nee,' zegt hij. 'Maar, en dit is ook off the record, als je zoveel incidenten in één plaats in zo'n korte periode ziet, dan... Ik weet het niet, ik moet uitdokteren hoe dit alles met elkaar samenhangt. Er heerst veel wrok in dit stadje. Soms is die al tientallen jaren oud.'

Ik pas mijn gehoorapparaat aan, het doet pijn aan mijn oor.

'Wist je dat de roodharige stempelaar de vrouw is die Gunnarsson jaren geleden aangaf? Zij was degene die hem met Karin zag praten.'

'Dat weten we,' zegt hij. 'Sommige mensen willen dat we een avondklok instellen.'

'Kun je dat doen?' vraag ik.

'Het is februari,' zegt hij. 'Het is niet nodig.'

'Mag ik vragen,' zeg ik, met mijn hoofd gebarend naar de vrouwen van buiten de stad, 'wie dat zijn?'

Noora en Thord kijken naar de vrouwen die foto's staan te maken van het rokende rubber dat aan de keien geplakt zit. 'Brandstichtingsonderzoekers uit Karlstad. Meer raketwetenschappers dan rechercheurs, als je het mij vraagt,' zegt hij. 'Ze hebben een laboratorium, maar dat heb ik nog nooit gezien. Het was een geluk dat ze wilden komen.'

'Een geluk?'

'Geen dodelijke slachtoffers, laagwaardige brand,' zegt Noora. 'De Chef moest bedelen om ze hier te krijgen in het weekend. Ze ronden nu af.'

Ik probeer haar adem op te vangen in de koude lucht die ons scheidt, maar dat lukt me niet.

Thords radio kraakt en ik kijk omlaag en zie hem aan zijn riem hangen, naast zijn wapen in de holster en zwarte uittrekbare wapenstok. Noora en hij nemen afscheid en lopen weg in de richting van het politiebureau. Ik fotografeer het tafereel weer, deze keer met mijn echte fototoestel, het fototoestel van de *Posten*, het dure, het toestel dat ik moet teruggeven.

Ik loop over de werkvloer van de fabriek met mijn schoenenhoesjes en wegwerpmutsje. Ik probeer lippen te lezen, maar de meeste werknemers houden hun hoofd omlaag. De machines maken zoveel lawaai dat ik weinig kan horen, maar ik vang 'Verzekering, altijd de verzekering' op van een man met een afgedekt neusknopje en ik versta 'Twaalf stel zomerbanden' van een man met grote, aantrekkelijke lippen, zoenlippen. Ik loop naar de stempelaars en proevers, maar die zeggen niet veel. Rood stempelt er twee keer zo snel op los als de anderen, de spieren in haar onderarmen zijn opgezwollen. Er staan twee mannen en een vrouw tegen een heftruck geleund in het inpakgedeelte, vlak bij het laadstation. Twee staan met hun rug naar me toe, maar de derde zegt – ik kan hem lezen ondanks zijn geitensikje – 'Bijna haar hele gezicht weggesmolten' en vervolgens schudt hij zijn hoofd en zegt 'Binnen een maand' en dan praten de andere twee en ik vertraag mijn pas en eentje zegt 'Die advocaat, denk ik, en zijn partners'.

De kantine stinkt naar verbrande lucifers en doorgekookte spinazie. Ik duw de zware deur naar de trap open en trek hem achter me dicht, het lawaai van de kantine verdwijnt achter zijn eiken gewicht. Ik sta waar Cici neerkwam. Ik loop naar boven en voel me duizelig, verward, onvast, zoek steun tegen de leuning en kom oog in oog te staan met een foto. Hij is sepia maar de vrouw in het midden, een vrouw die een soort schild krijgt aangeboden, is de roodharige stempelaar. Of haar moeder. Of haar grootmoeder. De man die het ding aanbiedt, lijkt een beetje op Hellbom. Ik neem er een foto van met mijn telefoon en loop verder omhoog. Kan Hellbom familie zijn van de Grimbergs? Een onterfde neef?

'Hallo,' zegt Anna-Britta vanaf de bovenste trede. 'Een momentje in mijn kantoor, alsjeblieft.'

Ik ga naar binnen.

'Ik zou het op prijs stellen als je je best zou doen om de details van de brand uit je laatste artikel te houden.'

'De gewonde vrouw?'

Ze knikt.

Voor haar liggen zo te zien officiële stukken die op hun plaats worden gehouden door de briefopener met het benen heft die ik eerder zag. Ik probeer de tekst ondersteboven te lezen.

'Ik zal er fijngevoelig mee omgaan,' zeg ik.

Anna-Britta ziet dat ik zit te lezen en legt de papieren omgekeerd op het bureau, maar ik kan het briefhoofd nog lezen. Er staat: 'Uitgeverij De Derde Weg'.

42

Karin ziet er stoïcijns uit, als een rouwende moeder die zich kranig houdt omwille van haar kinderen die nog leven. Ze staat bovenaan de trap naar me te kijken, haar vlijmscherpe pony snijdt haar ogen doormidden, en ze leidt me naar de Ontvangstkamer.

'Moeder had graag gezien dat jij haar dochter was,' zegt ze. 'En oma zal je missen, die gesprekjes van jullie twee.'

'Ik zal haar ook missen,' zeg ik, niet op mijn gemak als ik terugdenk aan de foto die ik in Anna-Britta's slaapkamer zag. De foto van mij.

Karin opent de deur naar de woning, slaat het zware fluwelen gordijn met haar arm opzij en laat me erdoor. Ze ruikt nergens naar.

'Negeer dit maar,' zegt ze en ze zwaait met haar arm naar de kamer. 'We zijn aan het uitbreiden.'

Ik loop naar binnen en sta stil. Er liggen kralensnoeren in lange lijnen uitgespreid op de houten vloer, allemaal losgemaakt; de kralen vormen een soort racecircuit door de kamer.

'Drie klaar,' zegt Karin.

Ze bedoelt dat het circuit drie banen telt, drie rijen kralen. Ik zie cultivéparels en bleekgroene plastic bolletjes en warm gloeiende barnsteen en dan nog wat zwarte, kubusvormige, moderne dingetjes. Ze liggen kop-staart met een enorme ruimte in het midden van de kamer.

Ze klopt op de deur die het dichtst bij de borst van de schoorsteen is en loopt dan weg.

‘Kom binnen,’ zegt een stem. Ik kan de woorden niet horen, maar wel raden.

‘Hallo, Cici. Hoe voel je je?’

‘Als een muis die vastzit in een val,’ zegt ze en dan grijnst ze en laat haar oudedamestanden zien en zegt: ‘Ik ben blij dat je er bent.’

‘Ik vertrek morgenavond en ik heb nog een paar vragen voor ik ga.’

‘Vertrek je morgenavond?’ vraagt ze.

Ik knik.

‘Kom als je tijd hebt nog even bij me langs voor je de benen neemt. Ik wil fatsoenlijk afscheid nemen en ik wil je een heel belangrijk geheim vertellen.’

Ik vraag haar met klem me dat nu te vertellen, maar ze schudt haar hoofd.

‘Je zei dat je nog vragen had?’ zegt ze. ‘Voor het boek?’

‘Als je het niet erg vindt.’

‘We hebben een contract, schatje,’ zegt ze. ‘Ik kan het niet erg vinden.’

Via haar ingewikkelde opstelling van spiegels zie ik buiten een man – ik denk dat het conciërge Andersson is – en hij verplaatst het propaankacheltje van de grond bij de muur van de St. Olov.

‘Arme Poes,’ zegt ze. ‘Hij was zo’n dierbaar vriendje van lilla Ludo, en zijn beschermer. Hij volgde hem overal, streek langs Ludo’s blote beentjes, bedelde om onder zijn kin geaaid te worden. Nou, dat deed hij nooit bij ons, niets van dat alles. Ze hadden een band. Ze waren tweelingzielen, Poes en Ludo.’

Ik zie Karin naar de dampende aarde lopen, het propaangeval rust tegen de muur, de spiegel omlijst haar. Andersson graaft een kuil in de zwetende aarde en gooit de overtollige grond tegen de muur van het kerkhof. Karin staat volkomen stil.

'Geef me mijn toneelkijker zodat ik dit kan zien, wil je, schatje,' zegt Cici.

Ik doe wat ze me vraagt.

'KK is ontroostbaar,' zegt ze. 'Het is heel hard bij haar aangekomen. Niet de kat op zich, zij en hij konden het niet goed vinden samen, maar ze hield van Poes omdat hij van Ludo hield. Dat schepsel was de laatste link met haar broer.'

Andersson zet een grote kartonnen doos in de kuil en neemt zijn muts af en houdt die plat tegen zijn borst. Ze staan daar, alleen zij twee, en kijken in het ondiepe graf, de vreemdste rouwenden ter wereld bij de vreemdste begrafenis ter wereld. Maar het is niet vreemd, het is ontroerend. Lilla Ludo ligt maar een meter of twee van dat gat verwijderd, ondergronds is er geen muur die hem van zijn geliefde huisdier scheidt.

'Zo kun je ook gaan,' zegt Cici. 'Levend verbrand in een dropinferno, het heeft tenminste wel drama, vind je niet? Ik wist niet dat die oude Poes het in zich had. Geen oudekattenhuis voor onze Poes.'

Ik kijk om naar Cici en glimlach en zie het konijnenpootje om haar nek. Het ziet er vanochtend misvormd uit, alsof ze erop geslapen heeft of er te veel aan heeft gefrunnikt. Ze houdt haar ogen op de intieme ceremonie gericht. Werknemers arriveren voor hun dienst en lopen in een wijde boog om Karin en Andersson heen.

'We hebben iets met een dramatische dood, altijd al gehad,' zegt Cici.

'Hoe bedoel je?' vraag ik en ik zet de opnamefunctie van mijn mobiel aan.

'Mijn schoonvader stierf op een meer. Hij was aan het ijsvissen en we konden nooit tot een conclusie komen. Hij is of verdronken of bevroren. O, kijk, Andersson gooit de kuil weer dicht.'

'En je echtgenoot?'

Cici laat haar toneelkijker op haar neus zakken en kijkt me aan. 'O, Ludvig was de indrukwekkendste van allemaal. We hebben hem nog steeds niet gevonden.'

Ik knijp mijn ogen tot spleetjes.

'Zijn lijk, bedoel ik. Hij liet een briefje achter maar dat was eigenlijk meer een schatzoekerskaart, vijftig stappen hier, en mijn favoriete kleur zus en zo. Ze vonden lege pillenflesjes, maar die konden weken oud zijn geweest. Hij liep gewoon weg om te sterven. Welnu, of hij heeft een fout gemaakt of wij waren niet slim genoeg, want we hebben hem nooit gevonden.'

'Hemel,' zeg ik.

'Hel, bedoel je,' zegt ze. 'De verzekeringsmaatschappij keerde veel minder uit dan waar we recht op hadden, en pas na een jarenlange strijd. De familie is er nooit van hersteld. Mijn echtgenoot was een vreselijk slimme man en een fantastische minnaar en vriend, maar een ijverig planner was hij niet.'

We kijken weer naar de begrafenis. Karin en Andersson zijn weg. Het is buiten min twintig en je kunt niet zo lang stilstaan, dat is onmogelijk.

'Die advocaat, Hellbom. Is hij een neef van Anna-Britta of zo? Ik meen enige familiegelijkenis te zien.'

Haar gezicht betrekt. 'Die heeft niets met mij te maken, die vent,' zegt ze. 'Wie weet hoe hij er werkelijk uitziet onder al die plastische chirurgie.'

'Per Gunnarsson,' zeg ik. 'Het slachtoffer van de Veerman. Ik weet dat je vanaf je zolder alles ziet. Weet je wie hij destijds op school getreiterd heeft? Herinner je je nog namen?'

'Ik herinner me de naam van mijn eigen zoon,' zegt ze. 'Gunnarsson was een boerenpummel op de middelbare school. Hij maakte Gustav het leven zuur. Maar er werden excuses aangeboden en we lieten het achter ons. Gunnarsson martelde zijn halve school, snap je.'

'Is er nog iets waarvan je vindt dat ik het moet weten?' vraag ik in de hoop dat ze me nu haar geheim vertelt. 'Iets uit je leven waarvan je graag wilt dat het in het boek komt?'

Ze snuift. 'Dit is de eerste keer dat iemand de moeite neemt me dat te vragen,' zegt ze. 'Dank je wel, schatje.'

Ik wacht.

'Stop mijn motto er maar ergens in, zou je dat willen doen?'

'Op je paasbest en geen plek om heen te gaan?' vraag ik.

Ze grijnst, haar tanden glanzend en recht. 'Tegenwoordig is het meer: op m'n paasbest en kán nergens heen.'

We lachen samen, een echte lach vanuit de buik met onze handen op elkaar en tranen in onze ogen.

'Wat is er zo grappig?' vraagt Karin bij de deur.

'O, KK, kom binnen, ga zitten.'

Maar Karin trekt zich terug.

'Wil je met haar gaan praten?' fluistert Cici. 'Ze zegt dat jij haar enige echte vriendin bent.'

Ik zie Karin uit het zicht verdwijnen naar haar hoekkamer met in haar handen een hamer en een beitel met eikenhouten handvat.

43

Ik tref Karin in haar hoekkamer. Ik sta bij de deurpost en gluur in de aangrenzende badkamer. Ze ziet me en gebaart me binnen te komen. We lopen langs haar bed, langs de beitel die op de bedstijl ligt, en blijven staan bij het verste raam, het raam pal onder Cici's schuin aflopende zolderraam, dat uitkijkt op de ruïne van de St. Olov.

'Houtwerk?' vraag ik en ik wijs op de fijne beitel.

'Kleiwerk,' zegt ze. 'Moeder stelde voor dat ik aan iets nieuws zou beginnen, iets creatiefs zou doen om mijn hoofd leeg te maken.'

Ze kijkt door het raam.

'We leven hier en dan sterven we hier en dan rusten we hier,' zegt ze. De bruine rechthoek die de laatste rustplaats van de kat aangeeft, is langzaam aan het vervagen; fijne witte sneeuwvlokken vullen het bruin alsof iemand hoog boven ons poedersuiker strooit om een gifcake te voltooien.

'Maar jij gaat bij ons weg,' zegt ze. 'Jij zult gaan.'

Ze ziet er onwerkelijk uit met haar koolzwarte haar en de moedervlek boven haar lip, die ze elke ochtend donkerder maakt met een wenkbrauwpotlood. Ik heb met haar te doen. Ik mag Karin heel graag en als ik in Poppenstad zou blijven, zou ik proberen haar hier weg te halen. Haar wat lol te laten beleven.

'We zijn allemaal vastgeketend aan deze plaats.' Ze draait haar hoofd naar me toe, maar niet helemaal, en dan kruist ze haar polsen alsof iemand haar handboeien wil omdoen. Ze kijkt me niet recht aan. 'We kunnen niet wegvliegen. Ik dacht dat ik het kon, het is me anderhalf semester gelukt. En zelfs toen trok hij me terug. Deze monoliet. Deze natte tombe van een erfenis. Ik voelde hem trekken, zelfs toen.'

'Kom op, Karin,' zeg ik en ik heb meteen spijt van die twee botte woorden. Wie ben ik om 'Kom op' tegen iemand te zeggen? 'Het was afschuwelijk voor jullie allemaal. Ik vind het zo rot voor je, maar het zal beter worden. Je bent twintig jaar. Je kunt van alles doen, overal heen gaan.'

Ze kijkt neer op het familiegraf, op haar broer, op haar kat, op haar vader. 'Misschien heb je gelijk.' Ze keert zich naar me toe. 'Of misschien heb je er eigenlijk geen idee van.'

'Natuurlijk heb ik gelijk,' zeg ik. 'Waarom kom je deze zomer niet bij me op bezoek in Skåne? Ik ken daar niemand. Ik zou je zo dankbaar zijn. Wat zeg je ervan?'

Ze kijkt me aan, haar ogen gehalveerd door haar pony, en glimlacht. Maar het is geen stabiele glimlach, haar lippen trillen, de spiertjes daar in een spasme nu ze het probeert te onderdrukken.

'Ik kom later vanavond terug,' zeg ik. 'Zal ik Thais eten meenemen?'

Ze lacht hardop en schudt haar hoofd zodat haar haren om haar hoofd zwiepen en in de war raken.

'Dat hoeft niet,' zegt ze. 'Geen afhaaleten.'

Ik loop terug naar mijn kantoor en Lena zit met haar benen onder mijn bureau.

'Ben je gedegradeerd?' vraag ik terwijl de bel boven de deur in mijn gehoorapparaatjes tinkelt.

Ze staat op en helpt me mijn jas uit te doen en hangt hem voor me aan een haak, iets wat ze nooit eerder heeft gedaan.

'Niet lang meer,' zegt ze.

'Waarom heb je Groentje aangenomen? Denk je niet dat de mensen hier hem vreemd zullen vinden, zo'n professionele zeiler, een rijkeluiszoontje en zo?'

Ze knijpt in het puntje van haar neus en mijn gehoorapparaat laat een batterijwaarschuwing horen.

'Vier jaar geleden dacht Lars dat de mensen hier het vreemd zouden vinden als ik een opgewonden, lichtgeraakte, dove, biseksuele meid uit Stockholm aannam, die regelrecht van de universiteit kwam.'

'Hij had gelijk,' zeg ik.

'Het is goed voor ze, ze moeten worden opgeschud. En jij was goed genoeg om ermee om te kunnen gaan en daarom, denk ik, wordt het Sebastian.'

'Denk je?'

'Ik heb hem aangenomen, niet dan? Toen jij op deze baan solliciteerde, waren er maar drie andere gegadigden en ik kan je zeggen dat die er niet veelbelovend uitzagen. Verlopen cynici die terugverlangden naar de goede oude tijd. Toen ik deze keer een advertentie plaatste, kreeg ik zeventien reacties. Dankzij jouw verslaggeving over de Medusa-zaak. Een paar van hen waren uitstekend, mensen die ik vier jaar geleden zonder aarzelen had aangenomen, mensen die misschien net zo goed als jij hadden kunnen worden.'

'Misschien had je een andere arme sloeber een kans moeten geven? Iemand wiens vader niet alle kansen in het leven voor hem kocht?'

'Jij hebt je oordeel snel klaar, zeg.'

'Vind je?' zeg ik.

Lena gaat op Nils' bureau zitten, naast zijn yuppie-Rolodex.

'Hij is goed, dat is punt één. Ja, hij ziet eruit als de kroonprins van een Centraal-Europees land, maar hij kan goed schrijven. Zijn familie had ooit geld, maar nu niet meer. Papa ging failliet. Mama stierf aan een hersenbloeding. Geen waarschuwing, boem.'

'Shit,' zeg ik.

'Shit,' zegt ze. 'Hij heeft twee jongere zusjes en heeft zijn hele schooltijd allerlei baantjes gehad om bij te springen. Het eenouderschap ging zijn pa niet zo goed af. Hij is erg broos en heeft zich ziek gemeld op zijn werk.'

'Oké,' zeg ik.

'Hij is een goede jongen.' Ze kijkt me teleurgesteld aan, alsof er nog meer afstand tussen ons is. 'Laten we hem het voordeel van de twijfel gunnen.'

Ik loop terug naar mijn bureau, beduusd, een vieze smaak in mijn mond. Ik print al mijn laatste werk voor Holmqvists boek uit en schrijf dan op wat er verder allemaal is gebeurd – de brand en wat ik over Cici's leven en het buitenhuis heb ontdekt. Het feit dat Ludvigs lijk nooit is gevonden. Telkens wanneer ik een woord typ dat met een n begint, verandert het in 'Noora'. Overal op mijn scherm zie ik haar naam. Ik zeg haar naam in stilte in mijn hoofd, laat hem over mijn tong rollen, duw hem tegen mijn verhemelte. Proef hem.

Ik geef Holmqvist het leeuwendeel van wat ik heb. De rest houd ik zelf. Ik bewaar het onder trust voor de familie Grimberg, privézaken en details die niet thuishoren in het eindproduct.

En dan herinner ik me het briefhoofd in Anna-Britta's kantoor. Die uitgeverij, die Holmqvist beschreef als een imprint van een van de grote jongens in New York.

Uitgeverij De Derde Weg.

Google is mijn vriend. Uitgeverij De Derde Weg heeft als bedrijf een mooie website, gelikte foto's die in elkaar overlopen, je kent het wel. Ik zie dat ze heel wat memoires hebben uitgegeven, veel daarvan zogenaamde *misery lit*. Ik zou daar zó vijf van kunnen schrijven.

Er staan beoordelingen op de website en die zien er allemaal betrouwbaar genoeg uit. Ik zoek ze op op Amazon en zie dat daar heel wat boeken van hen te koop zijn en de pagina's zien er professioneel uit, maar de noteringen zijn waardeloos. Ik bedoel, niet één boek van hen staat in de top negentigduizend. Dat kan geen goed teken zijn.

Ik graaf dieper. De eerste anderhalve pagina op Google is een en al gesponsord Derde Weg-geklets en links naar blogs. Daarna stuit ik op het negatieve nieuws. De site licht de boel op met uitgaven in eigen beheer, volgens een zelfbenoemde 'kruisridder', iemand met een voorliefde voor puntkomma's en hoofdletters. Hij noemt De Derde Weg een 'subsidie-uitgeverij' en 'eigenlijk een *vanity press*'. Ik googel 'vanity press'. Hij zegt in feite dat ze geen echte uitgeverij zijn. Hij zegt in feite dat rijke kerels Uitgeverij De Derde Weg exorbitant veel geld betalen om de boeken te redigeren, te zetten en te drukken.

Kan niet waar zijn. Holmqvist betaalt mij, maar ze betalen hem terug. En ze hebben Gustav Grimberg een voorschot betaald. Dat zei Holmqvist.

Ik graaf nog wat verder. Ik vind een paar mensen die het prettig zakendoen vinden met De Derde Weg, ze zijn blij met het boek en de dienstverlening die ze kregen, mooie omslagontwerpen. Misschien wist Holmqvist een gunstige deal met hen te sluiten omdat hij zo'n goede staat van dienst heeft?

Een van de foto's op De Derde Weg-website toont een hondenboek: *De africhting van grote rassen* – een non-fictieding, en de foto die steeds weer mijn aandacht trekt is die van een Duitse herder met een oranje halsband, aan de voet van zijn trainer, die buiten beeld staat.

Ik googel 'hondenfokkers in Värmland'. Ik verfijn naar fokkers van Duitse herders en vind er twee in de buurt van Munkfors, beide op een landelijke locatie, te oordelen naar hun contactgegevens. Ik bel de eerste.

'Hallo,' zegt een vrouw.

'Hi, ik bel over uw Duitse herders.'

'We hebben er niet één meer over, het laatste nest is helemaal meegenomen.'

'Mag ik u vragen of u begin dit jaar of eind vorig jaar misschien een volwassen Duitse herder hebt opgenomen?'

‘Volwassen?’

‘Ja.’

‘We nemen geen volwassen honden aan, we zijn geen kennel. We hebben Kalle de Reus en Macy-Anne Flapoor en meer volwassen dieren hebben we niet nodig, meer kunnen we er niet voeden, als je ziet hoeveel die twee eten.’

‘Oké, sorry voor het storen.’

‘Wil je dat ik je op de wachtlijst zet?’

‘Nee, dank u, dag.’

Ik bel de andere fokker en de lijn gaat eindeloos over en dan klinkt het alsof er een hond opneemt. Het is een en al geblaf en gegrom.

‘Fredrik, ben jij dat?’ vraagt een vrouw.

‘Nee,’ zeg ik. ‘Mijn naam is Tuva Moodyson en ik –’

‘Momentje.’ Ik hoor honden, het klinkt alsof het er vijftig zijn, ze blaffen en janken en de vrouw die opnam probeert ze te kalmeren, en dan hoor ik een deur slaan.

‘Zei je dat je Tuvasson heet?’

‘Moodyson,’ zeg ik. ‘Mag ik u iets over uw volwassen honden vragen?’

‘Waarom, ben je van de dierenbescherming? Als je een inspecteur bent: we hebben onze inspectie al in december gehad, alles werd goedgekeurd.’

‘Ik probeer een hond op te sporen. Ik denk dat hij begin dit jaar of eind vorig jaar door u is opgevangen.’

‘Bedoel je Philip?’

‘Hebt u hem dit jaar of vorig jaar opgenomen?’ vraag ik.

‘Eerste week van januari, maar hij was geen ongewenst kerstgeschenk. Prima hond.’

‘Ik denk dat mijn vriend voor u de eigenaar was. Hebt u Philip overgenomen van David Holmqvist in Gavrik?’

‘Dat is hem. Hij kon niet voorkomen dat Philip zijn mooie auto en zo opat. Hij heeft ons er eerlijk gezegd een grote dienst mee bewezen. En hij wordt later dit jaar vader, nou jij weer.’

‘Philip of David Holmqvist?’

Ze lacht. ‘Philip maakte vrijwel zodra hij hier binnenkwam mijn oude teef zwanger; dat worden mooie, sterke pups, denk ik. Als je op de lijst wilt komen, wees er dan snel bij. Achtduizend kroon en ik vraag een aanbetaling van 10 procent, als dat geen bezwaar is. Hoe heette je ook alweer, Tuvasson?’

Ik bedank haar voor de moeite en beëindig het gesprek en haat mezelf. Ik verdacht Holmqvist ervan dat hij, ik weet het niet, de hondentand kon hebben geplant? Jarenlang, het grootste deel van zijn leven, werd Holmqvist achtervolgd en getreiterd omdat hij een excentriekeling was. Er zijn in dit stadje meer geruchten over hem dan over wie ook, allemaal omdat hij zich een beetje anders gedraagt en er anders uitziet. Ik zag al voor me hoe hij die rothond van hem roosterde en de mooiste gourmetstukjes opat en op een of andere manier die tand in Gunnarssons hals stopte. Nu voel ik me ziek. En schuldig. En ik heb een borrel nodig.

Buiten is een man in een zwart pak met een lange jas. Hij gluurt door het raam van het kantoor. Dan loopt hij weg en ik ga naar de deur en open die en voel een koude luchtstroom rond mijn hals. Het is Henrik Hellbom, de advocaat. Ik kan zijn gezicht duidelijk zien. Het is alsof zijn huid over zijn schedel is gegoten en daarna is uitgehard. Hij geeft een map aan Anna-Britta en dan loopt hij, met kromme rug, door de poort van de fabriek.

44

Poedersneeuw stuift door de open deur van het kantoor en smelt op mijn binnenschoenen. Ze zien er vlekkerig uit, ziek, gepokt. De thermometer bij het raam geeft -26 °C aan en ik kan nog steeds Anna-Britta en Facelift zien. Hij draagt die strakke kalfsleren handschoenen en hij houdt een gehavende aktetas vast. Ze lopen over de binnenplaats en er is iets met de manier waarop ze naar elkaar kijken, waarop ze naast elkaar lopen, hun lichaamstaal. Er is daar intimiteit. De ijzeren haak boven hen lijkt op een gekromde 'kom hier'-vinger, die mensen als een industriële rattenvanger door die bakstenen boogtunnel trekt.

Ik zeg Lena gedag en ze vraagt of ik morgen langskom en ik zeg haar dat ik mijn best zal doen. Ze kijkt teleurgesteld, alsof ze zich mijn afscheid anders had voorgesteld.

Mijn rechteroor doet pijn. Ik heb deze winter geboft met ontstekingen, afkloppen, maar nu voel ik er eentje opkomen. Couchsurfen maakt het er niet beter op. Ik draai aan mijn apparaatje en dat vermindert de druk op mijn ruwe huid enigszins. Ik heb nieuwe crèmes nodig; iets duurs uit een Zwitsers laboratorium.

Er zijn geen auto's op straat. Mensen laten hun dode kerstboom in hun voortuin liggen omdat het te koud is om die op te ruimen en trouwens, wie krijgt er nu bezoek in februari? Voor de lutherse kerk staat een graafmachine oude sneeuw op te scheppen die hij in een grote vrachtwagen met tien wielen gooit, die de sneeuw naar een grauw permafrostveld brengt. Wanneer ik de stad uit rijd naar het reservoir, tel ik zes huizen met een ovenschotel bij de voordeur. Zes. Waarschijnlijk worststoofpot of langzaam gegaard draadjesvlees of misschien krabbetjes, kleverig door een soort glazuur. Elandbestendig. Ik moet gaan koken als ik eenmaal in het zuiden ben. Een van zo'n honderd voornemens die ik vagelijk heb gemaakt.

Ik laat Gavrik achter in mijn autospiegels en de weg is apocalyptisch leeg. De avond is zwart maar heeft ook een grijze gloed, de sneeuw reflecteert het beetje sterrenlicht dat door de dikke ijswolken weet te kruipen. Ik parkeer bij het reservoir, alleen ik en nog een andere auto.

Het water is bevroren en je zou denken dat je erop zou kunnen rijden, of er tenminste op kan lopen, maar dat zou een dodelijke vergissing zijn. De afgelopen week was er een korte periode van vorst-dooi-vorst en de ijsvissers en ijshockeykinderen zullen nog een dag wachten voor ze zich op de glinsterende vlakte begeven.

Ik denk aan dat echtpaar, het echtpaar waarover Cici vertelde, haar beste vrienden. Ze verdronken vele jaren geleden samen in dit water, het water waar ik nu naar kijk, het water onder het verraderlijke ijs; een echtpaar verzwaard met bakstenen en ketenen en met de droefheid van hun laatste omhelzing voor het slapengaan.

Dichter bij een zee of horizon dan dit is in de gemeente Gavrik niet haalbaar. Tam vertelde me dat ze hier ooit in een zomer haar angst om in open water te zwemmen overwon. Sindsdien heb ik het als mijn eigen water geadopteerd. Ik ben hier sinds mama's dood minstens tien keer geweest. Vermoedelijk wel vijf keer in die eerste week. Het is op een of andere manier betekenisvoller dan die rijen graven op de begraafplaats van Karlstad. Ik kijk altijd omhoog wanneer ik aan papa denk, wanneer ik een stoot geruststelling nodig heb. Maar wanneer ik aan mama denk, kijk ik naar buiten.

Ik kijk naar het water. In de verte. Naar het ijs.

Ik ben hier om voorgoed afscheid te nemen van Poppenstad.

Ik voel een pijn in mijn borst. Er trekt iets. De lichten gaan aan in het huis van de eigenaar. Ze zijn zwak en de rook uit de schoorsteen gaat recht omhoog, als een potloodlijn in de windstille lucht.

Ik moet het goedmaken met Tammy. Ik ben een eerstErangsbitch geweest en dat verdient ze niet. Ik moet alles uitleggen en excuses maken en haar knuffelen dat het een aard heeft. Het voelt al goed om dat te beseffen.

Er is een man aan de rand van het reservoir die zijn hond uitlaat. Ik kan zijn adem zien.

Ik denk aan Noora en streel de binnenkant van mijn onderarm, de zachte, haarloze huid onder mijn pols, en ik lig weer onder die dekens. Haar adem. Haar vingertoppen die over mij heen glijden, over de ongeziene huid van mijn onderarmen en mijn lage nek en mijn benen. Ik moet haar weer zien. Ik stel me voor dat we elkaar ontmoeten en dat ik haar vertel wie de Veerman is, inclusief een stukje bewijs dat iedereen over het hoofd had gezien. Ik vertrek met een fijne smaak in mijn mond omdat ik mijn steentje heb bijgedragen. Ik help de man op te pakken die een halsader doorsneed en een vuistgrote dropbal in de mond van een dode propte.

En dan is er een veeg.

Ik ga rechtop zitten als een jonge versie van mij in de dierentuin. Het noorderlicht flikkert en verdwijnt, dikke wolken beschermen het tegen sterfelijke ogen. Het was smaragdgroen. Ik tuur naar buiten en zelfs met de blower op de hoogste stand en mijn jack van ganzendons en onderlagen van fleece, is het koud. En dan licht het weer op. Ik zie niet veel, slechts een fijne nevel tussen wolken, een lichtgevend en helder groen, de slag van de staart van een hemels paard dat weggaloppeert.

Ik speur naar meer maar zie niets. De man met hond komt nu dichtbij. Hij draagt een dikke wollen jas en een rugzak.

Ik zet mijn versnellingspook in zijn achteruit en keer om en rijd naar de weg. De man met de hond stapt in zijn auto en blauwgroene lichten flitsen in mijn achteruitkijkspiegels; de goden, mijn ouders, een magnetische lading, de poolwind die danst en plaagt en zich niet direct aan mij vertoont. Ik haal mijn voet van het gaspedaal en kijk naar de show. In mijn linkerspiegel wordt de hemel verlicht door groene strepen, de wolken zijn nu dunner, met de sterren als achtergrond. Het groen weerspiegelt op het ijs en de sneeuw, het hele tafereel gloeit in mijn spiegel. Ik draai mijn hoofd om en dan dimt het dus kijk ik weer vooruit, ervan weg, in mijn spiegels en alleen mijn spiegels, en dan maakt het een sprong, drie ferme strepen, gordijnen van elektrisch licht, het zwiert en stroomt over de horizon. Ik denk aan papa en het feit dat ik me niet kan voorstellen ooit oud te worden, omdat hij dat ook niet is geworden. Ik kan dat niet in mijn toekomst zien. De groene flitsen verlaten me en alles wordt donker en ik rijd weg, mijn borst tot rust gekomen, mijn handen losjes op het stuur, ik adem rustig.

Het is zes uur 's middags en een van de huismannen die ik eerder passeerde haalt zijn stoofpan uit de tuin. Zijn sneeuwschuiver staat ernaast tegen de muur, klaar voor morgen. Hij draagt enorme houthakkersschoenen met losse veters, schopt de baksteen op de deksel van de pan weg en neemt het ding mee naar binnen om het te verhitten in zijn warme keuken met zijn liefhebbende gezin.

Ik rijd langs de St. Olov, de donkerste plek die er is, en langs de fabriek, haar schoorstenen hoog en bijna onzichtbaar in de nachthemel, en ga dan Storgatan in. De man met de hond rijdt achter me in zijn zwarte SUV, maar hij houdt keurig afstand. Het neonbord van Ronnies Bar is dof. Het licht is heel zwak. Wanneer het zo koud is als nu, werkt het gas daarbinnen niet naar behoren. Het bord ziet er verzwakt uit. Het ploetert. Het blauw is bijna wit geworden en het straalt nauwelijks.

Er staat geen rij voor Tams foodtruck, wat vreemd is voor een zaterdagavond. Bij de ICA Maxi is het rustig, maar er staat een donkergroene 4×4 met draaiende motor in de verste hoek van het parkeerterrein. Ik rijd erlangs en parkeer naast Tammy's foodtruck. Die is afgesloten. Ik heb niet één keer meegemaakt dat ze dicht was op een zaterdagavond, niet één keer. Het zal de extreme kou zijn.

Ik parkeer vlak bij de ICA Maxi, mijn banden knerpen over de harde ijsrichels. Ik sluit af. Dit is een goede plaats voor me. Ik kom al in ICA sinds ik veertien was, sinds papa stierf, sinds mama niet meer in staat was boodschappen te doen. Ik leerde hoe ik boodschappen moest doen en hoe ik met geld om moest gaan en hoe ik blikvoer moest opwarmen. Ik zei haar nooit dat ik haar beklaagde om haar verlies en om wat er van haar leven was geworden. Ik had moeten zeggen dat ik haar beklaagde om haar stille somberte, haar angst. Ik had haar moeten zeggen dat ik haar beklaagde en haar moeten danken dat ze haar best deed, ook al stelde dat weinig voor, en ik had haar wat gemoedsrust moeten geven, al had ze die mij nooit geboden. Ik had haar omwille van haar moeten vergeven. En omwille van mezelf.

De deuren zoeven open en hete lucht plet mijn haar en duwt losse pieken over mijn gezicht. Ik pak een mandje.

Vier kaneelbroodjes, een *prinsesstårta*, drie bossen rozen, een geurkaars, ook al is het een goedkope chemisch geparfumeerde, gemaakt door hetzelfde bedrijf dat ook toiletblokhouders maakt. Afscheidscadeautjes voor Cici. Voor alle dames Grimberg. Om hun huis wat draaglijker te maken. Driehonderdvijftien kroon.

Ik rijd naar Tams flat, maar ze is niet thuis. Misschien heeft ze iemand ontmoet? Ik bel haar om te controleren of alles goed met haar is, maar haar telefoon staat uit. Ik parkeer bij het kantoor en loop naar de fabriekspoort en dan door de boogtunnel naar de bruine rechthoek bij de muur. Ik neem afscheid van de kat die altijd naar me blies en loop dan langs de verkoolde resten van de zoethoutschuren het gebouw in.

Minimale personele bezetting.

Vooral klemborden en roerders. Een snijder en een stempelaar. De kantine wordt schoongemaakt, tafels staan ondersteboven op tafels, zwabbers en emmers en een tweeling met koptelefoon op doet zijn best om te poetsen. Bleekmiddeldampen branden in het gevoelige roze vlees van mijn neusgaten. Ik loop naar boven. Anna-Britta zit in haar kantoor aan de telefoon. De deur naar de woning is open, dus duw ik het fluwelen gordijn opzij en ga naar binnen. Cici ligt te slapen in bed, haar deur op een kier. Het is koud hierboven. De ventilatieroosters schreeuwen hun zwakke, verre kreten, jammerend en jankend hoog bij het plafond, en op een uiteinde van de lange eettafel prijkt een doos. Ik loop langs de kast van het leven, zijn deuren staan wijd open, sommige laatjes zijn aan hun melktandhendeltjes opengetrokken. De doos op tafel is een rodewijntapdoos, maar iemand heeft er met een markeerstift ROOD KWAAD op geschreven. Ik til de deksel van de doos op. De zak van folie die erin zit is opengesneden en weer dichtgeplakt. Ruikt naar wodka. De zak is leeg.

'Karin?' fluister ik terwijl ik doorloop naar de keuken. Maar daar is ze niet. Ik leg de rozen en de taart op de tafel; het deurtje van het konijnenhok staat wijd open. Ze laten hem 's avonds rondrennen. Karins slaapkamerdeur staat op een kier, maar ik klop op de deurpost om mezelf aan te kondigen en er ligt een enveloppe op haar bed. Ik hoor water lopen in de badkamer, maar dat is geen sproeiende douche of druppende kraan. Dit is anders. Ik klop op de deur en die gaat krakend een stukje open en de hele vloer staat blank.

'Karin,' roep ik, wat harder nu.
Ik klop weer en duw tegen de deur.
Ze ligt in het bad en het water is rood.

45

Haar getatoeëerde borst rijst en daalt en over haar onderarmen lopen rode stromen.

Ik plons mijn handen in het warme water en hijs haar omhoog in het bad. Ze is zo zwaar. Mijn mouwen nemen de kleur van het badwater aan.

'Help,' schreeuw ik, mijn stem breekt tegen het einde van het woord.

'Help ons!'

Mijn oren suizen van mijn gil. Ik trek een handdoek van de stang, til Karins linkerarm op en druk de handdoek hard tegen de verticale wond die over haar huid loopt. De handdoek wordt rood. Alles van wit naar rood.

'Help ons, we hebben hulp nodig!' roep ik. 'Help ons!'

En Karin kijkt me aan en ze glimlacht niet echt, maar ze sluit haar lippen.

'Blijf bij me, Karin!' zeg ik. 'Karin, het komt allemaal goed. Het is oké. Ik ben nu bij je, Karin. Blijf bij me.'

Maar haar gewicht trekt haar terug het water in. Ik sjor haar omhoog, maar ze is ineengezakt als een dronkaard of een boreling; een absurd en verschrikkelijk schepsel dat bloed uitscheidt, haar tattoos glanzen onder het roze water, haar vingertoppen zijn gerimpeld.

'Help ons!' schreeuw ik.

Ik hoor Cici, ze huilt en roept iets.

'Ga hulp halen,' roep ik. 'Cici, haal hulp. Het is Karin.'

Karin knippert met haar ogen, maar ik voel het leven uit

haar wegstromen terwijl het badwater met elke tel steeds donkerder wordt. Ik kan haar niet uit het bad tillen, dus strek ik mijn arm en trek de stop eruit.

Het water gorgelt door de oude leidingen en het rood stroomt weg en Karin ziet er zelfs nog verontrustender, zelfs nog brozer uit zonder het water dat haar warm hield. Ik pak een nieuwe handdoek en druk die op haar andere pols.

'Het komt goed,' zeg ik, mijn stem een ramp, niet genoeg hoop in mijn toon, de handdoek is rood, de linker roder dan de rechter. 'Ik moet bellen voor hulp. Ik ben zo terug.'

Ik ren door de Grote Salon en daar ligt Cici op de grond.

'Leeft ze nog?' vraagt ze.

Ik knik en bel 112.

'Ik ga Anna-Britta halen,' zegt ze.

'Hallo, ambulance, nu meteen, de fabriek, eerste verdieping.' Ze zeggen me dat ik kalm moet blijven en vragen om wat voor incident het gaat. 'Doorgesneden polsen,' zeg ik. 'Het is heel ernstig, kom snel,' en dan beëindig ik het gesprek. Ik wil naar Cici rennen, die daar verfomfaaid op de vloer ligt en zich naar de Ontvangstkamer sleept, naar die deur met het gordijn. Maar ik ren terug naar de badkamer.

Karin ziet er vreselijk koud uit.

Ik pak nog een handdoek, een grote met gerafelde randen, en leg hem over haar heen en blijf op de polsen duwen. Het mes naast het bad kijkt me honend aan. Het is het hertshoornen mes van onder de tafel, het mes met de G van Grimberg op het heft. Het lemmet ligt daar tussen een waxinelichtje en twee muntdropjes.

Karin zegt iets, haar lippen bewegen een beetje, maar het is de lichtste fluistering mogelijk.

'Wat?' zeg ik. 'Het komt goed, Karin, de ambulance komt er zo aan.'

'Tuva,' fluistert ze.

'Ik ben hier,' zeg ik en er wellen tranen op in mijn ogen.

'Help me,' zegt ze.

Mijn tranen worden dikker en de tijd vertraagt tot het punt waarop ik weet dat ik nu de juiste woorden moet zeggen. Het kan weleens het laatste zijn wat ze hoort, God verhoede, of iets wat ik me altijd zal herinneren als de woorden die ik tegen een stervend meisje sprak, of de woorden die haar terugbrachten.

'Ik zal je helpen,' zeg ik en ik slik moeizaam. 'Karin, ik laat je niet alleen.'

Haar hoofd knikt naar één kant en ik hoor rumoer aan de andere kant van de Grote Salon, Anna-Britta gilt zoals ik nog nooit iemand heb horen gillen, de schoenen van de ambulanceverpleegkundigen stampen over de houten vloer.

'Hier!' roep ik. 'In de badkamer!'

Een man en een vrouw doen de deur open en duwen me zachtjes opzij. Ze behandelen Karin, maar praten tegen mij.

'Wanneer heb je haar gevonden?'

'Tien minuten geleden.'

'Zei ze iets tegen je?'

Ze verbinden haar polsen en de man geeft haar een injectie in haar been.

'Ze vroeg om hulp.' Ik adem heel diep in, de schok komt via mijn mond mijn lichaam binnen, mijn hart is te groot voor mijn borst.

'Het komt goed,' zegt de vrouw. 'Wij zorgen verder voor haar.'

'Karin!' gilt Anna-Britta in de deuropening. Ze kijkt op haar neer met dat Edvard Munch-gezicht, absolute horror, de ergste nachtmerrie van allemaal die werkelijkheid is geworden. Ze heeft de blik van een vrouw die haar man en haar zoon is verloren en die haar dochter nu slap en bleek en naakt en rood ziet liggen.

'Johan,' zegt de vrouwelijke verpleegkundige. Hij brengt Anna-Britta de kamer uit en zet haar aan de lange eettafel. Ik zie haar door de open badkamerdeur naar ons kijken, met haar gezicht in haar handen, haar ogen rood tussen haar gespreide vingers. Ze is even stil en begint dan te jammeren.

'Ze heeft veel bloed verloren,' zegt de vrouw tegen me. 'Maar ze is sterk. Kun je ons helpen, kun je de boogtunnel openmaken zodat we bij de ambulance kunnen komen?'

'Ja.'

Ik ren de kamer uit – Anna-Britta kijkt me na – en loop langs Cici, die tegen de kast van het leven geleund zit, en sprint dan door de Ontvangstkamer en de trap af.

'De deur is open,' zegt Andersson. 'Van het slot. Sneeuw is weg. Wat kan ik doen?'

'Niets, heel fijn.'

'De oude dame?'

Ik schud mijn hoofd en ren weer naar boven. Tegen de tijd dat ik in de Grote Salon ben, ligt Karin vastgesjord op een brancard onder een deken en is ze verbonden met een soort monitor. De rozen die ik heb gekocht, liggen verspreid rond de tafel, sommige losse blaadjes balanceren op messen, andere stelen zijn intact en dichter bij de keuken, het pigment van hun platgetreden blaadjes trekt in de gebleekte vloerplanken.

'Lilla Karin,' zegt Anna-Britta, haar hand tegen Karins wang als de brancard haar passeert. 'Ik ben bij je.' De prinsesstårta staat onaangeroerd in zijn doorzichtige plastic doos op tafel, de verse slagroom zweet pareltjes vocht die aan de binnenkant van het plastic blijven hangen.

Karins moeder volgt de ambulanceverpleegkundigen en de brancard door de Ontvangstkamer. Deze keer klinkt er geen 'Niet kijken.'

Ik ga naar Cici.

Ze zit te snikken en klemt het konijnenpootje in haar hand, alsof het elk moment kan barsten.

'Het komt goed met haar,' zeg ik. 'Ze zeggen dat het minder ernstig is dan het eruitziet.'

‘Het is ernstiger,’ zegt ze. ‘Het heeft haar te pakken.’

Cici slaat met haar hand tegen de reusachtige kast van het leven, maar die verschuift noch schudt. Ik help haar weer in bed. Ze snikt, maar ze lijkt eerder boos dan verdrietig. Ik zeg haar dat ik straks terugkom en ren dan naar de ambulance. Zijn zwaailichten reflecteren op het glinsterende dak van de bakstenen boogtunnel, maar zijn sirene zwijgt.

‘We gaan naar het ziekenhuis van Karlstad,’ zegt de mannelijke verpleegkundige.

Ze rijden weg, de spijkerbanden van de ambulance werpen in zijn kielzog brokjes zout ijs op terwijl hij door een lege, bevroren Storgatan snelt in de richting van de E16.

Er stopt een auto.

‘Ik ben gekomen zodra ik het hoorde,’ zegt Stina Johansson, de huisarts van de familie. ‘Waar is Karin?’

‘Ze zijn al weg,’ zeg ik. ‘Naar Karlstad.’

‘Verdorie.’

‘Maar Cecilia is boven en het gaat niet goed met haar, ik denk dat ze in shock is. Kun je bij haar gaan kijken?’

We gaan naar boven. Stina kalmeert Cici, daar is ze heel goed in, en zegt me dat ze haar een pil zal geven die haar in slaap helpt.

‘Ik kan naar Karlstad gaan,’ zeg ik. ‘Naar het ziekenhuis.’

‘Ik blijf hier,’ zegt ze. ‘Mijn dochter is aan het skiën met haar school. Ik blijf de hele nacht bij mevrouw Grimberg.’

Ik ga terug naar de badkamer en veel van het tafereel is nu weggespoeld. Flessen shampoo en kartonnen closetrollen zijn naast de wasbak neergegooid. Plastic verpakkingen van injectienaalden en latexhandschoenen. Verpakkingen van gaas flappen open en dicht in de tocht van het slecht sluitende raam. In het oude bad is nog steeds die kleur. En in de handdoeken. Zoveel bloed. Een wesp zit soezerig op een ouderwets stuk zeep en een andere zoemt dicht bij het plafond. Ik kijk in haar slaapkamer en zie de enveloppe op het bed. Ik pak hem op. Hij is niet aan iemand geadresseerd, niet aan haar moeder of grootmoeder, en hij is niet dichtgeplakt. Ik maak hem open. Binnenin zit een correspondentiekaart. Een correspondentiekaart van Henrik Hellbom. Ik lees Karins handschrift.

Het spijt me zo. Ik was het.

46

Karin? Heeft zij Gunnarsson vermoord? Wat heeft hij haar zeven jaar geleden aangedaan? Waarom luisterde niemand? Ik kan niet geloven dat zij een moordenaar is. Ze moet zich voor iets anders verontschuldigen. Ik moet op mijn hoede blijven. De Veerman kan nog steeds ergens rondlopen.

Ik ga door de deur met het gordijn, elke kraak van een vloerplank zorgt ervoor dat ik schrik, bij elke tochtvlaag door de rottende ramen sta ik stil en kijk ik om me heen en omhoog.

Ik ontgrendel mijn auto, maak het portier aan de passagierskant open, strek me dan uit naar de bestuurderskant en trek aan de deurhendel. Niets. Dood. Ik probeer het nog eens van buitenaf, maar het portier is nu met geen mogelijkheid meer te openen, ontgrendeld maar niet te openen. Vanbinnen en vanbuiten geknapt. Ik moet over de versnellingspook schuiven en mezelf op de bestuurdersstoel planten en de motor aanzetten en dan dezelfde weg die ik gekomen ben terug klauteren om te gaan krabben.

De E16 is een winderige spookweg. Ik bel Thord en zeg dat hij naar de fabriek moet komen, vertel hem over het briefje, vertel hem dat Karin boos kan zijn geweest op zowel haar vader als Gunnarsson, vertel hem dat ze vermoedelijk geërgerd was door Cecilia omdat die Gunnarsson zijn baan liet houden, dat zij haar misschien van de trap heeft geduwd.

Ik ben hier het enige voertuig, mijn banden glijden over ijs en door sneeuwvlagen die diagonaal over beide rijbanen jagen. Ik hoop van harte dat die ambulanceverpleegkundige de waarheid sprak. Ik hoop dat Karin het redt, omdat we nog steeds haar verhaal nodig hebben.

Een vrachtwagen vol hout rijdt langs me in noordelijke richting en zijn lading dennenstammen ziet eruit als gigantische zoethoutwortels die in een lange baal zijn gestopt. Hij slingert. Ik heb mijn handen geschrobd maar mijn nagels zijn nog steeds rood van Karins bloed, de huid donker en schilferig, haar hemoglobine diep onder mijn nagelriemen.

Dit is iets wat ik nooit eerder heb meegemaakt. Zelfmoord, bedoel ik. Mama was depressief, maar dat uitte zich erin dat ze jarenlang in zichzelf gekeerd leefde. Ze implodeerde toen papa stierf, stortte in, verschrompelde, keerde binnenstebuiten. Ik probeerde haar tot hobby's te verleiden, al was het maar het lezen van een boek, maar ze schakelde haar hele leven uit. Ze liet het in de wachtstand staan tot de kanker haar jaren later te grazen nam. Ik vind het een vreselijke gedachte dat iemand van wie ik houd zelfmoord pleegt omdat ik het een vreselijke gedachte vind dat iemand van wie ik houd zoveel pijn heeft. Maar de zelfmoord zelf, als die eenmaal is gepleegd, toen Gustav eenmaal was gesprongen – die moet je accepteren, denk ik. Cici heeft gelijk. Als ze het doorzetten, kan er geen sprake zijn van een 'egoïstische daad' of 'denk aan de nabestaanden' of 'koos de weg van de minste weerstand'. Absoluut niet. Het is nooit egoïstisch als iemand geen enkele hoop meer heeft. Het gaat nooit om niet aan nabestaanden denken, het is juist ondanks de pijn die het nabestaanden en vrienden zal bezorgen, ik heb geen andere keus. Het is nooit de weg van de minste weerstand. Het moet het moeilijkste zijn wat er is. Ik heb Karin badend in haar eigen bloed gezien en weet dat ze die beslissing niet lichtzinnig heeft genomen.

Een sneeuwploeg voor me neemt beide rijbanen in beslag, hij schraapt vers poeder weg en strooit zoutkristallen op het asfalt. Hij moet er bij de laatste oprit op zijn gekomen. Nu is mijn snelheid beperkt tot zijn snelheid en voel ik me een parasitair poetsvisje dat de bescherming van een grotere soort geniet. Een Mercedes-jeep rijdt vlak achter me en zijn koplampen werken niet.

En dan begin ik me af te vragen waarom. Niet waarom Karin het deed, maar waarom ik geen waarschuwingssignalen heb opgemerkt? Aanwijzingen dat ze gebukt ging onder een schuldgevoel? Wat voor tekenen dan ook? Waarom zag haar moeder die niet? Als journalist hoor ik signalen te zien. Dingen die andere mensen ontgaan. En als dove lees ik zonder het te beseffen de hele dag door lichaamstaal. Dat is essentieel. Het vult de gaten.

De E16 gaat over in de E45 en de Mercedes zit nog steeds in mijn spiegels. Ik kom aan in Karlstad en volg de vertrouwde route naar het ziekenhuis. Mama lag daar met tussenpozen ongeveer zes maanden in. Ze stierf er bijna, maar toch niet.

Het parkeren is een toneelstukje. Ik klim twee keer over en door de auto en sluit hem af en schop ertegen voor ik naar de grote draaideur loop; warme, bedompte lucht blaast in mijn haar en droogt mijn toch al uitgedroogde ogen.

Bij de receptie vertellen ze me waar ze is. Ik volg de blauwe lijn helemaal naar haar zaal en dat is niet de intensive care, dus dat zal een goed teken zijn, nietwaar? Ik vang in een ruit een glimp van mezelf op en ik zie eruit als een lijk. Ik vind de zaal. Hij ligt tussen de kraamafdeling en de geriatrische zorg, tussen begin en einde, de zaailing en de laatste eikel die de eik voortbrengt voor hij ter aarde stort.

Het is een eenpersoonskamer. Lang leve de hoge Zweedse belastingen. Ik klop en Anna-Britta zit naast haar, haar roze hand op Karins witte hand, haar kracht ligt op Karins met naalden doorprikte zwakte.

Anna-Britta glimlacht als ik binnenkom. Het is opluchting en dankbaarheid en wanhoop en uitputting en doodsangst en droefheid ineen.

‘Het gaat goed met haar,’ zeggen haar lippen geluidloos.

Ik glimlach naar haar terug. Ik wil haar over het briefje vertellen, maar dit is niet het juiste moment. Karin is niet bij bewustzijn en zit onder de medicijnen. Ze gaat nergens heen. En Anna-Britta is in de allereerste plaats een moeder, dat mag ik niet vergeten. Ik weet niets zeker.

Anna-Britta houdt het niet meer en begint te huilen. We omhelzen elkaar, eerst onhandig, bij Karins voeten onder de dekens, en dan omklemt ze me stevig, ze klemt mijn lichaam in haar armen. En ik omklem haar. We houden ons aan elkaar vast.

‘Ze gaven haar nieuw bloed,’ zegt ze terwijl ze zich van me losmaakt en haar ogen dept. ‘En iets om te slapen en nog iets tegen de pijn. Ze hebben haar gehecht.’ Ze huilt weer, haar handen wrijven de tranen van haar wangen. ‘Haar armen. Haar zielige, mooie armen, ze zijn...’

‘We kunnen haar nu helpen,’ zeg ik met mijn hand op Anna-Britta’s schouder. ‘Nu we het weten, kunnen we helpen.’

Ze knikt. Het is het knikje van een vrouw die dit te vaak heeft meegemaakt, meer dan een mens kan verdragen. Het is het knikje van een vrouw dat zegt ‘Ja, we kunnen helpen, maar we kunnen nooit meer helemaal ontspannen zijn als ze somber is, we kunnen dit nooit meer loslaten als ze teruggaat naar haar opleiding, we kunnen nooit meer honderd klotemessen onder onze eettafel laten liggen.’

Een verpleegkundige met rood haar, die eruitziet als een oudere versie van de stempelaar, komt binnen en zegt dat er een man beneden staat; ze vraagt of we bezoek verwachten. Nee, zeggen we. Ze controleert Karins verbanden en haar hartmonitor en vraagt of we koffie willen.

We lopen de gang op, naar de wachtruimte. Die bestaat uit drie lange zwartleren banken en een flatscreentelevisie met het geluid uit en een stapel tijdschriften. Er hangt een plank aan de muur met daarop ernstig beduimelde romans, sciencefictionboeken van vier vingers dik en doktersromannetjes met omkrullende kaften. Dit zijn veelgelezen boeken. Het zijn verhalen die dierbaren een paar bladzijden lang hielpen ontsnappen, wat veiligheid boden. Wachtend op mama's dood las ik een trilogie van fantasyromans en die drie boeken hebben me meer geholpen dan ik kan zeggen.

Er arriveren twee koffie in plastic wegwerpbekertjes met onmogelijk kleine oortjes.

'Ik weet gewoon niet waarom,' zegt Anna-Britta terwijl ze het bekertje in haar handen wiegt. 'Ze had bij mij kunnen komen met haar problemen. Ik dacht dat het goed met haar ging. Ik zou alles doen voor mijn dochter.' Ze scheurt een flintertje vlees van de rand van haar wijsvingernagel. 'Echt alles.'

'Het is voor jullie allemaal een heel zware maand geweest.'

Anna-Britta kijkt op.

'Ze zeggen dat je het niet kunt zien aankomen,' zeg ik en ik heb meteen spijt van die woorden, flauwekul uit een tijdschrift of een al lang vergeten tv-programma. 'Ze zeggen...' Ik zit tegenover een vrouw wier echtgenoot net zelfmoord heeft gepleegd en ik steek een preek af over wat 'ze zeggen' over zelfmoord?

'Ik zag het niet aankomen,' zegt Anna-Britta, kauwend op een stukje nagel. Ze bijt het af. 'Ze is pas twintig. En ze is de slimste van ons allemaal, dus ze heeft nog zoveel om voor te leven, nog een hele toekomst voor zich.'

'Ze komt er wel bovenop,' zeg ik terwijl ik me Thords handboeien rond haar omzwachtelde polsen voorstel. 'Je kunt professionele hulp voor haar regelen. Ze redt het wel.'

'Ze is bang,' zegt Anna-Britta en ze neemt een slokje koffie, blazend in het bekertje. 'Voor ons huis, voor het bedrijf, voor oud kwaad, voor wat er met onze familie kan gebeuren.' Ik glimlach een neutraal, gerimpeld glimlachje en vraag me af of ze niet het bangst voor rechtspraak is. Straf. Een tijd in de gevangenis. Ik herinner me de colleges die ze volgde: pathologie en taxonomie. Het mes met de G in het uiteinde gekerfd. Het feit dat ze een beeldhouwer is. De sneeuwdoodskoppen met al hun details. En haar toegang tot de hele fabriek.

'Ik voel me net zo'n toerist,' zegt Anna-Britta met haar ogen op de tv gericht. 'Je weet wel, die mensen over wie je leest, die op een luchtbed wegdrijven naar open zee. Ze hebben geen idee welke kant ze op gaan en of ze het wel of niet zullen overleven. Ze zijn de speelbal van de wind en de stroming en het enige wat ze kunnen doen is zich vastklampen.'

Ze kijkt me weer aan.

'Of eraf glijden.'

'Is er iemand met wie je kunt praten?' vraag ik. 'Over wat je doormaakt? Het Gunnarsson-trauma? De toestand met de fabriek? Misschien geen verkoop, maar een lening of een investering?'

'Het is het boek,' zegt ze met een blik op de paperbacks op de plank. 'Dat is onze laatste hoop. Het is wat Gustav me vertelde, hij was daar heel stellig over. Het boek moet een succes worden. Het moet pakkend zijn om een breed publiek te trekken. Het komt volgend jaar uit en dan krijgen we per kwartaal de royalty's betaald.' Ze neemt nog een slokje. 'Dat maakt het verschil, dat is de sleutel: voortdurende inkomsten, een "inkomstenstroom", zoals Gustav me uitlegde, iets wat ons drijvend houdt.'

'Oké,' zeg ik.

Een arts in een slecht passend wit jasje komt uit de lift en hij moet een slechte enkel of zoiets hebben, want hij loopt niet recht.

'Het is moeilijk uit te leggen,' zegt Anna-Britta en ze slaat haar benen andersom over elkaar. 'We moeten een schuld inlossen. We waren niet altijd zo'n goede werkgever.'

Een patiënt met zijn hoofd in het verband wordt door twee dragers in een bed langs ons gerold. Het lijkt alsof hij naar me knipoogt maar omdat zijn ene oog bedekt is, kan het ook zijn dat hij knippert.

'In de begintijd, halverwege de negentiende eeuw, buitten de eerste eigenaars, de grondleggers – we hebben hun portretten nu omgedraaid – de plaatselijke bevolking uit. Ze lieten ze te hard werken en betaalden ze te weinig loon, zelfs naar de maatstaven van die tijd. Het aantal dodelijke ongevallen in de fabriek was onacceptabel hoog. Het eerste jaar van haar bestaan betaalden ze hoge lonen en toen verhuisden de werknemers met hun families naar Gavrik, dat destijds slechts uit een nieuwe kerk en een verwoeste kerk en de fabriek bestond; verder was er vrijwel niets. Vervolgens kortte de directie de lonen jaar na jaar.'

'Het was toen anders,' zeg ik.

'Niet echt,' zegt ze. 'De familie werd rijk. Ze vergrootte haar rijkdom en breidde uit en we waren jarenlang de op een na grootste zoutedropproducent van het land. De familie bouwde het landhuis aan het Vänernmeer van de winsten en we zijn sindsdien nooit meer zo succesvol geweest.'

Een arts-assistent die er uitgeput uitziet, loopt langs en knikt naar ons allebei; zijn stethoscoop zwiert om zijn nek en zijn witte Crocs kraken op de rubberlaag van de vloer.

'Wij boeten voor hun hebzucht,' zegt Anna-Britta. 'Ze gingen te ver en het stadje weet dat. Ludvig was een boef en dacht dat hij boven de wet verheven was, boven de normale regels. Het verdriet dat die man heeft veroorzaakt. De kinderen die hij nooit heeft erkend. We proberen dat nog steeds goed te maken en de fabriek herinnert ons er steeds weer aan als we de jaarrekening opmaken.' Ze wijst in de richting van Karins kamer, met tranen in haar ogen, en zegt: 'Ik hou haar grootvader hier volledig verantwoordelijk voor.'

We kijken allebei toe hoe de oudere dokter, de man met de slechte enkel, Karins kamer binnenschuifelt.

47

De dokter controleert Karins vitale functies en ik rijd als in trance vanaf het ziekenhuis van Karlstad noordwaarts. Te veel om te verwerken. Karin. Haar bekentenis. Haar kapotte huid. Haar lijden.

Ik heb een kort sms'je van Thord waarin hij zegt dat ze zich bezighouden met Karins briefje. Hij bedankt me.

Het is te laat om nog naar Cici te gaan, dus parkeer ik en sluit af en er staat iemand voor Hotel Gavrik. Het is een figuur in een lange gewatteerde zwarte jas met een grote capuchon. De figuur heeft als achtergrond de hotelgevel met zijn bord dat niet in het midden hangt, en het hotel heeft als achtergrond de donkere fabriek en haar schoorstenen.

Ik loop er behoedzaam naartoe.

De capuchon gaat af en er zit een bivakmuts onder.

Ik sta stil, mijn hart bonkt in mijn borst.

'Heb je een sleutel?' vraagt Noora en ze trekt haar bivakmuts af.

De druk die ik in mijn hoofd voel, in mijn voorhoofdsholten, die op mijn schouders rust, neemt bij haar woorden enigszins af. Ik kom dichterbij en glijd uit op een stukje ijs en zij grijpt me vast om me overeind te houden.

'Ja,' zeg ik, en ik vind mijn sleutelkaart en maak de voordeur van het hotel open. Geen nachtportiers hier, geen piccolo's met koperen bagagekarren of nachtmanagers die goedenavond zeggen en de lift voor je laten komen. Alleen een sleutel.

We gaan naar binnen en de deur valt achter ons in het slot.

'Kom,' zegt ze en ze trekt haar donsjas uit. Ze heeft mascara op en hij is een beetje gaan klonteren op haar dikke wimpers en haar adem ruikt lichtjes naar witte wijn.

We stappen de lift in, ik druk op de knop voor de tweede verdieping en de deuren gaan dicht. Ze kust me.

De deuren gaan open. Mijn hart klopt zo snel dat ik hier op de gang van de tweede verdieping acuut zou kunnen sterven. Ik wil haar over Karin vertellen en horen wat zij over het briefje weet, over mijn theorie, en ik wil vragen waarom ze in het openbaar zo raar tegen me doet. Maar dat doe ik niet. Ik ben te moe. Ik open mijn deur met mijn sleutelkaart en steek hem in het sleufgeval net binnen in de kamer. Noora kijkt naar me, echt naar mij, naar mijn binnenkant. Ze wrijft haar wang zachtjes tegen de mijne, haar warmte glijdt over mijn koude huid, haar handen op mijn middel, de mijne op haar nek, haar adem haakt vast in mijn mond, mijn lippen strijken langs de hare.

Het is nog donker als ik wakker word.

Ze ligt lepeltje-lepeltje tegen me aan met haar arm om mijn buik. Niet klemmend, hij rust daar alleen maar. Het eenpersoonsbed is vol. En het is warm met haar, en de lakens zijn een chaos en we hebben de deken helemaal tot aan onze nek opgetrokken. Achter het raam, ik denk dat het rond vijven is, zijn de schoorstenen zichtbaar als grijze verticale strepen tegen een grijze lucht. Ze lopen omhoog taps toe, de witte belettering is in dit schemerduister beter te lezen dan midden op een zomerdag. Grimberg Drop. Noora beweegt en kust de zijkant van mijn gezicht en haar handen houden me steviger vast en ik draai me om en kus haar. Ik trek haar dichter tegen me aan en we vallen weer in slaap.

We schrikken op hetzelfde moment wakker.

Gerammel.

Iemand probeert de tussendeur in de hoek van de kamer open te maken.

Noora stapt uit bed.

Ze strekt haar arm, zo van 'Blijf daar, Tuva', en dan pakt ze een glazen vaasje van het bureau en luistert ze aan de muur. Ik kijk vanuit bed toe als ze de klink probeert. De deur zwaait open en de kamer erachter is zo zwart als een bos in het holst van de nacht. Ze tuurt naar binnen en ik heb het gevoel dat ik haar dekking moet geven, dus stap ik uit bed en ga achter haar staan.

'Politie,' roept ze.

Niets.

De donkere kamer is steenkoud.

Noora gaat naar binnen en drukt op het lichtknopje, maar er gebeurt niets. We hebben geen sleutelkaart voor deze kamer. De sleuf is leeg. We lopen een stukje naar binnen en de kamer is zo lang dat ik het eind ervan niet kan zien en er is geen licht van peertjes of vensters. Noora trekt me terug naar onze kamer en doet de deur dicht en duwt de stoel onder de klink.

'Waarschijnlijk gewoon een kamermeisje,' zegt ze, maar ze ziet er niet overtuigd uit.

Ik douch, met Noora op wacht. Wanneer ik klaar ben, staat ze door het raam naar de fabriek te kijken.

'Dat oord,' zegt ze.

'Ik weet het,' zeg ik terwijl ik mijn haar droog met een handdoek. Er zit een föhn aan de wand geschroefd, maar die is kapot en er knetteren vonken als ik hem probeer aan te zetten.

'Wat denk je van dat briefje? Wordt Karin gearresteerd?'

Noora kijkt naar me. Naar mijn ogen en mijn lippen en dan weer naar mijn ogen, linkeroog, dan rechteroog, haar blik verschuift alsof ze een schilderij in een museum bestudeert. Ik voel me nu enigszins opgelaten, maar ook verguld door de aandacht, als ik heel eerlijk ben.

'Dat weet ik niet zeker,' zegt ze. 'Thord onderzoekt het, kijkt waar ze was op de dag dat Gunnarsson werd vermoord.'

'Oké.'

Ze raakt met haar vingertop mijn kin aan en loopt dan de badkamer in en laat de deur open.

'Ontbijten we eerst of gaan we meteen naar Thord?' vraag ik.

'Laten we gaan eten,' zegt ze. 'Het kan weleens een lange dag worden.'

Ik voel me volkomen op mijn gemak wanneer ik me aankleed voor Noora's ogen. Wanneer ik dat voor een man doe, voel ik me, hoe zeg ik dat, niet zo op mijn gemak. Wanneer we allebei zijn aangekleed, vraag ik: 'Zal ik naar beneden gaan en wat te eten pakken en dat hierheen brengen?'

Ze knauwt op de binnenkant van haar wang en ik moet eraan denken hoe stug ze is als we samen in het openbaar zijn.

'Ik kan naar beneden komen,' zegt ze. 'We kunnen samen ontbijten.'

'Maar dan ziet iedereen het.'

'Ik weet het,' zegt ze.

'Zeker weten? Je lijkt zo op je privacy gesteld. Alsof je niet wilt dat iemand het kan raden.'

Ze slikt en knikt.

Ik kus haar en we versmelten weer met elkaar en moeten onszelf losrukken.

'Ik blijf hier minstens een paar jaar,' zegt ze. 'Ik kan de koe maar beter bij de hoorns vatten.'

We gaan naar beneden, met blozende wangen, haar haren nog half nat, de mijne beginnen te kroezen.

De ontbijtzaal heeft vier bezette tafeltjes. Drie met een echtpaar, een met een gezin. De eigenaresse stapt naar binnen met een schort rond haar middel en kijkt me aan alsof ik de paus ben en zojuist ben binnengekomen met mijn nieuwe vriend.

'Goedemorgen,' zegt Noora tegen haar. 'Twee ontbijtjes, graag.'

We gaan zitten. Noora eet eieren en spek met koffie en ik eet toast en cornflakes en lauwe warme chocolademelk. We zeggen niets, maar zitten als gekken te grijnzen en onze voeten strelen elkaar onder tafel alsof het daarbeneden een heel andere wereld is.

Ik schrijf me uit met Noora aan mijn zijde. De eigenaresse doet zo godvergeten nerveus dat we bijna een giechelaanval krijgen, maar we weten ons in te houden. Ik laat mijn koffers in de opslagruimte staan, omdat het te koud is om ze in de auto te laten. Ik betaal en we gaan naar buiten. Ik wil haar kussen, maar houd alleen mijn neus tegen haar zachte hals.

Ze zegt dat ik naar mijn kantoor moet gaan en dat ze me op de hoogte brengt als het kan.

'Ik ga vanavond terug naar de fabriek,' zeg ik. 'Om afscheid te nemen van de familie. Mijn taxi pikt me om negen uur op.'

'Ik kom je uitzwaaien,' zegt ze en dan rijdt mijn oude Hilux langs, ik zou hem overal herkennen, maar het is niet Aardappelhoofd die achter het stuur zit, maar een oude kerel met een snor en hoge kraag en een breedgerande hoed. Ik wend me naar Noora.

We zoenen niet op straat, we knipogen alleen maar naar elkaar en gaan uiteen, zij naar het politiebureau, ik, met bonkend hart, naar mijn kantoor.

Het zo'n twintig graden onder nul en ik heb het niet koud. Ik snak niet naar een borrel en mijn oren doen geen pijn en ik maak me geen zorgen over de toestand van mijn bankrekening. Ik denk niet eens zo heel veel aan mama. Het gaat prima met me. En ik voel haar nog steeds op mijn vingertoppen.

Lena is er al dus vertel ik haar over Karin en het briefje. Ik haal mijn bureau leeg en om elf uur vraagt ze of ik even in haar kantoor wil komen. Dit is ons afscheid. Dit is het dan. Mijn gevoel wordt alle kanten op getrokken, nieuwsgierig naar Karin, opgewonden dat ik wegga, stapelgek op Noora.

Nils is nog aan het ijsvissen en Lars heeft een dag vrij, dus het is stil hier. Ik stap haar kantoor binnen en Lena ziet er vermoeid en bezorgd uit.

'Ik heb nieuws voor je over je nieuwe baan,' zegt ze met een stuurs, streng gezicht. 'Ik vind het heel naar voor je. Wacht hier even.' Wat? Nee. Ze loopt haar kantoor uit, doet de deur achter zich dicht en ik blijf achter tegenover haar kant van haar bureau, haar oversized beeldscherm half naar me toe gedraaid. Wat gebeurt er?

De deur knalt open en daar is Lena en dan is er Lars in een rendiertrui en dan Nils die een soort cowboyoverhemd in zijn vormeloze ICA-jeans heeft gestopt.

'Surprise!' roept Nils. Hij heeft een fles cava bij zich en Lars heeft een ingelijst plaatje in zijn hand.

'Jullie hier?' zeg ik verbaasd. 'Jullie hebben allebei vrij vandaag?'

'We sturen je weg in stijl,' zegt Lars, zijn kale plekje vers ingesmeerd, het wordt zo droog in de wintermaanden. Vandaag glimt het.

'We zullen je missen, Tuva,' zegt Lena. Ik meen een traan in een van haar ogen te zien, of het begin van een traan, maar ze lijkt hem terug te dwingen in de traanbuis. 'Dit is voor jou.'

'Te koud om te vissen,' zegt Nils en hij reikt me de cava aan. 'Niet in één keer opdrinken.'

Lars geeft me de ingelijste pagina van *The Guardian* van afgelopen oktober. Het is mijn Medusa-verhaal.

'Mijn god,' zeg ik en ik kijk hen aan. 'Ontzettend bedankt, allemaal.'

'Zij heeft het betaald,' zegt Nils en hij wijst naar Lena.

'Ik zal het hier missen,' zeg ik en dat meen ik. 'Ik zal jullie missen.'

Lars omarmt me vanaf grote afstand. Nils omarmt me zoals hij een rugbyer zou omarmen: harde klappen op mijn schouder. Lena houdt me vast. Ze houdt me vast en ik houd haar vast en ze kust mijn kruintje. 'Je bent hier welkom wanneer je maar wilt,' zegt ze. 'Altijd welkom.'

'Wat had je voor nieuws over mijn nieuwe werkgever?' vraag ik.

'Ik heb Anders gisteren gesproken. Hij zegt dat je zo nu en dan een stuk voor mij kunt schrijven, als je wilt, geen enkel probleem. Dat noorden-versus-zuiden-idee kan interessant zijn voor de mensen hier. En als je eenmalig een stuk over de Veerman-zaak wilt schrijven, als die is opgelost, dan regelen we dat ook. Denk er maar over na als je eenmaal bent gesetteld.'

Ik leg mijn onderzoek voor het boek in de Tacoma en zie Thord op de kelderdeur van conciërge Andersson kloppen, met een hand op zijn wapen in de holster. Hij klopt op het raam en gluurt naar binnen. Wat is daar aan de hand? Ik loop in zijn richting, maar Thord draait zich naar me toe en schudt zijn hoofd.

Ik rijd op lage snelheid langs Benny Björnmossens winkel en zie Rood naar buiten komen met een foedraal en twee zware tassen. Ik rijd door naar het tankstation bij de ICA en word door zo'n drie mensen gadegeslagen als ik aan de kant van de passagier naar binnen schuif en wegrijd. In mijn spiegels kan ik Storgatan en de schoorstenen zien. Een laatste keer daarnaartoe vanavond om Cici's grote geheim te horen en afscheid van haar te nemen.

Op de kruising met de E16 is wat verkeer; touringcars en jagers zijn op weg naar de jachtgebieden om elanden of wilde zwijnen te doden. Ik rijd onder de snelweg door. Een Grimberg-bestelbus passeert me op hoge snelheid en ik kan de chauffeur niet goed zien, maar hij draagt een feloranje shirt.

Het Utgardbos ziet eruit als een enorme gletsjer die naar de rest van de wereld kruipt. Het is hoog en wit en groter dan goed is voor een bos. Ik rijd voorbij het graafmachinekerkhof en herinner me Viggo en wakker worden in zijn afgesloten taxi met dat waxinelichtje. Er trekt een huivering over mijn rug. Ik zet mijn richtingaanwijzer aan en rijd vanaf het geveegde, zoute asfalt de zandweg op. De sneeuw is diep, maar het lukt me wel. Het is deze dagen zo koud, het wordt rond het middaguur niet eens boven de min vijftien, dus is er een stevige korst. Het ergste is sneeuw rond het vriespunt, geen grip, vooral in deze Shitmobiel. Er brandt een waarschuwingslampje op het dashboard, maar ik heb geen idee wat het betekent. Ik rijd langs de caravan van de Hamsteraar. Wanneer ik bij Viggo Svenssons *torp*-huis kom, moet ik vertragen tot een slakkengang omdat de sneeuw te diep is. Vijf kilometer per uur. Ik kijk naar het huis en daar staat hij. Voor het raam. Hij wordt van één kant belicht en draagt een wollen muts en geen overhemd en hij glimlacht naar me. Handen op de heupen. Grommend. Ik zie littekens op zijn armen. Kleine, ronde littekens. Brandwondjes? Er glanst een grote kristallen presse-papier op zijn vensterbank en als ik nu in mijn Hilux zat, zou ik twee keer zo snel als nu rijden om maar langs die vent te zijn. Hij heeft een hand opgestoken, omklemt iets met zijn vuist, en dan klikt de Volvo op zijn oprit van het slot want ik zie de koplampen twee keer knipperen. Wat? Hij kan me niet het bos in volgen, niet erin, dat kan hij niet doen. Ik versnel en schiet de heuvel op. De sparren op de top zijn beladen met eindeloze nachten sneeuw, en hun takken hangen af onder het gewicht en raken elkaar boven het midden van de weg zodat ze hier en daar een ijstunnel vormen. Ik geef gas, mijn ogen schieten naar mijn spiegels. Komt hij? Ik rijd te hard voor deze omstandigheden, te hard in deze huurauto. Ik slip en mijn handen omklemmen het stuur zo strak dat mijn vingers pijn doen. De houtsnijdende zussen zijn demonische trolletjes van dennenhout in hun bus aan het laden en Alice, de stille, glimlacht als ik hen passeer.

Ik stop bij Holmqvists huis met zijn rondom lopende veranda en spiegelende ramen. Er is nog steeds een hondenhok in de tuin en zijn auto staat heel dicht bij zijn voordeur en is aan het opladen met zo'n lange accukabel. Ik zweet, maar Viggo's Volvo is nergens te bekennen.

Ik leun opzij en klauter uit het passagiersportier. Ik trek mijn jack recht en pak de twee ordners en vraag me af wat Cici's belangrijke geheim is. Ik loop om de pick-uptruck heen en mijn laarzen knerpen.

'Tuva,' zegt David terwijl hij zijn voordeur opent. 'Zullen we?'

48

Er klinkt opera uit zijn minuscule bluetoothspeaker. Iets Duits. We gaan naar binnen en hij neemt mijn jas aan en ik trek mijn laarzen uit en zet ze op zijn rek, precies zoals hij het graag heeft.

'Belangrijke dag,' zegt hij.

Ik leg mijn ordners op een van zijn leren designstoelen en veeg het koude zweet van mijn voorhoofd. David draagt leren slippers met een monogram, en een kakibroek en mauve poloshirt. Het haar op zijn armen staat in de houding.

'Ik ben er klaar voor,' zeg ik.

'Vertel eens,' zegt hij en hij wijst naar mijn gehoorapparaatjes. 'Werken ze normaal bij deze belachelijk lage temperaturen? Zijn ze bestand tegen de eeuwigdurende Gavrik-kou?'

'Ze doen het prima,' zeg ik en ik werp een blik op het raam om te zien of Viggo buiten staat. 'Ze kunnen alleen niet tegen nattigheid.'

'Ah,' zegt David en hij slaat dat feit in zijn hoofd op voor zijn archief. 'Zullen we de zaken boven in mijn kantoor afhandelen? En daarna heb ik een lunch om het te vieren klaarstaan, slechts drie gangen.'

'Klinkt goed. Maar ik kan niet te lang blijven, ik moet in de stad nog van een paar mensen afscheid nemen en ik wil nog even bij de Grimbergs langs voor ik op de trein stap.'

'Natuurlijk,' zegt hij. 'Trouwens, vind je het erg als ik vanmiddag samen met jou naar de fabriek ga? Ik heb de eerste helft van het boek klaar voor Anna-Britta om te lezen. Het is misschien beter...' Hij wacht om het juiste woord te vinden. 'Beter voor hen verteerbaar als ik met jou meekom.'

Ik wil hem daar eigenlijk niet bij me hebben, maar ik kan moeilijk weigeren.

'Prima.'

We gaan naar boven, ik achter hem aan, en ik moet wel naar dat stukje kuit kijken dat bij elke trede even wordt ontbloot. Onder al die gesteven kleren is hij net een wild ding.

Mijn telefoon zoemt. In dit bos is er vrijwel geen ontvangst maar er komen drie boodschappen door, van drie verschillende mensen. Die moeten een wachtrij hebben gevormd tot ik bereik had. Eentje is van Lena die vraagt of ik haar wil bellen als ik even tijd heb. Eentje van Toyota die me vraagt de Tacoma naar zijn garage terug te brengen en hem niet achter te laten op de parkeerplaats van ICA, zoals afgesproken. Hij zegt dat de sneeuwploegen die vanavond willen vegen. En een van Thord. Hij zegt dat Karin zichzelf uit het ziekenhuis heeft ontslagen. Hij vraagt me of ik weet waar ze is. Ik antwoord dat ik geen idee heb, maar het versturen van de boodschap lukt niet.

'Hier,' zegt Holmqvist en hij wijst naar een bepaalde plaats op de tafel. 'Leg je werk hier neer en neem het met me door, als je wilt.'

Ik open mijn mappen.

Is Karin op de vlucht? Is ze op de terugweg naar Gavrik?

'Ik sta bij je in het krijt,' zegt David terwijl hij door mijn tabbladen bladert. 'Maar niet lang meer. Ik ben van plan om de eerste helft van je honorarium direct over te maken nadat we dit hebben doorgenomen.'

En die heb ik hard nodig.

Ik neem met hem door wat ik heb. Onderwerpen met kopjes zoals 'Cecilia Grimberg' en 'Het buitenhuis aan het Vänernmeer' en 'De gsm-masten' en 'Brand één' en 'Brand twee'.

'Het is een verslag van de drijfveren van de familie,' zeg ik.

'Wat elke generatie beweegt en ook de druk waarmee ze te maken hebben, zowel van de concurrentie als van de gemeenschap, maar ook van de fabriek zelf. Hun verhaal is er een over volharding en opoffering, maar ook schuld. Ze beschermen zichzelf op manieren die ze door de generaties heen hebben ontwikkeld, manieren waar we nu om lachen, maar die zij bloedserieus nemen. En ik heb de andere verhalen door dat van hen gevlochten, het verhaal van Rood, de stempelaar. Het verhaal van conciërge Andersson en zijn broer, de chauffeur die gewond raakte toen zijn bestelwagen vorige week van de weg gleed. Maar ik richt me vooral op Cecilia en hoe zij heeft weten te overleven en haar man Ludvig niet. Dat ze zijn lijk nooit hebben gevonden. Dat hij nooit is begraven. En dan Anna-Britta, en hoe ze omgaat met de gigantische verantwoordelijkheid van het leidinggeven aan de fabriek nu ze alleen is. En, uiteraard, hoe Gustav het niet aankon. Dat oord druipt van verlies, het nijpendst het verlies van lilla Ludo, die slechts een paar meter van waar zij 's nachts slapen begraven ligt.'

Hij knikt en glimlacht, absorbeert dit alles.

'Uitstekend materiaal,' zegt hij. 'Dit verlevendigt het laatste deel van het boek, dit zorgt echt voor een passende climax.'

'Goed,' zeg ik.

'En dat is gunstig voor de Grimbergs. Je helpt ze. Ze zullen nog tientallen jaren de royalty's van dit boek innen.'

'Denk je echt dat het zo goed zal verkopen?'

Hij likt zijn lippen vanaf het litteken in het midden naar links en dan vanaf het litteken naar rechts.

'Ik hoop het voor hen,' zegt hij. 'Anna-Britta praatte meer over marketingstrategieën en adverteren en hoe we het boek kunnen uittillen boven concurrerende titels dan over de geschiedenis van de Grimbergs. Gustav was altijd geïnteresseerd in het industriële erfgoed, maar Anna-Britta had het vooral over de noodzaak van een krachtige "haak". Hopelijk voorkomen de royalty's dat die vreselijke advocaat de fabriek binnenkort in zijn bezit krijgt. Die man gedraagt zich alsof hij recht heeft op het bedrijf, eerlijk waar. Maar goed, laat ik je betalen.'

Hij leidt me door zijn tweede logeerkamer, zijn werkkamer. Hij gaat achter zijn computer zitten en typt op zijn rare, ergonomische, gespleten toetsenbord. Ik denk dat ik buiten een auto hoor, maar het is slechts zijn dure computer die opstart. De website van Handelsbanken verschijnt op het scherm.

'Zou je even?' zegt hij terwijl hij zijn kaartlezer in de lucht steekt.

'O, sorry.' Ik keer me om naar de boeken die hij al geschreven heeft, boeken met andermans naam op hun rug.

'Oké,' zegt hij. 'Tienduizend nu en tien op de dag dat het verschijnt.'

'Inderdaad.'

'Wat ergens volgend jaar zal zijn. Ik hoop dat je het met plezier zult lezen.'

'Ongetwijfeld,' zeg ik en ik meen het, vooral de delen waar ik zelf aan heb bijgedragen.

'Ga ermee op een stil plekje zitten en geniet ervan. Neem de tijd.'

Ik knik. 'Maar geen hutje in het bos,' zeg ik. 'Een appartement aan de Middellandse Zee, misschien, iets warms met een terras en een weidse hemel.'

'Ziezo,' zegt hij en hij print de bevestiging en geeft die aan mij. 'Nogmaals bedankt.'

'Jij bedankt,' zeg ik. 'Het was een fascinerend project. Ik hoop dat de Veerman nu snel wordt opgepakt en dat het stadje een paar rustigere maanden tegemoetgaat.'

'Daar twijfel ik niet aan,' zegt hij. 'En voor je het weet is het zomer. Kan ik je iets te drinken inschenken?'

Reken maar. Tien rum-cola's. Zet ze maar op een rij.

'Dat lijkt me lekker. Een kleintje.'

We gaan naar beneden en hij heeft een steelpan op zijn inductiekookplaat staan, zo'n lange van een duur merk, eentje die waarschijnlijk meer kost dan mijn maandsalaris. Hij pakt een fles uit zijn wijnkoelkast en schenkt twee flûtes in. Hij kiest andere muziek op zijn kleine, draagbare speakergeval, de geluidskwaliteit is verrassend goed, en hij reikt me een glas aan. Een soort instrumentale jazz. Hij doet nu heel gewichtig, houdt zijn glas bij de voet vast, recht zijn rug en schraapt zijn keel, dus ik voel een toespraak aankomen.

'Dit is een gedenkwaardige dag,' zegt hij en ik zweer je dat zijn stem bijna breekt. 'Ik wil je bedanken voor al je harde werk. Je hulp is van onschatbare waarde geweest. Je hebt de dames Grimberg aan het praten gekregen en dat is een vaardigheid waar ik niet over beschik. Zonder jou zou ik een veel slechter boek hebben geschreven, Tuva.'

Ik knik en glimlach.

'Op mijn boek. *De dropfabriek*,' zegt hij.

'Op *De dropfabriek*,' zeg ik.

Ik wil met hem klinken, maar hij fronst en heft zijn glas en drinkt en zucht van genot. Hij moet de uitdrukking op mijn gezicht zien want hij zegt: 'Het is een mooie, uit 1996, een bijzonder jaar.'

Ik knik. 'Heel lekker.' Hij smaakt als pis en de bubbels zijn eruit verdwenen.

'Het jaar dat mijn ouders overleden, om precies te zijn.'

'Hij is heel lekker,' zeg ik en dan voel ik me volkomen lomp dat ik die woorden gebruik na wat hij me zojuist vertelde.

'Vandaar de milde mousse en die donkere kleur,' zegt hij.

'Prachtig.'

Platte pis.

Dan richt hij zijn aandacht op de steelpan en roert de inhoud om. Uit de koelkast haalt hij een roestvrijstalen dienblad dat vol ligt met kipdrumsticks, elk gepaneerd met broodkruim. Ziet er tenminste eetbaar uit. Ik wil Thord bellen over

Karins eigenmachtige ontslag uit het ziekenhuis, maar ik heb geen bereik, niet eens op de trap.

'Soep om te beginnen,' zegt hij. 'Neem plaats.'

Ik ga op mijn gebruikelijke plekje aan zijn glazen tafel zitten en kijk erdoor omlaag naar mijn in sokken gestoken voeten. Holmqvist brengt twee glazen water.

'De Pellegrino is op,' zegt hij. 'Excuses voor de kleur en de neerslag, het is mijn bron, het zijn eigenlijk alle bronnen in het dorp. Als je een minuutje wacht, bezinkt het.'

Ik zal dit niet missen als ik eenmaal naar Skåne ben verhuisd, waar iedereen gemeentelijk leidingwater drinkt, getest en gehomogeniseerd en schoon en gefilterd.

Er klinkt een klap tegen het raam en David zegt: 'IJspegel.'

Hij brengt twee kommetjes soep.

'Borsjtsj?' vraag ik.

'Zwarte soep,' zegt hij.

Oké, nu weet ik wat het is.

'Ter ere van je vertrek naar het zuiden.'

Ik staar hem aan.

'Het is gans, wees maar niet bang. Ik ben geen barbaar.'

Ik neem een lepel van het ganzenbloed, want dat is het, er zitten ongetwijfeld wat kruiden en zout en peper in, maar voor mij smaakt het precies als een bloedende vinger.

'Lekker,' zeg ik.

'Ja toch?'

Hij eet met smaak en zijn lippen nemen op de binnenste randjes een donkere tint aan, als omgekeerd lippenpotlood.

Mijn mond is een en al ijzer van het water en het ganzenbloed. Het is zijdezacht en de smaak is niet vies, maar de textuur... het bedekt de binnenkant van mijn mond als dikke, warme chocola en het is iets te warm zodat ik het naar mijn maag voel lopen, bloed landt op zuur. Ik stel me voor hoe dat eruitziet en het enige wat ik me voor de geest kan halen is een enorme rode prop.

Ik eet het voor de helft op en hij ruimt de kommetjes af. Ik spoel mijn soep weg met de dure platte champagne en het bronwater.

De drumsticks liggen te sissen op de kookplaat.

'Geniet van de champagne,' zegt hij. 'Drink hem langzaam. We moeten straks allebei nog rijden.'

'Wat ben je aan het maken?' vraag ik.

'Dat is moeilijk te zeggen.'

Hij tilt elke drumstick op met een tang en legt ze op een grote houten plank. Hij bestrooit ze allemaal met zeezoutvlokken. De warmte van het huis maakt me moe, maakt mijn oogleden zwaar.

'Zeezout uit de Himalaya,' zegt hij. 'Licht gerookt.'

Ze zien er prachtig uit, krokant gebraden dingetjes, nog sissend.

'Tast toe,' zegt hij. 'Dit is mijn galgenmaal, zoals sommigen zouden zeggen, mijn favoriete gerechten in drie gangen.'

Ik pak er twee en leg ze op mijn bord. Het is geen kip.

'Wat is dit?'

'Dit is goddelijk.'

Hij neemt er vijf.

'Sommigen denken dat de term zwezerik naar de schildklier verwijst. Anderen beweren stellig dat het de pancreas is. Sommige idioten hebben het over de luchtpijp of de milt. Ik vind hem het lekkerst van de orgaanvleesfamilie. Dit zijn kleine schildklieren, varkensschildklieren.'

Nooit eens een lamskoteletje, hè?

Buiten bij de auto's zie ik een witte flits. Sneeuw valt van een sparrentak.

Ik snijd in een zwezerik en mijn mes glijdt door het zachte, roze binnenste alsof het lever is, maar dan nog losser. Ik breng het naar mijn mond. En als het me lukt niet naar Holmqvists adamsappel te kijken die met zijn moedervlek op en neer gaat, vind ik ze zelfs best lekker. Zacht en verfijnd.

Ik begin rustig te eten. Ik drink nog wat champagne en dan herinner ik me wat de houtsnijdende zussen tegen me zeiden bij de bank: 'Val niet bij de laatste sprong.' Ik duw het glas weg.

'Inderdaad,' zegt hij. 'Water voor ons allebei. En dan nu het dessert.'

'Ik heb echt genoeg gehad.'

'Maar het is mijn lievelingstoetje.'

Ik glimlach en hij kijkt verheugd.

'Heb je ooit *casu marzu* gegeten, Tuva?'

Ik trek mijn wenkbrauwen op.

'Nee, inderdaad, dat dacht ik al.' Hij loopt naar zijn koelkast. 'Het is een Sardijnse delicatesse. Ik heb het in de loop der jaren twee keer gegeten, ronduit verrukkelijk. Heb je weleens pecorino gehad?'

'Ja, die vind ik lekker.'

'Mooi zo. Kijk, dit is een soort pecorino die stikt van de larven van de kaasvlieg. Ze vreten zich door de korst van de kaas, breken de vetten af en creëren zo een bijzonder lekkere romigheid.'

Nee.

Hij brengt een beker vanille-ijs van Häagen-Dazs en een bakje aardbeien en een tablet donkere chocola met zeezout.

'Sorry,' zegt hij. 'Ik kon het niet laten. Ik hou inderdaad van casu marzu, maar aardbeien met ijs zijn mijn lievelingsdessert, zelfs wanneer het volstrekt niet het seizoen voor dat vruchtje is.'

We glimlachen naar elkaar, hij tevreden met zichzelf, ik opgelucht.

De aardbeien zijn enigszins hard, blijkbaar per luchtpost gekomen, maar het ijs is heerlijk. De chocola is dat heel pure spul, dus laat ik hem daarmee zijn gang gaan.

Er klinkt een krassend of tikkend geluid. Het komt van de vloer, misschien uit de bijkeuken. 'Hoor je dat?' vraag ik en ik wijs naar die hoek.

Hij kijkt bezorgd.

'Wat?' vraagt hij.

'Er krabt iets?' zeg ik. 'Iets klopt?'

'Muizen,' zegt hij met gêne in zijn stem. '*Rodentia.* Ze zitten in de muren, ben ik bang.'

Ik trek een haar uit mijn mond en die sleept strak over mijn lip. Het is een felrode haar.

'Dank je voor een heerlijke afscheidslunch,' zeg ik en ik heb het gevoel dat ik toe ben aan een dutje.

Hij kijkt bijna verdrietig.

'Ik heb nog een laatste geschenk, een kleine blijk van mijn waardering.'

Hij pakt het digitale speakertje op en zet het op de tafel.

Er is een schaduw bij het raam.

'O, dat had niet gehoeven.'

'Doe je ogen dicht,' zegt hij.

Ik doe mijn ogen een stukje dicht, maar zie hem een donkerblauw juwelendoosje uit een la tevoorschijn halen. Het heeft gouden randen. Ik zie hem achter mij langs lopen met het doosje in de ene en zijn telefoon in de andere hand. Er klinkt wat ruis uit de speaker en de muziek sterft weg. Ik hoor sirenes. Loopt hij de trap op? Ergens in het huis slaat een deur dicht en de kamer begint te draaien alsof ik te veel heb gedronken, maar dat is niet zo. En dan is er een hand op mijn gezicht. Ik verzet me, mijn stoel krast over de vloer, mijn armen zwaaien, mijn kreten worden gesmoord. Ik schop tegen de glazen tafel, maar een sterke hand duwt me terug op de stoel en ik voel knokkels bij mijn neus en een handpalm stevig op mijn gezicht. Mijn zicht wordt vaag en donker en ergens in het huis hoor ik Cici en ze schreeuwt voor haar leven.

49

Ik word rillend wakker.

Bloed in mijn mond.

Ik zit dorstig in een heel donkere ruimte, ben alleen op de vloer op een soort mat. Ik wrijf in mijn ogen en voel een bivakmuts die mijn hoofd omvat.

Hij is niet van mij.

Ik trek hem af, duizelig, alsof ik ga vallen, maar ik zit al op de vloer. De ruimte ruikt vochtig en ik luister. Niets. Complete stilte. Ik controleer mijn gehoorapparaatjes en heb ze allebei in, mijn oren doen pijn, de harde huid bovenop is rauw gewreven.

Waar ik ook ben, ik moet hier weg.

En dan herinner ik me Cici's schreeuw. Is ze hier? Is Karin hier? Ik probeer op te staan maar dat is te moeilijk, mijn benen zijn als de touwtjes die aan feestballonnen bungelen. Ik houd mijn handen tegen mijn wangen om ze te warmen. Ik heb het in mijn leven nog nooit zo koud gehad.

Er klinkt een geluid bij mijn voeten, geritsel. Ik trek mijn knieën op tot onder mijn kin en proef zout in de lucht, zout zoals ze dat op de straten en stoepen strooien. Mijn rechtergehoorapparaat piept zijn laatste batterijwaarschuwing en ik zoek in mijn jaszak naar mijn sleutelhanger met de reservebatterijtjes. Ik heb mijn ski-jack aan en dat is tot aan mijn kin dichtgeritst, hoger dan ik fijn vind, en mijn sleutels zijn weg.

Ik kniel en de ruimte draait. Ik zie bijna niets, behalve een zwak peertje aan het plafond, een flutding met een laag wattage dat niet voldoet. Mijn voeten zijn warm en mijn borstzak voelt warm aan door het materiaal heen. Ik buk me en trek een laars uit en er zit een warm schijfje in, zo'n handenwarmer die je in je handschoenen steekt als je gaat skiën. Ik trek de laars weer aan en tast om me heen. Niets. Geen meubels, geen tv, geen deur.

Ben ik op Holmqvists zolder? In een kelder waar ik niets vanaf wist? De herinnering aan die hand op mijn gezicht, de handpalm die op mijn neus drukt, komt terug en mijn hoofd wordt weer helder. Ik sta op en wankel. De ruimte voelt verkeerd aan en de lucht ook. Niet vertrouwd. Een spinnenweb kleeft tegen mijn wang en ik trek het weg maar het komt steeds terug, een eindeloze draad van rag, ik trek eraan en gooi hem weg maar hij komt gewoon terug.

Ik hurk neer.

Wat is er gebeurd? Ik voel opnieuw in mijn zakken en in mijn linkerhand zit een snee. Mijn enkel doet pijn en mijn hoofd doet pijn en mijn schouders doen pijn. Ik heb het gevoel dat ik ben uitgegleden op het ijs en op mijn rug ben gevallen, en er zit een wond op mijn voorhoofd. Hard, geronnen bloed. Een bult. Ik ben de meeste dingen van mezelf kwijtgeraakt en heb heel wat dingen van een ander gekregen, maar dit is tenminste mijn jas. In mijn rechterzak zitten een pen en een opgevouwen papiertje, en in mijn linkerzak zit nog een pen.

Mijn handen steunen op een matras.

Ik moet nu goed nadenken. Ik moet hier weg zien te komen en ik moet Cici helpen. Het is opblaasbaar, nogal plat, het soort matras dat je onder een slaapzak hebt liggen; mijn god, ik zou willen dat ik nu een slaapzak had. Ik heb het zo vreselijk koud. Ik klem mijn kaken op elkaar. Mijn tanden knarsen over elkaar, schrapend. Ik schuifel op mijn knieën naar het einde van het matras en zoek een muur maar er is niets. Ik scheer met mijn handen over de vloer en raak iets en schiet terug als een bokser die een stoot ontwijkt.

Het voelt als bladeren of natte stukken krant. Misschien tissues. En ik voel lucifers. Of zijn het gewoon stokjes? Tandenstokers? Naalden? Ik wil mijn handen daar niet neerzetten, maar ik snuif in die richting. Het is bedompt.

Ik trek me terug en stoot mijn handen recht voor me uit als een zombie die een prooi zoekt. Er moet een deur of een muur zijn. Ik ga naar de andere kant van het kleed en de ondergrond is hobbelig, alsof er kranten onder gepropt zitten, misschien karton. Is dit een schuur? Een hut? Een garage? Ik vind met mijn handen de bivakmuts en zet hem weer op. Hij ruikt naar een persoon en die persoon ben ik niet, maar ik heb zijn warmte nodig. Ik strek mijn armen zijwaarts en er is een doos en die voelt zacht aan onder mijn vingertoppen. Hij is van leer, denk ik. Ik maak de deksel open en er zitten papieren in. Ik kan de doos niet goed zien, maar wel voelen. Hij lijkt op een leren doos voor printpapier. En daarnaast liggen boeken, dunne boeken. Nee, het zijn geen boeken, het zijn repen chocola, van die brede, platte, omwikkeld door folie, zoals kookchocola. Is dit een kelderkeuken?

Ik sta op en stap van het matras het hobbelige kleed op. Ik voel de rand met kwastjes bij mijn voeten. Een deken? Ik heb het gevoel dat ik een kilometer in het duister val als ik ervanaf zou stappen. Ik verplaats een laars. Langzaam. De vloer voelt aan als een park in de herfst, een dikke laag blad en nog iets. Ik strek mijn armen en mijn handen raken een muur aan en dat is geweldig nieuws. Hij is koud. Voelt aan als een buitenmuur. Hij is van baksteen. Ik tast erlangs om een deur te vinden. De bakstenen zijn ruw; de mortel die ertussen zit is nu eens brokkelig en ontbreekt dan weer, heel anders dan de natte, slijmerige muur van de Grote Salon in de fabriek. Ik loop verder langs de muur. Hij is rond. Ik loop nog wat verder en kijk omhoog en voel de bakstenen met mijn handen en het lichtpeertje aan het plafond geeft wat meer licht en het dringt tot me door dat ik opgesloten zit in de voet van een Grimberg-schoorsteen.

50

'Help!' schreeuw ik, het geluid kaatst terug van de ronde muur, wentelt omhoog en dan weer terug naar mij. 'Help me!' schreeuw ik minuten- of urenlang, als een peuter die zijn moeder wil. Haar nodig heeft. Ik roep tot mijn keel pijn doet. Ik gil tot mijn gehoorapparaatjes zoemen onder hun mishandeling.

Niets.

Ik sla op de concave bakstenen muur en die staat daar maar. Ik heb geen idee hoe dik die is, hoe ondoordringbaar, maar op dit moment voel ik me als een kogel in de kamer van een jachtgeweer dat op z'n kop staat. Ik heb geen macht. Het is iemand anders die het geweer zal moeten afvuren. Ik kan hier alleen maar wachten, mijn gezicht opgeheven naar de speldenprikhemel boven me.

Is het nog steeds maandagmiddag? Dinsdagochtend? Ik heb zo'n honger dat het best eens dinsdag kan zijn.

Ik schreeuw nog eens, salvo's wanhopige smeekbeden, maar het is alsof mijn stem niet erg ver komt in deze pijp vol vrieslucht, misschien tien meter hoog, misschien twintig, maar dan verzwakt hij en zweeft terug naar mij, hier op de voet. Ik voel nog eens in mijn zakken. Ik heb mijn telefoon nodig, maar vind alleen de twee pennen. Ik haal ze tevoorschijn. Eentje is een balpen, ik kan de kleur niet onderscheiden. De andere, die in mijn linkerzak, heeft een knopje. Het is een penlight. Ik druk op het knopje en een kleine lichtbundel valt op de rode bakstenen muur.

Ik zwenk hem rond, gretig op zoek naar aanwijzingen voor waar ik ben en hoe ik hieruit kan komen. De puzzelstukjes beginnen in elkaar te vallen.

O mijn god.

Ik zit gehurkt op een dun matras, dat op zijn beurt op het ronde kleed uit Holmqvists hal ligt. Daaronder ligt een laag vuil: oude, samengepakte as, vermengd met takjes en bladeren. Het ding dat ik eerder aanraakte, de natte krant, is in werkelijkheid een dode vogel. Hij is bijna geheel vergaan, maar de snavel is nog onaangetast aan het uiterste puntje van het verzonken lijk. De ribben zijn zo fijn als gebogen naalden.

Het zaklampje is zo armetierig, de lichtbundel zo geconcentreerd dat het me tijd kost alle gaten in te vullen. Alsof ik van achter een groot stuk karton met een klein gaatje erin naar mijn omgeving kijk. Daar is de leren doos. Ziet er duur uit. Ernaast staat een zilveren emmer, de wijnkoeler uit Holmqvists huis, en hij zit vol handenwarmers, honderden verpakte chemische verwarmingselementjes. Ik maak er nog twee open en schuif ze in mijn broek. Mijn dijen zijn te koud. Mijn huid begint te vergaan, ijskristallen vreten zich mijn vlees binnen. En dan maak ik nog twee schijfvormige handenwarmers open en steek ze in de mouwen van mijn bovenarmen. Ik zou wanten moeten hebben, geen handschoenen, wanten zijn beter. Het is hierbeneden misschien min tien. Of erger. De vogel naast me is mijn voorland als ik niet helder nadenk. De snavel. De gebogen naaldribben.

De repen chocola zien er stijfbevroren uit. Het is donkere chocola met zeezout, dezelfde die David bij de lunch serveerde. Er zijn misschien twintig repen, en erachter staan drie grote groene waterflessen met rondom met plakband bevestigde handwarmers.

Ik word hier vastgehouden, levend vastgehouden. Hij houdt me hier zoals Karin dat konijn in de Grote Salon houdt.

Ik schijn rond met mijn zaklamp om de donkerste hoekjes in te vullen en zie een witte flits. Een hoopje sneeuw bij de bakstenen. Ik trek mezelf er dichter naartoe. Het is rond. Zacht. En het is veel, veel te groot. Dit is menselijke grootte, geen sneeuwbalgrootte. Ik schuifel dichterbij en mijn zaklamp vangt blonde haren die tegen de achterkant van de sneeuwhoop gekleefd zitten als de mottige paardenstaart van een lijk van een maand oud. En er is nog iets. Iets verkeerds. Ik schreeuw uit alle macht en mijn stem kaatst rond in deze bevroren kolom en komt naar me terug om me te tergen. De bovenkant van de afschuwelijke levensgrote doodskop is plat. Alsof hij is geopereerd. Een mislukte guillotine-executie. Een scalpering. De bovenkant is een dun laagje ijs van een centimeter dik en er zit iets onder.

Ik benader hem van opzij, met gestrekte armen. De handenwarmer in mijn handschoen schroeit de rug van mijn linkerhand. De doodskop, maagdelijk wit, heeft in elke oogholte een zwarte scarabee gedrukt zitten. Hij heeft een stukje lever als tong, een uitstulpende, glanzende tong van orgaanvlees zit in zijn mondholte. En onder de doorzichtige deksel van ijs die zijn hoofd afsluit, zie ik onmiskenbaar de contouren van een brein.

Ik begin het gevoel in mijn wangen te verliezen. Ik raak de huid aan en ik ben gevoelloos. Gevoelloos in mijn vingertoppen en gevoelloos in mijn gezicht.

Ik hurk neer en til de deksel op, want wat moet ik anders?

De hersens zien er vers uit. Ze zijn grijsroze en hebben met bloed gevulde valleien en troggen en een diepe groeve in het midden.

Ze ruiken naar biefstuk voorbij de houdbaarheidsdatum.

Ik wil kotsen. Ik wil dood.

Ik word hier vastgehouden, in de schoorsteen, levend vastgehouden. Waarvoor? Ik wend me af van de doodskop. Ik kan deze niet kapotmaken. Hij is te menselijk. Ik weet niet van wie die hersens waren. Ik probeer hem te negeren. Ik keer hem mijn rug toe.

Er zijn pakjes batterijen van de ICA Maxi, het slanke AAA-type, naast de chocola. Ik gebruik de zaklamp om een ladder of voetsteunen in de wand te zoeken, maar ik vind slechts twee metalen deuren. Ik schiet eropaf, het licht van de zaklamp glimt op hun stalen oppervlak. Ze zitten op slot. Ik trek eraan en ram erop en roep 'Help! Kan iemand me horen?' en ik schreeuw een razende, ongecontroleerde schreeuw die me alleen maar nóg banger maakt.

Hoe dik is de muur hier aan de voet? Het is het dikste gedeelte, dat moet wel om al het gewicht te dragen. Dat heeft conciërge Andersson me verteld. Een meter dik? Meer?

Het is avond. Waarschijnlijk nog steeds maandagavond. Mijn trein rijdt vermoedelijk op dit moment uit Karlstad weg, mijn knusse couchette onbezet. De Grimbergs zullen denken dat ik ben vertrokken zonder afscheid te nemen. Arme Karin, onschuldige Karin, het meisje dat me om hulp vroeg; ze zal denken dat ik ertussenuit ben geknepen terwijl ik in feite tien meter onder haar slaapkamer in leven word gehouden op verknipte proviand.

Ik probeer mijn ademhaling tot bedaren te brengen.

Er liggen twee muntdropjes in de leren doos. Voor elk oog een. Wat verwacht hij goddomme van me?

Ik moet helder nadenken als ik hieruit wil komen en reken maar dat ik dat ga doen. Dat moet. Mijn god, ze zullen het niet eens weten. Ze zullen gewoon denken dat ik ben vertrokken, geen klopjacht, geen zoektocht. Alleen een skelet. Twee vogels: een grote en een kleine. Twee paar ribbenkasten. Drie breinen. Ik heb geen familie meer die zich zorgen kan maken waarom ik nooit iets van me laat horen, nooit aanschuif bij het kerstdiner. Tante Ida zal alleen maar denken: O, Tuva, dat is zo'n rare, belt nooit, net haar moeder. Iedereen hier denkt dat ik naar Skåne ben vertrokken.

Ik zal hier gewoon bevriezen. En dan, als de dooi invalt, ga ik rotten.

Hij vindt zichzelf zo slim. Als ik uiteindelijk echt ga rotten, zal niemand last hebben van de stank, toch? De stank van mij en dat roze-grijze brein, die langzaam tot ontbinding overgaan, zal omhoogkringelen in een schoorsteen die speciaal is ontworpen om geuren en dampen weg te laten drijven, hoog boven Gavriks daken, weg naar de bossen en de woestenijen.

De doos is van krokodillenleer of slangenleer of iets duurs. Ik maak de deksel open. Ik tast erin met mijn gevoelloze vingers en trek de papieren eruit, met de penlight tussen mijn klapperende tanden geklemd. Twee documenten: een kort en een lang.

Het eerste is een soort brief van David Holmqvist. Het tweede is zijn geprinte manuscript, ongebonden, elke bladzijde genummerd, zwaar papier, dubbele regelafstand, Times New Roman, tekengrootte 14. Ik neem een slokje van het ijskoude San Pellegrino-water en een hapje van de zoute donkere chocola, 90 procent, en lees de brief.

51

Tegen de tijd dat je dit leest, ben ik weg.

Nee. O, jezus. Wie heeft hij het verteld? Wie weet dat ik hier gevangenzit? Hij heeft laatst iets tegen mij gezegd over dat hij het land uit wilde, een nieuw leven wilde beginnen, schrijvend met een nieuwe identiteit. Hij heeft het niemand verteld. Ik zit hier opgesloten. Hij kent niemand.

Je moet het proberen te begrijpen, Tuva. Dit was mijn enige kans, mijn enige mogelijkheid. Een schrijver die zoals ik de naam van een ander moet neerpennen is als een moeder die andermans kinderen opvoedt terwijl ze er elke dag naar smacht haar eigen kind te baren en weet dat ze het kan ontvangen en dragen en baren, maar niemand kan vinden om haar te helpen. Dit boek is mijn kind.

Wat heb je in godsnaam gedaan? Wat is dit voor onzin? Wat weet hij nou over smachten naar een baby?

Ik pak nog twee schijfjes uit en houd ze in mijn handen terwijl ik lees; de penlight tussen mijn tanden, de lucht koud en droog in mijn open mond.

Ik heb uitgebreide instructies achtergelaten bij Uitgeverij De Derde Weg omdat ik straks geen contact meer met hen zal kunnen opnemen. De dropfabriek *moet volgend jaar verschijnen. Ik heb ideeën over de vormgeving ge-e-maild, en wat de kleur betreft gaat mijn voorkeur uit naar zwart, zoals een traditioneel Grimberg-product. De schutbladen moeten zilverkleurig zijn en ik wil per se letters in reliëf op de omslag. Dat lijkt me passend. De schoorstenen moeten ook op de omslag staan, misschien met een zwart muntmotief aan de voet van de pijp.*

Ik ril terwijl ik dit lees. Rillingen lopen vanaf mijn stuitje omhoog over mijn rug, ze verkillen elke stijve rugwervel, helemaal tot aan mijn nek. Ik maak mezelf klein, kruip in elkaar, haal mijn ledematen dichterbij, pers mezelf in een nieuwe vorm. En dan ruik ik rook. Hoger in de schoorsteen, misschien tien meter omhoog, is er rechts een hoekige opening en er stijgt rook door op. De tegelkachel in de Grote Salon. Ze kunnen die niet aanmaken, dat is niet veilig, maar ze verbranden iets.

'Help!' schreeuw ik. 'Karin! Anna-Britta! Help me! Cici, help me!' Mijn stem wordt schor en ik begin te snikken. De lucht is enigszins rokerig en mijn tranen rollen over mijn wangen op de kraag van mijn ski-jack en ik kijk omhoog naar de kleine witte opening hoog boven me en roep papa aan. Zie mij hierbeneden. Zie me alsjeblieft, papa. Help me.

Ik schreeuw nog meer en houd er dan mee op. Ik ga verder met lezen, opgesloten in de hoogste, koudste gevangeniscel die ooit is bedacht. Misschien is er een aanwijzing, iets wat me kan helpen.

Ik lijk meer op de Grimbergs dan je zou denken. De gemeenschap van Gavrik begrijpt hen verkeerd. Net zoals mij. We hebben beiden iets van historisch belang gecreëerd en, wat essentieel is, iets wat commercieel interessant is. Het boek heeft intrige, het zit er vol mee. Daar heb ik wel voor gezorgd. De exemplaren zullen als zoete broodjes over de toonbank gaan en dat betekent dat we banen redden. Jij en ik, wij samen houden de familie in hun huis en zorgen dat het deze plaats voor de wind gaat, ook al wonen we er niet meer om daar getuige van te zijn.

Mijn longen liggen zwaar in mijn borst als loden kommen vol ijswater. Ik heb voor een fantast gewerkt om een fatsoenlijk appartement in het zuiden te kunnen huren. Ik heb mijn ziel verkocht.

De sneeuwdoodskop is er nog steeds. Deels menselijk, deels ding. Ik mag er niet naar kijken of eraan denken.

Boven verbranden ze iets, misschien bij wijze van voorzorgsmaatregel. Ik ruik een kruidenaroma, misschien rozemarijn. Mijn maag knort. Gebraden lamsvlees. Dat doet me eraan denken hoe mijn moeder lamsbout braadde in de jaren voor mijn vader stierf. Met krokante knoflookaardappelen. Ze was voor het ongeluk een heel goede kok. Ze had een scherp oog voor goed vlees.

Ik breek een vierkantje bittere pure chocola af. Het knapt omdat de chocolade bevroren is en omdat er nauwelijks vet of suiker in zit. Het is eigenlijk geen echte chocola. En ik zuig erop terwijl ik verder lees, de penlight verlicht telkens een paar regels tegelijk, de rest van de bladzijde is donker rond de gloed.

Ik heb instructies achtergelaten voor de opname van je nieuwe aantekeningen in mijn werk. De mensen van De Derde Weg zijn geldbeluste schurken en ze zullen mijn advies tot in de puntjes opvolgen als ze denken dat het goed verkoopt. Ik heb drie andere ghostwriters aanbevolen om te helpen met de tekst, omdat jij en ik het werk niet zullen kunnen voortzetten.

'Help me!' schreeuw ik. Ik sta op en sla op de metalen deuren die hieruit leiden, maar ze absorberen de slagen eerder dan dat ze gaan rammelen, een doffe bons wanneer ze geraakt worden. Piepkleine vlokjes naar rozemarijn geurende as zweven van bovenaf omlaag en komen rondom mij neer, op mijn gezicht wanneer ik omhoogkijk naar het minuscule glinsterende licht. Ik ben normaal gesproken niet claustrofobisch, maar dit... Ik kan in twee stappen van de ene muur naar de andere rennen. Ik ben in nog geen drie seconden helemaal rondgelopen. Er is zoveel ruimte, maar die zit geheel boven mij. Plaagt me. Ik ben een erwt die vastzit in de voet van een hoog oprijzende bamboestengel, zonder hoop er ooit uit te komen.

Ik lees verder, snot bevriest op mijn bovenlip, de bivakmuts kriebelt op mijn wangen.

Ik heb dit boek helpen ontwikkelen en werd daarbij gaandeweg geholpen door de loop der gebeurtenissen. Ik moet alles opbiechten om mijn geweten te zuiveren. Lees alsjeblieft verder.

Ik schud mijn hoofd.

Het boek vorderde redelijk goed tot Gustavs vroegtijdige dood. Ik had niets te maken met zijn zelfmoord, dat verzeker ik je, op mijn woord van eer. Hij kon niet meer. De last, de overweldigende last, heeft hem de das omgedaan. Toen wilden de vrouwen niet meer met me praten. Nu ja, dat deden ze daarvoor ook al nauwelijks. De historische elementen stonden op hun plaats, evenals alles wat redelijkerwijs interessant was, maar ik heb genoeg thrillers en romantische mysteries en misery lit gelezen om te weten dat je haakjes nodig hebt, wil een boek goed verkopen. Dus moest ik er een paar fabriceren.

Ik wrijf in mijn ogen, de handenwarmers voelen klam aan in mijn handen. Ik hoor op dit moment in Skåne te zijn, beginnend bij een tweewekelijkse kwaliteitskrant, bezig een nieuw leven voor mezelf te creëren, nieuw kapsel, nieuw gezondheidsregime, en ik zit opgesloten in een schoorsteen in de buiten werking gestelde kant van een doodsfabriek.

Om te beginnen de tand. De hond leeft, dat mag je niet van me denken, hij leeft en heeft het goed naar zijn zin op een boerderijtje vlak bij Munkfors, maar die tand viel er voor Kerstmis uit en het zou zonde zijn geweest hem niet te gebruiken. Ik wist dat hij de aandacht van de kranten zou trekken, na Medusa en de ontbrekende ogen en alle publiciteit die dat opleverde. Ik ben zo blij dat ik de hond lang voor ik wegging elders heb ondergebracht.

De schoorsteen begint te draaien. Ik drink water en mijn gehoorapparaatje piept en schakelt uit. Dus nu kan ik niet meer horen. Als hulpdiensten of Anna-Britta of Noora mijn naam zouden roepen, zal ik het niet eens kunnen horen. Het enige wat mij rest is de smaak van chocola en zout, zicht op een speldenprik bevroren licht, het gevoel van handenwarmers die op bepaalde plaatsen mijn huid schroeien, de geur van rozemarijnrook.

Ik knijp rillend mijn ogen samen om me te concentreren op de bladzijden.

Gunnarsson was een monster, snap je. Ik weet dat de plaatselijke politie onderzoek naar hem heeft gedaan als pestkop en tiran van de school, maar ze maakten godzijdank een fatale fout. Ze richtten zich op kinderen uit zijn jaar en de jaren daaronder. Ik ben vier jaar lang getreiterd door Gunnarsson, maar hij was veel jonger dan ik. Hij was een beest en toen ik me gedwongen zag de inzet te verhogen, werd hij de voor de hand liggende oplossing. Zijn achterhoofd kwam met de stamper van mijn vijzel in aanraking. Ik leerde veel van Medusa – die zaak sprak tot de nationale verbeelding en weet je waarom? Vanwege de ogen en de trollen. Er werden drie vette boekendeals op grond van de Medusa-moorden gesloten. Drie. Allemaal bij grote uitgevers en geen van hen bood mij er een aan, ook al had ik kennis van binnenuit, zoals mijn agent fijntjes vermeldde. Maar goed, Medusa leerde me dat we drama nodig zouden hebben, wilde dit boek goed verkopen. En we zouden een hashtag nodig hebben. Daar komt de Veerman vandaan. Ik wachtte tot iemand die zou maken, maar op social media zag ik alleen maar de hashtag Dropfabriekmoord, wat helemaal niet goed was. Dus ging ik aan het werk. Ik heb zevenentwintig verschillende Twitter-accounts en uiteindelijk, na een nacht flink doorbuffelen, kreeg de hashtag voet aan de grond. Daarna ging ik onderzoek doen naar auto's; ik geef daar helemaal niet om en weet er vrijwel niets vanaf. Ik onderzocht het verweren van remleidingen, hoe schade door knaagdieren eruitziet, hoe je remmen moet doorzagen zodat ze eerst nog een tijdje werken en het dan begeven. Dat verhaal kreeg tenminste wat aandacht in de pers, enige interesse.

De vloek. De voorzorgsmaatregelen. Ze waren tegen Holmqvist gericht, niet tegen de fabriek. Ik wil omhoog schreeuwen naar Anna-Britta en Cici en Karin. Ik wil dat mijn stem meezweeft op de tere asvlokjes, omhoog en door hun rookkanaal naar de tegelkachel en door de binnenleidingen en naar buiten door de deuren. 'Hij is het,' wil ik zeggen. 'Jullie hadden gelijk.'

De brand was helemaal mijn idee. Iets in de geest van het buitenhuis aan het Vänernmeer, iets waar mensen over gaan praten. Ik had natuurlijk niets te maken met het eerste inferno en ik heb me ervan vergewist dat er niemand zou omkomen bij de brand in de zoethoutschuur. Ik heb erg te doen met die proever. Maar ze leeft. Ze heeft nog steeds een leven te leven. De brand bracht me wat aandacht in de pers en verstevigde de Veerman-hashtag. Hij deed zijn werk.

Ik denk dat ik nu al een hele dag zonder echt voedsel zit. Alleen pure chocola. Ik voel me ziek en moet naar de wc, maar ik heb alleen maar die champagne-emmer en die gebruiken voelt als een nederlaag, alsof ik me overgeef aan mijn lot. Dus houd ik het op.

Vreselijk van de jonge Karin, maar dat had niets met mij te maken. Het zit in de familie. Ik heb echter ook iets gedaan wat me nooit helemaal lekker zat, het drukt nu al een tijd op mijn geweten. Toen jij en ik in Anna-Britta's kantoor waren en we Cici hoorden schreeuwen, hoorden we niet haar echte schreeuw. Wat we hoorden, was een opname van haar schreeuw, snap je? Ik gaf haar tien minuten eerder de duw, toen jij in de badkamer was, en nam haar kreet op met mijn mobieltje. Niemand in de buurt. Ze had eerder gezegd dat ze in het buitenhuis een zet had gehad. Ik wilde dat mysterie nieuw leven inblazen, het gebruiken. En ik wilde ook de verdenking van mij wegleiden omdat ik een belangrijk boek moest voltooien, zoals je wel weet! De dikke deur naar de boogtunnel en de sirenes zorgden ervoor dat niemand de oorspronkelijke schreeuw hoorde. Toen jij vervolgens naar buiten kwam, speelde ik de schreeuw af via mijn speaker. Ik had die op de trap gezet en toen renden we erlangs en zagen Cici onderaan de trap bij de deur liggen. Hoewel ze altijd op me heeft neergekeken, geef ik toe dat dit een stap te ver ging en ik heb er spijt van.

Schoft. Waarom heb ik dat toen niet gezien? Hoe ze daar lag en volhield dat ze was geduwd. Van zoiets heb je geen 'spijt', David, en je biedt er ook geen 'excuses' voor aan.

We hebben een goede verkoop nodig, snap je. Essentieel. Voor mijn nalatenschap, mijn naam. Zoals ik al tegen je zei, is dit het eerste boek dat ik onder mijn eigen naam publiceer, op de rug zal van boven naar beneden David Holmqvist *staan. Ik heb gevraagd of dat in een grotere letter kan dan de titel,* De dropfabriek, *omdat ik denk dat dit de verkoop bevordert als het nieuws over dit alles bekend wordt.*

Ik maak nog vier handenwarmers open, omdat het miserabele speldenprikje licht aan het verdwijnen is en ik het steeds kouder krijg. Ik stop ze in mijn sokken en lange onderbroek en dan maak ik er nog acht open voor mijn mouwen en mijn rug en mijn nek.

En de familie heeft dat geld nodig, mijn hemel, echt broodnodig. Het is niet gemakkelijk om een inkomstenstroom te genereren met een non-fictieboek, weet je. Dit ding moet aanslaan, het moet zichzelf verkopen, er is geen marketingbudget bij uitgeverijen als De Derde Weg, geen enkele hulp. En dit is mijn laatste strategie.

Een grote finale.

Het verhaal van jou, hier, diep in de dropfabriek.

52

Ik dacht dat ik gek werd van het witte lichtje boven me, maar nu zou ik er alles voor overhebben om het terug te krijgen. Er is daarboven nog licht, maar dat heeft de kleur van vuile sneeuw. Ik zag een vogel, misschien een kraai of een gans, ik zag alleen een punt van een vleugel, hoe kan ik hierbeneden ooit zijn grootte inschatten?

De handenwarmers houden me in leven. Ik moet er zuinig mee omspringen, niet te veel tegelijk, moet proberen de laatste druppels warmte uit elk schijfje te knijpen voor ik het weghaal en op de stapel in de hoek bij de andere leg. Er zijn goddomme geen hoeken. Ik stapel ze ergens op de grond op als een hoop schelpen bij een graf. Bij mijn eigen graf.

'Help! Kan iemand me horen?' Ik krijg slechts een doffe echo. Ik voel hem door de schoorsteen wervelen, mijn schorre stem zit hier dicht bij de grond gevangen.

Het boek is eigenlijk best goed. Ik leer over de stichtersfamilie en haar kinderen, over de problemen die ze hadden bij het vinden van het ruwe zoethout en het sluiten van handelscontracten terwijl politieke regimes zwak waren of steeds veranderden. Gavrik was destijds veel kleiner, nog geen tweeduizend zielen. En de fabriek, het graf waarin ik ben begraven, was hypermodern. Die werd zelfs genoemd in kranten van verre landen als Duitsland en Ierland. Nieuwe machines en opslagsystemen en methoden voor kwaliteitscontrole. Ze waren hun tijd ver vooruit.

Nu niet meer.

Ik sta op de bodem van een droge put en kijk omhoog naar de koude, kleurloze nacht. Er zijn mensen vlak bij het niveau waarop ik me bevind en er lopen mensen boven mijn hoofd, maar de macht van de schoorsteen houdt mij bij hen weg en hen bij mij. David Holmqvist zit waarschijnlijk op dit moment in Frankrijk aan zijn nieuwe identiteit te werken, of misschien in Wenen, ik zie hem daar al voor me, met een cultureel verfijnd leventje op zijn eigen voorwaarden.

Ik vervang de batterijtjes in de zaklamp door nieuwe. De nachtelijke vorst slurpt hun energie op.

Zaklamp, kleed, manuscript, zoute chocola, waterflessen met handenwarmers, een rode pen die ik in mijn zak stop om te voorkomen dat de inkt hard wordt. En een menselijk brein in een ijsschedel.

Hij heeft het hele boek aan mij opgedragen, de schoft.

Dank aan Tuva, mijn plaatselijke vriendin en assistent, voor je werk en je vertrouwen.

Ondanks al zijn praatjes over nalatenschap en onsterfelijkheid via proza, heeft hij zijn literaire reputatie verwoest en mijn ontluikende in zijn val meegesleept. Ik wil zijn e-mail aan Uitgeverij De Derde Weg terughalen en dit geprinte exemplaar verbranden en dansen op de gloeiende as.

Ik kijk omhoog, er zitten gaten in het metselwerk.

Ze zijn niet groot. Niet groot genoeg om er iets doorheen te duwen. Ze hebben de grootte van een mond en zitten een paar meter boven me en misschien zijn het gewoon holten, helemaal geen gaten. Ik richt mijn stem erop en schreeuw.

Niets.

Ik lees verder. Ik luister of ik mensen mijn naam hoor roepen en scheld dan op mezelf omdat ik zo stom was. Geen apparaatjes, geen kans. Ik sta abrupt op met het manuscript in beide handen en mijn huid is zo ruw dat hij bloedt. Ik sla met de vijfhonderd bladzijden op de metalen deuren, en nog eens en nog eens, telkens opnieuw.

Ik ga weer zitten.

Ik ben bekaf. Meer zoute chocola. Meer dorst.

Ik heb geen benul van tijd. Ik begin in paniek te raken, adem te snel, en dan doe ik mijn ogen dicht, zo strak dat ik lichtbollen aan de binnenkant van mijn oogleden zie, en ik denk terug aan papa, aan zijn handen, zijn stem, zijn nachtzoen, en mijn ademhaling kalmeert en ik smoor de paniek en ga verder.

De hemel, dat kleine stukje dat mij vergund is te zien, is bijna zwart. Het is als de pupil van een mythisch wezen dat naar me terugkijkt, me inspecteert; Tuva, het insect dat platgedrukt tussen twee glazen plaatjes onder de lens van een gigantische microscoop is geschoven.

Wat zie je, beest? Een wees? Een geliefde? Het zou mama kunnen zijn die neerkijkt, hoofdschuddend om mijn domheid, mijn blinde ambitie.

Ik haal de handenwarmers uit mijn laarzen en gooi ze op de stapel. Ik trek nieuwe open. Ik heb er waarschijnlijk nog zo'n tweehonderd.

Ik tel ze.

Tweehonderdzeventien.

Maar hoe lang zullen ze me in leven houden in dit kunstmatige schoorsteencoma? Is het beter om warm te blijven tot ze op zijn en dan het loodje te leggen, of om te blijven rillen en ze mondjesmaat dagen- of zelfs wekenlang te gebruiken? Ik heb genoeg chocola om het vol te houden, genoeg water. En dan kijk ik naar die zilverkleurige champagnekoeler die staat te glanzen in het halfduister.

Het gevoel van gore-tex en merinowol die langs mijn blote benen glijden terwijl ik boven de emmer hurk is ondraaglijk. Te donker, te koud. Afgrijselijk. De doodskop daar kijkt de andere kant op, het elastiekje van zijn staart houdt zijn dode haar op zijn plaats. Ik ben klaar en veeg mezelf af met David Holmqvists opdrachtpagina, een vette middelvinger.

De geur zakt in de muren bij alle andere. Hij is niet zo erg, het is te koud om erg te zijn. Je kunt in Zweden droogtoiletten kopen. Ik heb er advertenties voor gezien in de *Posten*, naast mijn artikelen. Je stopt hun stekker in een stopcontact van je blokhut en dan vriezen ze de stront van de hele familie in tot keurige ijsblokjes die je kunt begraven in de natuur.

Ik kruip in elkaar.

Ik vouw mijn handen om mijn wangen.

Geen geluid, slechts zout op mijn tong en de schreeuwende behoefte aan een warm schuimbad, geen geurloze ICA-zeep, ik zou Tammy's dure spul nemen, pioenen en rozen en perziken en schuim. Bubbels. Heet water. Zo heet dat het mijn hersenstam zou verdoven.

Slapen is moeilijk. Het is niet het matras, dat kan ermee door. Het is de angst niet meer wakker te worden. Een meisje wordt er slapeloos van, die diep aanwezige angst dat je je ogen dichtdoet en pas over driehonderd jaar wordt ontdekt door een archeoloog, die theorieën ontwikkelt over het skelet in de schoorsteen en wat het allemaal te betekenen had.

Dus lees ik.

Hoe Grimberg Drop de Duitse troepen tijdens de Eerste Wereldoorlog van drop voorzag. De Duitsers houden wel van een zout dropje. Over hun export naar Nederland en een tijdlang ook naar Minnesota in de Verenigde Staten. En dan schrijft hij over de eerste zelfmoord, de eerste waar ze weet van hadden. En de zakelijke problemen die in de jaren zestig begonnen, kwesties rond modernisering, de bouw van het nieuwe gedeelte van de fabriek.

Iets trekt mijn aandacht.

Er is een muis.

Hij is zo groot als een ei, plus staart, en hij kijkt mij aan en schiet langs de ronding van de schoorsteen, net zoals ik deed toen ik hier wakker werd, en dan verdwijnt hij in het niets. Poef. Ik ga rondscharrelend op onderzoek uit en vind een gaatje zo groot als mijn oog. Hoe kon hij daar in godsnaam doorheen? Ik schreeuw in het gaatje, hurk neer, mijn wang rust op een nat, rottend blad. Ik breng mijn lippen zo dicht bij de vochtige oude bakstenen dat ik ze kan proeven, de aarde waarvan ze werden gemaakt, het zout dat erdoorheen loopt. Ik schreeuw en spuug en jammer in dit piepkleine gat zoals Alice in Wonderland deed nadat ze het 'eet mij'-cakeje had gegeten, alleen is dit een zieke nieuwe versie waarin ik een reusachtige Alice ben en tegelijkertijd ook een miniatuur-Alice.

Het kan het begin van de avond zijn, vier uur; het kan het eind van de nacht zijn, acht uur. Ik denk dat het laat is of heel vroeg, de lucht voelt zo aan. Maar wat is die lucht hierbeneden? Een muffe, roerloze cocktail, samengeperst onder honderd meter gekoelde frissere lucht erboven. De lucht hierbeneden kan vijftig jaar oud zijn. Ik moet hoesten bij de gedachte.

Ik kijk om me heen of ik meer gaten zie, maar die zijn er niet.

De vogel is er, de snavel van het karkas glanst nog steeds, als gloednieuw. Ik besluit te doen wat hoort en hem te begraven. Ik stapel er zo'n vijftig handenwarmerwikkels bovenop, als was dit een soort verknipte Vikingbegrafenis, en dan kijk ik omhoog naar de grijze stip en sta daar in stilte tot ik duizelig word.

Ik lees het boek uit en eet nog een reep chocola. Van beide word ik misselijk. Ik schreeuw weer, een strategische reeks salvo's gericht op de schoorsteen boven mijn hoofd en het muizenvluchtgaatje bij de grond. Als het 's ochtends vroeg is, is het stil in heel deze kant van de fabriek, de oude, in onbruik geraakte helft. Ik schreeuw nog meer, roep tot mijn keel in brand staat.

Ik haal de rode pen uit mijn zak. Hij gaf me die om aantekeningen en redactionele opmerkingen te maken, maar ik vond dat ik wel genoeg werk heb gedaan, dacht je ook niet? Ik trek willekeurige bladzijden uit zijn klotemanuscript en draai ze om en leg ze op de leren doos.

Ik moet een paar mensen een paar belangrijke dingen zeggen. Voor het geval ik hier nooit meer uit kom. Ik heb het mama nooit verteld, dus moet ik nu deze dingen zeggen. Dat moet.

Ik schrijf mijn eerste brief aan Tammy.

Ik zeg haar dat het me spijt. Dat ik van haar houd. Ik huil als ik de 'h' van 'houd' opschrijf. Ik zeg haar dat ze al mijn dingen mag hebben als ze die wil en dat ik graag – en nu houd ik het echt niet meer, de tranen vloeien terwijl ik schrijf, ik proef ze, mijn zicht is wazig en beverig – dat ik graag naast papa en mama wil komen te liggen, als het kan naast papa.

Ik ga liggen en kijk omhoog. Tranen worden koud op mijn huid.

Ik denk dat ik wolken langs de grijze februarihemel zie bewegen, maar dat kan ook aan mij liggen. Mijn lippen zijn droge korstjes van gebakken woestijnzand en mijn handen doen pijn zodra ik ze beweeg. Wiens hersens zitten er in de skalle? Hoe? Ik probeer niet door de ijsdeksel te kijken of naar de strogele paardenstaart die aan de sneeuw kleeft. De handenwarmers houden me op de been, maar mijn lichaam is zo koud dat het zichzelf begint uit te schakelen. Ik denk dat het evengoed door het duister als door de temperatuur komt. En de stilte binnen deze ronde muren, deze ene ronde muur, deze cel.

Als ik een lucifer had, zou ik dat hele klereboek in de fik steken en mensen in Gavrik zouden zeggen: 'Dat is raar, is dat niet de oude schoorsteen, die niet meer wordt gebruikt?' en 'Ze zullen iets testen' en 'Misschien is het weer brandstichting'. Misschien zou er dan iemand komen.

Maar er zijn geen lucifers.

Ik schrijf een briefje aan Noora waarin ik haar bedank. Ik

schrijf dat ik haar mis. Ik schrijf dat als ze bondgenoten nodig heeft in Gavrik, Lena en Thord en Tammy de aangewezen mensen zijn. Ik schrijf dat ik me dankzij haar geliefd en warm voelde. Ik schrijf dat ik intens heb genoten van onze tijd samen.

Ik schrijf aan Lena, een wat vrolijkere brief, langer dan de andere, om een of andere reden gemakkelijker om te schrijven, alsof het een opdracht is voor de krant of zo. Ik zeg haar hoeveel ik aan haar te danken heb, hoeveel ik van haar heb geleerd. Ik schrijf dat ze me de afgelopen jaren op de been hield, vooral tijdens de weken na mama's dood en de weken toen de Medusa-verslaggeving me te veel werd en de weekenden waarin ze mij bij haar thuis liet logeren en ze me gehaktbrood en aardappelpuree en hete thee en toast en versgebakken flensjes gaf. Ze vroeg me nooit iets te zeggen. Toen ik mijn werk niet kon doen, schoot ze me te hulp en deed ze het voor mij, ze degradeerde zichzelf zonder mopperen. Geen klachten. Ze redde me. Toen ik mezelf niet kon voeden, voedde zij me. Lena hulde mij in een dikke, warme deken van zwijgende liefde, een onuitgesproken cadeau, een ongevraagde vriendelijkheid. Ze liet me verder leven.

En dan krijg ik een stoot energie van alle briefjes die ik heb geschreven, een golf, een besef van wat ik te verliezen heb. Ik sta op en roep op verschillende toonhoogten, laag grommend gebrul en hoog gejammer, alles wat opgevangen kan worden, waardoor Karin misschien rechtop in haar bed gaat zitten en vraagt: 'Wat was dat?'

Ik stop.

Niets.

En dan besef ik dat Karin nog in Karlstad kan zijn en dat Anna-Britta haar vermoedelijk loopt te zoeken.

Ik maak nog meer handenwarmers open en stop er twee onder mijn oksels en twee in mijn knieholten en vier nieuwe onder in mijn laarzen. De inkt in mijn pen is bevroren, dus stop ik hem in mijn zak met zijn eigen, persoonlijke handenwarmer.

De grafheuvel van de vogel wordt nog een centimeter hoger als een haastig gebouwd monumentje voor een gevallen bergbeklimmer.

Ik trek de uitgeprinte bankoverschrijving uit mijn jaszak en versnipper hem en strooi de snippers op de grafheuvel.

De glasachtige deksel van de doodskop glanst in het kleine beetje licht dat er is en de hersens liggen eronder als een lijk in een doodskist of een worst in een bakje met plasticfolie er strak omheen.

Ik val in slaap, maar wil dat niet. Het is het soort lichte slaap als tijdens een lange busreis, zware oogleden vallen heel langzaam dicht en schieten dan weer open, dat bedwelmde gevoel dat je tussen twee werelden zweeft.

Ik droom of denk, een mengeling van beide, over papa en daarna over Noora. We kijken samen tv op een bank, op Tams bank, dekentjes en strelende voeten.

Mijn droom spat uiteen als er sneeuw op mijn gezicht begint te vallen. Ik voel vlokjes smelten op mijn lippen en mijn oogleden, de grijze stip boven me is nu matwit, de muur om me heen wordt lichter door de sneeuw en begint te glimmen. Het moet daarboven heel hard sneeuwen nu de vlokken mij hier helemaal op de bodem bereiken. Ik trek mijn capuchon op.

Ik slaap een sluimerslaap. Mijn lichaam en mijn geest haken allebei af. Geven op. Ik heb hier niet om gevraagd. Ik zou nu in een verwarmde trein moeten zitten. Ik had inmiddels weg moeten zijn uit dit stadje.

Een spin gebruikt mijn hoofd als ankerpunt voor zijn draad en ik laat hem zijn gang gaan.

Wanneer ik weer wakker word, zijn mijn ogen dichtgevroren en mijn handen zo koud dat ik mijn vingertoppen niet voel. Ik raak in paniek, wrijf de huid tegen elkaar maar die voelt dood aan. Als rubber. Als een in latex gehulde hand die op mij is getransplanteerd bij wijze van misselijke grap. Ik hap naar adem. Hoe lang heb ik geslapen? Ik probeer mijn ogen open te maken en dan voel ik een trilling. Het is geen geluid, ik kan niets horen, maar er beweegt iets of de vloer beeft op een of andere manier.

Het zijn de metalen deuren.

'Help!' schreeuw ik. 'Ik zit hierbinnen opgesloten, help me!'

De deuren kieren enigszins en ik probeer ze open te duwen, maar mijn vingers doen niet wat ik wil en de deuren rammelen alleen maar.

'Help me! Haal me hieruit!'

En dan zwaait de rechterdeur open.

53

Ik zie haar lippen, haar feloranje lippen. Ze probeert me iets te vertellen.

'Cici,' zeg ik met zwakke stem.

Ik trek mijn bivakmuts af. Ik hoor niets, maar ik kan haar net lezen.

'Ik meende...' zegt ze. 'Ik meende iets te horen in de schoorsteen. Waarom zat je...' Ik kan de laatste woorden niet onderscheiden. Te donker. En dan flakkert haar kaars en zegt ze: 'Kom, ik zal je helpen.'

'Niet naar de sneeuw-skalle kijken,' zeg ik terwijl ik naar buiten kruip door de metalen deuren, de oude oven in. Die is zo hoog dat we gebukt door as en roet van een eeuw oud moeten schuifelen. We klimmen door de deurtjes de oude fabriek in, de in onbruik geraakte helft, de helft van de Veerman.

Ze zet de grafkaars neer en legt haar handen rond mijn gezicht, en ik ruik citroen.

'Kom hier,' zegt ze. 'Laat me je bekijken, je bent helemaal bevroren.'

'Ik ben oké,' zeg ik. 'Hoe is het met Karin?'

Cici glimlacht en haar gezicht komt tot leven en haar tanden glanzen in het schemerige industriële, winterse licht. 'Het gaat goed met haar,' zegt ze. 'Ze heeft met de politie gepraat en ze maakt het prima, hier ver vandaan.'

'Is ze nog niet thuis?'

'Ik ben alleen thuis,' zegt ze.

Mijn benen beginnen weer tot leven te komen en we lopen langzaam langs de oude roervaten, verkleurd en wazig door spinnenwebben. De plaats waar Gunnarsson stierf, is schoongemaakt. Gebleekt. Cici heeft in de ene hand een stok en mij in de andere.

'Ik ga jou iets warms te drinken geven,' zegt ze. 'En daarna bel ik Stina, ze moet je onderzoeken.'

'Mij mankeert niets,' zeg ik.

Ze draagt een oude bontjas met een capuchon en hij is aangevreten door motten, als een schurftige kat. Op haar revers zit een zilveren broche van een duizendpoot gespeld en hij flonkert wanneer we langs de oude stempeltafels lopen, hun bladen kromgetrokken door ouderdom en vocht.

'Ik zal zorgen dat Karin het redt,' zegt Cici. 'Dat zweer ik op het graniet waarop we zijn gebouwd. Als ik daarvoor een semester op haar kunstopleiding moet meedraaien, dan doe ik dat, weet je. Echt waar.'

We houden elkaar vast ter ondersteuning en stevenen langzaam op de boogdeur af.

'Heb je een sleutel?' vraag ik.

Ze trekt een lang ijzeren reliek uit haar zak.

'Ik ben hier de oudste. Ik heb op mijn zolder reservesleutels van heel het gebouw, ze liggen op gedroogde grapefruitschil en kevervleugeltjes. Daar zijn ze het veiligst.'

Er is sneeuw de boogtunnel in geblazen, maar die is vlekkerig. Berijpte keien glinsteren erdoorheen en de zandaderen ertussen houden de grond bij elkaar, als een geheel.

Als Cici in het licht komt, zie ik haar blauwe plekken van de val en ze zijn purper als de huid van een olifant.

'Hoe laat is het?' vraag ik. 'Welke dag is het vandaag?'

'Zes uur 's ochtends op woensdag 19 februari,' zegt ze. 'We dachten dat je was vertrokken.'

'Cici,' zeg ik, nog altijd rillend. 'Wat is je geheim? Je zei dat je een geheim had?'

'Laat maar,' zegt ze en ze wuift het weg met haar handen. 'We gaan lekker zoete thee voor je maken.'

'Wat wilde je me vertellen?' vraag ik.

Ze komt dichter naast me lopen en houdt mijn arm vast voor steun. De handenwarmers in mijn mouwen zijn aan het afkoelen, maar ik voel ze nog steeds. Cici spert haar ogen wijd open en zegt: 'Dat je je eigen weg in het leven zult vinden.' Ze wrijft over mijn arm alsof ze me warm wil maken, maar haar aanraking is te licht. 'Dat jij de enige bent die jouw toekomst vorm zal geven en dat je alle recht hebt om gelukkig te zijn.' Ze slikt. 'En dat je moeder diep vanbinnen weet dat je van haar houdt, ook al heb je haar dat niet gezegd. Omdat je bij haar was. Ze wist het, Tuva.'

Mijn lippen vormen een geluidloos 'Dank je'. En dan wordt het me bijna allemaal te veel.

'Ik moet het de politie vertellen,' zeg ik en ik loop linksaf de boogtunnel uit.

En dan zie ik zijn laarzen.

Zwaaiend.

Deinend op een dropbriesje. Storgatan onscherp achter zijn kakibroek.

Ik laat haar los en ren door de sneeuw naar de laarzen en dan kijk ik omhoog.

'Help!' roep ik. 'Help me!'

Ik probeer Holmqvists gewicht te ondersteunen, mijn handen duwen omhoog tegen de zolen van zijn laarzen, mijn armen zwak, zielig, nutteloos.

'Ik kom eraan!' roept Andersson.

'Vlug!' schreeuw ik en er komen anderen bij, twee klembordmannen die pauze hebben. Ik ben me bewust van toevallige voorbijgangers, op weg naar hun werk of aan de wandel met hun kortpotige hond die ze door de diepe sneeuw meeslepen.

'Ik snijd hem los,' zegt Andersson, die opeens naast mij staat met een trap en een betonschaar. 'Pas op.'

De twee mannen en ik gaan klaarstaan om David Holmqvist op te vangen terwijl Andersson het touw vlak boven de knoop van de strop doorknipt. Hij bungelt aan de ijzeren haak onder het raam van de Ontvangstkamer en dat raam staat open en hangt klapperend aan zijn scharnieren. Hij heeft een ingebonden versie van zijn manuscript om zijn nek hangen en op elk van zijn ogen zit een kruis van ducttape, als twee X'en.

Rood komt naar buiten gerend en zegt geen woord, maar gooit haar tas in de sneeuw en gaat schouder aan schouder met mij onder Holmqvists voeten staan. Ze praten allemaal, maar ik hoor de woorden niet. Het lichaam komt omlaag en in feite vangen Rood en de twee mannen hem op. Ik ben te zwak, te koud.

'De ambulance is onderweg,' zegt Cici onder de boog, haar lippenstift vangt mijn blik.

Hij draagt een colbertjasje en een kakibroek en de haren op zijn schenen staan overeind in de wind.

We leggen hem neer op de sneeuw.

Een van de klembordmannen trekt zijn jas uit en legt die opgevouwen onder Holmqvists hoofd en dan bespeur ik sirenes. Er vliegt een kraai over me heen, op weg naar het kerkhof van de St. Olov. Andersson zoekt naar een hartslag en knijpt zijn ogen samen alsof hij wellicht iets voelt.

Ik kijk naar deze man: ghostwriter, leugenaar, man die mensen opsluit, monster. Hij ligt op precies dezelfde plaats waar Gustav Grimberg stierf. Rood zand onder keien onder sneeuw onder Holmqvist. Rood van twee weken geleden. Dit was Holmqvists ontsnapping, zijn laatste strategie om van het boek een succes te maken, om zijn naam voorgoed te laten voortleven. Sneeuwvlokken dwarrelen neer. De climax, zijn climax, was niet mijn dood in een schoorsteen, maar zijn dood met het reddende manuscript om zijn nek.

Thord en Noora komen vanuit Storgatan door de poort gerend.

Ik trek de tape van zijn oogleden. Op allebei is een muntdropje geplakt. Ik kijk naar Holmqvists afschuwelijk uitpuilende ogen en wil hem krabben. Omdat hij een eenzame man heeft vermoord en ons allemaal pijn heeft gedaan. Vooral Karin. Ik geloofde hem toen verder niemand dat deed en hij schond mijn vertrouwen. Er komen meer mensen om ons heen staan en ik denk dat hij ook een slachtoffer in dit alles was. Een stadje vol slachtoffers. Slachtoffer van elkaar.

Ik hurk neer en slik hard en mijn wang strijkt langs de poedersneeuw en ik houd mijn droge, gesprongen lippen vlak bij Holmqvists oor. Ik haal diep adem en sluit mijn ogen. Zo ging het ook bij mama. Mijn borst verstrakt en wordt hard. Zijn borst schokt. Ik breng mijn lippen dichter bij zijn oor en probeer te fluisteren, maar er komt geen geluid uit. Het is te moeilijk. Zijn gezicht is donkerrood en zijn huid is koud en een stukje tape dat nog aan zijn slaap geplakt zit, wappert in de wind. Hij doet me denken aan mama tijdens haar laatste momenten. Hij glijdt weg. Ik weet wat ik moet doen. Mijn adem stokt in mijn borst en ik kom nog dichterbij en mijn lippen strijken langs zijn oor en met al mijn wilskracht fluister ik: 'Ik vergeef je.'

54

De taxi ruikt naar luchtverfrisser met dennengeur.

Er hangen zo'n twintig kartonnen boompjes aan de achteruitkijkspiegel. De chauffeur heet Linda. Haren aan de zijkant opgeschoren en lang bovenop.

We stoppen voor het station van Karlstad.

Ik bedank haar en betaal en zij helpt me mijn drie zwarte koffers naar het perron te slepen. Lena bood aan me weg te brengen, maar na al het gebeurde had ik behoefte aan de rust van een taxi. Ik wilde weggaan op de manier waarover ik altijd al droomde: in een taxi over de E16 naar het zuiden, al mijn bezittingen aan boord, diep inademen en dan een nieuw leven.

Op de parkeerplaats van het station wordt een auto gestart met startkabels en de rode ziet er tegen de vuile sneeuw vol zand uit als een dik koord van Valentijnsdrop. Erachter staat een Volvo-taxi geparkeerd. Viggo's taxi, ik herken zijn nummerbord. Hij staat op Lang Parkeren.

Het scherm vertelt me dat mijn trein een minuut vertraging heeft en het vertelt me dat de temperatuur zeven graden onder nul is.

Ik heb sinds de schoorsteen niet geslapen. Niet veel, in elk geval. Ik probeer aan tante Ida te denken, aan de dingen die we verderop in het jaar samen kunnen gaan doen, het scheppen van een band, de nieuwe relatie. Deze gedachten kalmeren me maar zodra ik wegdommel, word ik weer wakker, paniekaanvallen midden in de nacht. Alsof ik opgesloten zit. Bevroren ben. Stik.

In de verte nadert de trein en ik zie zijn lichten in het donker feller, groter worden. Ik kan hem nog niet horen. Ik moet nog steeds Tammy zien. Ze is in Stockholm, een soort noodgeval in de familie, haar nichtje zit in de problemen.

De trein komt dichterbij, de sneeuwploeg op zijn neus snijdt door vers poeder, en dan mindert hij vaart en staat hij stil en stappen er zo'n dertig mensen uit, kraag opgezet; hun rolkoffertjes slepen zoute sneeuw mee en laten die bij de taxistandplaats weer vallen. Ik voel me hol. Dit zou altijd mijn moment worden. Ik had het me vaak genoeg voorgesteld: het afscheid, de nieuwe baan, de droom van een appartement vlak bij zee. De stap om verder te komen. Maar ik voel me leeg en verwrongen vanbinnen. Te veel doden te dichtbij. Te veel verdriet.

Karins briefje was een verontschuldiging voor een ruzie die ze met haar vader had, een week voor hij zelfmoord pleegde. En voor het feit dat ze Gunnarssons naam niet had gezuiverd, want het enige wat hij ooit met haar deed, was een praatje maken. Karin voelde zich constant schuldig. Vooral vanwege haar vader. Soms heb je de laatste woorden die je tegen iemand zegt niet voor het kiezen.

Ik stap in en trek mijn koffers een voor een naar binnen en zet er twee in het bagagevak van de trein. Eén koffer past niet echt en hij steekt uit als een scheve tand die een glimlach verwoest. Ik vind mijn couchette. Ik heb hem voor me alleen en daar ben ik zo hartgrondig dankbaar voor dat ik wel kan huilen. Ik moet in slaap gewiegd worden door deze locomotief van duizend ton, ik moet door hem worden omarmd en in een diepe slaap worden gesust.

De sneeuwdoodskop bevatte een koeienbrein. Kleiner dan een menselijk brein, maar dat wist ik niet. Ik deins nog steeds terug zodra ik een sneeuwbal of een sneeuwpop in een voortuin zie.

Het afscheid met Noora was een ramp. Ik had mijn officiële politieverklaring aan commissaris Björn en Thord afgegeven, en toen het voor mij tijd was om te vertrekken en mijn taxi stond te wachten voor het politiebureau, moesten Noora en ik alles doen, alles zeggen met hen erbij. Thord wendde zich af, de goede man. Maar de Chef stond daar maar te koekeloeren. Ik probeerde te communiceren met mijn ogen en zag dat zij dat ook probeerde, maar we hadden elkaar te veel te zeggen en het was niet wat het had moeten zijn.

Er is een aankondiging. Nog twee minuten tot mijn vertrek. Ik bood aan het geld dat Holmqvist me had betaald aan Karin te geven, voor een vakantie of een pauze voor hen alle drie. Maar Anna-Britta zei nee. Zei dat het Leger des Heils en de Zweedse Kinderkankerstichting het meer nodig hadden dan zij.

Een schelle fluit en iemand komt mijn kleine couchette binnen en ik denk dat die hier bij mij heeft gereserveerd, maar nee, zijn vergissing.

De politie vond het moordwapen in Holmqvists huis. Een schilmesje van zeven centimeter lang, Duitse makelij. En een granieten stamper.

Mijn hele binnenste is verkrampt. Ik heb het gevoel dat ik niet zo zou moeten weggaan, maar ik kan niet blijven. Ik moet mijn eigen leven overleven, opbloeien, mijn eigen weg vinden. Dat moet.

De politie ontdekte dat Holmqvist een noodpaspoort had aangevraagd. David wist dat het net zich rond hem sloot en dat hij de gevangenis nooit zou overleven. Hij is niet het type om te brommen. Dus koos hij voor de enige andere optie die hem restte.

Er is iets vaags bij het raam.

Ik doe een gehoorapparaatje uit en stop het in zijn plastic bewaardoosje.

Als ik mijn hand ophef om het andere uit te doen zie ik Tammy voor het raam van de trein met een dekentje in haar handen.

Tam?

'Tam?' zeg ik.

Ze klopt op het dubbele glas van het raam en ik sta op en klop terug. Ze gebaart naar de deur en ik ren ernaartoe.

'De deuren sluiten over een minuut,' zegt de omroeper.

'Sorry dat ik er niet was,' zegt ze beneden op het perron, haar hoofd ter hoogte van mijn knieën. 'Ik had er voor je moeten zijn.'

'Nee,' zeg ik, mijn ademhaling snel en wanhopig. 'Ik was een idioot.'

Ze knikt met haar hoofd en barst in tranen uit en ik spring op het ijzige perron en omhels haar. We houden elkaar vast. We omklemmen elkaar en spannen onze armen aan en we huilen allebei om wel tien verschillende redenen. We laten niet los. Ik begraaf mijn gezicht in haar haren en voel hoe ik vanbinnen begin te ontspannen.

Een man aan het einde van het perron blaast op een fluitje en we laten elkaar los.

'Kom me opzoeken,' zeg ik.

'Probeer me maar eens tegen te houden,' zegt ze.

Ik spring via de treden weer de trein in, lichter nu. We houden elkaars handen vast terwijl de automatische deur zoevend sluit en ze gooit op het laatste nippertje haar lichtblauwe dekentje naar binnen. Het is dat heel fijne, het zachte met de kwastjes.

'Dank je,' vormen mijn lippen geluidloos voor het raam.

Ze balt haar vuist en slaat twee keer op haar borst in een soort oergebaar dat zegt: 'Ik ben je zuster en dat zal ik altijd blijven. Altijd.'

De trein schokt en rijdt weg uit het station.